本书系泉州师范学院省级重点学科
中国语言文学资助出版

"陈三五娘传说"
资料整理与研究丛书

黄科安 ＼ 主编

陈三五娘
学术研讨会论文集

中国社会科学出版社

图书在版编目(CIP)数据

陈三五娘学术研讨会论文集/黄科安主编. —北京:中国社会科学出版社,2018.4

ISBN 978 - 7 - 5203 - 1861 - 7

Ⅰ.①陈… Ⅱ.①黄… Ⅲ.①民间故事—文学研究—福建—文集 Ⅳ.①I207.7 - 53

中国版本图书馆 CIP 数据核字(2017)第 320806 号

出 版 人	赵剑英
责任编辑	郭晓鸿
特约编辑	席建海
责任校对	朱妍洁
责任印制	戴 宽

出 版	中国社会科学出版社
社 址	北京鼓楼西大街甲 158 号
邮 编	100720
网 址	http://www.csspw.cn
发 行 部	010 - 84083685
门 市 部	010 - 84029450
经 销	新华书店及其他书店

印 刷	北京明恒达印务有限公司
装 订	廊坊市广阳区广增装订厂
版 次	2018 年 4 月第 1 版
印 次	2018 年 4 月第 1 次印刷

开 本	710 × 1000 1/16
印 张	21.25
字 数	301 千字
定 价	89.00 元

目　　录

改编传播类

音乐类

戏曲类

语言类

其他类

改编传播类

传承与嬗变:关于台湾"陈三五娘"
俗曲唱本的"在地化"特征探讨

黄科安[*]

在清代,闽南地区流行着一种以通俗汉字记叙闽南民间歌谣的小册子,其内容多为叙述历史故事的长篇叙事诗或与当时社会风俗有关的劝世歌文,这就是闽南方言的俗曲唱本。考相关文献,清乾隆己亥年刊刻的《绣像荔枝记陈三歌》是现存已知最早的俗曲唱本,但大量在坊间流行最早可能始自清道光年间。因为闽南地区刊印唱本最出名的书局"文德堂"和"会文堂",据说"其创业不晚于道光年间"[①]。光绪年间(1908)开业的博文斋书局,颇有后来居上的气势,起初还会向会文堂购取版本来印售,后来生意日见兴隆,独立印行书籍,远销东南亚各地。[②] 除此之外,泉州的清源斋、见古堂、琦文堂等书店,以及当时全国印刷业中心上海的一些书局,如开文书局、点石斋、文宝书局,也曾以石印或铅字活版印制了许多俗曲唱本。其中有的只是接受厦门书局的委托,代工印刷;有的则印上自己的堂号发行,如开文书局。其印版从最早的木刻版演进成石印版,更有后来铅印版的大量发行。

---

　* 作者单位:福建师范大学文学院。
　① 王顺隆:《谈台闽"歌仔册"的出版概况》,《台湾风物》第43卷第3期,(台北)台湾风物杂志社1993年版,第109—131页。
　② 参见罗时芳《近百年厦门"歌仔"的发展情况》,福建省艺术研究所、厦门市台湾艺术研究室编《闽台民间艺术散论》,鹭江出版社1991年版,第298页。

在这些大量流行的俗曲唱本中，对"陈三五娘"故事唱本的添枝加叶与穿凿附会最为引人注意。据陈香搜集所得就有 30 余种，再加上台湾的发现，累计达 40 余种。① 不过，细究这一故事的唱本，主要有两种类型，其一与戏曲《荔镜传》《荔枝记》版本的内容相似，即以陈三娶妻回泉庆团圆为结局，如清乾隆己亥年的《绣像荔枝记陈三歌》、民国三年厦门文德堂的《增广最新陈三歌全集》以及上海开文书局的《最新陈三歌》（上、下）等；其二是在陈三娶妻回泉庆团圆的基础上藤枝生发，另做发展，共分四册，即民国四年厦门会文堂的《陈三歌》（《特别最新五娘揿荔枝歌》《特别最新黄五娘送寒衣歌》《改良黄五娘跳古井歌》《最新改良洪益春告御状歌》）。台湾学者陈兆南将此分类称为"全歌系"和"四部系"，这一分法得到台湾学界如刘美芳、陈怡苹的认同和遵循。②

从清末到民国初年，"陈三五娘"的俗曲唱本随着闽南人的脚步漂洋过海，扩散流播至中国台湾地区以及东南亚诸国。他们劳作之余，吟唱这些唱本，成为那个时代背井离乡的人们的精神寄托。早期台湾人就将这些大陆发行的俗曲唱本称为"歌仔册"或"歌仔簿"。它们在清末开始被大量引进，当时台湾人在思乡情怀的引导下，欣然接受了来自故乡的事物。再加上俗曲唱本的价格低廉，内容通俗，就更加助长了它们在台湾的风靡。后来，到了日据时期，台北市北门町出现"黄涂活版所"，它开始以铅字活版翻印大陆的俗曲唱本，同时印行了少量本地人编写的唱本。至 1930 年，黄涂活版所印行的俗曲唱本几乎独占了所有的台湾俗曲唱本市场。据当时任职台北帝国大学，醉心于台湾歌谣研究的稻田尹的估计：当时光是在台湾印行的俗曲唱本就超过了 500 种。无论从出版商的数量还是出版的俗曲唱本书目看来，20

---

① 陈香：《陈三五娘研究》，（台北）台湾商务印书馆 1984 年版，第 118—121 页。

② 陈兆南：《陈三五娘唱本的演化》，《民俗曲艺》1988 年第 54 期。所谓陈三五娘唱本的"全歌系"和"四部系"的分类，又得到刘美芳《偷情与宿命的纠缠——陈三五娘研究》（林锋雄总编审《歌仔戏四大出之二：陈三五娘》，宜兰县立文化中心 1997 年版）、陈怡苹硕士学位论文《"陈三五娘"歌仔册语言研究——以音韵和词汇为范围》的认可和遵循。

世纪 30 年代的确可称为俗曲唱本的黄金时期。而后随着"九一八"事变和"七七"事变发生，日本加紧侵略中国，殖民中国台湾的日本统治者为了加强推行皇民化运动，下令禁止所有的报纸与书籍、杂志以汉文出版。这个禁令一直延续到日本投降为止，台湾的俗曲唱本因此遭到了灭顶之灾，成了战争浩劫下的牺牲品。

　　在台湾流行的名目繁多的俗曲唱本（歌仔册）中，"陈三五娘"是最广为人知、最为经典的民间故事，后来随着歌仔戏剧种的出现，它又成为台湾歌仔戏的"四大经典剧目"之一。正如刘美芳指出："诸多才子佳人艳丽篇章中，独独'陈三五娘'故事具有强烈的闽南地域特性。台湾籍属移民社会，纵使在民间文化发展上，终有不可避免刮骨还血的大震荡，却不能抹去曾受海峡彼岸母体文化哺育影响的事实，其中以闽南文化为最。"① 可见，它在台湾民间文化发展史上，曾起到举足轻重的作用，值得我们加以重视和研究。考察相关文献，在台湾由于底层大众的喜爱，"陈三五娘"的俗曲唱本出现了三种值得注意的现象：其一，一直保存或翻印厦门会文堂、文德堂、上海开文书局版本的习惯，如黄涂活版本的《特别最新五娘挨荔枝歌》《特别最新黄五娘送寒衣歌》《改良黄五娘跳古井歌》《最新改良洪益春告御状歌》就是沿袭厦门会文堂版的，据研究者比较，二者存在明显的传承关系，"内容几乎相同，但在用字上仍有部分小异"②。台中文林书局的《五娘送寒衣》，也是与厦门会文堂版本相同。其二，从清末就在民间流行的手抄本，在台湾十分的盛行，有学者统计达 13 种之多。③ 其三，出现改写现象，如台湾新竹书局出版的《陈三五娘歌》（1960），出版时标明"全四本"，似乎与厦门会文堂版的全套四集有一定的传承关系，但实际上并非一个概念。就内容而言，它仅仅叙说了陈

---

① 刘美芳：《偷情与宿命的纠缠——陈三五娘研究》，林锋雄总编审《歌仔戏四大出之二：陈三五娘》，宜兰县立文化中心 1997 年版，第 6 页。

② 陈怡苹：《"陈三五娘"歌仔册语言研究——以音韵和词汇为范围》，硕士学位论文，台北教育大学，2009 年。

③ 刘美芳：《偷情与宿命的纠缠——陈三五娘研究》，林锋雄总编审《歌仔戏四大出之二：陈三五娘》，宜兰县立文化中心 1997 年版，第 11 页。

三"磨镜"之事。因此，有人据此称之为四部系的"零套"①。

近些年来随着台湾本土意识的强化，有些学者敏锐意识到这些平日不起眼的"陈三五娘"的俗曲唱本对保护和弘扬闽南文化具有重要的文献价值与现实意义。于是，他们积极投身于这些俗曲唱本的保存与流播。有的是进行资料搜集汇编，如曾子良主持的《闽南说唱歌仔（念歌）资料汇编》，其中第三册影印了新竹书局出版的《陈三五娘歌》；厦门文德堂《增广最新陈三歌全集》；厦门会文堂的《陈三歌》（《特别最新五娘挨荔枝歌》、《特别最新黄五娘送寒衣歌》《改良黄五娘跳古井歌》《最新改良洪益春告御状歌》）以及《陈三五娘歌诗》《陈三五娘上南台》等手抄本。又如郑英珠执行编辑，由宜兰县立文化中心出版的林锋雄总编审《歌仔戏四大出之二：陈三五娘》（上、下），同样以影印方式收录了不同的手抄本，计有"邱万来藏本""张松池藏本""李坤树藏本""谢乌定藏本""黄阿水藏本""张松辉藏本""陈健铭整理本""廖琼枝口述本"等。这些珍贵的历史文献，被鲜活地保存下来，是很值得肯定的。另外，也有新的编校本出现，如陈宪国、邱文锡编注的《陈三五娘》，这是以厦门会文堂的《陈三歌》（《特别最新五娘挨荔枝歌》《特别最新黄五娘送寒衣歌》《改良黄五娘跳古井歌》《最新改良洪益春告御状歌》）为底本，进行详细的注释和注音。该书不仅让读者了解了陈三五娘的故事，还"能认识许多谚语、风俗和典故"，"使人了解歌仔册的迷人之处"②。

必须指出，"陈三五娘"的俗曲唱本在台湾的扩散传播，确实在客观上为保存闽南文化的历史文献起到了不可替代的重要作用。其作用和价值应从"不变"与"变"两个方面来看：一方面是"不变"。这些"陈三五娘"的俗曲唱本通过台海两岸的书商的运作，将大陆版的俗曲唱本带进台湾，或直接借助当地出版社的翻印，在底层大众中不断地播散影响，从而为保留俗曲唱本的本真生态创造了有利的条件。

---

① 陈怡苹：《"陈三五娘"歌仔册语言研究——以音韵和词汇为范围》，硕士学位论文，台北教育大学，2009 年。

② 同上。

即便是后来台湾新竹书局出版的、具有明显的改编色彩的《陈三五娘歌》，也仍然保存着闽南文化的精神内核，传承着这一民间故事积淀的语言表达与文化习俗。如"广话挂骨明明明""归条野阁新新新""我磨一变清清清"，这其中的三字叠"明明明""新新新""清清清"，是较为典型的闽南口语化说法，表示"非常明""非常新""非常清"。从修辞角度来说，这是为了增强表达效果而运用的一些特殊方法，体现了闽南话在长期运用过程中形成的具有特定形式和表达功能的修辞格式。另一方面是"新变"。"陈三五娘"俗曲唱本的活灵魂，就是"活"在底层大众"口口相传"之中，换句话说，这种文化传承必然随着时代的变迁、大众趣味的位移而发生不可避免的"在地化"现象，体现出底层大众当下文化的"新变"特点。

首先，这种"新变"表现在语言上的"在地化"特色。台湾人的主体是闽南人的后裔，日常所操之语是闽南方言。先民迁移入台，是以泉州、漳州人构成，自然其所操之语是混合了泉漳音的闽南话，且从今天腔调辨析来看，漳腔较之泉腔浓一些。这些特点就体现在台湾新竹书局出版的《陈三五娘歌》的改编上。起首一句"广起福建一故事"，其中"广"之意是"讲话"，在泉州是"说"，在漳州为"广"，在潮州为"呾"。又如"块汝出门上千苦"，其中"上"，是"很"之意，是漳州话，其意是"跟你出门很辛苦"。而"潮州简兮安年生""三舍汝简兮识伊"，其中"简兮"是泉州话，其意是"潮州怎么会有这样的事""陈三你怎么会认识他"。

其次，从语言的印痕来看，新竹版的"新变"，在于添加或杂糅当下的文化元素。如："电灯""洋楼""西洋楼""东大街""安全""大都市""世界"等，这些词汇是近现代才出现的，具有时代的文化内涵。这些词汇的添入，固然拉近了故事发生的时代，好像故事就发生在我们的日常生活中，以为自己的左邻右舍在演绎一点什么"爱情"的罗曼蒂克，因而更加饶有兴趣地观赏、品评这些故事。当然，这种现象会导致俗曲唱本的改编出现随意、混搭的毛病。"电灯""洋楼""西洋楼""东大街""大都市"是近现代以来资本主义文明的产物，"安全""世界"是源于日本明治维新后创造的汉字词汇。当然，这些词汇根本不可能出现在五百年前"陈三五娘"民间故事发生的年代与社会，即便是新竹版的俗曲唱本改编成故事发生在所谓的"清朝头"，也是不沾边的。尤其是"电灯"一说，更是离谱得很，1879 年，美国发明家爱迪生通过长期的反复试验，才终于点燃世界上第一盏实用型电灯。可是，按照俗曲唱本中的陈三到了正过"上元节"的潮州城，不仅看到传统的闽南民俗文化："满街专是八音吹，庙口著块放烟火"，而且描写到"电灯照着恰光月"。然而，"电灯"是现代文明的产物，不可能出现在故事发生的那个时间点。可见，在底层大众看来，这种混搭和穿越并无不妥，按照他们的草根思维和文化想象，风马牛不相及的东西，就是这么离奇嫁接起来。

再者，在手抄的"陈三五娘"俗曲唱本中，其"新变"更体现在草根大众充分发挥自己的随兴。如"高雄卡早叫打狗，淡水出名番子楼……"出现了随意记录或添加的一些"在地化"的文化内容，其铺陈甚至高达二十四个台湾地名之多。又如，"亦拴一矸高粱酒"，所谓的"高粱酒"，是指创始于 1952 年在金门生产的享誉中外的"高粱酒"，其特点是酒质透明、芳香幽雅、醇厚甘冽、回味悠长。又如"雷火著牵日光灯，比点臭油也卡省，这款光线卡个清。"这里的"臭油"，是指过去没有电的时代，人们使用"煤油"照明，因为"煤油"点燃后散发"臭"味，所以台湾将之称为"臭油"。可见在这些手抄本中，已经带有"强烈的台湾地域风情的描写"，因此有学者指出，这"不只凸显了地理色彩，更可做为当时生活情形研究的依藉。由此可见，台湾歌册已摆脱移民初期全本翻抄的情况，发展出拥有自我特色的新面貌了"①。

另外，近些年来，"在地化"现象也出现在台湾学人编校的"陈三五娘"俗曲唱本中。如陈宪国、邱文锡编注的《陈三五娘》（台北

① 刘美芳：《偷情与宿命的纠缠——陈三五娘研究》，林锋雄总编审《歌仔戏四大出之二：陈三五娘》，宜兰县立文化中心 1997 年版，第 14 页。

樟树出版社 1997 年版）最值得注意。如前所述，该书的特点是以厦门会文堂的《陈三歌》为底本，进行详细的注释和注音。对于《陈三歌》中大量出现的闽南文化现象，诸如先民的生活情形、行为举止和情感价值等，都有一番详细的解说。如"今旦"，他们认为是较古老的泉州话，表示"现在""今日"，认为"在南管戏上仍可听到这种化石语言"，所谓的"南管戏"，就是指梨园戏，在今天的舞台上还是可以听得到这个词汇，因此这个判断是符合事实的。"妈亲"，是"泉州人对父母的称呼，确实有特色"。"妈亲"这种叫法其实也是在戏曲舞台上出现的，并非底层大众日常的称呼。以上是一些偏重学理的阐释，但该书最大的特色并不在于此，而是它的"在地化"的文化阐释。

对于这个问题，我们以为，要实事求是，具体问题具体分析，摈弃"妄议"内容，肯定"真知"部分。其一，妙语解颐。编注者以当下文化心态，巧妙对接，亦古亦今、亦台亦闽，随兴发挥，于深微处体会着闽南文化的博大精深和幽默风趣。如"须等黄河澄清时"，他们认为，台湾人有一种说法"等到鳖哮""天落红雨，马发角"，以自己身边的谚语巧妙解说，以此比喻"非常难等待"之意。又如，"睏破三领席，心腹掠君未著"，这是闽南语的俗谚，形象地比喻即使是多年夫妻，仍无法同居相知。编注者除了阐释外，还意犹未尽地引申："近年国内也流行一首台语歌，歌词就有这么一句。"又如，陈三五娘私奔被抓回时的情形："十姊五妹笑咳咳"，"劝恁姊妹莫相笑，到许时节恁就知"，编注者注道："到那时候你们就知道了，台谚有云：'猪母肉未食毋知韧'，不是热恋中的男女，哪里知道爱情力量的伟大，所以奉劝诸君：'未娶某毋通笑人某敨走，未生囝毋通笑人囝敨哮。'"既指出热恋中爱情力量的伟大，同时又以民间谚语佐以证明，确实让人在获得知识的同时，又让人感受到闽南俗谚的文化魅力。编注者还常常在文本的细微处，发掘闽南文化的内涵与特色。如文本叙说："尔是黄厝深闺女，在通现世随奴婢？"知府以"深闺"称呼五娘，可以说微言大义，编注者称："姑娘居住的香闺，通常在家中较隐蔽深远之处，可说是'巷深狗恶'，外人难以窥伺，称作深闺，但是五娘香闺正对大马路，可以看到外人，也可以丢荔枝，可以让陈三看到，也可以让林大看到，应该不是深闺了，只是大家习惯于此称呼，顾不得事实。"这番阐述，揭示事物间的矛盾之处，其挪揄之意溢于言表。又如，在婚庆现场，陈三出轿时，有一个动作细节："捧起米筛牵新娘"，编注者注意到陈三捧"米筛"这个细节，他们认为："米筛遮头，可防止各方凶神恶煞的作怪，此习俗见'周公斗法桃花女'之故事，另外，凡是已经怀孕者，则不可用米筛遮头，因此，米筛遮头也有宣示，此姑娘是在室女的意思，由前情得知，五娘已非完璧，仍然米筛遮头，怪不得没有好下场。"这种解读，虽有宅心不仁之嫌，但也由此看出闽南地区婚庆民俗的特点。

其二，情绪化的引申。编注者因为有心中之"魔"在作怪，所以借注释机会，发愤懑之情，行攻击之语，全然忘记自己是在为一本历史文献作校注，放弃作为一名学者应该恪守的学术道德底线。如，当唱本叙述到"好墓堆"时，他下注解释"好的风水地"之后，便笔锋一转带出对"两蒋"的鞭尸之语："台湾现有两个尸体，一直要等到反攻大陆才会有墓堆，但是'俟河之清，人寿几何?'现今子孙死绝殆尽，风水之厉害，令人心惊胆颤。"又如，陈三交代益春身后事时，称"歹事欲做着退步，著念三哥旧主顾"。编注者诠释"退步"，即"退一步，再想一想"。由此引申开来称："此诗约是八十年前的作品，是福建人所作，跟现代人的想法有很大的差距，陈三所言，全不在逃命、奋战，却是妇女三从四德的大道理，也真是软弱，由此可见当时中国人个性之软弱，现今中国人动不动就向我们射飞弹，性格之恶魔化，何其大也!"此编注全然不顾学理问题，行攻击之实，确实让人大倒胃口!

其三，随性窜改文字。这是该编注本最大的败笔。既然标榜这本编注本是以台湾"中央研究院"收藏的民国初年厦门会文堂的《陈三歌》为底本，那就要严格遵循古本的历史面貌，而不能以自己的理解随意窜改。其窜改情形有如下几种：有的是较早的方言本字，如"卜"改为"欲"，"返"改为"转"；有的不知漳泉腔之别，如古本

"事志"为漳腔，"代志"为泉腔，编注本均改为"代志"；有的是受正音（普通话）影响而出现在古本中，虽然在编注过程中有时也注意到这个现象，如北京话的"盘缠"，闽南话受正音的影响，在戏台上也称"盘缠"。有时却无视这种情况，凭自己的理解肆意窜改，如"庭"改"埕""粥"改"糜""在"改"伫""谁"改"啥""夜"改"暝""宿"改"歇"……种种事例，不胜枚举。可以说，窜改之大，触目皆是，让人无所适从，不堪卒读。编注本出现的这些问题，也有台湾学者对此曾做出不客气的批评："可惜此书未保存原文，直接将其认为错误之处加以改换，造成比较研究的不便；此外，文字的更动是否合宜，亦有待斟酌。"① 确实如此，如此编注，使该书在出版之时就完全丧失了作为历史文献的价值和地位，这不能不说是一件令人遗憾的事。

---

① 陈怡苹:《"陈三五娘"歌仔册语言研究——以音韵和词汇为范围》，硕士学位论文，台北教育大学，2009 年。

谈《荔镜记》与《绣像荔枝记陈三歌》的传承与异同

施炳华*

前　言

陈三五娘故事在闽南语地区脍炙人口。几百年来，它以不同的形式——戏剧、说唱、电影、小说——呈现并影响广大的民众，使民众得到娱乐，获得启示。

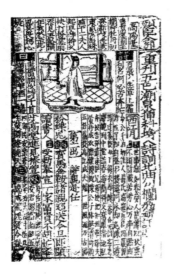

附图一　《荔镜记》首页①

陈三五娘故事最原始的剧本是出版于明嘉靖四十五年（1566）的《重刊五色潮泉插科增入诗词北曲勾栏荔镜记戏文全集》（以下简称《荔镜记》，见附图一），是一本以泉州话为主、夹杂潮州话的闽南南戏白话戏文。它在学术上及对社会的价值是多方面的，包含戏剧、音乐、语言、文学各方面。

"念歌"（或称"歌仔"）是闽南、台湾特有的属于曲艺性质的说唱艺术。把"念歌"文字化，印成小书，就是歌仔册（或称歌仔簿），也就是说唱表演所用的唱本。歌仔册的故事来源有多种，早期歌仔

＊　作者单位：台湾成功大学中文系。

①　录自《明本潮州戏文五种》，广东人民出版社 1985 年版。

册往往是先有故事剧本，再发展为歌仔册，如陈三五娘、梁山伯祝英台等故事。

本文以陈三五娘故事为主题，以明代南戏剧本《荔镜记》及清代（1849）歌仔册《绣像荔枝记陈三歌》为研究对象，探讨从剧本到歌仔册的演变过程及歌仔册初期形成的取材来源、形式。

一 陈三五娘故事的有关版本

（一）《荔镜记》及有关版本

目前所能见到的《荔镜记》的版本有二：一是伦敦牛津大学摄影藏本，二是日本天理大学摄影藏本，共 105 页，55 出。二者应属同一版本。经吴守礼教授花费数十年工夫，先后完成《荔镜记》系列书的整理——荔镜记戏文校勘篇、韵字篇①、三种《荔枝记校理》（1581年明万历本、1651年清顺治本、1884年清光绪本）的研究。使我们看到一部比较完备可读的《荔镜记戏文》，施炳华有详细注解的《荔镜记汇释》。②

附图二 乾隆己亥年
（1779）刊本封面

（二）歌仔册《绣像荔枝记陈三歌》

清代所产生的有关陈三五娘故事的歌仔册，可分为四类，列叙如下：

1. 全歌系：一册，以《荔镜记》故事为基础，包含整个故事。由自报身世展开，经历投荔、磨镜、私奔之后，虽被公差擒捕发配，但在兄长协助下，终能娶妻回泉，圆满收场。

（1）《绣像荔枝记陈三歌》：福建泉州的乾隆己亥年（1779）刊本（附图二）。

---

① 吴守礼：《荔镜记戏文·校勘篇》，1961年"国科会"研究报告。《明嘉靖刊荔镜记戏文校理》，（台北）从宜工作室 2001 年版。

② 施炳华：《荔镜记汇释》，（台南）开朗杂志事业有限公司 2013 年版，附 VCD。

（2）牛津大学藏《绣像荔枝记陈三歌》，清刊木刻本，厦门会文堂，共21面（每面分阴阳，实为42页），各面均为上图下文（附图三）。

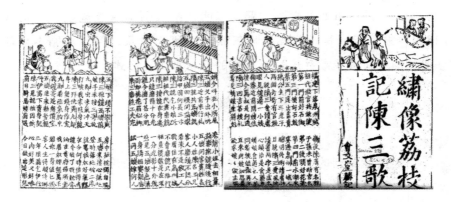

附图三　吴守礼收藏天理本《绣像荔枝记陈三歌》封面及内页

（3）台湾"中央图书馆"藏《台湾俗曲集》中的《绣像荔枝记陈三歌》，清刊木刻本，厦门会文堂，1849年。只有首页是上图下文，其他页无图（附图四）。简称"俗曲本"。①

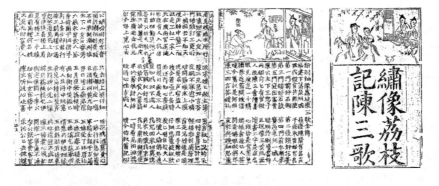

附图四　"中央图书馆"藏《台湾俗曲集》中《绣像荔枝记陈三歌》封面及内页

（4）《增广最新陈三歌全集》，石印，厦门文德堂，1914年。

（5）《最新陈三歌》（上）（下），上海开文书局。

─────────

① （2）、（3）《绣像荔枝记陈三歌》及附图皆录自吴守礼校注《清道光咸丰闽南歌仔册选注》，（台北）从宜工作室2006年版。

2. 四部系：四册，石印。1994 年，厦门会文堂书局书目云："石印最新《陈三全歌》：《五娘挨荔枝》《五娘送寒衣歌》《五娘跳古井歌》。"稍后文德堂铅印又添了一册《益春告御状》，故称四部系。①

3. 不完全系：全套四集，据陈健铭所述，梁松林编有《陈三五娘歌集》八本②，但不知是否全部出版。竹林书局出版的《陈三五娘》四集歌仔册大概是抄袭梁编，其情节只到陈三打破五娘家宝镜为止。

4. 手抄本：多是民间艺人为学习或演出需要的记录。内容大体不出全歌、四部两系统，而更接近四部系。台湾现有十二种抄本。③

一般认为歌仔册的出版是从道光年间开始④，陈三五娘故事的歌仔册较早的版本是 1849 年的木刻本《绣像荔枝记陈三歌》；其实还有更早的版本，薛汕《陈三五娘之笺》⑤ 11 页有《绣像荔枝记陈三歌》的封面，左刻"乾隆己亥（以下模糊不清）"（附图二），薛氏书明："福建泉州的乾隆己亥年刊本"，己亥年是 1779 年。12 页有该书第五页的图文（上图下文），每行二句十四字。（参见附图四）

以上十六行与 1849 年会文堂本核对的结果，内容几乎完全一样，只有个别字不同，但意义不变，如下表所示：

牛津本	俗曲本	乾隆本	说明
三兄	三兄	三哥	兄与前两句末字「名」协韵
回头	转昗	转头	昗是头的俗写。
厅尾	厅尾	厅中	中与下文「量」字协韵
五娘义手出外听	五娘义手出外厅	五娘连步出外听	
一分光彩	十分光彩	一分光彩	
面如桃花眉似柳	面似桃花眉如柳	面似桃花眉如柳	

① 引自刘美芳《陈三五娘研究》，硕士学位论文，东吴大学，1993 年。

② 陈健铭：《野台锣鼓》，稻乡出版社 1989 年版。梁著笔者只见书底广告，未见文本。

③ 刘美芳：《偷情与宿命的纠缠——陈三五娘研究》，林锋雄总编审《歌仔戏四大出之二：陈三五娘》，宜兰县立文化中心 1997 年版，该书详列各种抄本及文本。又见于《首届台湾民间文学学术研讨会论文集》，台湾省磺溪文化学会发行 1997 年版。

④ 道光六年（1826）有《绣像王抄娘新歌》，英国牛津 Bodleian Library 藏。

⑤ 薛汕《陈三五娘之笺》列印此书的封面及其中一页图文，可惜只存录一页而已。东方文化馆 1997 年版。

可知会文堂版是有所本，而《绣像荔枝记陈三歌》的出版年代可向上推至 1779 年。牛津本与俗曲本文字之所以有差异是因为本来有一个祖本（如乾隆本），后代各自抄写或印刻，所以才有字句的些微差异。至于《绣像荔枝记陈三歌》，施炳华有详细的注音注解。①

二　《荔镜记》与《绣像荔枝记陈三歌》故事内容比较

《荔镜记》是描写陈三五娘的恋爱、几经波折终于团圆的戏文。总共 55 出。《绣像荔枝记陈三歌》总共有 130 联半联（每联四句），3654 字。

《荔镜记》与《绣像荔枝记陈三歌》的情节内容有很大的不同，因为二者的性质是不一样的：前者是戏剧剧本，表演时有时一连几天才演完②。后者是即席演唱，完全靠声音表现，要在很短的时间内（半小时或一小时多）唱完。二者性质虽然不一样，但我们可以借着比较看出它们的不同。《绣像荔枝记陈三歌》属全歌系——全本，与剧本《荔镜记》系列（数字代表出次）不同之处如下表所示：

情节	《荔镜记》	《绣像荔枝记陈三歌》
五娘被许配给林大，曾有自杀的举动，被女婢益春阻止	3 花园游赏　4 运使登途　5 邀朋赏灯　6 五娘赏灯　7 灯下搭歌　8 士女同游　10 驿丞伺接　12 辞兄归省　13 李婆送聘　14 责媒退婚　15 五娘投井	介绍陈三家世。共四葩 112 字
陈三到潮州的原因	陈三陪兄嫂到广南做官，途经潮州	陈三欲调戏其嫂嫂之妹，被发觉，羞愧而离家，欲往广南依兄，途经潮州
初次相遇	元宵赏灯（8 士女同游）　17 登楼抛荔	无元宵赏灯情节，二人初次见面是五娘在楼上掷荔枝给骑马经过的陈三

①　施炳华：《歌仔册欣赏与研究》八、《绣像荔枝记陈三歌》注音注释，（台北）博扬文化事业有限公司 2010 年版。

②　刘美芳（1993）谓：大陆《陈三》戏经改编为二十二场，再改为"睇灯"至"私奔"的十场戏，使之可以在一个晚上搬演完毕。《陈三五娘研究》，硕士学位论文，东吴大学，1993 年。福建泉州梨园戏实验剧团曾经在 1997 年 8 月 17 日在台北"国家歌剧院"表演《陈三五娘》。

情节	《荔镜记》	《绣像荔枝记陈三歌》
祝告嫦娥	20（五娘）祝告嫦娥	无
林大之角色	林大貌丑行恶，在元宵赏灯时调戏五娘，显示其无赖小丑之个性。五娘之父贪图其富有，将五娘许配给林大	林大是一个模糊的角色，其个性完全没有交代。只交待「五娘受了林厝礼」和林大没有能力写告状
九郎对陈三另眼相看	九郎命陈三陪伴到赤水庄收租，察知陈三家有田客五百人	九郎为田庄之事与人争讼，请林大写告状。林大不太会写，陈三代写，果然打赢官司，让九郎另眼相看
五娘之妹六娘	无此角色	九郎欲将六娘许配陈三，六娘不愿嫁给扫厝奴。五娘与陈三逃走，林大来要人，九郎欲将六娘配林郎，林大不愿意
爱情之煎熬	22 梳妆意懒　23 求计达情　24 园内花开　25 陈三得病　26 五娘刺绣　27 益春退约　28 再约佳期	没有转折、试探，二人直接欢合
林大娶亲	林大已先决定九月来娶亲	五娘之母知道五娘与陈三的私情，急叫林大来娶亲
李婆催亲	31 李婆催亲	无
陈三五娘逃回泉州之动机	林大欲来娶亲，陈三带五娘逃回泉州	五娘之母叫林大来娶亲，陈三带五娘、益春逃回泉州
逃走的情景	34 走到花园　36 途遇小七　37 登门逼婚　41 旅馆叙情　42 灵山说誓　44 知州判词　45 收监送饭　46 叙别发配　47 敕升都堂　48 忆情自叹　49 途遇佳音　50 小七递简	三人住王婆店，林大报官府，三人马上被抓。发配途中遇其兄，就被带回潮州重审
结局	运使查明林大贿赂知州，将知州罢职为民，林大发配边远充军。陈三娶五娘回泉州，圆满收场	知州、林大皆无交代。陈三娶五娘回泉州，圆满收场

二书不同之处，大抵有以下几点。

1. 情节的繁简。上表标明《荔镜记》出次者，其情节歌仔册皆无。

2. 人物的增减：歌仔册少了"小七""老卓"（林大之友，因为没有"邀朋赏灯"的情节）插科打诨之人物；多五娘之妹"六娘"；

又为强调陈三之好色，多了其兄嫂之妹。

3. 爱情的冲突与高潮：歌仔册中，男女主角之见面与欢合很直接，也没有如"红娘"般的益春从中撮合的情节。《荔镜记》转折甚多：陈三先在元宵时与五娘相遇，再于六月时特地回潮州，而有楼下拾荔枝之高潮。陈三打破宝镜，卖身入黄家后，五娘因不知其底细，内心虽中意，但表面上并不理会陈三。陈三因而相思成病，赖五娘之女婢益春之劝解并传递情书，五娘才答应幽会，但又悔约，几经煎熬，才下定决心赴约。

4. 描写的细腻与粗略：戏剧重视眼看、身历其境，故要营造气氛，让观众感受，所以《荔镜记》有花园游赏（第3出）、元宵赏灯（第5、6、7、8出）、忆情自叹（第48出）等情节，重在少女的思春（第3出）、场面的烘托（第5、6、7、8出）、内心感情的描述第48出）。以上歌仔册都没有，只能用口说，一语带过，甚至是尽量避免抽象的描述，无法详细表述细腻的、内心的感情。

5. 人物的个性：歌仔册反派角色只提到"林郎"，做人如何，长得怎样都没有交代；五娘只是一个漂亮的富家小姐；陈三只是有"虚名"、好女色的人；益春完全没有引起情节变化的作用。而《荔镜记》中，叫林大鼻——貌丑可知；五娘是一个争取婚姻自由、宁死不屈的女孩；陈三是满腹诗文的潇洒公子；益春是个善解人意，穿针引线的重要人物。

6. 现场娱乐性与可听性：《荔镜记》是戏剧，目可视，耳可听，表现较具体；歌仔（册）只能借着念歌艺人的声音念唱传达给听众。为引起听众的兴趣，故有陈三无品行，欲调戏嫂嫂的妹妹，"强调陈三风流性情，颇有煽情之意。盖歌仔艺人徒为吸引听众，临场即兴增饰而已"①。并用铺陈的方式以引起听众具体的印象。如介绍陈三家世、住屋："第一门前好石狮，第二后头好花台，第三门楼好石鼓，第四门前水潮来。第五门庭出富贵，赛过泉州一城人。"五娘陈三幽

---

① 陈兆南：《陈三五娘唱本的演化》，《民俗曲艺》1988年第54期。

会的情形，使用类似"五更调"的唱法："一更月色照后床，五娘翻覆不成眠，莫是爹娘句未困，莫是三哥未记来。二更月色正中天，三哥进入眠床前，陈三就力五娘揽，是恁人情莫着惊。……二更过了三更时，恰是鸳鸯做一池。……三更过了四更催，耳边听见鸡声啼，阮厝爹妈句未醒，双人相抱莫放离。四更过了五更在，五娘邀君落床来，娘今共君相断约，今冥记心莫失期。"

三　《绣像荔枝记陈三歌》承袭《荔镜记》文句的线索

《绣像荔枝记陈三歌》是根据故事剧本再发展为歌仔册，因此在写作上，故事情节自然会以《荔镜记》及《荔枝记》为底本，文句、形式也有所因袭。以下分三方面比较叙述。

（一）《荔镜记》中的七言诗体

《荔镜记》全名是《重刊五色潮泉插科增入诗词北曲勾栏荔镜记戏文全集》，所谓「增入诗词」是指什么？此书的中栏部分，每页是一幅图画，每页图画的两边各有两句七言诗，且开始的头四首各冠「诗曰」二字（附图五），乍看起来，极似图画诗，从第一页至最后一页，计二百零九幅画，共八百三十六行诗，用潮泉方言书写。整个看来，内容是叙述陈三五娘的故事，大致皆符合《荔镜记》每一出的情节。

宝镜重磨要作佳　斯人美貌足堪夸　　家住泉州属晋江　经营来往度时光
好似楼前骑马客　益春相敬一杯茶　　闻说府上要磨镜　工夫仔细不须忙

附图五　《荔镜记》十九出第 **429**、**420** 页①

这些七言四句的图画诗，固与传统七言诗体有关，也与整个中国

① 录自《明本潮州戏文五种》，广东人民出版社 1985 年版。

民间讲唱文学的风气有关，王士仪谓：

> 这个中栏的诗的部分，无以名之，姑称"七言诗体陈三五娘"。这种七言诗体与后来所称的竹枝诗或竹枝词，与今日俗称歌仔体相同。看来是诗赞体系。……这本嘉靖七言诗陈三五娘，不仅是泉州南戏的另一种技艺形式，也是随宋或元人抄本的《销释真空宝卷》、元末明初的金碧抄本的《目连救母离地狱升天宝卷》等之后，是与连接明清七言体鼓词、弹词、宝卷、子弟为等唱本之间的一件讲唱文学作品，也是弥补这段时间所缺少作品一个实例。它不仅是潮泉地方文学的一大发展，也是我国俗文学上未被学者提及的一部分。①

诗赞系的韵文部分是以七字或十字的词格出现，其音乐结构则以上下对偶句为一个基本单位。乐曲系以长短句为基本句格，用不同的词调或曲调组成自己的音乐结构。诗赞系虽和诗体的绝、律、歌、行相似；但因为用韵较宽，平仄不严，接近口语，究竟和正式的诗不同。……它是讲唱文学中应用最广、源流最长的一种形式。②

歌仔册的结构，大多是一句七言，一联四句，连缀成篇。与诗赞系说唱艺术的两个根本标志符合："以齐言对偶句的文学结构""上下两个七言句子为一个音乐单位，不断反复连续的一种唱"。③

《绣像荔枝记陈三歌》参考或直接承袭《荔镜记》图画诗者如下（阿拉伯数字是歌仔册的先后顺序，以四句为一联。仿宋字体文段显示二者之关系。括号中字是原文，多为借音字或错字）：

42. 打破我家照身镜，你今何时赔（倍）得成，陈三拜伏黄九郎，

---

① 王士仪：《泉州南戏史初探》，《中华民俗艺术年刊》，国际南管会议特刊1981年版，第26—28页。

② 以上参考孟繁树《中国板式变化体戏曲源流研究》，文化艺术出版社2002年版，第26页；吴同瑞、王文宝、段宝林编《中国俗文学概论》，北京大学出版社1997年版；叶德均《宋元明讲唱文学》，河洛图书出版社1978年版，第3页。

③ 孟繁树：《中国版式变化体戏曲源流研究》，文化艺术出版社2002年版，第36、46页。

镜今破了我担（耽）当。

　　《荔镜记》19 出中栏图画诗"陈三拜覆黄九郎，镜今破了我身当。果然无物通赔你，情愿将身扫下廊。"歌仔册全抄图画诗前两句，只差二字——覆易为伏，身易为耽。覆音 hok^4，伏音 hok^8，以覆为正。拜覆谓拜揖回复，表示陈三之有礼。覆写成伏，是因为伏字笔画较少，易于书写，这是民间文学笔画趋向简易的特色。

55. 今日劝君且忍耐（奈），千万宽心莫迟疑，九郎骑马去收租，陈三撑伞随后行。

　　《荔镜记》32 出中栏图画诗："九郎骑马去收庄，陈三背后随九郎。"

59. 九郎回家说言伊，陈三原是好人儿。

　　《荔镜记》36 出中栏图画诗"陈三也是好人仔"。可能为了押韵（伊儿押 i 韵），仔（kann^2/kiann^2）易为儿。

95. 早间起来天渐光，不见五娘来梳妆。
96. 不见陈三来扫厝，不见益春煎茶汤，必定三人相焄走，目滓流落连腹吞。

　　《荔镜记》35 出中栏图画诗"清晨早起日易东，不见五娘起梳妆。陈三缘何不扫厝？益春懒惰点茶汤。"

99. 慌忙借问撑船哥，清早有见三人无？

　　《荔镜记》40 出中栏图画诗"借问渡干梯舡兄，曾见三人此路行？"

干是乾的简写，乾是墘的错写，墘（kī⁵）是岸边的意思。梯是撑（the）的同音字。舡是船的俗字。

110. 三人押上知州厅，知州升堂问因由，因何通奸相焘走，从头一一说分明。

《荔镜记》44 出中栏图画诗："三人押到知州厅。"

114. 五娘不问押一边，就召（吊）益春来问伊，想来无针不引线，偷来暗去你知机。

《荔镜记》44 出中栏图画诗："且力益春问一场。无针做俩得引线？"

117. 伊郎假意来磨镜，打破宝镜做长年。

《荔镜记》22 出中栏图画诗："声声说你身富贵，缘何磨镜做长年？"

119. 陈三诉乞知州听，带着运使是我兄。

《荔镜记》44 出中栏图画诗："陈三思量心着惊，便力官荫说分明。四川知州是我叔，广南运使是我兄。"

由上述诸列，可看出图画诗与歌仔册的传承关系。

（二）《绣像荔枝记陈三歌》与嘉靖本《荔镜记》、万历本《荔枝记》文句的关系

歌仔册有特殊的文体——七字一句，或二韵，或三韵，或四韵，

因此在承袭戏剧剧本时，必须将文句改换或重组。《绣像荔枝记陈三歌》与其他从官话文体的戏剧剧本改为闽南语文体的歌仔册（如《孟姜女歌》）不同，而是直接承袭，即《绣像荔枝记陈三歌》与《荔镜记》、1581 年出版的潮州话剧本《新刻增补全像乡谈荔枝记》（以下简称《荔枝记》）都是闽南语白话文；除上举诗赞体外，承袭《荔镜记》《荔枝记》只改动其中一二字之例很多，举例如下：

17. 只去路上须仔细，除花戒酒莫贪心。闻说潮州好景致，亦爱潮州走一场。

　　《荔镜记》2 出："只去路上着细腻。"万历本《荔枝记》15 出："潮州满城好景致。""须仔细"（共通语）与"着细腻"同义。

55. 九郎骑马去收租，陈三攑伞随后行。

　　《荔枝记》31 出："我今骑驴到赤水，陈三揭伞在后随。"
　　"揭"是本字，《广韵》："揭，高举也。"《集韵》渠列切，古音 kiah^8，南音张鸿明老师（闽南同安人）说"揭（kiah^8）雨伞"。「攑」是俗字，泉州古音 kah^8，今音 giah^8。

59. 九郎回家说言伊，陈三原是好人儿。

　　《荔镜记》32 出："陈三厝住泉州，也是好人仔儿。"

87. 益春见说就动心，收拾金银在笼箱，七月十五三更时，月光如水无人疑。

　　《荔镜记》33 出："七月十四三更时，三人同走出只乡里。…十四冥月光……"南音有《七月十四》之散曲。

89. 三人走到大溪边，舵子借问值路来。

《荔镜记》39 出："三人走到赤水溪。"

95. 早间起来天渐光，不见五娘来梳妆。

96. 不见陈三来扫厝，不见益春煎茶汤，必定三人相焄走，目滓流落连腹吞。

《荔镜记》35 出："日上东廊照西廊。不见五娘起梳妆。不见陈三起扫厝，不见益春点茶汤。……陈三五娘益春都不见，必想只三人相焄走了！"

100. 卜去泉州探亲戚，问我此去几日路。

《荔镜记》39 出："卜去泉州探亲情。"亲情：指亲戚朋友。

116. 伊人骑马楼前过，胜是潘安郎君才。

《荔镜记》44 出："陈三骑马楼下过。"

119. 陈三诉乞知州听，带着运使是我兄。

《荔镜记》44 出："我兄广南做运使。"

121. 送你金钗当酒钱。

《荔镜记》46 出："金钗一双，送你做茶钱。"

124. 梦里共君同床困，翻身一醒摸无人。

　　《荔镜记》48 出："三更鼓，翻身一返，鸳鸯枕上，目滓泪千行。"

130. 即时打箦黄厝去，九郎着惊送亲来，满城文武来迎送，拜辞知州回泉城。

　　《荔镜记》54 出下场诗："［等接军］民沿路排。百官迎送满［城知］。"①

（三）《绣像荔枝记陈三歌》承袭《荔镜记》、万历本《荔枝记》的特殊音词

《荔镜记》的语言是大部分泉州话、小部分潮州话，万历本《荔枝记》是完全潮州话。由于闽南语所包含的语言层是多重的，有地域的区别（如泉州、漳州、潮州）和古今的不同（泉州话约形成于 4 世纪，漳州话约形成于 7 至 10 世纪，潮州话的形成又受到泉漳移民的影响）。笔者推测《绣像荔枝记陈三歌》有一些是属于泉州话中的晋江腔②。《绣像荔枝记陈三歌》既是由《荔镜记》、万历本《荔枝记》改编而来，不只承袭其文句，也承袭其语法。其字音，则用其字而易其音，如"俏"字，泉州音 tsai⁶，厦门音 tsainn²。列举如下：

（1）6. 嫂今骂叔是何因，问着姨娘做再年？

（2）27. 伊今许配林厝了，俏呢一马挂二鞍。

再（俏）年（呢）：怎么样？《荔镜记》6 出："障般好景过了，俏得到新年。"

17 出："未知伊人是俏年？"今泉音 tsainn²，字作"怎"（《泉

① ［　］内等字摄影不明，据吴守礼《荔镜记戏文·校勘记》拟补。

② 关于《绣像荔枝记陈三歌》的语言属性，限于篇幅，此处无法详述，请参考施炳华《歌仔册欣赏与研究》，（台北）博扬文化事业有限公司 2010 年版。

州方言志》①）。

（3）17. 只去路上须仔细。

只去：这一去。只，泉州音字，即"这"。《荔镜记》2 出："只去路上着细二。"

（4）21. 五娘讲乞益春听；23. 等伊举头楼上看，将只荔枝揆乞伊。

乞：音 khit，送给，引申用作助动词或介词，"给"之意；表被动，意为"被"。《荔镜记》2 出："做官须着辨忠义，留卜名声乞人上史记。"亦有"求"之意，如"乞亲情"。这是古闽南语语法。

（5）45. 陈三见说拙因依，心内好笑又好啼。

拙因依：这些缘由。拙音 tsuah，这些。因依，缘由。南音散曲【空误阮】："对嫦娥问因由，对嫦娥阮今问拙因依。""因由"与"因依"意同。"拙"字据牛津本。《荔镜记》18 出："官人听我说因依，伊人是长者人仔儿。"《荔镜记》25 出："烦小妹你说拙来因。"

（6）48. 若还争得此田来，尽付五娘做嫁妆，林大提笔来做状，一笔写起二三行。

本莭二、三、四句尾韵字押 ng 韵，行：白话音是 hng^5。古例如：①《荔镜记》曲牌押韵：30 出"扛卷郎行"、45 出"饭当远酸肠瞒行"押同一韵脚 –ng，即《妙悟》毛韵。②南音此字亦有 hng^5 音，如散曲〈三更鼓〉："三更鼓，阮今翻身一返（tng^2），鸳鸯枕上，阮目滓泪千行（hng^5）。谁思疑阮会行到只机顿（tng^3）。"

"付"字不知是否为借义字？泉州音 $thoo^7$（度），厦门音 hoo^7。

（7）62. 那爱五娘对得我，就将六娘换林郎。

闽南古语"那"有作"只"之义，如《荔镜记》19 出："阮厝是有一镜卜磨，那是阮镜有主客。"对：配对，婚对也。《荔镜记》17 出："许人物生得甚怜悧。来来去去游赏街市。恁乜路即来对着伊。"

（8）64. 五娘一时心头渴，陈三近前奉茶汤，娘今问伊障伶俐，为何落薄只行仪。

---

①　林联通主编：《泉州方言志》，社会科学文献出版社 1993 年版。

障（tsiunn³）伶俐：如此聪明。障，如此。《荔镜记》17 出："见一官人游过只楼边，身骑宝马穿罗衣，堂堂相貌，眉分八字。许人物生得甚伶俐。" 行仪（kiann⁵ gi⁵）：或作"行宜"，仪态、模样也。"仪"字据牛津本。《荔镜记》51 出："急吉得我心头火起。不长进做障行仪。"

（9）74. 娘今共君相断约，今冥记心莫失期。

断约：约定。《荔镜记》33 出："古人说：'话说卜断（tng⁶），路行卜远（hng⁶）。'"此义今犹存，泉州白话古典文学杨介人《畅所欲言》（1922 年刊）："三百六元赎身，共伊明断。"①

（10）84. 双人断约有主张，就叫益春来商量，你今共君一齐去，强企灶前煎茶汤。

强企：勉强、尽力。音 kiunn⁵ ni⁷。《汇音妙悟》音亦同。《荔镜记》22 出："娘仔强企捍（hua⁷）身命。"

（11）89. 当初不是来磨镜，俉得阮身只路行，三人走到大溪边，舵子借问值路来。

值路：从那一条路。泉州话"值"音 ti⁶，何也。《荔镜记》2 出："今旦仔儿卜起里，未知值日返乡里？"

（12）95. 早间起来天渐光，不见五娘来梳妆。

早间：早上。古闽南习用语，今已不用。明刊本《新刻增补戏队锦曲大全满天春》（1604 年出版）上栏南音散曲"小姐听起"："早间遇见在咱书院内。"吴明辉本南音散曲"早间起来"："早间起来，日上半晡。"

（13）104. 五娘既见然奴焘走，就将六娘配林郎。

《荔镜记》2 出："见是便了，请爹妈出来相辞，因世起身。""见是"即"既是"，"见然"即"既然"。《荔镜记》"见""既"常混用。

（14）112. 俉通失除三从礼，力只官法佐平常。

失除：失去。除，语末助词。《荔镜记》6 出："许街上满街花、

_____

① 杨介人：《畅所欲言》，泉州郁文堂书局石印 1922 年版。

许多宝贝。那不去看，也可惜除!"吴守礼光绪本《荔枝记校理》页487:"'除'用为句末助词外，疑用如'掉'，有时可以'着'代入读之。"又吴氏《同窗琴书记》校理页185:"'除'用如'着'或'了'。疑是'着'之表音字。""也可惜除!"之'除'为句末助词。另文"那不看我，就死除我!"之"除"可用如"着"。

（15）**潮州音** 23．生得神仙无二样，共阮清醒正成双。

亲醒：或作"亲浅"，《妙悟》青韵有醒、浅二字，音 tshinn^2。意谓漂亮，大多用以称赞女人，此处是五娘夸自己漂亮。《荔镜记》6出:"好诸娘是亲浅。"24 出:"我不谋伊亲醒，肯受障般恶气。"泉州话收 - in 的韵，潮州话收 - ing 韵，故作"清"。疑此本夹杂有潮州音字。

85．益春拜覆娘共君，这般事际再议论，途中恐怕人拏到，百般刑罚做年当。

109．风流大际值人无?

125．保庇三哥无事际，返来鸳鸯做一池。

《俗曲集》本作"事志""大事"，牛津本作"大际""事际"。

"大际""事际"音 tai^7 tsi^3。际字属蟹摄开口三等，中古音 tsiεi^3，近代音 tsi^{3}①，漳州音、潮州音 tsi^{3}②。

四 歌仔册形式的演变

今日所发现最早的歌仔册是清乾隆己亥年（1779）的《绣像荔枝记陈三歌》，出版于福建泉州③。但大量通行的是从道光六年以后出版的歌仔册，以会文堂出版刊本为多。早期的歌仔册有杂言、三言、四言、五言等形式，演变到后来，它的标准形式，根据厦门会文堂1921

---

① 李珍华、周长楫编撰:《汉字古今音表》，中华书局 1993 年版，第 144 页。
② 潮州音参见汲约翰编《潮正两音正集》，上海长会出版 1924 年版，第 11 页。
《潮语十五音》枝部，蒋儒林编，汕头文明商务书馆 1948 年修订版。
③ 薛汕《陈三五娘之笺》录有乾隆乙亥年（1755）《绣像荔枝记陈三歌》的封面，详见其注一。

年石印《王昭君冷宫歌唱法》10b 页云：

> 歌中四句谓一髟。每髟或三土韵或四韵，或半髟两韵。凡遇每髟三韵，第三句紧连四句，以接第一、二之韵。①

"髟"音 pha，一联四句叫"一 pha"，今多作"葩"。《绣像荔枝记陈三歌》已都是七字一句的形式，但押韵并不整齐。后代较成熟的作品，其一般形式是一行四句，大多四句句尾字押韵，或第三句句尾字不押韵。

《绣像荔枝记陈三歌》虽都是一句七字，可以说是在歌仔册演进中较早期的句子整齐的作品；但在押韵方面还不成熟，多的是"半葩两韵"。

该书并不是一行四句，而是首页阳面因上栏有图的关系，是一行两句；首页阴面以下直至末页，都是一行三句（参见附图二）。该书总共 130 联，加上最后两句收尾。全部不押韵者有 31 联，占 23.8%。分析其韵脚字押韵的情形要点如下：

1. 押韵使说唱和谐悦耳，但不一定是以四句为一葩。

2. 其形式不太固定，有二句押、三句押、四句押，最多的是二句押。

3. 有交错韵，或一、三句，或二、四句，或一、四句押韵。

总之，《绣像荔枝记陈三歌》不是如后代歌仔册押韵那么整齐——四句一葩，押一韵；可断定《绣像荔枝记陈三歌》是早期的作品。说唱者随口而出，求其唇吻协适，只求达到流畅好听的目的。

结　语

本文以《荔镜记》剧本和与之有关的第一本歌仔册《绣像荔枝记

---

① 引自陈兆南《台湾歌册综录》，《逢甲中文学报》第 2 期，逢甲大学中国文学系 1994 年版。

陈三歌》，探究其间的关系：从剧情的繁复到简单，从文体（诗赞体）的沿袭到创新，以及字词的承袭，详列其演变过程，借以了解歌仔册是如何形成的。

就歌仔册的形式而言，七字句固与传统七言诗体有关，也与整个中国民间讲唱文学的风气有关，但从《荔镜记》中栏的图画诗（即诗赞体），也给演唱或创作歌仔（册）者有所承袭或灵感。虽然是七字句，但在押韵方面尚属草创阶段，并未如后世歌仔册"以四句为一苊"的形式那么整齐。言其字词，则多所因袭。

就剧情内容而言，由于《荔镜记》是舞台表演的剧本，《绣像荔枝记陈三歌》是说唱本，二者性质不同，表演场地、时间不同，故二者有很大的差异：后者简单疏略，前者繁复精彩。但后来陆续出版的陈三五娘歌仔册在内容上逐渐趋向于丰富细腻，如台湾竹林版的《陈三五娘》四集只写到打破宝镜而已。其间的语言、文学等的变化是值得再深入探讨的。

略谈"陈三五娘"歌仔册的封面图像
——以厦门会文堂两种刊本为主的考察

柯荣三[*]

一　前言

歌仔册乃早年闽南汉人社会普遍流行的俗曲唱本，王顺隆指出：

> 根据现存的文献资料显示，远自清道光年间，在闽南地区的乡镇里，流行着一种以通俗汉字记叙闽南民间歌谣的小册子，其内容多为叙述历史故事的长篇叙事诗，或与当时社会风俗有关的劝世歌文。就其印版来分，从最早期的木刻版，再演进成石印版，更有后来铅印版的大量发行。从其商业价值和存世书目的数量上看来，在当时必定风行一时。这些以闽南方言文字所写下的弹词系统俗曲唱本，就是所谓的"歌仔册"（kua-a-chheh）。[①]

目前所知福建、台湾两地曾经出版过的歌仔册书目有将近 1500 笔[②]，

---

　* 作者单位：台湾云林科技大学汉学应用研究所。
　① 王顺隆：《谈台闽"歌仔册"的出版概况》，《台湾风物》第 43 卷第 3 期，（台北）台湾风物杂志社 1993 年版，第 109 页。
　② 王顺隆：《闽台"歌仔册"书目、曲目》，《台湾文献》第 45 卷第 3 期（台湾省文献委员会 1994 年版），第 171—271 页。王顺隆：《"歌仔册"书目补遗》，《台湾文献》第 47 卷第 1 期（台湾省文献委员会 1996 年版），第 73—100 页。比对两份目录，去其重复共可得 1479 笔歌仔册书目。

众多被著录的书目中当然不乏以"陈三五娘"传说为题材而编写的歌仔册（下简称"陈三五娘歌仔册"）。值得我们注意的是，早在道光之前，乾隆己亥（1779）刊行之《绣像荔枝记陈三歌》，极可能是现存刊行时间最早的歌仔册文献①。

　　约莫在1936年，龚书辉考察陈三五娘传说故事发展演变的过程时已注意到有"包含四种，分订作八小册，是（一）五娘挨荔枝歌（二）黄五娘送寒衣歌（三）黄五娘跳古井歌（四）洪益春告御状"以及"陈三全歌，分装两册"的两种闽南俗曲唱本②。陈兆南《陈三五娘唱本的演化》则进一步将所见歌仔册分为全歌系唱本与四部系唱本，下又分：（1）四部系全套（2）四部系零套；（3）抄本系等三大类。③刘美芳在陈氏基础之上，将"四部系零套"改称"不完全系"改分为四大类：1. 全歌系；2. 四部系；3. 不完全系；4. 抄本系④，更为贴切地呈现出陈三五娘歌仔册的现存情况。

　　由于抄本不涉及印刷图像的问题⑤，此处暂且不列入探究范围。单就歌仔册的印刷刊本来看，笔者参考刘美芳的分类，续补晚近知见有关陈三五娘歌仔册的版本概况，依"全歌系""四部系""不完全系"等三类（不列抄本系），简要列表如下：

　　　①　乾隆己亥（1779）刊行之《绣像荔枝记陈三歌》，最早见录于薛汕《陈三五娘之笺》，东方文化馆1997年版，第11页。笔者曾向中国国家图书馆申请影印得该本的局部内容，据闻广州中山大学潘培忠博士已有最新研究成果，不日发表。

　　　②　龚书辉：《陈三五娘故事的演化》，《厦门大学学报》第7本（厦门大学，1936?），第20页。按，《厦门大学学报》第7本版权页未见，唯龚氏《陈三五娘故事的演化》一文"后记"自署有日期"廿五·五·廿二"，第62页。

　　　③　陈兆南：《陈三五娘唱本的演化》，《民俗曲艺》第54期，（台北）财团法人施合郑民俗文化基金会1988年版，第10页。

　　　④　刘美芳：《偷情与宿命的纠缠——陈三五娘研究》，林锋雄总编审《歌仔戏四大出之二：陈三五娘》，宜兰县立文化中心1997年版，第9—14页。

　　　⑤　按，根据刘美芳的调查与整理，抄本系共有13种（台湾存12种，漳州存1种），多为歌仔戏艺人因为学习或演出需要而抄录，几乎未见有全本的故事，大多以"磨镜"到"探监"为其主要情节架构，参见刘美芳《偷情与宿命的纠缠——陈三五娘研究》，林锋雄总编审《歌仔戏四大出之二：陈三五娘》，宜兰县立文化中心1997年版，第13页。

（一）全歌系

题名	出版	时间	存本/备注
绣像荔枝记陈三歌	泉州（？）	乾隆己亥（1779）	中国国家图书馆（北京）
绣像荔枝记陈三歌	会文堂胜记	道光年间（1821—1850？）	英国牛津大学 Bodleian library
绣像荔枝记陈三歌	不详	道光年间（1821—1850？）	台湾图书馆（台北）
增广最新陈三歌全集	厦门会文堂	光绪丙午（1906）	施舟人
增广最新陈三歌全集	厦门文德堂	民国三年（1914）	1. 林汉章；2. 陈健铭

（二）四部系

题名	出版	时间	存本
陈三歌第一册 特别最新五娘挟荔枝歌	厦门会文堂	民国四年（1915）	1. 中央研究院傅斯年图书馆；2. 施舟人
	上海开文书局	不详	台湾大学图书馆，分上、下册
	台北黄涂活版所	民国十四年（1925）	台湾大学图书馆（陈伯卿留学歌）
陈三歌第二册 特别最新五娘送寒衣歌	厦门会文堂（甲）	清刊本	台湾大学图书馆
	厦门会文堂（乙）	民国四年（1915）	1. 中央研究院傅斯年图书馆；2. 施舟人
	厦门文德堂	不详	刘峯松
	台北黄涂活版所	民国十四年（1925）	台湾大学图书馆
	台中文林书局	1957	1. 中央研究院傅斯年图书馆；2. 台湾大学图书馆（上、中、下册）
陈三歌第三册 改良黄五娘跳古井歌	厦门会文堂（甲）	清刊本	台湾大学图书馆
	厦门会文堂（乙）	民国四年（1915）	1. 中央研究院傅斯年图书馆；2. 施舟人
	上海开文书局	不详	台湾大学图书馆（上、下册）
	台北黄涂活版所	民国十四年（1925）	台湾大学图书馆
	台中文林书局	1957	台湾大学图书馆（上、中、下册）

续表

题名	出版	时间	存本
陈三歌第四册 最新改良洪益 春告御状歌	厦门会文堂（甲）	清刊本	台湾大学图书馆
	厦门会文堂（乙）	民国四年（1915）	1. "中央研究院"傅斯年图书馆；2. 施舟人
	厦门文德堂	不详	"中央研究院"傅斯年图书馆
	台北黄涂活版所	民国十四年（1925）	台湾大学图书馆

（三）不完全系

题名	出版	时间	存本
陈三五娘王碧琚打荔枝	万华梁松林编著	不详	台湾大学图书馆
陈三五娘陈必卿改装磨镜	万华梁松林编著	不详	台湾大学图书馆

关于第一类"全歌系"，施炳华在述及陈三五娘歌仔册书写形式时，已经观察到南戏戏文《荔镜记》（1566）与《绣像荔枝记陈三歌》各版本之间图像所具备的传承与关联性，从"全歌系"陈三五娘歌仔册所见的图像变化历程，论证"登楼抛荔""打破宝镜"可谓陈三五娘传说中"最精彩的两个桥段"①，然而若就"四部系"所绘图像来看，"登楼抛荔"情节被重视的程度似乎有所弱化，"打破宝镜"更是消失无踪，"四部系"陈三五娘歌仔册所要强调的主题，恐怕与"全歌系"有别。

有鉴于此，本文选择第二类"四部系"陈三五娘歌仔册的封面图像为主要讨论对象；"四部系"版本虽然不少，但后出各本的内容，其实都是厦门会文堂刊本的重新翻印②，故而笔者仅就厦门会文堂的两种刊本图像论之③。尚祈方家，不吝指正。又，第三类"不

---

① 施炳华：《谈歌仔册的产生与形成——从南戏剧本〈荔镜记〉到歌仔册〈绣像荔枝记陈三歌〉》，收入施炳华《歌仔册欣赏与研究》，（台北）博扬文化事业公司 2010 年版，第 219—220 页。
② 陈兆南：《陈三五娘唱本的演化》，《民俗曲艺》第 54 期，（台北）财团法人施合郑民俗文化基金会 1988 年版，第 12 页。
③ 按，厦门文德堂《最新改良洪益春告御状歌》（"中央研究院"傅斯年图书馆藏）、上海开文书局《最新五娘跳古井歌》（上）（台湾大学图书馆藏）封面各有图像，暂系于此以俟来日再论。

完全系"虽为印刷刊本，但却未见有图，故不列入探究范围，特此说明。

二 厦门会文堂陈三五娘歌仔册的封面图像

所谓"四部系"，指的是"五娘掞荔枝""五娘送寒衣""五娘跳古井歌""益春告御状"等四个部分。歌仔册所叙陈三五娘巧遇、五娘掷荔、陈三卖身磨镜、夜半定情、五娘为母逼嫁、陈三五娘益春私奔、林大告官行贿、陈三被捕发配等情节，概与"全歌系"情节相同。陈三发配至崖州之后的内容，则另有增添，叙五娘遣小七送寒衣予流放远方的陈三，小七途中巧遇陈必贤（时任广南转运使）为陈三平反，始得娶回五娘，林大则迎娶六娘。林大不甘，设计陷害陈三夫妇投井殉情。怀有身孕的益春潜逃，历经险难蒙义父洪举搭救不死，将陈三遗腹子守仁改姓为洪，托洪举照顾，女扮男装只身进京入王爷府，伺机欲告御状。王爷赏识扮男装的益春，将婢女秋香嫁与益春，正当益春苦于假扮男装之事会被揭穿时，秋香阳寿已尽，五娘得阎罗王允许以阴魂附身秋香。后秋香（五娘）进宫服侍帝后，说出陈三一家遭陷冤情，益春改回女装告御状，林大一伙遂遭正法。益春返乡见古井有二蝶翩然飞出，见陈三五娘尸身未朽，乃合墓同葬。益春病殁，于阴间重新与陈三、五娘聚首。时陈必贤任城隍，严判林大等一干恶人等下十殿地狱受各种苦刑。陈三、五娘、益春游历地狱十殿，眼见恶人果报，最终则转世投胎于富贵人家①。

龚书辉对于陈三充军崖州、小七送书以后出现的情节略有微词，因为其与《荔镜传》《荔枝记》等小说戏曲的结构已然不同，"沾染上神鬼的迷信色调""唱本把这故事的基构全建立在神鬼、冥报的上面"②。薛汕则认为，游地狱、五娘阴魂附身等虽有流于因果报应俗套

---

① 陈兆南：《陈三五娘唱本的演化》，《民俗曲艺》第54期，（台北）财团法人施合郑民俗文化基金会1988年版，第12—13页。

② 龚书辉：《陈三五娘故事的演化》，《厦门大学学刊》1936年6月。

的意味，但从民间的立场来看，林大等恶人在地狱受凌迟恶报的安排是可以被理解的，益春告御状得力于五娘（好人/真理）借尸还魂重生的帮助，"这些想象，通过'善恶'的因缘，就是对迫害好人的一种答复"①。由此观之，"四部系"歌仔册所增补的情节，实有不少是来自民间传说，陈兆南便指出，投井化蝶，是梁祝传说的情节；林大死后受刑，是冥游故事的习套，"四部系"歌仔册正是以这些民间传说，"铺陈渲染成一可叹可愕的故事"②。刘美芳也说，"四部系"歌仔册的后半，明显吸收了民间传说，将才子佳人的故事原型，转入陷害忠良模式。忠贞之士（陈三一家）受贼人诬陷惨遭家破人亡，忍辱得生者（益春）乔装上京告御状，众人死后各有刑罚，然后转世投胎，颇有神鬼报应的观念，相当符合民间信仰的特质。③

目前所知厦门会文堂刊行之"四部系"陈三五娘歌仔册有两种版本，封面皆有图像，且以甲、乙分之，甲本为台湾大学图书馆杨云萍文库藏、乙本为"中央研究院"傅斯年图书馆藏，且列表如下。

（缺）			
第一册	第二册	第三册	第四册

资料来源：台湾大学图书馆杨云萍文库藏厦门会文堂《陈三歌》甲本，缺第一册。

---

①　薛汕：《陈三五娘之笺》，东方文化馆 1997 年版，第 52—53 页。

②　陈兆南：《陈三五娘唱本的演化》，《民俗曲艺》第 54 期，（台北）财团法人施合郑民俗文化基金会 1988 年版，第 13—14 页。

③　刘美芳：《偷情与宿命的纠缠——陈三五娘研究》，林锋雄总审《歌仔戏四大出之二：陈三五娘》，宜兰县立文化中心 1997 年版，第 12 页。

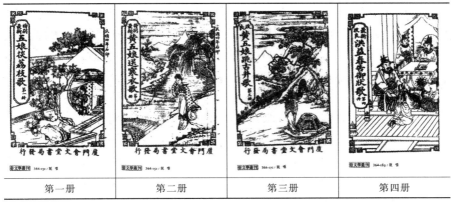

| 第一册 | 第二册 | 第三册 | 第四册 |

资料来源："中央研究院"傅斯年图书馆藏厦门会文堂《陈三歌》乙本，四册俱全。

　　将上述甲、乙两种歌仔册封面并置而观，我们首先注意到的"四部系"各册题名系以"黄五娘""洪益春"为主，《陈三歌》此一题名固然仍可见于封面边框上缘或镌于各册各书叶的板心，但相较于"全歌系"之《绣像荔枝记陈三歌》或《增广最新陈三歌》以"陈三"为主的题名，明显有所不同。

　　其次，现存厦门会文堂《陈三歌》甲本仅见第二、三、四册，分别为五娘、益春、林大的人物"真容"，可以推想第一册所绘必然是"陈三真容"，惜今未见。乙本各册则是由人物（主要为五娘、益春）、场景构成带有情节叙事意味的图像。从中国古代小说的版画与题名关系来看，自元代（笔者按，约13世纪）以来出现的插图本通俗小说，小说题名至少有"全相""全像""出相""出像""绣像"等差异，根据李玉珍的研究，"出相""出像"大多为每回故事前的全图，是一种"先图后文"的版式；"全相""全像"的版式则概为"上图下文"；"绣像"与"出像"将图版置于书籍卷首，先图后文的形式一致，在明末清初（笔者按，约17世纪）称"绣像"小说所绘者概为情节插图，但自乾隆、嘉庆（笔者按，约18世纪）以后，所谓"绣像"的绘画主体，逐渐有从"绘事"转向"绘人"的倾向。①

―――――――

① 李玉珍：《以图叙事――〈从中国古代小说版画集成〉题书名探讨插图本通俗小说之图文关系》，《中华学报》第40期，（台北）中华科技大学2009年版，第623—627页。

由此观之，厦门会文堂"陈三歌"甲本偏向于所谓"绣像"着重"绘人"的意涵，乙本则反映出明清以来小说戏曲刊本的"绣像"风格，以下且就厦门会文堂《陈三歌》乙本封面的几个问题而论，再回头考察甲本第一册可能的样貌。

三　厦门会文堂陈三五娘歌仔册封面图像的考察

厦门会文堂《陈三歌》乙本第一册封面，绘五娘倚窗而望，窗外果树照理来说当系荔枝，只是画面堪称"硕果"，绘图者或系为了强调"荔枝"而刻意放大果实。画面中少了陈三，甚至不见益春，"登楼抛荔"这个在"全歌系"中重要的情节，未必受到"四部系"封面绘图者的重视。

第二册封面所绘，为一女子右手微举，左手提包袱赶路状，若从题名《黄五娘送寒衣歌》来看，画面中人物最有可能的就是五娘，然而歌仔册的内容明明是：

五娘近前就叫伊	小七听我说透枝	阮卜使人送寒衣	未知
小七乜主意			
小七听见不听辞	阿娘差我乜值去	五娘听见心欢喜	提出
银两做盘缠			
小七说出阿娘听	我今无某总不行	我身自幼做人奴	身穿
破衫共破裤			
衫破无人共我补	卜共呵娘尔讨某	别人恰美我不值	一个
益春合我意			
五娘听见笑微微	小七听我说透枝	尔送寒衣莫延迟	返来
益春即做尔①			

---

① 佚名：《特别最新黄五娘送寒衣歌》，会文堂1915年版，第5b页，收入"中央研究院"史语所俗文学丛刊编辑小组编《俗文学丛刊》第364册，"中央研究院"史语所、新文丰出版公司2004年版，第162页。

也就是说，送寒衣、送书信者明明是五娘的家仆小七，五娘甚至承诺要将益春嫁给小七①，借以感谢他不远千里代为送衣带信的辛劳，但封面上所绘却是在家里心烦意乱、满怀相思的五娘。封面人物错置的安排，必然是受到《五娘送寒衣》此一题名的影响，尤其题名既是《五娘送寒衣》，若改以家仆小七赶路送寒衣之图，还有可能让人误以为"画错"。②

第三册封面应是呼应题名《五娘跳古井》所绘制，乍看画面上古井的井口甚窄，恐怕不够五娘跳入，不过我们可以联想到第一册的"荔枝"，此处的五娘应该也是被绘图者刻意放大，以便强调与凸显主题人物的存在。

第四册题名《益春告御状》，但封面所绘公堂之中，戴孝服丧，跪地告状者却是一名蓄胡的男子，这或许是绘图者为了强调益春女扮男装，进京伺机申冤的故事，唯歌仔册内容有云：

益春相辞出门去　男妆脱落穿女衣　做落一张冤枉状　哀哀苦苦到午门

君皇上殿就说起　有人告状莫挡伊　昨夜寡人梦一见　百姓受屈满尽是③

益春是"男妆脱落穿女衣"之后，才到金銮殿前告御状。④ 这个"装扮错误"的益春与第三册封面中不应该送寒衣的五娘，让我们联想到，台湾嘉义县某些寺庙彩绘中，偶尔会有画师在绘制"虎牢关三英战吕布"时，把当时还属于吕布的赤兔马画为关羽的

----

① 按，歌仔册对此安排并无交代，小七送信给陈运使，又带信返回潮州交给知州后即不了了之。

② 杨凌宇：《闽南歌仔册封面绣像的整理与研究》，硕士学位论文，台湾云林科技大学汉学应用研究所，2015年。

③ 佚名：《特别改良洪益春告御状歌》，会文堂1915年版，第4a页，收入"中央研究院"史语所俗文学丛刊编辑小组编《俗文学丛刊》第364册，第197页。

④ 杨凌宇：《闽南歌仔册封面绣像的整理与研究》，硕士学位论文，台湾云林科技大学汉学应用研究所，2015年。

坐骑；"哪吒闹东海"的彩绘里也经常出现七岁哪吒还不应该拥有的火尖枪、风火轮，这些彩绘内容违反了小说所叙情节，有欠讲究①，这种"有欠讲究"的现象确实是民间百姓直观的误解，只是其误解背后的逻辑依然有迹可循，换言之，就《五娘送寒衣》之题来说，"五娘"就应该是"送寒衣"者才对！至于"益春"若不是女扮男装，又怎么可能以一介女流，上得了金銮殿"告御状"？这样看来，人物与故事不符的"误解"（或"有欠讲究"）画面，反倒有一种质朴的美感。

再看厦门会文堂《陈三歌》甲本第一册封面的问题。前文业已提到，甲本的这几帧"真容"，偏向于传统插图本小说中"绣像"着重"绘人"之意，无独有偶，笔者同样也是由厦门会文堂刊行的小说《增注加批奇逢全集》（1909）正文前，看到了陈必卿、黄五娘、陈运使、小七、洪益春、林大等人"绣像"，且容笔者再引用甲本封面，并将小说《增注加批奇逢全集》中所绘陈三、五娘、益春、林大的绣像并置对照如下：

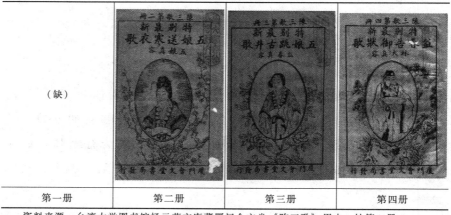

（缺）			
第一册	第二册	第三册	第四册

资料来源：台湾大学图书馆杨云萍文库藏厦门会文堂《陈三歌》甲本，缺第一册。

① 陈益源：《台湾民间文学采录》，（台北）里仁书局1999年版，第102页。

资料来源：厦门会文堂于宣统元年（1909）刊行《增注加批奇逢全集》人物绣像，笔者自藏。

从人物姿态（人物面对方向）、衣服装扮（五娘、益春的发型和服装，林大的胡须与帽子）、手持器具（林大手中之扇）等等来看，小说和歌仔册有诸多神似之处，可以推测厦门会文堂《陈三歌》甲本第一册封面所绘的陈三，其神情姿态，应该也不会与同为厦门会文堂刊行之《增注加批奇逢全集》（1909）相差太多，这为我们想象歌仔册封面"陈三真容"的模样时，提供了一点可靠的凭借。

四　结语

早在道光之前，乾隆己亥（1779）刊行之《绣像荔枝记陈三歌》，极可能是现存刊行时间最早的歌仔册文献。现存陈三五娘歌仔册依内容差异，可分为：1. 全歌系；2. 四部系；3. 不完全系；4. 抄本系。根据施炳华的研究，"全歌系"（题为《绣像荔枝记陈三歌》者）的图像，有承袭自南戏戏文《荔镜记》（1566）插图的痕迹；从"全歌系"本身图像的变化历程，施氏指出"登楼抛荔""打破宝镜"是陈三五娘传说中"最精彩的两个桥段"。然而，从厦门会文堂刊行的两种"四部系"陈三五娘歌仔册封面图像来看，"登楼抛荔"这个重要的情节，未必受到"四部系"封面绘图者的重视（甚至未见有"陈三磨镜"的图像）。

厦门会文堂于宣统元年（1909）刊行的小说《增注加批奇逢全集》正文前，绘有陈必卿、黄五娘、陈运使、小七、洪益春、林大等人"绣像"，这几帧"绣像"中的五娘、益春、林大人物造型与厦门会文堂《陈三歌》甲本第二、三、四册封面所绘"五娘真容""益春真容""林大真容"颇有神似之处，推测厦门会文堂《陈三歌》甲本第一册封面当为"陈三真容"，今虽未见该本封面，但唱本封面所绘的"陈三真容"也有合理性，大概与小说《增注加批奇逢全集》陈三的"绣像"相差不远矣。

《绣巾缘》《青梅记》与留公陂

——从另一个角度探讨陈三五娘传说的来由

郑国权[*]

长期以来，人们在讨论陈三五娘的传说时，总想知道这个故事的来源。在众说纷纭中，有许多人认为故事是真人真事。因为陈三这个人物，有出生地、有家族、有活动的具体时间与空间，甚至有遗迹，如陈三坝。另一种观点则认为，传说就是传说，传说可以虚构，也可以添枝加叶，随意编造。但有些传说经过长年众口相传并加以创造和丰富，便日臻成熟，竟然让人信以为真。能达到这个程度的传说并写成文字的，自然成为民间文学、文艺作品了。就我个人的认知而言，我倾向于陈三五娘的故事是传说，是民间文学，而不是真人真事。

文言小小说《绣巾缘》是因由

但话说回来，无风不起浪，凡事皆有因。陈三五娘故事的孕育产生，也应该是有因由的。那么，这个故事的因由在哪里？我想在明清时期出现的文言小说、白话戏文，都有点蛛丝马迹可寻。其中，我特别要向各位推荐一篇短短的文言小说，名叫《绣巾缘》。这篇小说鲜为人知。我虽然早就听说过，但一直找不到它，网上也搜索不到，更不知道它的作者是谁，写于什么年代。后来我在林霁秋先生编的《泉南指谱重编》第四卷中，意外发现一篇林先生手抄的三页文字，附在以陈三五娘故事为题材的弦管指谱之后。这篇抄件开头三个字就是"绣巾缘"，但全文并未注明出处和作者名字。《泉南指谱重编》全书六卷，1922年在上海石版印刷发行。2011年，我把这篇《绣巾缘》点校，合编在《荔镜奇缘古今谈》一书中，由中国戏剧出版社出版。这篇小说加上标点符号，总共只有一千二百多字，可以说是小小说。但别看它小，它蕴涵的历史信息却很多，很值得重视。它的内容梗概如下。

五代晚期，陈洪进镇守泉漳一带，坐镇漳州。他派第三个王子陈瑶（字季瑶）驻扎在揭阳（当年属福建所辖）。陈瑶一天夜晚带部将骑马到南汉所辖的潮州城内游玩，从黄尚志门前经过，看见五娘与婢女忆春在门前剥荔枝，帅哥美女一见钟情，五娘便把绣巾包着荔枝掷给他。陈瑶过后随即派人去求婚。但黄尚志早已将五娘许配南汉将领林飞虎之子林豹（林豹鼻大，又名林大鼻）。黄父左右为难，一边先把陈瑶派来的人安顿在宾馆，一边暗中派人去请林家赶快来迎娶，自己则带领家人出城迎接娶亲队伍。陈瑶的部将探知这个消息，遂纵容陈瑶带人乘虚到黄家，冒称奉黄父之命，把五娘及忆春赚回揭阳，先下手为强，当晚便成亲。第二天，新郎携带新娘急忙转回漳州，途经诏安，中途遇到南汉林飞虎的重兵拦截。陈瑶预料寡不敌众，只好化装从小路躲入乡村，结果还是被黄尚志带领的人马逮住，押回潮州交给林飞虎。林飞虎把陈瑶与部将以擅劫民女罪交地方官府惩办。林飞虎知道生米已成熟饭，无可挽回，便把五娘、忆春交给黄尚志领回，令其另配高门。

潮州府尹面对王子不敢治罪，把案件上报，将这批人犯解押南海汉都。五娘得知这个坏消息，痛苦万分，绝食明志。忆春着急，报告黄尚志，黄尚志只好带着五娘、忆春到揭阳求见陈洪进。洪进因爱子被俘，一腔火气正旺，拒不接见。此时五娘急中生智，大着胆混进陈府后宫，找到陈瑶生母李妃——尚未见面的婆婆。李妃见五娘节志可嘉，就把她留在身边，并劝解陈洪进，有如此节志的媳妇自送上门来，岂有拒于门外之理。陈洪进终于同意收留五娘。过些日子，洪进采纳大臣的建言，割揭阳等三邑给南汉，换回陈璠与随将，一家团圆，皆大欢喜。随后五娘劝陈璠纳忆春为妾，妻妾生男育女，人丁兴旺。后来洪进、南汉先后归宋。陈洪进被封为忠顺王。

这就是文言小小说《绣巾缘》的大概，其中有些情节，值得认真琢磨。如果拿它与戏文《荔枝记》《荔镜记》比照，便会发现彼此间有许多有趣的关联。

一是《绣巾缘》是以绣巾、荔枝为主要媒介来构成这段姻缘的，并以绣巾来命题。而《荔镜记》也是以手帕（绣巾）、荔枝为媒介。而且《荔镜记》的前本叫《荔枝记》，更是直接以荔枝为名。

二是主要人物的名称，《荔镜记》与《绣巾缘》相当接近。《绣巾缘》的陈璠是三王子，《荔镜记》的陈伯卿排行第三，称陈三。《绣巾缘》的五娘、忆春，《荔镜记》叫五娘、益春，只有忆与益一字之差。黄尚志与黄忠志也只有一字之差。林大鼻大名则完全相同，只有其正名林豹与林大有别。

三是人物活动地点，《荔镜记》与《绣巾缘》也大同小异。陈洪进父子是泉州人，时在漳州、诏安、揭阳为官，不是在广南，而陈璠出游与出事地点都在潮州，五娘一家世居潮州。这些，《荔镜记》与《绣巾缘》完全相同。陈璠解押南海与陈三发配涯州也近似。

那么，《绣巾缘》直呼其名而不讳的陈洪进，泉州历史上是不是真有其人？且看泉州府志等史料记载：公元914年，陈洪进出生于仙游县连江里（今枫亭镇侯榄村，一说后移居晋江县北朋山岭下），家中贫寒，少怀大志，攻读诗文，喜习兵法，以才勇闻名乡里。后在泉州散指挥使留从效（906—962）军中效力，为留从效所赏识。944年，他被选为为壮士之一，连夜越城墙而入，擒杀叛贼朱文进派任泉州刺史黄绍颇。平叛后，留从效等步步高升。至南唐李璟时，泉州升为清源军，留从效升为清源军节度使、泉南等州观察使。后又封鄂国公、晋江王。宋太祖即位后，留从效转而向宋称藩。宋建隆三年（962），留从效病卒后，时任统军使陈洪进用计夺取兵权；转而投靠南唐，最后归顺赵宋，封清源军节度使，晋爵太师。陈洪进的四个儿子，都为宋室任用为官。宋雍熙二年（985），陈洪进病逝于开封。宋太宗下令罢朝二日，以示哀悼，并赐赠中书令，谥号忠顺，追封南康郡王。

这段历史，已是千年往事，灰飞烟灭。但陈洪进当政时所建的水利工程陈埭并迁居入住的陈埭乡，为女儿当尼姑而建的崇福寺等等，于今仍存。他死后泉州人建南岳庙祭祀他，虽然庙废地名也仍存在。

基于以上史料，可以认为《绣巾缘》是属于纪实类的笔记小说。这种笔记小说有如唐传奇《莺莺传》，是元稹以其亲历写成的，不全是杜撰。《绣巾缘》的故事发生在五代末期、宋代之初，涉及的主要人物、地点，如陈洪进、南康、南汉以至割揭阳等三邑归南汉，都于正史有据，更接近史实。

凡此种种，说明陈洪进父子对泉州的历史文化有更多遗响。《绣巾缘》可以说是他的野史，有些描述与史实不符也是明显的，如称陈洪进为南康王。这个王号是陈洪进死后追封的，而非生前的爵位。这或许是《绣巾缘》原作者刻意所为，也是野史所允许的。由此可以推测，《绣巾缘》应是在宋太宗追封陈洪进为王之后至《荔镜记》及其前本《荔枝记》刊行之前问世的。因此，陈三五娘的传说及其后的戏文《荔枝记》《荔镜记》最早的因由，从《绣巾缘》中的陈洪进一家去追寻，比起从陈运使家族去考证，也许会更合理可信。

早佚的《青梅记》也许是《荔镜记》的蓝本

那么，陈三五娘的传说及其后的戏文《荔枝记》《荔镜记》的"磨镜""破镜"等关键情节，并不见于《绣巾缘》，是从何而来？

答案是：也许来自宋元南戏一部早已佚失的《青梅记》。

《青梅记》写一位叫锦桃娘子的美女，一次拣个青梅去投击鹧鸪，不意青梅坠落，误中了墙外的一位少年卢少春。两人一照面，互相吸引，顿生情愫。卢少春过后设计假卖水果，进入锦桃家中，在奉茶时，故意打破玉盏，只好卖身赔盏，实现接近锦桃娘子的目的。这部戏文早已不复存在，无从查考锦桃的姓氏及其他细节，但学术界还有人关注它。台湾成功大学陈益源教授有一篇《〈荔镜传〉考》，1993 年发表于北京《文学遗产》。2011 年，我征得益源教授同意，编入《荔镜奇缘古今》一书中，益源教授文中就提到《荔镜传》为后人研究《青梅记》提供了许多重要线索。另一方面，泉州古老的弦管也唱过《青梅记》的故事，一首《劝小姐》的曲词出现在我主编的《泉州弦管曲词总汇》第 91 页之中，我们从中得知《青梅记》中益春式人物名叫翠云。又从另一首益春《劝告阿娘》的曲词中，获知锦桃娘子姓崔（见《总汇》第 93 页）。以上这两点很重要，说明《青梅记》在戏文《荔镜记》以及文言长篇小说《荔镜传》的作者心目中，是相当熟悉的。同时说明宋元南戏《青梅记》在泉州曾经流行过，所以才有如此可贵的文学遗产幸存在弦管曲文中。

由此可以合理推断，《荔镜记》及其前本《荔枝记》中的假磨镜、故意打破宝镜到卖身赔镜等情节，如果不是不谋而合，便是以《青梅记》为蓝本的。

总体来说，陈三五娘的传说及其后的戏文《荔枝记》《荔镜记》，开头的"投荔"，不能不说是取自《绣巾缘》，而"破镜"则是以《青梅记》为蓝本的。这样说，丝毫无损于陈三五娘的传说及其衍生的戏文《荔枝记》《荔镜记》的文学价值和艺术成就。就像王实甫的《西厢记》比起之前的诸宫调《董西厢》和元稹原作的《莺莺传》，其文学价值和艺术成就更是大大的飞跃。何况陈三五娘的传说，是可能源自《泉州府志》有传可查的陈洪进，而非于史无凭的陈运使家兄弟。如此稽考，陈三五娘的传说的起始来由，应该说会更加扎实可靠。

"陈三坝"原名是"留公陂"

但还有一个问题，就是"陈三坝"要作何解释？笔者曾多次提到，陈三当年未就业，无收入，手中没有财力也没有权力，而且处于南宋末兵荒马乱前夕，怎么可能去兴修水利？承蒙洛江的朋友证实，"陈三坝"过去叫"留公陂"。"陂"是古代的水利设施。莆田古老的木兰陂，始建于北宋治平元年（1064），是世界灌溉工程遗产，全国重点文物保护单位。我曾想到"留公陂"会不会是留从效或陈洪进所建？后来查资料，留公陂乃留从效八世孙南宋右史留元刚（1205 年试中博学宏词科，特赐同进士出身）所倡筑，是泉州最早的拦水堤坝。这个水坝比起陈三五娘传说的"宋景炎间"（1276—1278）早了五六十年，陈三还没出生，所以与陈家无关。从研究文史的角度而言，正本清源，称"留公陂"比起称"陈三坝"，更有实实在在的历史意义。

结　语

综上所述，陈三五娘传说及其后的《荔枝记》《荔镜记》系列戏文，开头的投荔部分可能是源自纪实类小说《绣巾缘》，其后的磨镜、破镜和卖身赔镜的关键情节，是借鉴宋元南戏《青梅记》，再经过许多的无名氏的用心培育、添砖加瓦，最终成熟为一份珍贵的文学遗产，于今终于列入国家级非物质文化遗产名录！

最近偶然看到一位名叫成榛的北方网友，在网上发出一条信息："跪求《荔镜记荔枝记四种》。因为'到处找不到，烦请告知一声！'"这条信息让人感动，说明陈三五娘传说及其后的系列戏文，不只是受闽南人喜爱，甚至连"人在北方"的爱好者也求之若渴。

匆匆把这些粗浅的认识写成此文，以参加此次研讨会，希望能得到批评和指正，或沿着这条线索为之补充材料，以期把研讨引向深入。

"闽南"爱情故事的"日本印记"

——从梨园戏《陈三五娘》到佐藤春夫的小说《星》

古大勇[*]

一 "跨文化"交流中的"文化过滤"

佐藤春夫（1892—1964），日本著名的小说家、诗人和评论家，活跃于大正和昭和时期，主要作品有《田园的忧郁》《西班牙猎犬》《都市的忧郁》《这三个人》《殉情诗集》《小曲四章》《晶子曼陀罗》等，其作品对中国作家郁达夫的创作影响极大。佐藤春夫先后于1920年和1927年两次来到中国，游历了闽南、台湾和江南一带。佐藤春夫第一次来中国是1920年6月，因陷入与朋友谷崎润一郎的妻子千代的情感纠葛中，他患上了严重的神经衰弱症，为了排遣苦闷，应朋友之邀来到台湾旅游，访台期间，曾渡海到对岸的厦门和漳州旅游两周，根据游历见闻，他撰写了《南方纪行——厦门采访册》，于1922年刊行。在赴厦期间，他偶然间听说流行于闽南的戏曲"陈三五娘"，被陈三和五娘之间的传奇爱情故事所打动，兴趣盎然，回国后立即创作了以"陈三五娘"故事为蓝本的中篇小说《星》，发表于1921年3月的《改造》上。《星》乃佐藤春夫"台湾旅行关系作品"系列之首篇，此后的十年时间里，他先后发表了有关这两次旅行的作品，其中包括充满"支那趣味"的《南方纪行》《女诫扇绮谭》《李鸿章》《西湖紫云洞的故事》《车尘集》和《秦淮画舫纳凉记》等。

---

* 作者单位：泉州师范学院文学与传播学院。

　　一个具有典型的中国闽南特色、浪漫美丽而曲折传奇的爱情故事，经过一个在日本大和民族文化熏陶下、受到日本明治以来的"脱亚入欧"思想影响、具有特定审美趣味的日本文人作家的"改写"，会呈现出一种怎样不为人知的独特艺术面貌？

　　值得注意的是，我们现在无法确定佐藤春夫接触的是"陈三五娘"故事诸戏曲刊本中的哪一个刊本，但是这并不重要，因为所有刊本即使在某些细节上有差异，但都能找到基本"公约数"，都具备相同的"故事内核"，也就是说，在基本的情节内容上，不同刊本是有一致性的。这里，为了比较的需要，我们假定佐藤春夫接触的是明朝嘉靖本《荔镜记》。

　　《星》和"陈三五娘"虽有直接的材料渊源关系，但这两部作品毕竟产生于两个具有不同文化传统、价值观念、审美习惯的国度，一个诞生于16世纪明朝的嘉靖年间甚至更早年代，一个诞生于20世纪的日本大正时期；一个是在漫长流播过程中经过数度改写加工的民间创作，一个是典型的文人创作；一个是主要属于中国传统戏曲体裁的文学形态，一个是具有独特"佐藤风格"的小说体裁的文学形态。因此，两个文本之间既有基本固定的同质基因，也不可避免地存在诸多离散型的异质因素。从比较文学的角度来看，这属于典型的影响关系的研究。影响—接受是一个双向互动的二元关系，作为接受者的"后文本"作者，对于"前文本"的接受并非被动消极的，而具有无限能动的主体性，或依据自己的创作意图，对"前文本"进行自觉改写或再创造，或源于自身民族文化传统等因素的潜在制约和影响，而造成与"前文本"的不自觉偏离。缘此，本文所要试图解决的是，作为"后文本"的《星》继承了"前文本""陈三五娘"故事的哪些基本要素，在此基础上，产生了哪些或隐或显的变异？这里引用比较文学中常用的一个关键词"文化过滤"。

　　什么叫"文化过滤"？按照"比较文学"的规范定义，"文化过滤是跨文化交流、对话中，由于接受主体不同的文化传统、社会历史背景、审美习惯等原因而造成接受者有意无意地对交流信息选择、变形、伪装、渗透、创新等作用，从而造成源交流信息在内容、形式上发生变异，文化过滤具有明确的方向性与功利性特征"。"从文化过滤的实施者接受方的角度来看，主要包括以下几个方面：传统文化的影响和制约造成的文化过滤，意识形态的影响和制约构成的文化过滤，社会时代环境的影响和制约造成的文化过滤，审美情趣的影响和制约造成的文化过滤。"①"文化过滤"所形成的接受主体对接受客体的"选择、变形、伪装、渗透、创新"，分为两种情况，一种是无意为之，另一种是有意为之。那么，佐藤春夫的小说《星》中所体现的"文化过滤"现象是属于哪一种情况呢？从"文化过滤"的实施者接受方的角度来看，在以上所提到的几种情况中，《星》属于哪一种情况呢？

文化过滤产生的深层次原因是什么？"文化过滤主要是指由于文化模子的不同而产生的文学变异现象。"②什么是"文化模子"？文化模子"即以某种价值原则为根据形成的历史传统，东西方由于其在文明肇始之初确立的根本价值原则的分歧形成了相互之间在品质上相异的不同历史生活传统，这就决定了比较文学在跨越东西方文化或中西文化领域内，必然面临'文学'在'文化模子'分歧的层面形成的种种异质特征。也就是说，不同的文化'模子'就会有不同的文学观、审美观和相应的文学意义建构方式及其美学特征。从某种意义上说，只有依据'文化模子'自身的文学观解释与之相应的文学经验时才算是有效的，才有可能是最权威的。当处在某种'文学观'中的读者阅读具有不同'文学观'的文学作品时，由于不能把自己放到原文本的文化背景中，不能从其'文化模子'的内在方面去理解这种'文学观'的意义建构方式以及由此确定的作品的种种美学特征；而从自身文化模子的文学观或文化前见的立场内在地去欣赏、理解作品的意义，或者将别的'文化模子'中的文学作品搬到自己的文化框架内来欣赏，必然是对原作品内容和形式筛选、切割、歪曲，从而使得交流文

---

① 曹顺庆主编：《比较文学学》，四川大学出版社 2005 年版，第 273 页。
② 同上书，第 274 页。

学在内容和形式上产生变异，有的甚至变得面目全非，简直成了重写或创作"①。也就是说，佐藤在创作小说《星》的时候，他已经先天地被归属到某种特定的"文化模子"范畴，并接受这一"文化模子"的内在制约，无力摆脱这一"文化模子"的强大影响，那么，这个与佐藤春夫息息相关的"文化模子"的具体内涵是什么？"就文化过滤来说，跨文明的比较文学研究中，必须研究接受主体文化从哪些层面对发送者文学施加限制、筛选、切割、变形、伪装？由于文化过滤的作用，发送者文本中观念性因素（内容）和美学因素（风格）产生了哪些变异？在接受过程中运用了哪些变通策略？"② 本文就试图带着以上种种问题，进入不同文明背景下产生的两部文学作品的文本世界中去，探索其无尽的艺术堂奥。

二 "有意栽花"的"殖民书写"

明朝嘉靖本《荔镜记》是"陈三五娘"的母本，全剧共 55 出，巧的是佐藤的《星》也有 55 折。比较后半部分在情节内容上的差异，明朝嘉靖本《荔镜记》中，从 47 折到 55 折，分别是"敕升都堂""忆情自叹""途遇佳音""小七递简""驿递遇兄""问革知州""再续姻亲""衣锦回乡""合家团圆"，内容不外乎陈三五娘的爱情"大团圆"结局之前所遭遇的种种曲折磨难，是陈三五娘的爱情故事中的高潮和结局的部分。但佐藤春夫的小说《星》从第 47 折到第 55 折所写的内容是包括明朝嘉靖本《荔镜记》在内的所有《陈三五娘》的版本都没有的内容：陈三和五娘死后，益春已怀身孕，她坚持把这个孩子生下来，这个孩子改承母姓，姓洪，字亨九，名承畴，摇身一变成了明朝大名鼎鼎的洪承畴。洪承畴是否陈三的儿子呢？这在正史上没有记载，也有个别非官方的文献提到了洪承畴与陈三的关系，如蒋瑞藻在《小说枝谈》中记载："又传五娘有妾洪益春，亦殊色，五娘媵

---

① 曹顺庆主编：《比较文学学》，四川大学出版社 2005 年版，第 274—275 页。
② 同上书，第 273 页。

而无子，益春有子，后陈家有大难，变姓逃，其子孙皆冒母家姓，昭代大贵人洪某，乃其后云。"① 此句话，如果属实，那么洪承畴与陈三就有渊源关系，但"后人"并非等于儿子，也可能是相隔遥远的后裔，因为南宋时代的陈三和益春，和万历年间高中进士的洪承畴相差了五百年。何况《小说枝谈》中的材料记载并非来源于可信的正史。因此，把洪承畴说成益春的儿子显然是一种一厢情愿的主观猜想。

对于洪承畴，虽然近来也有个别学者为洪承畴"翻案"，提出应该以一分为二的辩证眼光来评价洪承畴。但在中国人的心目中，洪承畴大体是以一个"大节有亏"、负面的"降臣"形象出现的。而在佐藤春夫的笔下，洪承畴形象却摇身一变，成为"世上最了不起的人"。"世上最了不起的人"这句话在《星》中出现多次，在小说的开头，陈三对"星"祈求两个愿望，其一是"遇到世上最美的姑娘"，其二就是"生出儿子，长大变成世上最了不起的人"，这个细节内容不是作者无意为之的"闲笔"，而是一种煞费苦心的"草蛇灰线，伏延千里"的写法，"世上最了不起的人"最后就成为小说后半部分的洪承畴。由此可见，作者创作《星》的意图之一就是把洪承畴当成一个"了不起"的英雄来歌颂的。小说中的洪承畴"仕了神宗，光宗，熹宗，思宗四代"，在思宗年代，"做着蓟辽总督"。洪承畴被明思宗委以重任，去剿灭李自成的起义军，但不料洪承畴在努力击退李自成的时候，清兵却已攻到了京城附近。洪承畴于是转头和清军交战，可后来李自成从河南重新发展了他的力量，乘势再度向毫无防备的京城反戈重来，京城空虚，腹背受敌，有随时失守的危险，洪承畴面对困境，一筹莫展，垂头丧气，心中展开了激烈的思想斗争：

> 简直毫无守备的京城若是陷下去，那末即使现在在这里征服了清军，也无济于事。——不如暂时投降了清国，万不得已时可把大明的一半天下分给了他们，这样，比完全亡国总要好些。对

① 蒋瑞藻编：《小说枝谈》，古典文学出版社1958年版，第176页。

的——就提议割让大明的一半江山和清国媾和了吧！为清国而败了吧！将来就借清国的援兵去平定流贼吧！在不久的将来，总有一天可以重新和清国争霸的！这便是洪承畴的苦心。因此他是投降了清国。①

以上这段文字，以洪承畴内心活动的形式表达对自身投降行为的"辩解"，其理由有二：其一，提议割让大明的一半江山和清国媾和，比完全亡国要好；其二，投降是一种策略，可以借清国的援兵平定流贼，将来可以再和清国争霸，以图东山再起。千夫所指的叛国投降行为被冠冕堂皇的理由所包装，看起来似乎有几分"情有可原"。但与其说这是洪承畴投降之前的心理活动，毋宁说是佐藤春夫站在洪承畴的角度，借洪承畴之口，表明自己的立场，即将洪承畴的投降行为合理化甚至"正义化"，为同类性质的中国汉奸投降日本的行为进行辩解，提供榜样，寻找一种正当的理由，最终把日本侵略并殖民统治中国的行为合理化。作者紧接着又写了一段文字，再次为洪承畴的投降行为进行美化式地"辩解"：

　　洪承畴当初不过是因为要讨伐李自成而从的清军，到后来非出于本心地感起清的恩来。他因清军的帮助，得报了天子之仇。而且，清的顺治帝也把洪承畴看做了乱世的罕见的了不起的人，而用种种方法劝他归顺。在无论怎样都不能推辞这痛苦的知遇的时候，洪承畴最后说："倘若你能依我一件事，我就归顺。"而他所说的事，便是要由他去制定清国的制度和法律。实际上，他的政治上的才能，是不下于军事上的才能的。结果洪承畴归顺了清。——国号改了。治国的人也改了。但是被治的百姓，却仍是那样信爱我的帝王的百姓。我就忍耻而仕这先帝的百姓吧！为这

---

① 　[日] 佐藤春夫：《佐藤春夫集》，高明译，现代书局1933年版，第49—50页。

先帝的百姓而设幸福的制度吧！因为洪承畴这样想。① "洪承畴是寂寞的，他不胜寂寞的便是没有一个人能够体贴他的心事。"②

　　分析此段话，此内在逻辑和意图如下：第一，因为清军的帮助，剿杀了李自成，替崇祯皇帝报了仇，因此，清军对洪承畴恩重如山。第二，顺治帝极其赏识洪承畴，对其礼遇有加，顺治帝具有礼贤下士、爱惜良才、虚怀若谷的美德。第三，顺治帝慨然允诺洪承畴独立制定清朝的制度法律，施展其政治才能，统治者虽然由崇祯皇帝变为顺治帝，但百姓仍然是先帝崇祯的百姓。洪承畴也算是为先帝崇祯的百姓制定幸福的制度，为先帝崇祯的百姓而服务，因此也就是间接地为先帝服务。

　　佐藤春夫在这里大肆美化洪承畴的投降行为，事实上有其不可告人的用心。这篇小说创作于1923年，当时日本正对中国台湾实行法西斯式的殖民统治，又对中国东北、华北地区乃至全中国"虎视眈眈"，怀有侵占的企图和野心，佐藤春夫作为殖民宗主国的作家，站在日本军国主义的立场，企图通过对中国传统戏曲"陈三五娘"的改写，达到为日本殖民统治者服务、鼓吹殖民地人民向殖民者俯首投降的潜在目的。在小说中，佐藤春夫不吝颂赞异族统治者顺治帝的光辉形象和杰出才能，而顺治帝及其代表的清国无疑象征日本天皇及统治下的日本帝国。因此，小说从正面肯定洪承畴对顺治帝的归顺和投降，就是意在美化那些向日本投降的中国汉奸们，意在麻醉那些正被日本殖民统治的台湾人民，意在说服更多的中国人民向日本殖民者归降。至此，佐藤春夫改写"陈三五娘"的真正用心昭然若揭。

　　如果说佐藤春夫在《星》中所表达的殖民主义企图还是若隐若现，欲说还羞，尚须借"陈三五娘"这个爱情故事的外壳来曲折表达他的想法，那么，时隔十多年之后，佐藤春夫的"殖民主义"立场的

①　[日] 佐藤春夫：《佐藤春夫集》，高明译，现代书局1933年版，第51—52页。
②　同上书，第52—53页。

表达不再遮遮掩掩，而是明目张胆，肆无忌惮，到了"卢沟桥事变"以后，他公开抛出了他的"大东亚共荣"理论。佐藤春夫认为，中国在古代特别是唐宋明清时期是文化古国，然而到中华民国时期传统文化却荡然无存，现代中国是文化沙漠，那么，中国古代的灿烂文化到哪里去了呢？佐藤在《支那非文化之国也》一文中回答说："支那悠久的文化都被传到了日本，而其中有意义的部分全都留在了日本，即支那的文化之花在本国业已枯死而在日本却盛开不衰"，"既然支那文化中有价值的部分为吾国所传承并得以发展，那么进出中国大陆并在那里建立文化难道不是吾等之权利和义务吗？"① 佐藤春夫的意思是，既然现代中国人把优秀的传统文化丢弃了，无法靠自身努力得到复兴，那么，得中国传统文化之精华的日本人就有义务"进出"中国大陆为中国开展复兴传统文化之业，而这里的模糊语"进出"，显然是修辞意义上的策略性表达，实乃与"武装侵略"同义。总之，"佐藤的'大东亚共荣'构想里的文化奴役是建立在对中国进行军事占领的基础之上。这种文化奴役，第一步就是向中国移植'新文化'即狭义的东洋文化"②。在这种"大东亚共荣"的理论指导下，佐藤春夫于1938 年创作了电影小说《亚细亚之子》，小说塑造了两个主要人物：一个姓汪，一个姓郑，分别影射郭沫若和郁达夫。寓居日本的汪在郑的劝说下，决心回国抗日，但归国后发现受骗，抗日激情消失，由抗日的先锋变成了一个亲日派，对日本开发华北的用意心领意会，于是来到日本"皇军"保护下的河北通州，建立了日本式医院。在日本人控制的通州这片土地上，日本国旗太阳旗随处可见，日本国歌"君之代"充耳可闻，汪某则在家打造富有日本特色的、带有"玄关"的"榻榻米"式住宅。在小说的结尾，主人公发自内心地感叹："日本文化一定会征服这片土地。"③《亚细亚之子》的"殖民主义"意图昭然

---

① 　武继平：《佐藤春夫的中国观论考》，《浙江学刊》2007 年第 5 期。
② 　同上。
③ 　《亚细亚之子》至今尚无汉译本，出自 1938 年 3 月号《日本评论》日文原文，参看武继平《佐藤春夫的中国观论考》，《浙江学刊》2007 年第 5 期。

天下，是赤裸裸地美化日本军国主义的侵略行为，并为之进行宣传。作者以这个娶日本女人为妻，生出"亚细亚之子"、并诚心臣服于日本文化的主人公汪影射郭沫若，是有深意的，"郭沫若身为现代中国文人领袖人物，他所作的命运选择必然成为中国知识人群体的行为范式。这一点至少体现了作者个人和日本国家意识的双重期待"①。因此，从佐藤春夫整体的思想演进历程来看，其小说《星》体现的"殖民主义"意图已经不是无意为之的行为了，实乃一个蓄谋已久、半隐半现的"文化阴谋"。

三 "无心插柳"的泛"佐藤风格"

如果说《星》中的"殖民书写"是佐藤春夫一次"有意栽花"的意识形态化改写或再创作，那么《星》中所表现的"佐藤风格"却是作者一次非自觉的"无心插柳"的艺术实践行为。从艺术风格的角度来看，《星》体现了一定的"佐藤风格"特征，所谓"佐藤风格"，就是佐藤春夫在日本"私小说"传统和永井荷风的唯美主义等的影响下创作的系列作品所呈现的相对固定和大体一致、带有日本时代审美趣味的艺术风格和创作特征。"佐藤风格"的主要内涵如下：在题材上，受"私小说"的影响，多描写"欲情"的内容，且大多以自己的"私生活"为素材，描写灵肉冲突的"性"的苦闷，甚至有比较露骨的性描写。在艺术上呈现唯美主义的特色，擅长用唯美的感觉描写来表现浪漫而忧郁的情绪，擅长深入刻画和表现人物的内在心理活动，表现人物的潜意识心理领域。不重视完整的故事情节，结构散文化，长于抒情笔法。《星》中体现的"佐藤风格"并不典型或完整，也就是说它只体现了"佐藤风格"中的部分特征，或一些"佐藤风格"的特征以一种变形或含蓄的形式表现出来，可以称之为不完全意义上的"佐藤风格"或泛"佐藤风格"。具体而言，《星》中的"佐藤风格"主要体现在以下几点。

① 武继平：《佐藤春夫的中国观论考》，《浙江学刊》2007 年第 5 期。

（一）以"欲情化"为中心的整体改编

明朝嘉靖本《荔镜记》和《星》都是 55 出（折），同是讲述一个爱情故事，两个文本的 55 出（折）内容却大相径庭。佐藤对"陈三五娘"的主要故事情节进行"大刀阔斧"的"改写"和"删减"，最大的"改写"体现在两处，其一是将"陈三五娘"中"林大"这一条线索内容统统"腰斩"，其二上节已有论述，即杜撰了益春和陈三的儿子"洪承畴"叛明降清的故事。在"陈三五娘"经典情节中，林大逼婚及由此引出的相关事件是故事的主干线索之一，所占的内容几乎占"陈三五娘"剧情内容的四分之一强，是"陈三五娘"爱情故事整体建构中不可分割的重要部分。以明朝嘉靖本《荔镜记》为例子，与林大直接有关的情节就有以下各出戏：林郎托媒（第 9 出）、李婆求亲（第 11 出）、李婆送聘（第 13 出）、责媒退婚（第 14 出）、五娘投井（第 15 出）、林大催亲（第 30 出）、李婆催亲（第 31 出）、登门逼婚（第 37 出）、词告知州（第 38 出）、途中遇捉（第 43 出）、知州判词（第 44 出）、问革知州（第 52 出），其他各出虽然没有直接涉及林大的情节，但其中不少内容的矛盾和情节演进都是由林大之事所间接触发或推动，因此，剔除林大这一相关线索情节，造成"原文本"内容的严重残缺和不完整。在这个爱情故事中，由于有了林大这一情节的存在，才能更有力地突出剧本反封建包办婚姻、反封建礼教、争取个性自由和解放的先进主题，五娘正是在与林大抗婚、争取自己爱情幸福和婚姻自由的过程中，喊出了"姻缘由己""女嫁男婚，莫论高低"的口号。这些在明朝嘉靖本《荔镜记》的《责媒退聘》这一出有具体的描写，引摘如下（前面的丑指李婆，后面的丑指黄母，旦指五娘）：

李婆对话五娘

【丑】林大官人伊是有钱人。

【旦】任伊有钱我不愿嫁乞伊。

……

【丑】富贵由天，姻缘由天。

【旦】姻缘由己。

【丑】姻缘都是五百年前注定。

【旦】句敢来我面前说三道四。①

黄母对话五娘

【丑】林厝伊人门户共恁相当，有乜不好处，贼婢仔命怯，伊人赤的是金，白的是银，大埚白，小埚赤，那畏了无福气（至）。

【旦】女嫁男婚，莫论高低。

……

【旦】婿苟贤矣，今虽贫贱，安知异日不富贵乎？况兼（嫌）流薄之子，再通力仔嫁乞伊，枉害除仔身。②

"姻缘由己""女嫁男婚，莫论高低"，这些掷地有声的宣言，在明嘉靖那个思想禁锢的时代，其所体现的个性主义意识和女性觉醒意识，无疑具有石破天惊的划时代意义。而《星》由于林大这一相关情节的阙如，"姻缘由己""女嫁男婚，莫论高低"思想就无从表现，在文本中被彻底消解。可以说，佐藤《星》删掉林大这一关键内容，无疑是一记沉重的"斧钺"，造成对《陈三五娘》这一浑然一体的艺术生命结构的致命性伤害。《星》砍掉了林大这一线索，除了后47折补写洪承畴的故事外，主要内容集中于描写陈三、五娘和益春三人之间的情感和欲望纠葛，其中很多细节内容属于作者想象式的"再创造"。在《陈三五娘》中，爱情故事的主角是陈三和五娘，写他们二人之间爱情历经波折终成正果的经过，而益春不过是一个配角，如同《西厢记》中的红娘一样，在陈三和五娘的爱情中起到穿针引线的媒介作用。但是在《星》中，益春的位置上升到和五娘同等重要的地位，三

---

① 泉州地方戏曲研究社编：《泉州传统戏曲丛书》第一卷，中国戏剧出版社1999年版，第27页。

② 同上书，第31页。

人都成为小说的主角。小说主要叙写五娘和益春都争相得到陈三的爱情及由此产生的矛盾心理活动和行为，确切地说，佐藤把它改写成一个典型的"三角恋"故事，其中有误解，有猜忌，有悲哀，有体味爱情时的甜蜜，有感觉要失去爱情时的绝望，有察觉爱人"移情"时而产生的嫉妒心理，有由于误会而产生的殉情悲剧。在《星》中，五娘和益春都美丽绝伦，她们在花朝那天进行比赛，让路人评价谁最美。她们约定：胜者可以成为陈三的妻子，而输者则只能做陈三的小妾，结果五娘胜出。作为一个奴仆和红娘，益春无怨无悔地玉成陈三和五娘之间的好事，为陈三和五娘的爱情牵线搭桥，但作为一个也心仪陈三的女人，她却心有不甘，"益春把自己的意中人偷偷带到别一个姑娘的房门口之后，独自回到自己屋内，伏在床上啼哭起来……仅仅数日之后，益春就像服了长期丧的人一般消瘦了"①。真是"为伊消得人憔悴，衣带渐宽终不悔"。后来，五娘兑现了那年花朝的约定，允诺益春做陈三的小妾。益春怀孕，陈三与益春更为亲密，五娘怀疑陈三"移情别恋"益春，对陈三的薄情非常不满，更对益春独占丈夫宠爱而生恨，而益春觉得对五娘有愧疚，因此也常常劝说陈三爱五娘，"五娘在不看见陈三的晚上，觉得陈三很可爱，但是一看到陈三，总是把闷在心里的怨言先讲出口"，陈三并不讨厌五娘，但"很怕听她的含刺的话，于是他把她和柔和的益春比较起来，并且觉得心境不好的五娘没有从前美了，因为身子虽然抱着五娘，安慰着她，心里却一竟想着充满着爱情和希望的很美丽地从深处发着光的益春的黑的瞳仁"②。五娘苦闷不已，决心要测测一下丈夫对自己究竟还有几分爱意，于是精心布置坠井自杀的虚假现场，岂料陈三信以为真，投井殉情自杀，五娘悔恨难当，也跟着投井殉夫。益春为了将肚子里的孩子生下来，完成陈三的愿望——让儿子"变成世上最了不起的人"，坚强地活下去了。这个陈三、五娘和益春之间

---

① 　［日］佐藤春夫：《佐藤春夫集》，高明译，现代书局1933年版，第20—21页。
② 　同上书，第36页。

发生的"三角恋"故事占据了整个小说从第 8 折到第 46 折的内容，成为小说的主要内容。与《陈三五娘》相比，《星》的主体部分主要人物减少了，故事情节简单了，外在矛盾淡化了，但是心理矛盾却大大增加了，注重刻画五娘和益春在情感纠葛中丰富复杂的心理活动，突出人物显意识和潜意识领域对情欲的渴望和追求，是一部以"欲情化"内容为中心的叙事小说，具有比较明显的"佐藤风格"色彩。

（二）以"情苦闷"为中心的细腻心理描写

日本私小说以及佐藤的部分小说侧重于表现"性苦闷"，也就是其描写更集中于人的自然欲望，或者说集中于与"情"纠缠在一起的"性"欲望。而《星》虽然对由于欲望而产生的"苦闷"的表现也着力甚重，但却侧重于"情"的角度，而回避"性"的成分。虽然小说中"性"内容阙如，但对"苦闷"的表现和挖掘却达到一定的心理深度。如五娘对陈三"移情别恋"的耿耿于怀、不能把握陈三本心而胡乱揣摩，五娘对益春得到陈三"偏爱"又嫉又恨又悔的心理刻画。小说的第四十折就是一段长长的五娘内心独白：

"是丈夫的爱——那样深爱的丈夫的爱，倒是几时移到益春身上去了呢？倒是怎么移到益春身上去了的呢？"五娘将这自然很明瞭的疑问，在自己心里反覆了好几千回。……"丈夫的爱，想是从益春受孕的那晚上移去了无疑。为什么自己不孕丈夫的孩子呢？和丈夫的宠爱一样，天对自己的宠爱也是很少的啊！——千怪万怪，都怪自己不该遵守那开玩笑的约，而把益春荐为自己的丈夫为妾。——那时候，自己是想把多余着的幸福分些给沉在悲欢的深渊中的益春啊！当初那儿想到会完全被他拿去呢？想来想去，可恨的是有着轻薄的情的丈夫！不，丈夫仍旧是可爱的。可恨的是益春！不论怎样说总是益春！她毫不念及当日之恩，独占了丈夫的爱，却以为她多了不起似的，时时用怜悯般的眼光偷看自己，自己是知道很清楚呢。"①

（三）神秘绮美的象征意象和唯美浓艳的女色摹写

首先，《星》重点突出具有神秘绮美色彩的"星"的意象。《荔镜记》标题中"荔镜"二字，代表"荔枝"和"宝镜"，在故事情节的推进和发展过程中起到非常关键的作用。如五娘正是通过抛投荔枝而得以开始和陈三的姻缘，陈三在追求五娘遭遇困境之际，正是"宝镜"的机缘使境况出现"柳暗花明"的转机，最终促成陈三五娘之间的幸福结合。"荔枝"和"宝镜"无疑是剧本的中心意象。而在小说《星》中，虽然"荔枝"和"宝镜"的意象还存在，但其作用却大大弱化了，而"星"一跃成为小说的中心意象。陈香认为，《星》"以'星'为中心象征，贬抑'荔'与'镜'二物"②。"星"贯穿在整个小说的前后章节中，据统计，《星》共55折，其中第2、3、4、5、8、20、25、31、32、38、39、42、46等折中均出现"星"意象，第3折、第20折和第38折更对"星"意象进行了比较详细的描绘。小说的第2折就开门见山地点出"星"，"陈三不知是从谁那里学会了看星的法子。而在秋天的一个晚上，星月灿烂的夜间，在无数的星之中发见了一颗星。这无疑是陈三自己的运命的星，因为，试了好几夜，总是陈三眨眼那星也跟着眨眼，而除了这一颗星之外，再没有别的星是这样"③。于是，陈三对着星祈求："我的星啊，求你把世上最美的女子给我做妻子，并且求你使我的儿子变成世界上最了不起的人。"④ 此后，"星"意象在主人公命运出现挫折和转机等关键之际出现，见证主人公的命运变化。当陈三追求五娘受阻，不得已而改扮成"魔镜匠的奴隶"，他对着星祈求爱情的好运，"并且

---

① ［日］佐藤春夫：《佐藤春夫集》，高明译，现代书局1933年版，第34—35页。
② 陈香：《陈三五娘研究》，（台北）台湾商务印书馆1985年版，第46页。
③ ［日］佐藤春夫：《佐藤春夫集》，高明译，现代书局1933年版，第3页。
④ 同上书，第4页。

祈求得比从前还要恳切"①。当陈三与五娘、益春三人私奔时，那颗"星"始终在前面指引着他的方向，陈三"指着北方的天上，'那就是我的星。不久以来，就像那样三颗并在一起，并且今夜刚巧在我故乡的方向上'。"②当陈三与五娘、益春私奔中遭到兵卒逮捕，后遇长兄搭救转危为安时，"仰望着埋满着星的苍穹"，发出对生命的感悟，感到"人是太渺小了"，生命是"无常的，艰苦的"，"但也正因如此所以才值得活着"。③《星》大量刻画"星"的意象，给人浪漫、绮丽、神秘、诡谲、幽深莫测的审美感觉，而这都是佐藤的小说乃至日本"私小说"典型的艺术特征，与《陈三五娘》戏曲诸刊本的风格大相径庭。其次，这种唯美主义的描写，也体现在小说对女人的倾国倾城之美不吝笔墨的渲染上，如小说第8折写到，在陈三眼里，五娘"是闪耀着映着无限的美丽的娇嗔，和简直能为掌上之舞地细的身材"④。第13折写道："五娘的美丽，有如嵌在金里的红玉，而益春的美丽，则如嵌在银里的青玉，如说五娘是妖艳，那末益春便非说是冷艳不可。五娘的美中有地上的华瞻，而益春的美中则有天上的宁静。五娘的美足以挑动人，使人陶醉；而益春的美则使人清醒，足以吸引人。"⑤第24折写道："五娘因为娇羞，益春因为清愁，两个人各自愈加变得美丽了。美质天禀的这两人，不管遇到什么，总只是愈变愈美，愈变愈美。"⑥这种描写内容，既具有中国传统的含蓄美，同时也给人感官的刺激。

（四）故事情节的弱化和主观性内容的强化

与"陈三五娘"戏曲诸刊本比较，《星》的故事情节趋向弱化，主观性的心理描写内容和抒情性的优美文字大大增加。《星》由于砍

---

① ［日］佐藤春夫：《佐藤春夫集》，高明译，现代书局1933年版，第17页。
② 同上书，第27页。
③ 同上书，第33页。
④ 同上书，第7页。
⑤ 同上书，第11页。
⑥ 同上书，第19页。

掉了"林大"这一相关故事情节内容，造成矛盾冲突的大幅弱化，小说并非以情节取胜，而以渲染主人公之间的情感纠葛见长，加大了心理描写的内容，如上文所说的对于主人公"情苦闷"内心世界的刻画，以及陈三面对"星"祈求时而产生的种种心理活动。小说文字有"泛抒情化"的倾向，不少章节的内容抒情色彩比较浓厚，而这些是原《荔镜记》中没有的。《星》呈现的这些特征具有明显的"佐藤"色彩。佐藤的小说不重视故事情节的完整，结构散文化，长于心理描写和抒情笔法。如其小说《田园的忧郁》《西班牙猎犬》《都市的忧郁》《阿鹃兄妹》等，都或多或少具有此类特征。

　　至此，我们可以回答篇首所提出的几个问题。接受主体对接受客体的"选择、变形、伪装、渗透、创新"等"文化过滤"的行为，分为两种情况，一种是无意为之，一种是有意为之。佐藤春夫的小说《星》则是两种情况兼而有之，即小说中的"殖民书写"是有意为之，而小说所体现的"佐藤风格"则是无意行为。实施者接受方的"文化过滤"，分为传统文化、意识形态、社会时代环境、审美情趣的影响和制约造成的文化过滤，《星》中的"殖民书写"是由于意识形态的影响和制约而形成的文化过滤，《星》所体现的"泛佐藤风格"则是由于审美情趣影响和制约而形成的文化过滤。

　　佐藤春夫的"文化模子"的内涵亦得以明确。简而言之，这个"文化模子"就是受到日本文化和时代影响而形成的某种相对固定的价值观和审美观。审美观主要体现为佐藤时代风行一时的日本"私小说"艺术风格和审美观念，它体现在佐藤创作的日本题材小说中，也体现在佐藤春夫改编自中国传统戏曲作品的小说《星》中，它不但影响了佐藤春夫，也影响了田山花袋、岛崎藤村、广津和郎、宇野浩二、德田秋声、葛西善藏等同时代的日本作家。价值观则稍微复杂一些，他在创作《星》的时候并没有形成"大东亚共荣"理论，直到1937年后才正式提出。但是"大东亚共荣"理论的思想基础却源远流长，最早可追溯至日本明治时期的"脱亚入欧"的思想。"脱亚入欧"在1873年后开始成为日本的基本国策，井上馨外相曾对"脱亚入欧"作过如下解释："把我国变成欧洲化的帝国，把我国人民变成欧洲化的人民。"① 日本人"脱亚入欧"的最初目的主要是改变日本的贫穷落后，学习西方先进的科学技术，但在学习过程中，日本人强烈的民族自尊意识觉醒，转而学习西方的民族主义精神，以期日本民族在世界民族之林中一枝独大，称霸全球。日本人认为，"脱亚入欧"的前提是人类文明有先进与落后、压制与被压制之别。正如福泽谕吉所说："文明既有先进和落后，那末先进的就要压制落后的，落后的就要被先进的压制。"② 同时他又在《脱亚论》中认为，"我日本国土，虽在亚细亚之东陲，其国民精神已脱却亚细亚之固陋，而移向西洋文明。然则不幸有近邻之国，一曰支那，一曰朝鲜，此两国人民皆为旧来亚细亚流之政教风俗所熏养……为今之谋，我国不能有等待邻国开明共兴亚细亚之犹豫，毋宁脱离其位与西洋文明共进退。"③ 与此同时，日本人还标榜日本是东方的"神国"。属于"神赐土地"，"天皇是神的代表，所以要树立日本国和民族是优越于其他国家的信念"④。"脱亚入欧"后的日本，"日本优越""日本至上""日本独尊"等观念甚嚣尘上，流行一时，日本人认为亚洲是一个大家庭，而日本正是这个大家庭中不可动摇的唯一"家长"⑤。总之，以"脱亚入欧"思想为基础，中间经过不同阶段的日本理论家或军国主义分子别有企图的"推波助澜"，最后到二战时期发展成了臭名昭著的"大东亚共荣圈"理论。成为佐藤所隶属的"文化模子"中价值观部分的内容，深深影响了从明治时期到佐藤时代的日本国民，自然也影响佐藤及他的创作。佐藤在创作《星》的时候，虽然还没有提出"大东亚共荣"理论，但经过日本统治者几代人的"洗脑"，对于以"脱亚入欧"为核心的"大东亚共荣圈"的"前理论"自然心领神会，信奉不疑。这种价值

① ［日］宫川透：《现代日本思想史》第 2 卷，（东京）青木书店 1963 年版，第 104 页。

② ［日］福泽谕吉：《文明论概略》，商务印书馆 1959 年版，第 168 页。

③ 周颂伦：《简论近代日本人"脱亚"意识的形成》，《外国问题研究》1987 年第 2 期。

④ 刘天纯：《论外来文化与"日本化"》，《社会科学战线》1988 年第 1 期。

⑤ 参看丛滋香、吴明银《日本"大东亚共荣圈"反动思想剖析》，《石油大学学报》（社会科学）1996 年第 2 期。

观就表现在《星》后半部分那段"空穴来风"的"殖民书写"文字。因此，我们也就不难明白接受主体文化从自觉的意识形态层面和不自觉的审美层面对发送者文学施加了"限制、筛选、切割、变形、伪装"。发送者文本中"观念性因素（内容）和美学因素（风格）"产生了明显变异，前者砍掉原剧中的"林大"线索，增加洪承畴的故事，淡化"姻缘由己""女嫁男婚，莫论高低"的原主题，突出为日本殖民侵略服务的新主题，削弱了"前文本"的民间性和草根性，后者变异为文人化的"佐藤风格"。借"爱情故事"的改写而表达"殖民侵略"服务的企图，是接受者在接受过程中运用的"变通策略"，但不过是一种蹩脚的"变通策略"。

浅议闽南戏文之传播：从"潮泉腔"说起

骆　婧*

一

1985 年，在饶宗颐的推动下，《明本潮州戏文五种》（下文简称《潮州五种》）正式出版，集中展示了自明代以来宋元南戏在潮州的传播情况。尽管饶宗颐在戏曲研究上用力不多，但以《〈明本潮州戏文五种〉说略》为代表的一批论文，仍以其宽广的学术视野和敏锐的洞察力奠定了潮剧研究的基调与方向。无独有偶，20 世纪末荷兰籍汉学家龙彼得从海外各地搜集到三种明代闽南弦管珍本，后结集出版《明刊闽南戏曲弦管选本三种》（下文简称《闽南三种》），龙彼得就这三本选集展开深入研究，并写成长篇论文《古代闽南戏曲与弦管——明刊三种选本之研究》。

对饶宗颐、龙彼得的戏文研究，学界多有介绍，却鲜有将二人的戏文研究相提并论者，实属遗憾。依笔者浅见，二人之戏文研究呈现出同中有异的特征。

其一，从研究内容上看，二人均采用了相似的视角。中国戏曲历史悠久而渊源复杂，尤其是在南戏问题上，由于长期以来文献匮乏，关于宋元戏文的"源"与"流"始终莫衷一是。基于雅文化的强势传统，有关戏文的民间、地域传播研究长期未能成为主流。无论是饶宗颐通力支持的潮州戏文，还是龙彼得致力其中的闽南戏文，在以永嘉

---

*　作者单位：华侨大学文学院。

戏文为正统、明清传奇为主角的曲学界，长期为人所忽视。然而正是以饶、龙二人的研究为起点，泉、潮戏文研究渐成气候，关于南戏究竟是"一点发生"还是"多点发生"的问题，关于南戏的传播途径和本土化问题，遂成学界关注之焦点。

不可否认，在具体的问题上，饶、龙二人也是存在观点差异的。比如就"潮泉腔"是否成立的问题，饶宗颐更多持否定态度。在《说略》中他对台湾吴守礼先生指出"明清闽南戏曲四种"包含潮州戏文一事提出质疑：

> 奥地利的万历本题曰"潮州冬月李氏编集"，东京的《潮调金花女》，分明出自潮州，具有"潮调"名目，把这单纯列入"闽南"的范围，似乎不甚公允。说它们是用广义的闽南方言来写作，虽则潮语与闽南同属于一个语言系统，实际上仍有许多距离。①

由以上言论可知，饶宗颐对于将"潮调"归于"闽南戏曲"是难以认同的。与此不同，龙彼得曾不止一次地以潮州戏文之例证说明闽南戏曲的情况，主要基于方言互通、传播区域相连两大原因：

> 现在通称为"闽南"这一地名可以引起一些混乱，因为语言学家常以它的广义概括广东东部，即使用和它有密切关系的语言的潮州。②
>
> 如不提及潮州戏，任何关于闽南戏的叙述都将不够完整。潮剧在诏安、云霄、平和及东山等县占主导地位，部分原因是这些县邻近潮州，但更主要的原因是那里讲的话从某些方面来说较近潮州话而跟漳州话比较不同。潮剧在这一带取代了四平而广受欢

① 饶宗颐：《〈明本潮州戏文五种〉说略》，《明本潮州戏文五种》，广东人民出版社1985年版，第5—6页。

② ［荷］龙彼得：《古代闽南戏曲与弦管——明刊三种选本之研究》，泉州地方戏曲研究社《明刊戏曲弦管选集》，中国戏剧出版社2003年版，第3页。

迎；其理由就如同歌仔戏在漳州其他县取代了四平。①

　　其二，从研究方法上看，二人都深谙乾嘉之道，在古典文献的考证上有深厚的功底。因此面对新近发现的几种明本泉、潮戏文，二人皆第一时间意识到其重大价值，并且投入细致的考订工作。尤其是从版本学入手，二人均将记录于珍本上的印行者信息与其他较早发现的文献相参照，并且通过资料上的互通有无，共同确定文献的出处。比如在嘉靖本《荔镜记》的考证上，该书末页有告白称"买者须认本堂余氏新安云耳"，龙彼得自述，他曾于 1980 年 8 月 5 日向饶宗颐提供欧洲和日本三种标明"新安堂"名号的藏书的详细资料。② 饶宗颐由此推断该书应为福建建阳刊刻，出版者应与新安郡余氏一族的余绍崖、余苍泉诸人有关。③ 然而具体到细节处，两位大师在"正字戏"问题上并未达成完全的一致。在饶宗颐看来，《新编全像南北插科忠孝正字金钗记》中的"正字"二字值得深究：

　　　　潮州戏称正字，意为其不用当地土音而用读书的正音念词。……可以理解"正音"是与本地乡音相对立的雅言。潮州语每一字多数有两个音，至今尚然。一为方音，另一是读书的正音。……正音即为正字，与白字（潮音）分为两类。以前不知"正音戏"起始于何时，现在从宣德抄本的正字刘希必（文龙）一名称，可以看出南戏传入潮州之早，正音戏分明是受到南戏的影响。虽然宾白仍不免杂掺一些土音，但从曲牌和文辞看来，应算是南戏的支流，所以当时称曰"正字"，以示别于完全用潮音演唱的白字戏。④

---

　　① ［荷］龙彼得：《古代闽南戏曲与弦管——明刊三种选本之研究》，泉州地方戏曲研究社《明刊戏曲弦管选集》，中国戏剧出版社 2003 年版，第 28 页。
　　② 同上书，第 4 页。
　　③ 饶宗颐：《〈明本潮州戏文五种〉说略》，《明本潮州戏文五种》，广东人民出版社 1985年版，第 7 页。
　　④ 同上书，第 15 页。

由以上论述可知，饶宗颐对于"正字戏"的理解是用潮州方言的"正音"所演出的南戏。然则这一看法并不占主流，更多的人包括龙彼得在内，认同"正字戏"用"官话"演唱，而非潮州方言的"文读"：

> 在官宴上演戏也属于私下演出。……在这些场合上，大概总是用官话（正音）演出。①
>
> 有一本教说闽南话的人学正音的指南依词汇分类编排，其中列举当地有上演的各个剧种。……其中除泉腔和潮腔外，列出昆腔、四平、乱弹和罗罗腔，四种都是正音。②

显然，若依龙彼得所说，则"正字戏"所使用的当为与潮州方言迥然相异的另一语言系统，这与饶宗颐所说的潮州语系中的"雅言"是完全不同的概念。

综上分析，饶、龙二人在戏文研究上有着共同的学术眼光、基本的观点共识、相近的研究对象和类似的研究方法，然在一些具体的观点上存在两大分歧，一个关乎"闽南"与"潮州"概念，一个关乎对"官话"或"方言"的理解，实际上都可归结到一个问题上，那就是潮州、闽南戏文与中原南戏的渊源关系。解决争议的最好办法，便是回答最根本的问题。笔者才疏学浅，难望饶、龙之项背，然仍斗胆就此问题发表一点粗浅的看法，望方家批评。

二

从饶、龙二人关于"潮调"可否并入"闽南戏"的分歧出发，笔者认为关于"潮泉腔"的讨论仍十分必要。自 20 世纪 80 年代以来，随着《明本潮州戏文五种》《明刊闽南戏曲弦管选集三种》的出版，

---

① ［荷］龙彼得：《古代闽南戏曲与弦管——明刊三种选本之研究》，泉州地方戏曲研究社《明刊戏曲弦管选集》，中国戏剧出版社 2003 年版，第 19 页。

② 同上书，第 27 页。

众多曲家认同泉、潮两地戏文保留了早期南戏的基本形态，从而得出南戏应共存于东南沿海一带的绪论。"……以上无不突出地说明戏文产生于江南浙闽沿海，即从杭州、温州、福州、福清、莆田、泉州、漳州一带地区，戏文产生于这一片地域，这是一条'带'，而非过去所说的是温州或杭州某一个'点'。"① 在这一认识的基础上，刘念兹、赵景深等曲学泰斗提出明代中期除昆山、弋阳、海盐、余姚之外另有"第五声腔"，即"潮泉腔"："南戏在福建（也包括粤东）形成了独特的声腔系统，是南戏流变上的两大系统中的一支，这是值得研究的。"② 李国平（李平）从《荔镜记》《金花女》等戏文校勘入手，并引用大量地方志和文人笔记，证明"明、清地方史志和文人笔记，从未有把它划在弋阳腔或其他声腔里去的记载，皆视为独立声腔存在。"③

此论一出，迅速引起学界的争论。赞同者认为声腔的独立与否关键在于方言，潮、泉方言同属闽南方言系统，风俗相仿，地缘相近，语言相通，拥有共同的戏曲声腔是必然的结果。元代周德清《中原音韵》云"（沈）约之韵，乃闽浙之音"，可知宋元时期闽浙方言在古韵的遗存上有相似之处，南戏传至潮泉一带后形成独立之声腔是完全有可能的。④ 反对的声音亦不绝于耳。"试想，在同一时期内，不约而同在这一条地域不算狭窄的'带'上，同时产生南戏这种演出形式，是不可想象的。必定有先有后，先者为源，后者为流。"⑤ 应和者毕竟只是少数，二十多年后"潮泉腔"仍无法得到公认，甚至在《中国大百科全书·戏曲曲艺卷》这样的权威典籍中都未见词条。张庚、郭汉城所著《中国戏曲通史》中，仍将潮剧认定为弋阳腔的一支，"是直接师承了弋阳诸腔的传统，在发展流变过程中，依然保留了弋阳诸腔在

---

① 吴国钦：《潮泉腔、潮剧与〈刘希必金钗记〉》，《广东艺术》1996 年第 3 期。
② 刘念兹：《南戏新证》，中华书局 1986 年版，第 58 页。
③ 李平：《南戏与潮剧——兼与新版〈辞海〉"弋阳腔"、"正字戏"释文商榷》，广东省艺术创作研究室《潮剧研究资料选》，1984 年，第 263 页。
④ 吴国钦：《潮泉腔、潮剧与〈刘希必金钗记〉》，《广东艺术》1996 年第 3 期。
⑤ 张烈：《南戏的起源和传播——兼谈潮、泉戏剧对南戏的传承》，《中国戏剧》2004 年第 3 期。

艺术形式上的某些最基本的特征"①。

学界始终不明确认可"潮泉腔",一则《南词叙录》《猥谈》等重要南戏史料均未提及,二则持此论者主要基于推论而非实证。明本《荔镜记》《金钗记》与宋元南戏早期形态大致相符的校勘结果,只能说明泉、潮同为南戏传播之"流",却难以说明两地形成过共通而独立的声腔。仅从方言相通这一点来推断声腔的成立,理据稍显不足。

相较之下,前贤们对"泉腔""潮腔"的存在事实倒是更易达成共识。认同"泉腔"者有吴捷秋、王爱群等地方曲学家。吴捷秋提出,"下南腔"早于南宋时期业已形成,是一种以南曲演唱为标志的本土声腔戏曲,到元代梨园戏三派合流,形成语言、声腔上同一的"泉腔",明代以后与"潮调"相互影响,臻于完善。② 王爱群则通过大量的戏曲音乐比对论证,"泉腔"完全异于弋阳腔系统,是以承袭唐宋古乐而成的南曲音乐为根基、采用泉州方言、主要采用曲牌联缀体的独立声腔。③

与之相比,"潮腔"在源流问题上更为复杂。一种说法以萧遥天先生为代表,他提出潮音戏源自宗教仪式"关戏童"与民间秧歌戏,而其脱胎成熟则有赖于正字戏的直接影响:"我断定潮音戏的臻为成熟的戏剧,是脱胎于正音戏的。"④ 另一种说法以林淳钧先生为代表,他认为潮剧是温州南戏地方化的产物:"我国南戏(温州杂剧)于十二世纪初在浙江温州形成发展后,不断向长江流域和江南沿海流传,南戏原有的唱腔曲调传到各地之后,被戏曲演员以当地语言传唱……大约在元明年间,南戏传到东南沿海的粤东、闽南一带,原有唱腔受到潮州方言的影响,慢慢起了变化,并吸收潮州当地的民间音乐,从

① 张庚、郭汉城:《中国戏曲通史》,中国戏剧出版社1992年版,第835页。

② 吴捷秋:《南戏源流话"梨园"》,福建省戏曲研究所《南戏论集》,中国戏剧出版社1988年版,第175—176页。

③ 王爱群:《泉腔论——梨园戏独立声腔探微》,福建省戏曲研究所《南戏论集》,中国戏剧出版社1988年版,第375页。

④ 萧遥天:《潮音戏的起源与沿革》,广东省艺术创作研究室《潮剧研究资料选》,1984年,第132页。

而形成了新的声腔——潮腔。"① 还有一种说法则认为潮剧源自弋阳腔，"基本上是从宋元南戏、弋阳系统诸腔为其宗，经过综合昆腔、汉剧、秦腔、民间歌舞小调而逐渐脱胎演化为单一的地方大剧种的"②。

"潮腔"源流说法众多而"泉腔"说法趋于一致，恰恰说明两种声腔不尽相同。持"弋阳腔论"者的主要依据，是潮腔除了曲牌联缀体外，还加入了大量板腔变化体和后台帮唱，而后两者均是弋阳腔系统剧种的主要特点。相较而言，"泉腔"的曲牌联缀体式相对单纯，延承宋元南戏之遗韵十分明显，正如龙彼得所说，"而四百年间声腔的变化对闽南古典戏曲仅有极小的影响"③。换言之，"泉腔"与"潮腔"有着各自独立鲜明的声腔特点，并不可混为一谈。即使历史上有过融合为"潮泉腔"的过程，后在各种外来剧种影响下而产生新的变化分道扬镳，恐怕这个融合的时间段也不会太长。

学者提出"潮泉腔"为独立声腔之设想，源自 20 世纪末发现的明本戏文。收入《明本潮州戏文五种》的嘉靖四十五年（1566）刊本《荔镜记》，全名为《重刊五色潮泉插科增入诗词北曲勾栏荔镜记戏文全集》，卷末刊印者告有云："重刊《荔镜记》戏文，计有一百五叶，因前本《荔枝记》字多差讹，曲文减少，今将潮泉二部增入《颜臣》、勾栏诗词、北曲，校正重刊，以便骚人墨客闲中一览，名曰《荔镜记》。"④ 不少学者因其中"潮泉二部"等语，认为这可证明中叶已存在"潮泉腔"："一个剧本标明'潮泉二部'，意思是既有潮调，又有泉调；既可唱潮调，也可唱泉调，这实际上就是李调元观看潮州戏时感受到的'闽广相半'，如果两者不是在唱腔音乐上相类似，那是根本不可能在一个剧本内并存的。这种情况，不正表明潮泉腔作为一个

　　① 林淳钧：《潮剧探源三则》，《岭南文史》1998 年第 4 期。
　　② 张伯杰：《潮剧源流及历史沿革》，广东省艺术创作研究室《潮剧研究资料选》，1984年，第 68 页。
　　③ ［荷］龙彼得：《古代闽南戏曲与弦管——明刊三种选本之研究》，泉州地方戏曲研究社《明刊戏曲弦管选集》，中国戏剧出版社 2003 年版，第 35 页。
　　④ 佚名：《重刊五色潮泉插科增入诗词北曲勾栏荔镜记戏文全集》，《明本潮州戏文五种》，广东人民出版社 1985 年版，第 580 页。

戏文声腔实体的存在吗！"①

　　关于以上说法，笔者认为值得商榷。首先，全名中的"潮泉插科"二字并不代表"潮泉腔"的存在，因为卷末文字已标明这本戏文是由之前流行于潮、泉的两个本子结合起来形成的。其次，以上说法认为一个本子可唱潮、泉二调说明其声腔互通，而笔者恰恰认为，正是因为其时潮泉腔这种可以互通的声腔尚未形成，故而仍需标明"潮调"以示区别，即使两种声腔有类似的地方，也还没到充分融合的程度。我们只需翻阅该戏文即可知，其中有九支曲文标明"潮调"，而其他曲牌在泉腔弦管中都能找到，应属"泉腔"。假如明嘉靖年间"潮泉腔"已然形成，那么又何故专门标示"潮调"？至于两种不同声腔能同处一本，刊者已提示我们是因为前本"字多差讹""曲文减少"，故而将潮、泉两地的本子互为补充，丰富其内容。标示有"潮调"的曲牌文字，很可能在泉本中已经消失，而在潮本中依然保留。台湾学者吴守礼在《明嘉靖刊荔镜记戏文校理》的"校勘篇"中对此有过详细的说明："把全书理总一过，我做了两种推测：一是可能因书坊据以翻刻的底本残缺不全，乃取泉潮两地大致相同的荔枝记搭配起来，凑成重刊的。二是可能为迎合两地人的趣味，将'潮腔'的荔枝记配入泉州的荔枝记。无论这推测之中否，本书的押韵有用潮州音者也有只能用泉州音韵读者，显示是'合璧'的。"② 换句话说，将嘉靖本《荔镜记》作为"潮泉腔"存在的标志和形成时间的证据，是经不起推敲的。或许这一古本所能证明的，是明中期泉腔和潮腔已各自成熟、充分交流，并显示出相互靠拢的趋势。

　　万历九年（1581）刊本《荔枝记》，全名为《新刻增补全像乡谈荔枝记》，卷一注有"潮州东月李氏编集"，名目标明"乡谈"，应为潮腔戏文无疑。在这一刻本中不再标明"潮腔"，但通过与嘉靖本标"潮腔"的曲牌比对可知，曲文几乎完全相同，举例如下：

---

① 吴国钦：《潮泉腔、潮剧与〈刘希必金钗记〉》，《广东艺术》1996 年第 3 期。

② 吴守礼：《明嘉靖刊荔镜记戏文校理》，《闽台方言史资料研究丛刊》，（台北）从宜工作室 2001 年版，第 3 页。

第六出　《五娘赏灯》：

嘉靖本［潮腔一封书］："东家女，西家女，出来素淡梳妆。""肌肤温润有十全，弓鞋三寸蝉鬓又光。"①

万历本［一封书］："东家西家女，出来体灯。打粉梳妆，肌肤温润，有十全。"②

整体上仍可见曲牌的风貌。

第二十二出　《梳妆意懒》：

嘉靖本［潮腔黄莺儿］："早起落床，尽日那在内头转；安排扫屑，点茶汤；终日听候不敢去远。"③

万历本［黄莺儿］："早起正落床，尽日都在内头转。安排扫屑点茶汤。大人使唤，不敢去远。"④

尽管相隔十五年，万历年间的潮本《荔枝记》依然很大程度上保留了原先被汇编入嘉靖年间"潮泉插科"的《荔镜记》的潮州本原貌，这一时期的"潮腔"变化并不大。可以作为这一推论之旁证的，是万历初年的刻本《重补摘锦潮调金花女大全》。由这一刊本名目可知，明万历年"潮调"依然存在，并且十分流行。由"重补"二字可知，潮调《金花女》戏文曾经历过多次刊印。假若在1566年"潮泉调"已经成熟，何以在十几年后的潮州依然只将戏文称为"潮调"？

那么，"潮泉腔"究竟是否独立过？清初顺治本《荔镜记》全称为《新刻时兴泉潮雅调陈伯卿荔枝记大全》，这里的"泉潮雅调"与

---

① 佚名：《重刊五色潮泉插科增入诗词北曲勾栏荔镜记戏文全集》，《明本潮州戏文五种》，广东人民出版社1985年版。

② 佚名：《新刻增补全像乡谈荔枝记》，《明本潮州戏文五种》，广东人民出版社1985年版。

③ 佚名：《重刊五色潮泉插科增入诗词北曲勾栏荔镜记戏文全集》，《明本潮州戏文五种》，广东人民出版社1985年版。

④ 佚名：《新刻增补全像乡谈荔枝记》，《明本潮州戏文五种》，广东人民出版社1985年版。

嘉靖时期的"潮泉插科"不可同等视之。《中国戏曲志·广东卷》解释道："'泉潮雅调'是泉州、潮州两大同一方言区的泉腔、潮腔相互渗透融合，并接受弋、昆、徽池雅调的影响而形成的新的雅调。"① 如果将嘉靖本《荔镜记》的"潮泉"理解为潮、泉二地两部戏文的汇集，那么顺治本的"泉潮"则宜于理解为一种新腔调的名称了。该戏文与嘉靖本直观的不同，就是曲牌不再标示"潮调"，然则刊头名目又注明"泉潮雅调"，说明曲文中泉、潮之因素已充分融合，故无需另行标示。值得注意的是，《中国戏曲志·广东志》提出这种新腔调是受到了"弋、昆、徽池雅调的影响"，但据清乾隆时李调元所载："潮人以土音唱南北曲者，曰潮州戏。潮音似闽，多有声无字，而一字则演为二三字者。其歌轻婉，闽广相半。"② 可知直至清乾隆时弋阳诸腔对潮调的南曲体式之影响仍不太大。或许应该这样认为，潮、泉二腔在明代中期已各自成形并逐渐形成互动，清初有可能形成独立的声腔。

然而我们必须认识到的是，清中期以后潮泉腔在外来声腔的强势输入面前，逐渐走上了不同的道路，实现了再次分流。最明显的标志就是潮调中加入了大量弋阳腔系统的帮唱和滚调，而泉腔变异较小。清康熙年间郁永河赴台所作《台海竹枝词》中有"妈祖宫前锣鼓闹，侏儺唱出下南腔"一句，并特意标明"闽以漳泉二郡为下南，下南腔亦闽中声律之一种也"③。由此可见，康熙年间"下南腔"亦即"泉腔"不仅是独立成熟的状态，而且已然传播至海峡对岸的台湾。清乾隆十三年（1748）刊本《官音汇解释义》卷上"戏耍音乐"条有云："做正音，唱官腔；做白字，唱泉腔；做大班，唱昆腔；做潮调，唱潮腔。"④ 此处明确将"泉腔"与"潮调"相区分，表明此时闽南（按：

① 中国戏曲志编辑委员会：《中国戏曲志·广东卷》，文化艺术出版社1993年版，第79页。

② （清）李调元：《南越笔记》，《函海》第二十七卷，（台北）宏业书局1968年版。

③ （清）郁永河：《台海竹枝词》，林庆熙等《福建戏史录》，福建人民出版社1983年版，第92页。

④ （清）蔡奭：《官音汇解释义》，林淳钧《潮剧闻见录》，中山大学出版社1993年版。

编者蔡伯龙为福建漳浦人）已有四种曲调并行，进一步说明清中期泉腔与潮腔是同时存在的。道光四年（1824）郑昌时《韩江竹枝词》诗云："东西弦管暮纷纷，闽粤新腔取次闻。不隔城根衣带水，马头高调送星云。"① 有学者认为诗中的"闽粤新腔"证明了潮泉腔在清代依然流行："可见潮泉腔产生之后，于明清两代一直以一种'新调'、'新腔'给当事人留下深刻印象。"② 这样的说法似乎有些牵强，若明嘉靖年间潮泉腔就已形成，到清道光年间已有两百多年，又岂能称"新腔"？其实"闽粤新腔取次闻"理解为"闽腔"和"粤腔"的交替相闻为宜。联系清康熙、乾隆时期泉腔与潮调趋于独立并行的事实，道光年间称它们为"新腔"倒是名副其实。

三

与"潮泉腔"问题密切相关的，还有有关"正字戏"的争论。《明本潮州戏文五种》中收录了迄今发现的最早的戏曲写本——宣德抄本《新编全相南北插科忠孝正字刘希必金钗记》，其中"正字"二字引起学界的广泛讨论。主要观点分为以下几种：（一）以刘念兹、龙彼得为代表的许多学者，认同"正字"即"正音"："古代戏曲剧本创作中的曲文歌唱部分，大都以中州音为标准，民间称这种剧曲叫做'官腔'，在福建、广东沿海一带以闽南音系为主的地区，把这种以中州音系的戏曲叫做'正音戏'或叫做'正字戏'，至今在闽南、粤东一带地方还仍然保存着这种古老形态的剧种，而称本地方言乡音演唱的戏曲叫做'白字戏'，以示区别。"③ 明初洪武年间广东海陆丰地区已有军队聘请正音戏班演戏的记载，④ 到明宣德年间正字戏流行于潮

---

① （清）郑昌时：《韩江竹枝词》，《韩江见闻录》卷九，上海古籍出版社1995年版。

② 吴国钦：《潮剧溯源》（二），《广东艺术》2010年第1期。

③ 刘念兹：《宣德写本〈金钗记〉校后记》，陈历明、林淳钧《明本潮州戏文论文集》，艺苑出版社2001年版，第32页。

④ 明嘉靖《碣石卫志·民俗》载："洪武年间，卫所戍兵军曹万余人，均籍皖赣……是有肇抖殴打之祸。卫所军曹总官有见及此，乃先后数抵弋阳、泉州、温州等地，聘来正音戏班。"碣石即今广东陆丰。参见陈春淮《正字戏大观》，花城出版社2011年版，第9页。

州是十分自然的。（二）以饶宗颐为代表的部分学者认为，《金钗记》之"正字"指用潮州方言之文读音演戏文，之所以称"正字"是为了与完全用土音演唱的白字戏相区分。① （三）林淳钧提出，"新编全相南北插科忠孝正字刘希必金钗记"是刊行本常用的带有广告性质的标题，宣德写本《金钗记》应对先前一刊行本进行了抄录。"正字"一词系广告式文字，并不是标示声腔："'正字'一词，也属书坊广告式的文字，有字体端正、无错字讹字之意。它不是正字戏（剧种）的'正字'，也不是区别土音与正音的'正字'。"②

以上三种说法，皆有赞成者，也都有反对之声。究竟"正字戏"是指用"中州官腔"所唱的"正音戏"，还是一种方言中以"文读"为主的本土戏曲，又或是与语音无关的广告语？我们不难发现，关于"正字戏"的争论，实际上牵涉到宋元南戏地域化传播的方式、路径问题。只有解决这一问题，才有可能真正解开"正字戏"之谜。

台湾曾永义教授将南戏的南传路径分为两条："当它们（南戏——引者注）流播各地，以'戏文'为例，会产生两种现象：其一由永嘉传到江西南丰，虽结合当地方言和民歌，但基本上尚保存温州腔韵味，是为腔调剧种或声腔剧种；其二如由永嘉传到莆田、泉州、潮州，腔调被当地'土腔'所取代，而有'莆腔戏文'、'泉腔戏文'、'潮调戏文'。"③ 此言颇能带给我们启示。无论是弋阳腔戏曲还是泉腔、潮腔，皆是宋元南戏传播之产物，二者"流"虽不同但其源共一。刘念兹、赵景深等人以翔实的考证说明《金钗记》《蔡伯皆》是宋元南戏早期形态的遗存，实际有两种可能性：一是宋元南戏从温州传至潮州，在还未曾被本土化之前用官音演唱；二是温州南戏在传至弋阳等地后，随着劳军的正音戏班传入潮州，故而保留官音。饶宗颐、林淳钧、吴国钦等人因《金钗记》戏文保留大量潮州方言而否

---

① 饶宗颐：《〈明本潮州戏文五种〉说略》，《明本潮州戏文五种》，广东人民出版社1985年版，第15页。

② 吴国钦：《论明本潮州戏文〈刘希必金钗记〉》，《中山大学学报》1997年第5期。

③ 曾永义：《戏曲源流新论》，中华书局2008年版，第171页。

定"正音戏"之说,主张潮州方言"文读"说,实际反映的是第三种可能性,即宋元南戏在传至潮州后经历了本土化的过程,向着"土腔"戏文转度。

那么,到底哪种情况更为可靠?刘念兹、康保成先生的相关考述值得我们关注。二人通过不同版本的比对发现,潮州写本《金钗记》与元传奇《刘文龙》情节大致相同,而不同之处皆与泉州梨园戏《刘文良》相同。"从梨园戏《刘文良》与写本《刘希必》的近似,可大略看出南曲戏文从温州一带向福州、广东沿海地区的传播途径。二者不同的是,写本由于在明宣德时已埋于地下,因此保留了'元传奇'《刘文龙》的一些曲文;而福建梨园戏在世代相传中必经艺人屡加改动,故今存残本中未发现与'元传奇'相同或近似的曲文。"① 康先生一言提醒了我们,宋元南戏《刘文龙》向潮、泉两地传播而呈现较大的差异,恰恰反映出南戏本土化的不同历史阶段。宣德写本《金钗记》因明代即已埋藏于地下,故保留了南戏从原始形态向本土声腔戏文过渡的中间形态,而泉州梨园戏《刘文良》经历代演变则只可见其变异过后的样貌。如果这一推论成立,那么饶宗颐等人认定《金钗记》系纯粹的潮腔戏文便失于武断了。《金钗记》中保存的大量潮州方言,反映的正是明代宣德年间南戏趋于本土化的中间状态,亦即从情节到语言上向着潮州民众的接受习惯和审美趣味靠拢,因而呈现出"正音"中有潮州方言的掺杂现象。

由以上分析,关于"正字戏"的争论便可理出一个头绪:"正字戏"并不意味着完全排斥本土方言,明宣德年间上演的《金钗记》,应当是中州音韵演唱的"正音戏"传播至潮州之后,为了符合当地观赏习惯而从方言到情节上进行调整的"本土化"的中间形态。至于林淳钧提出的"正字"实为广告文字的推论,笔者认为最为牵强。一方面,历史上存在以官音演唱的"正字戏"是不争的事实,不可完全回

---

① 康保成:《潮州出土〈刘希必金钗记〉述考》,陈历明、林淳钧《明本潮州戏文论文集》,艺苑出版社 2001 年版,第 53 页。

避；另一方面，《金钗记》出土于潮州民间的夫妇并葬墓中，经陈历明的考证，此本"不是高人雅士的善本书，而是艺人作为'枕中秘'的演出本"①。既然是艺人私藏的演出手抄本，并不是民间书坊刻印售卖的本子，并无必要在标题上特意加上广告文字。

值得进一步探讨的是，宋元南戏向潮、泉两地的传播究竟通过怎样的路径。关于这一问题，前贤普遍持有"戏随商路"的看法。薛若琳先生认为，南戏的成熟与东南沿海的经济发展密切相关，"宋代浙闽等东南沿海地区商品经济的发展，刺激、催化'以歌舞演故事'的诞生"②。闽南成为南戏早期的流传地域，正是在宋元两代商品经济空前发达的前提之下。

北宋初年，宋太宗接收漳、泉二州，诏曰"诸番国香药、宝货至广州、交趾、泉州、两浙，非出于官库者，不得私市易"③。元祐二年（1087），北宋在泉州正式设置市舶司，确立了泉州作为贸易大港的重要地位。以泉州作为重要据点，南宋业已形成由杭州、宁波途经永嘉（今温州）、苍南再入莆田、泉州直至潮州、广州出洋的一条庞大的海上商路。浙、闽、粤因为繁荣的海外贸易而形成经济共同体，文化交流亦十分活跃。正如《宋本方舆胜览》所谓"闽南海贾来万里之货珍，越女吴娃妙九衢之歌舞"④ 是也。

正是有赖于泉州在南宋重要的海上枢纽作用，一直以来学界都倾向于将潮州戏文的传播归于海路，即由温州传入泉州再到潮州。但到了《明本潮州戏文五种》刊印之时，饶先生通过文献摘引力证"南宋潮、温之间，海上运输往来频繁"⑤，潮州不通过泉州而实现与温州的相通是完全没有障碍的。有学者补充《永乐大典》文献曰

① 陈历明：《〈金钗记〉与潮州戏》，陈历明、林淳钧《明本潮州戏文论集》，艺苑出版社 2001 年版，第 126 页。

② 薛若琳：《商品经济与南戏——兼及艺术传承》，《南戏论集》，中国戏剧出版社 1998 年版，第 10 页。

③ （清）徐松：《宋会要辑稿》，中华书局 1957 年版。

④ （宋）祝穆：《宋本方舆胜览》，上海古籍出版社 2012 年版。

⑤ 饶宗颐：《〈明本潮州戏文论集〉序》，陈历明、林淳钧《明本潮州戏文论集》，艺苑出版社 2001 年版，第 1 页。

潮州"岸海界闽，舶通瓯吴及诸番国"，足见南宋潮州与温州口岸贸易之繁荣。① 若温州可不通过泉州而与潮州实现互通，则明代"潮腔"的独立形成有可能经历这样的过程：受温州南戏的直接影响而形成"正字戏"，继而由"正字戏"转化为本土化的"潮腔"，在与"泉腔"的长期互相影响下，至清初始有"潮泉腔"，清中叶后再次分流。明嘉靖十四年（1535）《广东通志》之"御史戴璟正风俗条约"第十一条有载："访得潮属多以乡音搬演戏文，挑男女淫心，故一夜而奔者不下数女。"② 足见在嘉靖本《荔镜记》（1566）问世之前，潮州已有用潮腔演戏的现象，再考虑到宣德年"正字戏"《金钗记》已蕴含大量方言俗语，由温州戏文直接转化为潮腔是完全可能的。

实际上在由温州戏文到本土化潮腔的转化过程中，还有一种路径不可忽略，那就是陆路传播。上文所引明初洪武年间潮州建立卫所，军队聘请来自江西弋阳的戏班前来演戏为一例，田仲一成先生摘引《广州府外江梨园会馆碑记》说明清代中期安徽、江西来的外江班在潮州活动极为频繁又为一例。③ 由温州而通安徽、江西再入潮州这条陆路，应也是宋元戏文南传的一条重要路径。田仲一成先生通过《琵琶记》各种版本的比对得出一个重要结论，即"潮州出土明抄本《琵琶记》跟徽调弋阳腔诸本有一脉相承的关系"④，换言之，明嘉靖年间的潮州"正字戏"曾受弋阳腔诸调之影响。

当然，借此便论断潮腔源于弋阳腔未免过于武断，但这也提醒了我们，在宋元戏文的传播中必须注意到多条径路同时进行的事实。陈历明先生曾就五本明代潮州戏文说明南戏传播的五大阶段：《金钗记》反映宋元南戏通过陆路和海路两种方式向闽、粤传播的第一个

---

① 胡焕光：《潮剧与温州南戏戏论》，陈历明、林淳钧《明本潮州戏文论文集》，艺苑出版社 2001 年版，第 325 页。

② 林淳钧：《潮剧童伶考》，《潮学》1995 年第 5、6 期。

③ ［日］田仲一成：《潮州出土明本〈琵琶记〉考》，陈历明、林淳钧《明本潮州戏文论文集》，艺苑出版社 2001 年版，第 233 页。

④ 同上。

层次;《蔡伯皆》则反映南戏在地方移植还未完全地方化的过渡阶段;《荔镜记》实现了剧目内容和声腔的地方化,是南戏地方化的质的飞跃;《金花女》则是第四层次,此时已出现小范围的新声腔;《苏六娘》是最后一个阶段,反映了南戏体系的地方戏潮调的完整长成。① 以上五大阶段的概括虽难免以偏概全之嫌,但大致勾勒了宋元南戏南传的主要历程。而笔者认为需要补充说明的是在此过程中"潮腔"与"泉腔"的形成,未必非要是"谁决定谁"的关系,很有可能就是在陈先生所描述的历程中各自形成,继而汇流,再走向分化。

四

尽管自 20 世纪末学界已广泛展开对宋元戏文的地域传播问题的研究,但仍留下了不少争议。其原因就在于根本症结尚未解开,即宋元戏文在向潮、泉二地的传播过程中经历了怎样的路径和方式。

本文通过对饶、龙二老的戏文研究之比较,确定观点之异同,继而借鉴诸多学者在潮、泉戏文研究上的真知灼见,试着解开上述症结并提出以下不成熟的观点,供方家批评。笔者认为,潮、泉腔戏文为宋元南戏之流乃毋庸置疑的事实,然而在具体的传播过程中,受到地域开放性的影响,在陆路和海路两条不同路径的影响下,有分别形成本土化声腔的条件和可能,且形成时间不会晚于明代中期。同时,受到两地地缘相近的影响,二腔在各自独立发展的同时也在不断地进行着交流与互动,并呈现出相互融合的趋势,明嘉靖本《荔镜记》即为明证。至清代初期,融合二腔的新声腔"潮泉腔"形成,并与徽调、弋阳腔等产生交流,形式更趋成熟灵活。但在清中叶之后,"潮泉腔"再次走向分流,潮腔在弋阳腔的强势影响下增加板式音乐而产生变异,泉腔则受本土南管音乐的深远影响而更多

---

① 　陈历明:《明本潮州五种戏文与南戏的流传》,陈历明、林淳钧《明本潮州戏文论文集》,艺苑出版社 2001 年版,第 315—321 页。

保留了早期宋元南戏之特征。

　　至于"正字戏"的出现，则更是宋元南戏传播历程中的典型现象。要解开"正字戏"的谜题，首先要杜绝非此即彼的绝对化观点，将其理解为南戏本土化传播过程中在"正音"基础上掺杂方言而形成的中间形态似乎较为妥当。

闽南镜像：两岸共同文化场中的
"陈三五娘"影视改编

一　时间川流的爱情传奇

在"重写文学史"大纛下集合当代海外顶尖汉学家新近编撰的《剑桥中国文学史》，耐人寻味地于《南方传统说唱》一节中叙述了如下一个"爱上被爱"的民间传说："黄五娘在元宵节时出门观灯，遇到泉州人陈伯卿护送嫂嫂到兄长任官之所。两人一见钟情。然而，五娘的父亲不顾女儿反对，迫使她嫁给当地举人林玳，五娘因此抑郁成疾。伯卿经过她的窗下，五娘将一颗并蒂荔枝包在手帕扔给他。陈伯卿改名陈三，并假扮成磨镜工匠来到五娘家中。他故意失手打破一面镜子，借此卖身为奴以抵销债务。一年之后，在五娘的婚礼准备妥当之时，伯卿在婢女益春的帮助下与五娘见面，两人连夜私奔至泉州。林、黄两家因悔婚引发诉讼，五娘的父亲被判退还聘礼。同时，一对情人已抵达泉州，面见父母，从此快乐地生活在一起。这个故事早在十六世纪便因此改编成闽南戏而闻名。"① 显然，身为荷兰皇家艺术和科学院院士、曾任哈佛大学费正清东亚研究中心主任的本节作者伊维德（Wilt L. Idenma）所费心描述的乃是在"南部中国"（主要在闽、粤、台、港、澳等地）以及日本和东南亚地区广为流传、"翕然共好"的

"陈三五娘"故事。不言而喻，海外贸易盛行、商品经济发达的闽南地区孕育了这一追求自主婚姻、反抗封建礼教的爱情故事；与此同时，其也随着一代又一代闽南人过台湾、下南洋的移民壮举，经由古今海上丝绸之路而在"闽南文化圈"中落地生根、开枝散叶。故，在"基型触发"下跨界传播、"孳乳延展"的"陈三五娘"故事，存在着诸如戏曲、小说、俗曲唱本、连环画册、广播影视作品等多种形态，"积淀成海内外闽南族群共有的文化记忆"①，并于 2014 年年底被列入第四批"国家级非物质文化遗产代表性项目名录"。下面我们就以文化记忆及其所形构的身份认同理论，透析这一文本序列中相互映衬、互相纠葛的影视改编活动，揭橥其在不同时空脉络中所显现之繁复驳杂的问题面向，以期透过文本触摸其所指征的历史文化症候与社会心理期待。

二　声光魅影的文化逻辑

早在 20 世纪 20 年代中期，中国电影还处于"有影无声"的默片时期，"陈三五娘"传说就被具有灵敏商业嗅觉的晋江籍菲律宾归侨俞兴和（字伯岩）搬上银幕②。彼时在上海经商的俞兴和先生曾用长达一年的时间往来泉州、厦门一带搜罗整理素材，并最终以极大的勇气自编自导这部旧戏电影《荔镜传》。尽管投入资金有限、技术方面不够成熟、艺术水准也只是一般，但依据《厦声日报》在 1926 年 12 月 22 日的报道，"影片尚未拍完，就已经有不少人找他接洽购片"，并且由于这场戏是"南洋华侨在家乡所熟悉和爱好的，所以在南洋各地极为轰动一时，获利不少"③。

随着传媒技术的发展进步，电影这个从前"不会说话的哑巴"终

---

① 王伟：《海丝寻梦：闽南戏曲的光影之忆》，《民族艺术研究》2015 年第 3 期。

② 厦门本土知名文史专家洪卜仁先生在《厦门电影百年》当中介绍，这部《陈三五娘》是第一部厦语片。但笔者对洪老的说法颇为困惑，因为世界电影史公认的第一部有声片是美国华纳公司拍摄的《爵士歌王》（1927 年上映），中国第一部有声片是上海明星公司采用蜡盘配音技术制作而成于 1931 年 3 月 15 日上映的《歌女红牡丹》，而且余慕云先生在《香港电影八十年》一书当中提到上海暨南影片公司于 1933 年在苏州拍摄的《陈靖姑》是"第一部厦语片"。

③ 俞少川：《安海华侨与侨居地文化交流和贡献》，《晋江文史资料》第 22 辑，中国人民政治协商会议福建省晋江市委员会文史资料工作组，2000 年。

于开口说话进入了黑白有声片时代，这也意味着"兼具歌唱、表演、音乐、舞蹈、说白、美术、杂技等于一体"之戏曲电影又一春天的到来。缘此，在日渐崛起、渐有声势的厦语片早期便是以片中的闽南音乐歌唱作为行销卖点，加之素有直接取材闽南民间戏曲故事的历史传统与本身面临巨大剧本缺口的现实需求，自然不会放过这一颇具观众缘的爱情题材，因而出现多个版本的"陈三五娘"，并且在当时还一度掀起了一场关于方言有声片的"禁演风波"。这一事件在当年引起舆论关注并产生各种说法。例如，1934 年的厦门《江声报》就数度针对"厦门语对白"的《荔镜传》到底能不能拍，拍好能不能上映，以及以何种变通方式在特定方言区上映等问题提出自己的看法，认为方言有声片的拍摄与上映无损于语言的统一，因而"中央电影检查委员会"的相关禁令是没有道理的。不同于《江声报》所报道的比照粤语片在两广地区试点开映，上海出版的《电声电影图画周刊》于 1935 年 1 月 25 日刊载的《厦门陈三五娘开映禁映的原因》（阿英投）一文，则以凝视现实、忧思未来的揭弊叙述口吻将"禁"与"开禁"的反反复复、是是非非，归结于当地官员与戏院老板在权力寻租与利益输送上互不相让的私人恩怨。俱往矣，当中谁是谁非，在多年之后的今天看来已然意义不大，遑论寻求个中的所谓真相，但是今人透过这一幕可以看到《荔镜传》本身所携带的意义与能量，确认这一民间传说在当时是何等契合闽南语系方言区内观众的观影期待，在另一方面也能够感受现代民族国家"电检"制度下方言电影的存在生态及其所彰显的文化身份与认同政治。顺带一提的是，另据彼时具有特殊官方背景的厦门《立人日报》于 1947 年 3 月 17 日所刊登的广告可知，曾与思明、中华电影院并称为"厦门三大老字号电影院"的开明戏院就上映了一部由上海"暨南影片公司"出品的"全部厦门对白歌唱有声巨片"《陈三五娘》。其导演是生于上海的广东人黄河，监制则是"抗战前就在上海创办过暨南影片公司"① 的黄槐生，两人皆在昔日民国

---

① 洪卜仁：《厦门电影百年》，厦门大学出版社 2007 年版，第 82 页。

电影界中富有名望。说完旧时代产生的旧电影之后，下面我们转入分析 1949 年以来新中国创作的新戏曲电影。

在老一辈泉州人的记忆当中，由华东会演得奖本改编的梨园戏电影《陈三五娘》，毫无疑问是"泉州拍摄的第一部电影"[1]。如前所述，经由"戏改"而"混合三派于一出戏的梨园大融合"[2] 的《陈三五娘》，于 1954 年在上海举办的"华东区戏曲观摩演出大会"中豪取"剧本一等奖、优秀演出奖、导演奖、乐师奖、舞美奖和四个演员一等奖"[3]。获奖消息甫一传来，便迅速引发远在香港与东南亚等地的闽籍华人华侨的瞩目追捧，按捺不住的他们透过各种管道声称，希望借由大银幕之原汁原味的光影呈现，弥补未能亲临小舞台一睹芳容的现实遗憾。或许是为了纾解海外侨胞背井离乡、漂泊异乡的现代性乡愁，在福建省侨务工作部门的居间筹划下，曾拍摄大陆首部彩色戏曲艺术片《梁山伯与祝英台》（1953）的上海天马电影制片厂旋即于 1957 年将这一"闽南梁祝"拍成彩色戏曲电影并在海内外发行上映。时至今日，这一借由现代电影语言转译而非裁剪的戏曲陈年佳酿，还"经常在中国闽台缘博物馆滚动放映，向海内外游客展示泉州市优秀戏曲文化"[4]。由之形成的跨越时空的"召唤机制"，不同时代的各地观众得以通过电子屏幕，窥见"鱼灯舞""采茶舞"等潮泉流行的民间舞蹈与"福橘"等闽南独特风物，回味潇洒大气的陈三（晋江金井人蔡自强饰）、多情美丽的五娘（籍贯永春、生于泉州的苏乌水饰）、俏丽可人的益春（晋江陈埭镇苏厝人苏鸥饰）等人的艺术风采。

与之相应的是，香港左派电影机构凤凰影业公司于 1961 年在广东珠江电影制片厂内摄制的潮剧电影《荔镜记》，总导演则是原籍江苏太仓由大陆赴港发展的朱石麟，而演员主要出自广东潮剧院一团（原

---

① 胡建志等：《电影〈陈三五娘〉演员今安在》，《晋江经济报》2015 年 7 月 16 日。
② 叶小梅：《南戏遗响——轻歌曼舞梨园戏》，海潮摄影艺术出版社 2005 年版，第 184 页。
③ 庄长江：《他救了"陈三五娘"——记晋江剧坛泰斗许书纪》，《晋江经济报》2008 年 8 月 29 日。
④ 陈智勇：《创作更多戏曲精品　打响城市文化名片》，《泉州晚报》2009 年 10 月 14 日。

广东省潮剧团）在港演出的原班人马，其中黄五娘扮演者即为田汉于1956 年 6 月 1 日赋诗称道的"璇秋乌水各芬芳"①中的姚璇秋。在姚璇秋的精心塑造下，潮剧电影中的黄五娘鞏笑怡人、和婉明丽，一时红遍东南亚而成为当地华人社群心目当中的"潮剧闺门旦典范"②。缘此，也就可以理解多年之后泰国《中华日报》所刊登的《发放芬芳话潮剧——与广东潮剧院艺员一席谈》一文中的如下文字："20 世纪 50年代红得发紫的姚璇秋……虽然她本人没来过泰国，但只《陈三五娘》一部电影，便使她红遍泰国，廿余年来，侨胞未把她忘怀。"③ 总的来讲，拍摄于 1949 年之后的上述两部戏曲电影"陈三五娘"，不仅仅是在视觉效果上实现了从黑白到彩色的技术跨越，更体现了国家意志主导下思想性、艺术性、技术性的完美统一，引领闽南语戏曲电影步入一段光辉的历史，因而其"到新马泰等地放映时，在观众中激起强烈反响，并把兴趣从舞台转向银幕"④。

三　原乡情结与文化想象

有意思的是，在无从写实而摆脱"社会写实"之电影美学原则制约的香港影业，亦在"电影胶片中建立金碧辉煌的梦幻闽南"的文化氛围中将镜头投向了倾城倾国的美人电影，体现了历经离乱的南来文客在自足丰富的影戏大观世界之中投射主体乡愁、灌注文化想象的两相应和。据老唱片收藏家、龙海市民间文艺家协会副主席郭明木先生在《简述"陈三五娘"故事传播与发展的物质形态》一文中的介绍，1953 年 8 月香港大华戏院放映了一部"利用著名故事，注入新鲜灵魂"的港产厦语片《新陈三五娘》。除了这部自诩为"闽南民间流行故事改编哀艳恋情巨献"的厦语片之外，香港越华兄弟影业公司也曾

①　吴国钦：《刍议潮剧编剧艺术的传承与创新》，《中国戏剧》2012 年第 7 期。

②　陈喜嘉：《多承多感〈荔镜记〉》，《汕头广播电视报》2012 年 9 月 6 日。

③　何韵：《发放芬芳话潮剧——与广东潮剧院艺员一席谈》，《中华日报》1979 年 11 月20 日。

④　赖伯疆：《东南亚华文戏剧概观》，中国戏剧出版社 1993 年版，第 229 页。

于 1957 年 4 月放映了由华达电影企业有限公司制作的粤剧电影《荔枝记》。此外，在"大制片厂时期"雄霸香江与南洋电影市场的邵氏兄弟（香港）有限公司，亦在《梁山伯与祝英台》（1963）所开启的黄梅调电影余温未退、热度尚存的 1967 年，制作了一部由乡音土腔而精致化为国语发音的《新陈三五娘》，以抢攻粤语区以外广阔的华人共同市场。这部类型化制作的港产电影为了加快影片叙事节奏、强化戏剧矛盾冲突、博取迭代观众同情，而将故事结构改为古典戏文常见的落魄风流才子与富家千金小姐的爱情模式，以凸显黄梅调电影之"情、爱、悲、怨"的美学特质。其因应广大华人美学经验而修正的故事内容如下：潮州城内第一美人黄碧琚偕同婢女益春于上元佳节出外赏灯，在遭遇陕西巡抚之子林大雄调戏之后仓皇逃进吕员外家而邂逅泉州才子陈伯卿。尽管两人为了让恶少知难而退，急中生智曾互认为未婚夫妇，但垂涎美色、并不甘心的林大雄事后亲上黄府以千金下聘，取得贪财怕势的黄父认可。不久之后，陈三发现二人幼时确曾定亲，为避免黄父阻拦而生枝节，便有意隐瞒身份前往黄家当书童寻机接近五娘以告知真相。故事随后发展成观众习见的桥段，即仗势欺人的林家恶少反诬陈三盗取订婚信物而将之囚禁，而救人心切、无计可施的五娘被迫答应与林大雄成亲从而引发陈三误会。故事高潮最后定格于忧心如焚的五娘在获悉陈三郁愤成疾、一病不起的消息之后，在益春的鼓动与帮助下毅然大胆出走、寻找陈三，一起逃亡泉州。总的来讲，该片作为"从周边看闽南"的代表剧作，主创阵容相当强大，皆为一时之选，如编剧是现代中国赫赫有名的歌词大佬、才华横溢的沪上才子陈蝶衣先生。演员方面则由扮相俊秀、风度翩翩的邵氏红星凌波反串陈三，冀图续写其在《梁山伯与祝英台》中的票房传奇，邵氏力捧的"玉女明星"方盈与之配戏扮演五娘，而后来大红大紫的谐星沈殿霞则饰演春桃一角。由于秉承从上海"天一"传承而来"观众至上论"，"邵氏帝国"向来敏于捕捉华人观众的审美心理，注重票房成绩起伏，以自足的模型与合理的比例提供"快感"文化产品，所以这部戏曲影片商业诉求明确、受众定位精准、市场覆盖广阔，不仅彰显"在商言商"之港产影片不遗余力强化审美娱乐性的感性现代性底色，还隐约体现了"冷战"时期的英属殖民地香港作为观念形态"飞地"的多元化特征。

说完昔日冷战格局下之香港左右翼影人的荔镜情结，再论与闽南血脉相连却又长期隔绝的旧日台湾。在 20 世纪中期，曾与"国语"片分庭抗礼且体现时代隐衷的台湾歌仔戏电影风潮，既锻炼培育了一大批胼手胝足浇灌台湾电影之花的电影人，同时又作为一种有效的心理黏合剂有力促进了台湾地区的族群融合与共同想象，并以不同于官话的乡土方言体系重组那一时代的共同文化记忆，并且本身亦成为新的重叠意识与集体记忆。在这一混杂流浪悲情与狂欢气息之共同体记忆的回归与想象进程当中，台湾地区出产了长短不一、各取所需的以"陈三五娘"为题材的众多版本，但由于主客观条件所限特别是此前思想观念与政策导向上的忽视抑或轻视，当中的绝大多数即使是在台湾电影资料馆也难觅其芳踪，因此我们的相应论述只能在"抱残守缺"的有限范围内尽力以求备、求确。根据目前所掌握的情况来看，洪信德（剑龙）编导的《益春告御状》（1959 年 11 月 5 日首映）与《陈三五娘》（1964 年 5 月 24 日首映），因其较早的上映时间，而被史载口传、较为人所知。另外，据薛慧玲与吴俊辉刊发在《电影欣赏双月刊》中的《"台语"片目（1955—1981）》所述，1964 年 8 月 17 日亦上映一部题为《五娘思君》的"歌唱片"，导演即为祖籍泉州、生于云林北港的厦门大学经济系校友李泉溪。平心而论，在台湾电影日渐式微、节节败退以及闽南语系戏曲电影产业由盛转衰、回天乏力的时代大势下，1981 年上映的《陈三五娘》（由余汉祥导演约请电视歌仔戏巨星杨丽花与司花玉娇联合主演）堪称歌仔戏电影这一片种回光返照的末日余晖，在台湾电影发展链条乃至亚洲电影脉络当中极具指标意义。当然个中原因与其说是该片活色生香、清浅有味的戏曲诗韵，复古唯美、精良考究的内在品质，毋宁说是其在向渐行渐远之经典"致敬"的同时，为之献上一阕哀婉凄清的挽歌，无可挽回地宣告一个时代终将逝去，而被长期定格为台湾地区闽南语戏曲电影的空谷绝响。

四　荔镜情缘的视像重构

若说作为剧院艺术的戏曲电影是集体观影、同喜共悲的公共仪式，体现为借重现代电影的表现手法来传达戏曲传统的原始意念，从而与既"看人"又"看戏"之传统戏曲的公共观演形成互补、和谐共振；那么下面就将分析延伸到作为"日常生活家居仪式"的家庭电视观赏活动。由之，我们一方面能够窥见每一时代的电视人如何因应媒介特质，同时超越电视观看方式所联系的"私领域"，进而在"公共时间"中打开或创造荔镜情缘的多副面相，甚至一度占据公共言谈的间性空间；另一方面还能从中看到文化工业产品消费与多元政治权力相互交叉并形成互补、最终媾和。时至今日，电视已然全面介入一般民众的日常生活，普通大众与传统戏曲的照面更多地来自电视媒介。与之相伴而生的是，"电视戏曲"与"戏曲电视"不仅改变或扭转了传统舞台戏曲之"有声皆歌、无动不舞"①的剧艺风貌，而且以其接受的便捷性及其所伴生的超强渗透性，已经一跃成为戏曲文化意义生产与传播的重要场域。但不得不指出的是，当我们今天回眸这些陈年旧作及其新变奇情的重拍序列与衍生品种，不难发现其大都以男性欲望与"窥视快感"（scopophilia）作为推进叙事的动力机制，并且将女性"物化"为"凝视对象"而让男主人公（实则由长相俊美、唱作俱佳的女性演员装扮）成为阅听者（涵盖用"男性目光"观看的女性观众）的认同主体，进而不甚连贯、不无罅隙地反复讲述一个不断被咀嚼的地方传奇。然而随着现代性带来的两性权力关系、代际力量对比的遽然翻转，这些横生枝节、粗制滥造的小本经营之作，由于在个体审美创造力与资本现实运作逻辑之间两头无靠，当中多数也就悄无声息地蒙上时代风尘，只有寥寥数部剧作的某些情节或许还会被人偶尔提及。

首先不能不提的是，新加坡广播电视台（RTS）于 1965 年这一风

---

① 傅谨：《戏曲理论建构的新语境》，《中国文化报》2015 年 8 月 17 日第 7 版。

云变幻的敏感时刻，斥资推出了由新加坡华人文娱团体"六一儒乐社"① 演出的第一部潮剧电视片《陈三五娘》。尽管其因为建台不久、跨界制作经验不足而导致效果一般、几无反响，但其"领风气之先"的跨界之功，无疑值得记上一笔。另外，其产生于东南亚运用从西方习来的民族国家现代性来反抗西方殖民者与确证自身主体性的时代境遇，某种程度上折射了华语戏曲艺术在移民社会中所面临之故土与本土、异化与同化的双重问题，及至今日或许依然值得探讨。

　　饶有兴味的是，自从台湾地区电视节目开播以来到 20 世纪末，似乎每隔一段时间就有一部重新演绎的"陈三五娘"活跃在小小荧屏的方寸之间，足见其在台湾民众心目中的受欢迎程度，堪称"经典中的经典"②。例如在 1976 年这一历史巨变的微妙时刻，"台视"推出了出生于江西九江的台湾知名女演员夏玲玲（饰演郡主"黄碧香"）与香港著名粤语片动作设计及演员游天龙（饰演"陈麟"）联袂主演的电视连续剧《荔镜缘》。这一剧集参考明代的笔记小说《绣巾缘》与章君穀的新编小说《陈三五娘》，不仅将故事的发生地从闽南文化圈内的粤东潮州，改为政治、经济地位更加显赫的南中国重镇广州，而且把五娘的身份由潮州富户之女转变为广南王的千金爱女，同时亦相应地将陈三这一戏文刊本中手无缚鸡之力的文弱书生，塑造为一个文武兼备、敢爱敢恨的英雄人物。

　　台湾一度流行、观看者众的歌仔戏电视，在其历时发展的不同阶段推陈出新，一再翻新这一引人入胜、脍炙人口的经典剧目，从那些现代性的时空角落中唤醒世俗生活中被遮蔽与遗忘的传统经验。例如"台视"③ 在其草创之初的 1963 年推出的"以现场舞台剧方式播出"④ 的《陈三五娘》，显现了歌仔戏初试啼声、因陋就简的荧幕风貌。1971 年

---

① 1929 年成立的新加坡华人文娱团体，其社名源于"乐为文艺之一"的意思，发起人为张来喜、廖绍堂、朱锦鸿、林美喜等 20 余人。

② 傅谨：《老戏的前世今生》，人民文学出版社 2007 年版，第 102 页。

③ 1962 年 4 月 28 日，"台湾电视事业股份有限公司"（简称"台视"）成立，旋即由王明山牵头组织"闽南语电视节目中心"制播电视歌仔戏节目。

④ 杨馥菱：《台湾歌仔戏史》，（台中）晨星出版有限公司 2002 年版，第 128 页。

才开播的"中华电视公司"便在 1972 年制播的 7 集彩色电视连续剧《陈三五娘》（"新丽园歌剧团"的沈贵花饰演陈三，江琴饰演五娘），其作为"华视"午间时段第二档戏一方面表明了作为电视新军的"华视"正式加入白热化的电视歌仔戏收视争夺战，另一方面也表明电视歌仔戏在三台鼎立而至广告流失、受众群体产生审美疲劳的历史关口中，由热趋冷、亟待蜕变。随着台湾当局于 1976 年 1 月 8 日公布"广播电视法"，限定方言节目播出的时长（每日不超过一小时）、时段以及集数，原本存在过度竞争的电视歌仔戏遭此重挫更加雪上加霜、再入低谷，而此前热络的以"陈三五娘"为内容题材的电视歌仔戏改编也相应地告一段落，沉潜起来以待时机。

　　然而正所谓，"念念不忘，必有回响"。在历经数波"改良"潮流而日现疲态之时，力图重振电视歌仔戏声威的"华视"逆势而上于 1996 年 9 月 23 日"午间频道"重磅推出由"两岸优秀人才"打造而成的电视歌仔戏《陈三五娘》，在前人基本竭尽这一爱情经典改编之全部可能之后，再次掀动历史边缘的话语残片，并以"关于欲望的话语"取代了"话语的欲望"。此剧由台湾资深歌仔戏编导与演员、闽南语讲古人石文户亲自执导，以确保编、导、演、乐、景各方面的精良品质。台湾歌仔戏巨星叶青不仅亲自饰演陈三，还诚邀祖籍南投而后前往大陆定居种植水果的资深编剧陈永明担纲剧本创作，前者为了让后者以最佳状态潜心写作，甚至将其接到家中而成为一时美谈。当然曾获"金钟奖"的后者也不负众望，穷其毕生功力以"四句联"的经典形式写出了句句押韵、音节铿锵的整部戏台词，并且以繁多密集但又简洁有力的唱词一改电视歌仔戏之"曲少白多"的毛病。例如，其片头主题曲便以朗朗上口、悦耳动听的［状元调］唱道："泉州才子陈伯卿，送嫂离乡千里行，元宵潮州赏灯景，邂逅五娘即钟情。古代铜镜如月轮，磨得光亮照乾坤，才子为获好缘分，不惜将镜击陷痕。无情荒地有情天，执帚为奴苦三年，历尽沧桑情不变，千古流传荔镜缘。"可谓浓缩故事精华，道尽浮世悲欢，勾起多少人的儿时记忆。纵观全剧，其添油加醋、插科打诨而前后绵延数十集，并以清晰明快之谵妄式方言语流、目不暇接之本土化民俗意象与戏曲电视所要阐述的"闽南原本"进行组合戏仿，在俚俗趣闹的视听狂欢中想象性地书写犬儒，逆向折射了市场导向之媒介场域中民间记忆、观念形态与消费主义的张力结构。缘此，其适应了"以俗为本"、非精英化之现代市民审美趣味，不仅在处于后现代十字路口的台湾岛内掀起一阵暌违已久的收视高潮，而且通过星罗棋布、遍布城乡的录像租赁系统、"非法"但却四处林立、屡禁不止的卫星天线等多种途径漂洋过海，涌入彼时视听娱乐稍显单一、有待填充的大陆地区，进而以某种错位而又滞后的图绘方式改写了两岸民众对这一剧目的群体记忆，最终成为 20 世纪末五彩斑斓之海峡文化风景线上最为突出的审美表象序列之一。

《陈三五娘》与闽南文化传播

宋　妍[*]

引　言

《陈三五娘》是流行于潮泉两地的梨园名剧，该剧各种版本的戏本经常被梨园戏（七子班）、高甲戏（九甲）、歌仔戏、潮州戏及民间说唱等搬上舞台，成为演出率与流传率最高的经典剧目，随着闽粤地区居民大量向南洋和台湾地区移民，该剧目在这些地区亦有广泛传播，产生深远影响。作为承载闽南文化之核心的《陈三五娘》在自身传承与变异的过程中与闽南文化呈现相互融合、彼此促进之动态关系，并在受其影响的区域构筑稳定持久的公共文化空间，使闽南文化、闽南民众的集体无意识和文化心理结构在延续的同时保持持久的生命力。基于此，本文拟从时间跨度、空间维度及传播内容与传播形式四个方面呈现《陈三五娘》与闽南文化传播之图景。

一

泉州梨园戏的形成由来已久，《中国戏曲志·福建卷》的记载大致如下：宋末元初，温州南戏传入泉州。当时流行闽南泉州一带的民间优戏杂剧，吸收了温州南戏的剧目和表演艺术，发展形成了具有闽南地方色彩的戏曲，当地称为梨园戏。因其受温州南戏的影响，形成

---

*　作者单位：泉州师范学院文学与传播学院。

了 7 个行当角色的表演体制，故亦称七子班。① 梨园戏在发展的过程中，由于表演风格的不同，逐渐出现了艺术上的大梨园和小梨园之分，《陈三五娘》即是小梨园的传统剧目。由于该剧肯定了陈三与五娘爱情自由、婚姻自主的婚恋观，具有反封建的思想意识，因此惊动了封建统治阶级，屡遭诬蔑与禁演。据《厦门志》载："厦门前有《荔镜记》，演泉人陈三诱潮妇五娘私奔事，淫词丑态，穷形尽相，妇女观者如堵，遂多越礼私逃之案，前署同知薛凝度禁止之。"② 然而，深具群众基础的《陈三五娘》并没有因此而禁绝，反而在民间广为传播。数据显示，南音在《御前清曲》中共收录 106 支曲子，其中唱陈三五娘的就有 41 支，《泉南指谱重编》共 42 套，其中咏唱陈三五娘故事的有 22 支之多。③《陈三五娘》的影响力亦由此可见。

从明嘉靖到万历年间，随着大量的福建戏班下南洋过台湾，福建民间戏曲也开始广泛传播到台湾至东南亚，其中，梨园戏的传播尤为值得关注。在福建现存较有影响力的几大剧种（梨园戏、高甲戏、莆仙戏、木偶戏、歌仔戏）中，梨园戏的传播可谓最早。康熙二十年至二十七年（1685—1688），福建梨园戏戏班曾到泰国，并被邀请到皇宫为法王路易十四派往泰国的大使举行庆宴演出，其"华丽而庄严的排场"，"严肃而认真的表演"，给外国观众留下了深刻的印象。④

自此，《陈三五娘》与其他泉州梨园戏剧目在台湾、东南亚等地频繁上演，在 20 世纪 20 年代到 40 年代形成了第一次海外传播的高潮。1925 年，双凤珠班赴印度尼西亚的泗水演出，同年，新女班又赴新加坡进行演出，引起了一定的反响。⑤ 与此同时，《陈三五娘》也深受海内外港澳台学者的喜爱，成为戏曲界学术研究的热点。1936 年，向达在《瀛涯琐志——牛津所藏的中文书》一文中首次引介牛津大学

---

① 陈耕：《闽台民间戏曲的传承与变迁》，福建人民出版社 2003 年版，第 8—9 页。
② 同上书，第 15 页。
③ 同上书，第 16 页。
④ ［英］布赛尔：《在暹罗的中国人》，《东南亚的中国人》卷三，厦门大学南洋研究所编《南洋问题资料汇编》1958 年第 1 期。
⑤ 陈鲤群：《福建戏曲海外传播研究》，《闽江学院学报》2007 年第 1 期。

图书馆所藏的《荔镜记》戏文书影，披露《荔镜记》戏文及其相关资料，遂引起现代学界的重视。① 毕业于厦门大学后移居台湾的陈香在历经半个世纪之久的研究之后将其成果结集为《陈三五娘研究》一书，由台湾商务印书馆出版。受其影响，大陆与台湾不少学者也致力于对《陈三五娘》和泉州戏曲的研究，出现了不少研究硕果。台湾对《陈三五娘》的研究热潮还引发了大陆戏曲界的广泛关注，最具轰动效应的事件要属在 1954 年的华东戏曲会演中，福建省梨园剧团新编的梨园戏《陈三五娘》一举获得了剧本一等奖等六项大奖，轰动了当时的整个戏剧界，泉州梨园戏和《陈三五娘》一时声名鹊起，蜚声海内外。

《陈三五娘》在大陆的一举成名，引发了政府部门和研究机构的高度重视，20 世纪 60 年代，福建省戏曲研究所开始有计划、有步骤地对梨园戏进行了广泛的田野调查，通过剧目对照、音乐唱腔、表演艺术等方面的比较分析，理清了梨园戏与宋元南戏的渊源关系。其中，最有影响力的要数闽南方言研究专家吴守礼逾一甲子而致力于嘉靖本《荔镜记》与明清各本《荔枝记》的校理，出版了《荔镜记戏文研究——附校勘篇》以及《荔镜记》《荔枝记》系列校理本。因此，有学者称他的"陈三五娘故事的研究"可与顾颉刚"孟姜女故事的研究"相媲美。②

进入 20 世纪 80 年代以来，泉州梨园戏迎来了海外传播的第二次高潮。1980—1990 年十年间，梨园戏共出访海外三次，出访地包括日本、菲律宾和中国香港地区。如 1980 年 9 月 11 日至 9 月 18 日，应香港福建旅港同乡会、福建商会和福建体育会的邀请，福建省梨园戏实验剧团在卢令和的带领下，一行 59 人赴香港商演；1986 年 10 月 20 日至 11 月 20 日，福建省梨园戏剧团又接到了菲律宾文化中心、皇都影剧中心等 31 个华人社团的邀请，在许在全的带领下一行 55 人赴菲律宾商演，此次出行共演出了 30 场，《李亚仙》《陈三五

---

① 向达：《瀛涯琐志——牛津所藏的中文书》，《北平图书馆馆刊》1936 年第 5 期。
② 黄科安：《闽南文化与泉州戏曲研究》，《福建论坛》（人文社会科学版）2012 年第 3 期。

娘》《高文举》等传统剧目均引起了场场爆满的轰动效应。①

　　自 20 世纪 90 年代开始至 21 世纪初,泉州梨园戏在海外的传播与交流愈发频繁,演出规模与影响力也逐渐扩大。1991 年 10 月,应新加坡国家艺术理事基金会邀请,福建省梨园戏实验剧团在团长李联明的带领下一行 53 人赴新加坡访问演出。在新加坡国家剧场共演出七场,上演了《陈三五娘》《吕蒙正》《苏秦》等经典剧目;1991 年 8月 11 日,梨园戏剧团在吴凤章、庄顺能的带领下应台湾新象文教基金会的邀请,赴台湾作为期一周的访演,8 月 17 日即上演《陈三五娘》,在台湾岛内引起了轰动效应。②

　　进入 21 世纪,福建省梨园戏实验剧团依然活跃于海内外的各大舞台中,为泉州梨园戏的传承与发展、闽南文化的传播与发扬做出了显著的贡献。2003 年,剧团带着《陈三五娘》第三次赴台演出,之后又与上海昆山剧院的《牡丹亭》一起赴法国参加中法文化年的一系列演出活动,均产生了广泛的影响。

二

　　从空间上看,《陈三五娘》以中国泉州为传播中心,先后辐射潮州、温州、漳州、厦门、台湾地区及东南亚、欧美等地区,使其逐渐具备了世界性的影响。在传播的过程中,当地戏曲对之进行了一定的改造,从而呈现了融合与创新相统一的局面,提升了该剧的生命力。最典型的体现就是在漳州、潮州和台湾的播衍过程中,出现了潮剧与梨园剧、歌仔戏等剧种的相互渗透、交融。

　　1954 年,《陈三五娘》一剧参加华东会演,一举成名,这推动了兄弟城市的政府部门开始高度重视发掘、抢救古老的民间艺术。1955年 2 月,龙溪专署文化科向福建省文化局报送了(55)文化字第〇二二号文件,报告在华安县山区发现了闽南古老的地方戏曲舞蹈——老

---

① 王汉民:《福建戏曲海外传播研究》,中国社会科学出版社 2011 年版,第 36 页。
② 同上书,第 48 页。

白字戏、竹马舞等。根据 1955 年的调查报告和 1983 年戏曲志编辑人员的调查，老白字戏的剧目、音乐、表演、唱腔咬字等既与梨园戏有类似之处，同时也存在某些差异，显示出独特的风格。如吐字不是纯粹的泉州音，而掺杂着当地方言，地方小调和帮腔的运用可能受到其他剧种如四平戏的影响。然而，两种剧种之间更多的是交流与渗透，如梨园戏吸收了竹马戏活泼轻快的弄仔戏和民歌小调，竹马戏则从剧目到音乐大量吸收梨园戏，完成了从小戏到大戏的转变。并且，梨园戏在漳州的传播，为潮泉戏曲的交融，提供了可能，最典型的例子即为《陈三五娘》。

明清以后，梨园戏和南音在漳州广泛传播，并且成为"时尚雅曲"，受到当地百姓的欢迎，在漳州还出现了刊刻的曲本、剧本，在地方方志和文人诗文笔记中也屡有记述，多以弦管、泉腔、七子班称呼之。清道光七年（1827）林枫（侯官人）客游漳州时写诗描述当时漳州妇女观看梨园戏的情况便可窥见梨园戏在漳州地区的风靡。诗文如下："梨园称七子，嘲谑杂淫哇；咿呀不可辨，宫商亦自谐。摊戏半游侠，扶杖有裙钗；礼俗犹蒙面，公巾制未乖。"[1] 另有施鸿保的《闽杂记》与《漳州志》等文献皆有类似的论述。虽说梨园戏班的演出屡被官方所禁，但因其生动活泼的表演方式与通俗易懂的主旨思想，使其在民间拥有坚实的群众基础，梨园戏班遍布于当时的漳州、厦门等地。其中，《陈三五娘》中的许多经典唱段更是传唱于漳州的各个村镇、大街小巷之中，影响之深远可见一斑。然而，以委婉细腻而著称的梨园戏在向漳州地区渗透的同时，当地的竹马戏因艺术风格与其大为迥异，又缺乏吸收发展，因此逐渐走向衰微。而此时，漳州的东山、诏安、云霄、平和以及临近的漳浦、南靖等县因与广东潮汕地区交界，因此也流行潮剧，这样，就间接为梨园戏与潮剧的相互交流和渗透创造了有利的条件。[2]

---

① （清）林枫：《客中杂述上下平韵寄榕城诸友》，《听秋山馆诗抄》卷二，林庆熙、郑清水、刘湘如编著《福建戏史录》，福建人民出版社 1983 年版，第 109 页。

② 陈世雄、曾永义主编：《闽南戏剧》，福建人民出版社 2008 年版，第 47—64 页。

作为潮泉名剧之《陈三五娘》，历来就体现出梨园戏与潮剧互相渗透、交融的情况。源于广东潮州和闽南云霄、诏安、平和、东山一带的潮调，亦名潮音戏，在明中叶已有很大发展。"潮音戏在闽南流行时，曾与梨园戏密切交流，互相吸收。潮音戏吸收了不少梨园戏的南音曲牌，故有'所演传奇皆习南音而操土风'，'杂丝竹管弦之和南音土风声调'，其'声歌轻婉，闽广参半'的记载。同时，梨园戏也吸收了不少潮音戏的剧目和音乐曲调，传统剧目《陈三五娘》就吸收了不少潮音戏的音乐曲牌，如《潮阳春》《潮调》《长调》《中潮》《短潮》等。"① 可以说，该剧是潮泉二调互补的结晶。

歌仔戏诞生于日据时期的台湾，成为中国 300 多个地方戏曲剧种中唯一诞生于台湾的剧种。这种剧种因体现了闽南方言文化区域的精神特征、民族性格和审美情趣而具有广阔的生长土壤，在台湾逐渐传播发展开来，并且回传到大陆泉州、漳州、厦门、潮汕等地，影响日甚。新兴的歌仔戏在自身发展过程中，亦吸收了梨园戏的唱腔、表演和剧目以寻求新的突破。如歌仔戏《陈三五娘》就是根据梨园戏经典剧目《陈三五娘》改编而成的同名剧目。据 1985 年罗时芳采访 20 世纪 20 年代在台湾享有盛名的台北新庄如意社的知名歌仔戏艺人赛月金的《赛月金忆往事》一书所知，在赛月金十二三岁时（1922—1923），台北新庄如意社演出的歌仔戏就有《山伯英台》《陈三五娘》等。"当时温红娘演五娘、吴成佳演陈三。二人所唱'七字仔'也是陈三仪唱的那样，吴成佳也在如意社教戏，是赛月金的干爹和师父，后来他改演老生黄九郎。"② 赛月金最初所学的《陈三五娘》《山伯英台》的剧目，是师傅根据歌仔册来教授的，七字一句，四句一首，唱词基本定型。从以上资料可知，歌仔戏在向梨园戏的表演艺术取经之后，也开始自立门户，将梨园戏的很多经典剧目改编成歌仔戏的形式，并以其通俗易懂的戏曲形式和轻松活泼的表演风格引发了闽台观众的青睐与

---

① 陈耕：《闽台民间戏曲的传承与变迁》，福建人民出版社 2003 年版，第 16 页。
② 罗时芳：《赛月金忆往事》，厦门市台湾艺术研究所《歌仔戏资料汇编》，光明日报出版社 1997 年版，第 174 页。

追捧，在台湾更是成为最主要的戏曲表现形式。

三

在闽南戏剧文化圈中，戏曲活动与民间信仰习俗的活动特别密切，闽南民众一年到头有无数的理由可以演戏，如节令、神佛圣诞、庙宇庆典、做醮、谢平安、民间社团祭祀公业、家庭婚丧喜庆以及民间社团、私人间的罚戏演出等。① 这些众多的民间信仰和习俗活动，无论是对于定居在闽南地区的民众，还是对于长年漂泊海外的闽南移民来说都具有向心力与凝聚力，同时也使得传统的乡土文化观念、民间信仰等地方性知识，以喜闻乐见的形式深植人心，流传后世。

在商业剧场兴起之前，民间信仰、岁时节庆和人生礼俗是闽南戏曲演出最主要的三大类场合。其实，初始形态的戏曲艺术就具有"娱神"与"娱人"的双重功能，形成"宗教仪式"与"成人游戏"的双重品性。就"娱神"的功能与"宗教仪式"的品性来看，闽南地区的民间信仰的神系十分复杂，各村供奉的神系也各不相同，但都有一个主要的保护神和许多较次要的神。每个神都有两个或者两个以上的生日，每个佛生日都要演出几天戏，少则两三天，多则三五天，甚至连演几个月。② 由此可见，在传统的乡土社会中，繁复的民间信仰活动为闽南民间戏曲提供了广阔的生存空间。再来看戏曲的"娱人"功能与"成人游戏"的品性，闽南民众在"娱神"的前提下也达到了"娱己"的目的，据八十岁高龄的泉州地方戏曲研究社副社长郑国权老先生介绍，新中国成立前，每逢民俗节日，中山路上能同时开演几十台戏，热闹非凡，各大名班大唱对棚戏、连棚戏，各角纷纷拿出看家本领互相较劲，令观众大饱眼福和耳福。③ 即便是现在，闽南民众高涨的信仰热情和众多的民俗节日，依然是闽南戏曲演出蓬勃发展的主要动力。据统计，福建省梨园戏实验剧团在 2008—2010 年就有

---

① 陈世雄、曾永义主编：《闽南戏剧》，福建人民出版社 2008 年版，第 27 页。
② 同上书，第 29 页。
③ 刘鹏：《泉州地区闽南戏曲传承中的社会文化功能之考察》，《艺苑》2011 年第 3 期。

300 多场下乡演出活动，尤以《陈三五娘》为代表的泉州梨园戏更是深受闽南民众的喜爱，历久不衰。

此外，由于闽南地区既处于大陆的边缘地带，又处在与异域文化交流的前沿，为了在中华文化中确立自己的文化身份，闽南民众比起内陆人民来说反而更加渴求精神内核的稳定性，因此，闽南人非常重视乡土、血缘、宗族等传统观念，也十分固执地传承着中原文化传统，而潜藏在闽南民众中的这种集体无意识除了体现在繁复的民间信仰活动中，还体现在岁时节庆与人生礼俗活动中。前者如春耕秋收等季节性仪式或春节元宵等传统节日，闽南地区都盛行演戏祈福或欢庆，后者如生育礼俗、成年礼俗、婚姻礼俗和丧葬礼俗等，亦要邀请民间戏班来演戏，热闹一番。甚至诸如庆祝中举、当官、考上大学、发财还愿等亦有演戏活动，娱神亦娱己。

闽南民间戏曲在向海外传播的过程中也产生了重要的影响。总的来说，体现在以下两点：第一，联络乡情。通过海外演出，闽南戏曲唤起了闽籍华人的乡音乡情。王仁杰在《梨园一曲催人醉，菲华父老尽望乡》一文中记载了如下的情景：1986 年福建省梨园戏实验剧团应邀赴菲演出，马尼拉市及其周围聚集着数十万华人，他们大多来自福建泉州。听到《陈三五娘》等剧目时，"如海的乡恋，一下子被引发出来，人们热泪盈眶，或浅唱，或高吟地与演员们唱和起来。这支庞大的'伴唱'队伍的声音，有时还盖过台上的演唱，与梨园戏在泉州演出的情景别无二致"①。为什么《陈三五娘》在海外演出会产生如此强烈的反响呢？王汉民先生是这样分析的："闽剧历史悠久，剧目主要表现了人们的风俗习惯，生活风貌，这一独特的传统艺术富有浓厚的乡土气息、地方色彩，对新加坡的融籍人士而言，倍感亲切。"②

第二，闽南民间戏曲在联络乡情的同时，也扮演着传承闽南文化的重要角色。闽南文化凝聚着闽南民众的精神气质、价值信仰、思想

---

① 王仁杰：《梨园一曲催人醉，菲华父老尽望乡》，《福建戏剧》1987 年第 3 期。
② 王汉民：《福建戏曲海外传播研究》，中国社会科学出版社 2011 年版，第 161 页。

观念，又通过具体的艺术形式展现出来。由于闽南戏曲一直与人民群众保持着密切的联系，因此，它既是闽南文化的集中体现与有力推动者，也是维系海内外闽南侨胞的重要纽带。《陈三五娘》所宣扬的追求爱情与幸福的自由观念感动并影响了一代又一代的闽南民众，寄寓着闽南民众的美好愿望与追求。诚如王汉民先生所总结的："地方戏剧中丰富的艺术语言，通过艺人们的精湛表演，宣扬忠孝礼义，扬善弃恶，寓教育于娱乐，推动了社会的道德教育，保留并发扬了中华文化艺术的传统和精粹。它在阐述人生哲理，灌输人们正确价值观方面，有着潜移默化的功效。"[1]

四

任何文化形态想要向外传播，都要借助一定的传播形式与传播媒介，这样，才能从主客观两方面将该地区的文化广泛地传播开来。如果从传播形式上来研究泉州梨园戏向海外的传播情况，本文认为可以归纳为以下四个因素。

第一，政府组织。保护、传承、发展戏曲艺术已然成为包括中央政府与各地政府文化建设中的重头戏，而对于地方戏曲剧种的传承与传播更成为地方政府责无旁贷的文化任务。福建木偶戏、梨园戏在中日文化交流中最为活跃，福建戏曲还参加了政府组织的中国与新加坡、中国与朝鲜、中国与泰国以及中国与中亚国家之间的文化交流演出。欧美方面，福建木偶戏、闽剧、梨园戏等也参加了政府组织的出访活动。

第二，民间交流。如果说政府组织的文化演出与交流活动更集中、更全面，也更权威的话，那么戏曲的民间交流活动则更丰富、更自由、更活泼。以《陈三五娘》为代表的泉州梨园戏从 20 世纪 20 年代开始至 21 世纪初连续掀起了三次传播高潮便是此种传播方式的最佳诠释。总的来说，民间的戏曲交流主要有出访与来访两种形式，而内容则包括演技交流、同台献艺、学术交流以及技艺传授。

---

① 　王汉民：《福建戏曲海外传播研究》，中国社会科学出版社 2011 年版，第 164—166 页。

　　第三，学术交流。进入 20 世纪，以《陈三五娘》为代表的泉州梨园戏一直是两岸学者关注的重点，并出现了一批杰出的研究者和学术论著。近年来，对泉州梨园戏的"声腔"探讨进入了全新的阶段，尤以泉州本土学人的探索性研究见长。此外，跨学科的综合研究方式也日渐受欢迎，出现了一批将泉州梨园戏置于闽南文化之深广领域加以探讨的学术团队及其重要主张。理论突破见陈世雄在《闽南戏剧》中提出的"闽南戏剧文化圈"之主张；实践研究则有薛若邻的《商品经济与南戏——兼及艺术继承》、叶明生的《试论宗教文化在南戏发生学中的地位》等。同时，学术交流活动也在闽台两地广泛展开，随着泉州地方戏曲研究社连续举办"南戏学术讨论会""中国南戏暨目连戏国际学术研究会""96 泉州中国南戏国际学术研讨会"三次大型学术会议之后，闽台两地的戏曲学术交流便日益频繁。1997 年，台湾中正文化艺术中心举办"海峡两岸梨园戏学术研讨会"，邀请福建省梨园戏实验剧团来台演出。"两岸学者就梨园戏的渊源形成、历史地位、艺术成就，乃至于闽台的传播、剧团之营运、新人之培养等，展开深入的讨论，在会后又编印了《海峡两岸梨园戏学术研讨会论文集》。"① 此后，此种学术交流活动从未间断，泉州梨园戏与闽南文化之研究更加深入。

　　第四，媒介传播。随着影视传媒的出现与普及，古老的戏曲艺术从舞台走向了屏幕，既扩大了接受群体，又开创了新的传播方式。单是《陈三五娘》就先后被改编成广播版、电视版与电影版的同名厦语片和歌仔戏，深受闽台观众喜爱。1956—1957 年，福建省梨园戏实验剧团受上海天马电影制片厂之邀将《陈三五娘》以舞台艺术片的形式拍摄成彩色电影，这部作品现在还经常在中国闽台缘博物馆滚动放映，向海内外游客展示泉州的优秀戏曲文化。随着网络媒介的出现，戏曲艺术也依靠网络的力量展示、宣传自己，为自己打造更广阔的交流与发展空间。如今为广大戏曲爱好者所熟知的网络交流平台如戏

---

① 黄科安：《闽南文化与泉州戏曲研究》，《福建论坛》（人文社会科学版）2012 年第 3 期。

曲网络电视（金网 http：//www. jinying. org）、闽南戏曲爱好者论坛（http：//www. mnxiqu. com）以及闽南戏苑交流群（QQ：37584488）等有上传戏曲视频（剧目与唱段）、介绍相关知识、讨论发展前景等。

综上所述，以《陈三五娘》为代表的泉州梨园戏从时间、空间、内容与形式四个方面将剧种本身的传承、发展与闽南文化相互融合、彼此促进，对维系闽南民众情感，传承传统文化，加强区域联系起到了重要的作用，也在闽南文化圈辐射下的公共文化空间中扮演着重要的角色，促使闽南文化产生了世界性的影响。

简述"陈三五娘"故事传播与
发展的物质形态

郭明木[*]

2014 年 12 月，福建省泉州市洛江区"陈三五娘传说"入选第四批国家级非物质文化遗产代表性项目名录。顾名思义，非物质文化遗产具有非物质性，然而其非物质性又是与物质性紧密关联的。这种关联，除了在其行为过程中需要一定的物质手段来共同作用才能得以完整体现之外，物质性还作为行为的结果而得以呈现。[①] 直到 19 世纪末，在留声机、唱片传入中国之前，"陈三五娘"故事主要以"手抄和印刷的纸质剧本、曲簿、唱词本"的物质形态出现在民间。20 世纪初，跨国公司开始大量生产发售"陈三五娘"故事的南音、歌仔唱片；进入 20 世纪中期后，"陈三五娘"电影的出现使"陈三五娘"故事的历史出现了一种全新的物质形态——戏片和唱片上的"陈三五娘"故事。因此，这些物质形态使"陈三五娘"传说这一非物质文化得以呈现、传承、传播和发展，同其他物质形态一样具有广泛的空间性和社会性。

一 纸质"陈三五娘传说"剧本、曲簿和唱词本

"陈三五娘"是宋末以来流传于泉、漳、潮等地的脍炙人口的民

---

　　* 作者单位：龙海市民间文艺家协会。
　　① 王耀华：《实践中传承，传承中保护》（政协建言），《人民日报》2007 年 12 月 28 日第11 版。

间爱情故事。据专家考证，早在明代（16 世纪初）就出现了根据民间传说著写的传奇小说《荔镜传》（初名《荔枝奇逢》）；到了清代，又衍生出《荔镜奇逢集》《魔镜奇逢集》《奇逢全集》等别名。① 明代版本《荔镜记》最早藏于英国牛津大学图书馆，另一本则藏于日本天理大学图书馆。民国时期各种戏文戏本如《陈三全歌》《陈三五娘》《陈伯卿》等，成为梨园戏（七子班）、高甲戏（九甲）、歌仔戏、潮州戏的常演剧目，其中歌仔戏《陈三五娘》是传统歌仔戏四大出之一。而《陈三五娘》的各种手抄和印刷清曲、唱本，也是泉州、厦门、漳州南乐演唱的经典曲目，并在台湾和东南亚地区广为流传。

（一）论文、歌仔册

1936 年《厦门大学学刊》刊出龚书辉的《陈三五娘故事的演化》，为较早的研究论文。文中在谈到"陈三五娘"故事的流传现象时指出：

> 要知道，大众制作物才是某一社会的文化真正的代表，大众的文化，有益大众，为大众所欢纳的文艺，才算是真正的文艺。正人君子的"天王圣明"的文章，固然不是文艺，所谓骚人墨客的无病呻吟，也算不了什么：在这理解之下，来着手整理研究民间俗曲故事戏曲等大众艺术，自是合理却要的工作。
>
> 陈三五娘是流传于闽南民间最煊赫的故事，它深入民间每个妇孺的心，它紧紧地黏附于大众的脑际，它的影响的确太大了。
>
> 这一故事的伟大处是：它是创作的，是大众创作的而流传大众间以娱乐自己，下意识的却在这中间掘取他们的精神食粮而影响他们的观念意识。

龚书辉在《陈三五娘故事的演化》一文中，详尽考察了陈三、五

---

① 参考陈益源《〈荔镜传〉考》，《文学遗产》1993 年第 6 期。

娘这对情侣感情故事怎样从最开始的民间传说，发展成为小说体的《荔镜传》，之后再被改编成各种戏曲唱本，逐渐成为大众化的过程。

在歌仔册方面，在 20 世纪初，闽南地区经济和文化逐渐发达，随着商贸的发展，戏曲、曲艺和民间艺人的讲唱文学及演出也日趋活跃。民间说唱的盛行，带动了泉州、厦门一些书局经营起锦歌、南曲唱本的出版、销售业务。

"歌仔册"又称"歌仔簿"或"歌簿仔"，指的是记载了清道光以来，流行于闽南的民间歌谣——"歌仔"的唱本。"歌仔"是清末流行于闽南一带的民间说唱艺术，后来又被称为"锦歌"。《歌仔册》在形式上多为七字一句的韵文，内容则多为叙述历史故事的长篇叙述诗，或与当时社会风俗有关的劝世歌文。常见曲目有多种版本的"陈三五娘"故事，如《陈三歌》《陈三磨镜》等。因为只印唱词，因此，买者用锦歌曲牌按词而歌，在文学和史学研究上均有一定的价值。

民国十七年（1928）七月，刚刚离开厦门大学不久的国学大师顾颉刚在为谢云声编著的《闽歌甲集》所作的《闽歌甲集序》中谈道：

> ……又厦门的清唱有"御前清音"一种，我还没有听过，看会文堂印出的十二小集，大都取材于元明的杂剧和散套，所以称为"御前"者，传说曾于康熙帝时供奉内廷之故。这一种清唱的起源或在明代，能保留到今日也很足珍重。会文堂印的册数不多，或者还能搜集到若干。它的音乐也是值得研究的，又我在厦门大学的时候，常看见学校里的工人弹着月琴唱小曲。这种小曲每首四句，每句七字，声调委婉可听，可是没有变化，本集和台湾情歌集中很多类似也绝一般的歌，不知道就是弹着月琴唱出来的吗？如其不是，那么，这一类的"新琴操"也是值得收取的。①

---

① 顾颉刚：《闽歌甲集·序》，谢去声编《闽歌甲集》，闽南文化资料丛书（一），厦门市闽南文化研究所（内部发行）1999 年版，第 7 页。

顾颉刚教授在厦门看到的"御前清音"十二小集，也就是一套十二册《御前清曲》唱本，而他听到的每首四句，每句七字，弹着月琴唱出来，应该是后来被称为"锦歌"的"歌仔"。

这种"陈三五娘"故事《歌仔册》《御前清曲》流传很广，笔者在一套 1921 年的石印本上看见过封面上盖有"时代教育用品社，（马来西亚）巴生坡马吉街二号"的销售碑形章，而在正文的最后一页则印有代售处地址"新加坡源顺街顺茂，合茂号发兑"，说明当时"陈三五娘"故事《歌仔册》《御前清曲》已在南洋群岛闽南华人居住的地区流传发售了。

明代之后，不少书坊出版刻印"陈三五娘"《歌仔册》《御前清曲》南音曲、唱本，使得"陈三五娘"故事"物件化"和"私人化"，将"陈三五娘"故事物质化和固定在一个平面的书写文本空间上，这些读物可以由私人收购、蓄存、任意移动、随时翻阅欣赏和习唱。从上面我们还看到，这些"陈三五娘"故事戏文、唱本读物早在明代已经作了跨地域的全球传播了。

（二）《陈三五娘》的故事改编的各地戏种剧本

据《厦门市志》卷四十记载：

> 民国二十七年（1938），台湾歌仔戏班爱莲社来厦演出，因演出情况不佳，艺人散往四处谋生。次年，该戏班留厦艺人赛月金、子都美等重新组织戏班，改名为同意社。民国三十一年后同意社几经辗转分合，于民国三十六年 1 月以该社留厦艺人为基础组建霓光剧团。该团主要演出地点在龙山戏院，剧目有《陈三五娘》《冯仙珠》《英台山伯》等。①

---

① 厦门市地方志编纂委员会办公室编：《厦门市志》第四册，卷四十，方志出版社 2004 年版，第 3161 页。

以上引文说明 20 世纪三四十年代台湾歌仔戏《陈三五娘》已经在厦门演出了。

1954 年，梨园戏传统优秀剧目《陈三五娘》一鸣惊人，在首届华东地区戏曲观摩会演大会上一举荣获一等剧本奖、导演奖、优秀演出奖、音乐演奏奖、舞台美术奖，4 名演员获一等奖。自文化部公布全国第一批获奖戏曲剧目之后，《陈三五娘》的故事内容吸引了全国各地的戏曲创作艺术家，先后被改编成了梨园戏电影、厦语电影、潮剧电影、和广东戏曲、评剧、豫剧、川戏等戏种，受到全国各地观众的喜爱。

（三）川剧《陈三五娘》

四川省川剧院第三团 1955 年演出古装故事剧《陈三五娘》演职员表：

> 导演：刘成基、陈书舫、邓藁如
>
> 陈三：曾荣华、刘树全
>
> 五娘：陈书舫、竞艳
>
> 益春：竞艳、筱舫
>
> 李姐：戴雪如、龚成基
>
> 林大：刘成基、彭正坌
>
> ……

在这张川剧《陈三五娘》演出单上除了上述导演和主要演员介绍，还有剧中人物介绍、剧情说明、幕前曲词介绍以及职员表，并注明本剧在华东戏曲观摩演出大会获一等剧本奖，此次根据成都市川剧团改编本排演。

又，《人民音乐》1956 年第 4 期中《谈川剧〈陈三五娘〉在音乐的丰富工作上的收获及其意义》一文，作者敎学祺在文中谈到，四川省川剧院第三团于 1955 年在成都重庆两地演出的《陈三五娘》一剧，由于在川剧舞台艺术的各方面都作了一些创造性的尝试、实验，因此受到广大观众极为热烈的欢迎。

再，《人民音乐》1957年第7期中述评《川剧"陈三五娘"的音乐改革》一文作者敖学祺指出：

> 四川省川剧院第三团于1955年在成都重庆两地演出的《陈三五娘》一剧，由于在川剧舞台艺术的各方面都作了一些创造性的尝试、实验和提高，因此受到广大观众极为热烈的欢迎，成为自《柳荫记》以来最受大家喜爱的剧目之一。从这点，充分说明了"凡是勇于革新、勇于创造、勇于随着观众的进步而进步的剧种，一定受到观众的欢迎，其本身的艺术生命，也得到新的发展"。

（四）评剧《陈三与五娘》

1955年6月19日天津市人民剧院上演了天津市评剧团《陈三与五娘》。

评剧《陈三与五娘》的演出团队有：

> 评剧改写：吴同宾、曹荆予
> 导演团：曹荆予、孔广山、吴同宾、张学明、张福堂
> 执行导演：吴同宾、曹荆予
> 音乐设计：音乐队全体
> 舞台设计：方孝平、赵深林
> 演员表
> 陈三：单少峰
> 五娘：莲小君
> 益春：杨淑芬
> 李姐：羊兰芬
> 林大：吉宝亭
> ……

评剧《陈三与五娘》上演前后，天津人民出版社和天津市人民剧院先后出版发行了该剧唱本以及剧目介绍和剧照小册子，文中注明本剧为华东会演优秀剧目，移植自闽南梨园戏。

（五）河南豫剧《陈三五娘》

关于豫剧，笔者收藏有一本 1960 年 1 月第 4 次印刷，由河南人民出版社出版发行的古装豫剧《陈三五娘》剧本，它的初版是 1956 年 3 月。剧本是根据福建梨园戏《陈三五娘》改编的，共有九个场次。这说明在 1956 年前后，河南豫剧《陈三五娘》已经搬上舞台了，其剧本有过多次再版。

今天，《陈三五娘》仍是闽、粤、台等地的传统保留剧目，20 世纪 80 年代后，厦门的南乐社团活动进入一个新的发展时期。1980 年 10 月厦门金风南乐团正式恢复活动，并更名为厦门市南乐团，作为厦门南音专业艺术表演团体。自金风南乐团成立至更名为厦门市南乐团之后，历时四十余年，《陈三五娘》一直是主要的保留节目。

这些剧目在演出的前后大都发行了剧目介绍以及演唱剧照的小册子，戏文、唱本等。

手抄和印刷的纸质"陈三五娘"故事剧本、戏文、剧照、曲簿、唱词本等，作为"陈三五娘"故事的第一种物质形态，也存在着空间性和社会性，也就是说，印刷术的普及和出版业的盛行，使得"陈三五娘"故事的表述方式在空间性和社会性上产生了根本的变化，同时对"陈三五娘"故事的传承和发展起到了至关重要的作用。

二　戏片和唱片上的"陈三五娘"故事

1877 年托马斯·爱迪生发明了圆筒式留声机（Phonogram），人类历史上第一次实现了记录和重放声音。1887 年，埃米尔·伯利纳发明了圆形平面唱片和唱机（Gramophone），并在 1891 年研制成功虫胶唱片，此后，唱片在灌录、压片和生产制作工艺等方面有了很大提高，唱片所记录的声音音质和容量都有了很大进步，留声机和唱片开始成为真正意义上的大众娱乐工具。

唱片在欧美方兴未艾即传入中国。最初的唱片内容是西洋音乐和一些教堂音乐，受到市场的冷落，于是外国唱片公司开始尝试录制中国的音乐。这个时候，有一位菲律宾华侨蔡浅独具只眼，成为美国胜利唱片公司的买办，在厦门灌了一批南曲唱片，行销东南亚与西欧一带，借此成为巨富。

在厦门灌录的这批南曲唱片中，《陈三五娘》故事内容的唱片数量也是最多的。

（一）美国胜利公司的《陈三五娘》唱片

在美国胜利公司1913年《役挫公司中国曲调》〔厦门音〕的目录中，标注有"厦门御前清曲"的唱片编号从42500至42659，计有160张（320面），① 在这160张唱片中，我们找到了有《陈三五娘》唱曲的唱片有43张，约占百分之二十八。这些唱片灌录时间大约在1908—1912年。

（二）美国哥伦比亚公司《荔镜传》唱片

1907年年初，美国哥伦比亚公司的录音专家（Charles W. Carson），从上海来到香港，灌录了一批"厦门"唱片，唱片使用了金色中国龙和绿色背景为片心商标图案，坊间称其为"绿龙"唱片。唱片片心（贴纸）中间印有"特请厦门第一班子弟，演唱的内容有南音和歌仔"。已知编号从57760到57861一系列，记有41张，② 其中标注为"荔镜传"的唱片有8张，曲目有：磨镜、益春送茶、舍身为奴、陈三假回乡、益春留伞、五娘绣孤鸾等16支曲子。

笔者收藏的这些"哥伦比亚龙标"厦门唱片，上面的金色中国龙有五个爪，皇帝的龙袍，官窑瓷器上的龙，均为五爪龙，是典型的洋

---

① 郭明木：《听见厦门历史的声音——1905—1949厦门戏曲音乐唱片存档和考释》，中国戏剧出版社2013年版，第26页。

② 同上书，第65页。

人眼中的中国龙，大抵是外国设计师从故宫的柱子上抄袭的。这些唱片也具有典型的清末风格。

这批"哥伦比亚龙标"均有过再版，并以"音符"商标发行到北美华人地区，流传也很广。

（三）日本古伦美亚公司的《陈三五娘》唱片

日据时期的中国台湾，日本为使中国台湾成为其名副其实的殖民地，在台湾实行所谓"工业日本、农业台湾"政策，唱片工业和其他产业一样都是由日本投资控制的，唱片公司初期是以贩卖日本唱片和西洋唱片为主，受到市场的冷落。当时的古伦美亚唱片公司的负责人柏野正次郎，大胆尝试灌录台湾歌仔戏、南管及民谣等唱片，发行了不少《陈三五娘》唱片，受到了当地民众的欢迎。

在一本《1938年古伦美亚唱片总目录》里面，我们看到，目录中日本古伦美亚唱片，类别为"歌仔戏"有多套（本）《陈三磨镜》以及《陈三设计为奴》《陈三写诗》《陈三捧盆水》《五娘十相思》《益春留三歌》等折子戏唱片，之后古伦美亚公司的副牌"利家"唱片也有过再版。这说明，在日据时期，来自大陆的"陈三五娘"故事开始通过留声机唱片悄然在台湾民间流传。

从笔者收藏的台湾唱片实物看，台湾的歌仔戏"陈三五娘"唱片在当时已经通过民间交流流传到闽南地区。据老一辈厦门人回忆，在厦门、同安、漳州，每逢民俗节日，各家商号会在商店内摆上留声机，播放台湾歌仔戏唱片，以庆贺节日和吸引顾客，而播放最多的是"陈三五娘"故事唱片。

此外还有法国百代公司、英商百代公司、英国留声机（G&T）公司、德国唱片公司等均出版发行了泉州、厦门的南音唱片，这些唱片里面也有许多"陈三五娘"曲目的内容。

从20世纪初到1941年太平洋战争爆发前，美、英、法、德、日等五个国家多家唱片公司先后录制了近百位泉州、厦门儒家优伶唱片，发行了大量的78转泉州、厦门《陈三五娘》南音唱曲老唱片。唱片发行地区涵盖中国大陆、中国台湾、东南亚以及美国华人地区。根据收集到的实物我们发现这些唱片有过多次再版，其发行数量之多，范围之广是史无前例的。

（四）中国唱片社、香港艺声、台湾唱片公司的《陈三五娘》唱片

新中国成立后，西方阵营开始对中国大陆实行经济封锁。1956年中侨委在香港成立"艺声唱片公司"，出版《中国唱片》的副牌《艺声唱片》，选择具有代表性的中国戏曲音乐唱片通过香港对外发行，出版发行了5张"艺声"南音唱片，均收有《陈三五娘》曲目，这些唱片随后被台湾多家唱片公司复刻出版发行，在台湾广为流传。

留声机、唱片的出现，改变了人类社会的戏曲音乐生产、接触和消费方式，也改写了近代中国戏曲音乐的物质形态。20世纪初，跨国公司开始生产发售南音唱片，南音历史上也就出现了第二种物质形态——"唱片上的南音"，留声机和南音唱片的普及，使得更多的人接触到了"陈三五娘"故事和南音艺术。"唱片上的南音"以及"唱片上的陈三五娘"故事开始显现出其历史上前所未有的空间性和社会性。

（五）民国时期的《陈三五娘》电影

最早把《陈三五娘》帮上银幕的是在民国初年，据《晋江文史资料》第22辑，俞少川整理的《安海华侨与侨居地文化交流和贡献》记载：

《陈三五娘》初上银幕

俞兴和，小名团，字伯岩，家住永高山，少年时曾入养正小学读书，未毕业即随家庭迁居厦门。他到厦门后，继续读书，接近文化界人士，学会写文章和做诗。1920年他到菲律宾岷尼拉，曾任当时华侨工党所创办的华侨公学夜校教师，担任闽商学校校长，同时他也做一点岷厦商业。4年后回国，到上海去做生意。

当时上海已经有了制片公司，很多菲律宾归侨注意到这个新兴产业。俞曾花费一年多时间到厦门、泉州一带，搜集旧戏《陈三五娘》剧本和历史材料，首先以《陈三五娘》四字为剧名，自己编写和导演这部电影。在艺术方面，因为属于初创，成就不大，但这场戏是南洋华侨在家乡所熟悉和爱好的，所以在南洋各地极为轰动一时，获利不少。俞兴和所导演的《陈三五娘》是无声片，续后又有人用闽南话拍制《陈三五娘》有声片。大梨园又改编剧本拍成彩色片，距离俞兴和把它搬上银幕已经好多年。①

民国三十六年（1947）三月十七日，厦门开明戏院上映了《陈三五娘》厦语电影，并在报纸上刊载了广告：

开明戏院

今天三场　二时整　四时半　八时一刻

全部厦门对白歌唱有声巨片

暨南影片公司出品《陈三五娘》

主演：张美美、纪秀莲、姚萍、黄檬

导演：黄河

监制：黄槐生

（六）香港厦语电影《陈三五娘》

1953 年 8 月香港大华戏院（安顿）放映了一部"新陈三五娘"全部厦门话对白的黑白电影。在一张当时发行的电影广告上记有：

闽南民间流行故事改编哀艳恋情钜献

《新陈三五娘》全部厦门话对白

时装演出　风格别具

---

① 政协晋江市文史资料委员会编：《晋江文史资料》第22辑，2000年，第35页。

穿插介绍闽南风俗人情　福建特有娱乐

南音锦曲清唱　打花草　高脚戏

导演：虎毕

联合主演：

黄英

蓝风

鹭芬

姚萍

李雁

陈明

王清河

刘思甲

沈天然

沈福祺

曾辉

广告中还特别注明"利用著名故事，注入新鲜灵魂"。

（七）戏曲艺术片《陈三五娘》闽南戏彩色电影（1957 年出品）

福建省闽南戏实验剧团创作改编，1957 年天马电影制片厂摄制，导演：杨小仲，主演：蔡自强饰陈三、苏乌水饰五娘。

1956 年年底至 1957 年福建省闽南戏实验剧团抽调精兵强将分赴上海，在上海进行了近一年的拍摄。据说《陈三五娘》的拍摄规格很高，和我国第一部彩色戏曲影片《梁山伯与祝英台》在同一个制片厂拍摄。

1957 年，上海电影制片厂将《陈三五娘》搬上屏幕，引起全国轰动，被喻为"闽南梁祝"。

《陈三五娘》公映后，汕头的广东潮剧院组织姚璇秋等一批潮剧表演艺术家来泉州取经。1961 年，珠江电影制片厂拍摄了根据潮剧

《陈三五娘》改编的彩色戏曲艺术片《荔镜记》。

（八）潮剧电影《荔镜记》

1961 年潮剧电影《荔镜记》是由广州潮剧院一团演出，香港凤凰影片公司在珠江电影制片厂摄制。总导演：朱石麟，主演：姚璇秋（五娘）、萧南英（丫鬟益春）、黄清城（陈三）。

据一份香港潮剧电影目录介绍，1962 年香港大鹏电影公司放映了这部《荔镜记》。之后香港艺声唱片公司也发行了这部电影录音全集，收入艺声唱片的电影潮剧《陈三五娘》唱片集，共有三张 12 寸大盘，编号是 COL 3052—3054。

潮剧电影《荔镜记》流传很广，深受欢迎，20 世纪 80 年代后，这部 1961 年的潮剧电影相继被翻录成 VHS 录像带、LD、DVD 和 VCD 影碟出版发行。

1. 潮剧《荔镜记》，LD（影碟），电影版本，广东潮剧一院演出，广州珠江电影制片厂出品，汕头海洋音像出版社出版发行，编号 HL. J. S002。

2. 潮剧电影瑰宝《荔镜记》，VCD2.0，1962 年版，新亚唱片公司出品，编号：VSA T001。

3. 《荔镜记》DVD&VCD 影碟，揭阳市小梅花艺术团的"小梅花"潮剧音像系列，2014 年深圳音像出版社发行，出版编号：ISRC CN - F29 - 11 - 583 - 00/V. j8。

2015 年，广东省开展"中国梦·南粤情"全省优秀舞台艺术作品巡演活动，揭阳市小梅花艺术团首推《荔镜记》梅州行。在演出名单上，我们看到这些年轻的演员均毕业于上海戏曲学院和上海戏曲学校。

揭阳市小梅花艺术团是一家民营表演艺术团体，成立于 2004 年。

（九）香港粤剧电影《荔枝记》

另据一份香港粤剧电影目录介绍，1957 年 4 月 4 日，香港越华兄弟影业公司放映了一部《荔枝记》。《荔枝记》由华达电影企业有限公司制作，导演是吴回，编剧林川，主演有：张活游、白雪仙、梅绮、刘克宣等。

三　其他材质的"陈三五娘故事"

《陈三五娘》故事的传播载体十分广泛。在年画、连环画、泥塑、石雕、木雕、陶瓷等工艺品上，人们也常常见到"陈三五娘"的身影。

以下是笔者收藏的相关实物：

1. 绢画：《中国宋代陈三五娘传全图》8 页套，作者：梦生，32 开折页装帧，中英文介绍，外贸出口作品，辛卯年（1951）；

2. 年画：《陈三五娘——闹元宵》，中国电影出版社 1958 年版；

3. 年画：《四条屏陈三五娘》（16 副），中国电影出版社 1958 年版；

4. 年画：《陈三磨镜》，作者：王柳影、黄子希，福建人民出版社 1963 年版；

5. 彩色小画片：《陈三五娘》，8 张套，作者：佚名，56 开，上海人民美术出版社 1956 年版；

6. 橱柜门扇：《陈三看灯》，一对，彩绘，90×78 厘米，民国时期。

在连环画中，"陈三五娘"的故事在从 1955 年到 2007 年，有多个版本，流传很广：

1. 绘画版连环画：杨夏林、涂枫、苗风浦改编，杨夏林、孔继昭、张晓寒绘画，福建人民出版社 1955 年版；

2. 绘画版连环画：杨夏林、孔继昭绘，16 开，福建人民出版

社 1956 年版;

　　3. 绘画版连环画:金青改编,刘秉贤、黄石绘,福建人民出版社 1983 年版;

　　4. 绘画版连环画:李国俊、黄寿仁改编,余树泽绘,岭南美术出版社 1983 年版;

　　5. 电影连环画:陈曙光改编,中国电影出版社 1958 年版。

　　值得一提的是,2007 年国内"年画收藏联谊会"发行了一套《中国民俗文化遗产保护品种——新中国年画连环画精品丛书》,再版了 1956 年杨夏林、孔继昭绘制的绘画版连环画《陈三五娘》。2014 年福建省定佳拍卖有限公司秋季书画拍卖会上,拍卖了杨夏林、孔继昭 1954 年创作的《陈三五娘》连环画原作、镜片,纸本尺寸 29.5cm × 39cm × 16(张),受到与会者青睐,拍出了高价。

　　在石雕方面,泉州早期雕刻艺术家李一石在 50 年代曾经雕刻了一座以"陈三五娘"为主要题材的宏丽精美古园林人物石雕,其高约 20 厘米,长 35 厘米,宽 18 厘米,以五娘同益春登楼赏景,把荔枝投给骑马路过的陈三的故事,点缀楼台亭树、花卉禽兽,刀法沉酣,线条流畅,栩栩如生,有鬼斧神工之感。

　　作为建筑石雕装饰的石栏杆,其栏板上也常见雕刻有《陈三五娘》的故事情节,一块栏板一段故事情节,其艺术性很高又好比连环画,具有可读性和欣赏性。

　　早期在泉州还有一种漆画工艺,当地的民间艺人会挑着漆画工具走街串巷,挨家挨户地帮人家在木床、衣柜上画漆画。为了吸引顾客,还会在担子一头画上民间故事"陈三五娘",另一头画"英台山伯"。由此可见"陈三五娘"和"英台山伯"故事同样深受民众喜爱。

　　在泉州、厦门和漳州,每年元宵花灯的展览中,陈三五娘题材更成为必不可少的主角,有"元宵赏灯""林大托媒""陈三游街""陈三磨镜""陈三为奴""益春留伞""夜奔泉州"等等造型各异的元宵花灯,十分吸引眼球。

　　另外，中国电信（2004）、中国铁通卡（2006）分别发行了"陈三五娘"故事彩绘电话卡，16张套，均为杨夏林、孔继昭原作重印，制作十分精美。

　　除此之外，还有许许多多有关"陈三五娘"故事的器物，如布袋木偶、木刻床构件、木版年画以及花瓶、瓷盘、瓷器等摆件。

后　记

　　"陈三五娘手抄和印刷的纸质剧本、戏文、曲簿、唱词本""戏片和唱片上的陈三五娘"以及"其他材质的陈三五娘故事"这三类物质形态承载着"陈三五娘"的历史、艺术和文化背景等形态特征，因此，从非物质性与物质性的关联意义上着眼，保护"陈三五娘"非物质性文化遗产的同时，对这三类物质形态的保护具有同样的意义。

　　本文仅以笔者收藏的有关《陈三五娘》的戏本、歌单、老唱片、年画、连环画以及剧照等资料编写而成，尚有遗漏，谨以此抛砖引玉，敬祈各位专家学者的进一步研究和揭示。今天，网络、智能手机上的微博、微信及其存储器（内存）等新媒体载体，已经能够十分方便快捷地存储和推送图文并茂的简介、小视频、音乐以及闽南方言。因此，如何把"陈三五娘"传统文化的物质形态经过数字化处理，通过这些新媒体载体，以全新的物质形态，实现更好地保护和保存以及传播和发展，是本文的初衷。

音乐类

"陈三五娘"故事开枝散叶在台湾
——兼谈南管中的"陈三五娘"曲目

林珀姬[*]

前　言

　　"陈三五娘"故事发生在潮泉两地，它既是闽南民间流传甚久的故事，有小说本，也有戏文剧本，它随着先民流传到台湾，故事也深植台湾百姓心中，从目前可见的文献中，至少百年前民间就普遍传演着各种"陈三五娘"戏剧作品，除了既存的小说、戏文、俗曲，在台湾以"陈三五娘"为题材改编或创作的剧本或读物，亦多有所见；至 20 世纪末，台湾本土意识崛起，使这部七子戏老戏文再度受到重视，不仅是七子戏的传承，各剧种亦相继以它为题材演出或做相关传习，甚至将"陈三五娘"故事纳入学生的乡土教材（新北市）。

　　由于"陈三五娘"故事是七子戏演出的重要剧目，南管音乐中亦保存了众多曲目，故本论文首先论述台湾"陈三五娘"故事的开枝散叶——在学界的研究成果以及在不同剧（乐、舞）种中的演出。然后再谈台湾保存的手抄本中所保存的"陈三五娘"曲目与有声资料。台湾虽小，但数百年来，除了一直有学子与学者进行并参与相关研究，以《陈三五娘》为题，相关的演出活动也很多。

---

　　* 作者单位：台北艺术大学传统音乐学系。

一　台湾"陈三五娘"相关之研究概况

在台湾,"陈三五娘"故事剧本、音乐或其他表演艺术相关的研究之成果相当丰硕。下分剧本创作与研究论文论述之。

（一）剧本创作

从嘉靖丙寅年（1566）所刊行的《重刊五色潮泉插科增入诗词北曲勾栏荔镜记戏文全集》至今,持续有以"陈三五娘"故事为蓝本,改编或新编之剧本出现,在台湾可见的作品有:

1. 吕诉上的《现代陈三五娘》,此剧为诗情剧（轻喜剧、话剧）形式,在 1938 年已经开始演出,几经修改,剧本最后在 1947 年由银华出版社出版。此为台湾最早的新编剧本。

2. 张深切于 1957 年前后创作的影剧脚本《荔镜记——陈三五娘》,全剧共分为 158 场,故事循单线发展,可惜此剧并未拍摄成电影作品,仅留下脚本。

3. 中华电视公司的《陈三五娘》,是黄梅调电视剧,由骆明道制作,剧本大致沿袭"陈三五娘"故事的基本脉络,只在细微情节加以编修。这是台湾首度以"国语"（普通话）演唱的"陈三五娘"。

4. 于 1983 年演出的民族舞剧《陈三五娘》,由曾永义教授以《重刊五色潮泉插科增入诗词北曲勾栏荔镜记戏文全集》为底本,并参酌其他三本《荔镜记》编写,分成"惊艳""磨镜""留伞""情奔""团圆"等,是五幕,七景,十三场的舞剧作品,并由许常惠教授谱写管弦乐作品,由李致慧小姐（许教授夫人）编舞,王建柱教授舞台设计等,数位专家跨界通力合作,完成此民族舞剧作品,并由台北国乐团演奏。

5. 1988 年汉唐乐府陈美娥女士制作《千年古乐——南管》,由吴素霞萃取《陈三五娘》之歌舞片段"三更鼓",着重于舞蹈身段与唱的部分,取名为"梨园乐舞"。这是汉唐乐府自业余南管社团蜕变,以传承发展南管音乐的实践者兼采西方表演元素,利用梨园身段,借南管艺术复古与现代、兼容并蓄的风貌，创造出有别于传统的艺术形态，首创"梨园乐舞"的开端，奠定了汉唐乐府"梨园乐舞"的演出模式。

6. 2004 年"真快乐掌中剧团"与王心心小姐合作，联合制作了南管布袋戏《陈三五娘》，由台湾艺术大学应用媒体艺术研究所学生柯世宏，以大陆华东会演得奖本《陈三五娘》为创作文本的基础，并以其他本为辅，浓缩整合创作出适合布袋戏演出风格的《陈三五娘》文本，此剧由"林大欲娶十三房妻妾"开始，至"陈三、五娘与益春逃走，林大娶亲扑空"作结，分为十个场次。上半场搭配南管音乐伴奏，下半场则安排真人上场演唱五娘、益春等角色的南管乐曲，同时也穿插了人偶同台的演出形式。

7. 2001—2002 年元智大学罗凤珠教授制作的《荔镜姻，河洛缘》闽南第一名著《荔镜记》多媒体数位教学网站，可见儿童剧的《陈三五娘》。儿童剧的《陈三五娘》，由任"小茶壶儿童剧团"团长的嘉义大学中文系教授蔡胜德执笔，将"陈三五娘"改编成轻松活泼、趣味横生的儿童剧，此剧作从"赏灯"开始，至"五娘选择陈三"作结，共分五幕。希望借由儿童舞台剧的方式，吸引儿童接触这部传统戏曲文学。此剧在网站上总计有以国语、福佬语、英语、西班牙语四种语言版本，刊载儿童剧《陈三五娘》，这是一个具有多语教学功能的网站。

8. 在歌仔戏方面有 1986 年廖琼枝女士开始编写的《陈三五娘》，此剧曾历经三次修编：1996 年出版的《陈三五娘》，是"薪传歌仔戏剧团"创团以来所演出的版本，也是"复兴剧艺实验学校"（即"台湾戏曲学院"前身）歌仔戏教材，二修版本是 1999 年"薪传歌仔戏剧团"开始演出的版本，三修版则是收录于 2004 年出版的《重要民族艺师廖琼枝歌仔戏本存计划之——〈陈三五娘〉剧本注释与导读》之剧本。此外，有中正文化中心委托歌仔戏研究工作者刘南芳制作的《全本陈三五娘》歌仔戏，再经浓缩修编后，于 1993 年 2 月 19 日由"陈美云歌剧团"当家小生陈美云、"民权歌剧团"当家旦角林美香、歌仔戏名伶廖琼枝与陈升琳、王秋冠、翠娥等剧界名角一同携手演出。此剧共分"灯会惊丑""荔枝为媒""磨镜卖身""林大催亲""益春留伞""赤水收租""小闷闺房""追捕""盟誓·魂梦""街市闻耗"与"投井殉情"十一场，故事自"元宵赏灯"至"陈三随五娘投井殉情"，是一个悲剧结局，不过剧终安排陈三、五娘两人幽魂从井出，喜悦相伴离去，完成灵魂永相随之补偿式圆满结局，演出约两个半小时左右。

9. 电视连续剧之单元剧，共有两个剧作，1972 年由台湾电视公司制播的《陈三五娘》共七集，当时已是彩色电视。到了 1976 年，台湾电视公司改编《陈三五娘》故事，制播《荔镜缘》，由夏玲玲、游天龙主演。

10. 1969 年章君谷先生根据"陈三五娘"故事写成小说《陈三五娘》，由台北市传记文学出版社出版。

以上在台湾所创作或改编的"陈三五娘"之文本，遍及各剧种，有话剧、影剧、电视连续剧、歌仔戏、黄梅戏电视剧、儿童剧、民族舞剧以及小说，流传数百年的"陈三五娘"故事，以各种不同的形式展现在民间，落地生根，甚至融入现代与本地土根性的因素，至今仍有强韧的生命力。

（二）研究论文

在台湾学界，"陈三五娘"故事一直是学者研究的重要课题，其中以吴守礼的研究最深入。他从明清以来的四部刊本的整理、考证、校注、解释与相关闽南方言、音韵、词汇语法各方面切入研究，他的研究成果一直是学界研究"陈三五娘"的基石。而陈香则从"陈三五娘"故事梗概、故事由来、故事特征、故事小说、故事与戏曲、故事与泉戏、潮戏，梳理"陈三五娘"故事眉目与澄清历来的讹传。此书中提到陈三家遭抄，益春怀胎避难，所生小孩改姓洪以避灾，而笔者在台湾民间田野调查采风过程中，亦曾在中部草屯镇洪姓聚落中，听到"洪皮陈骨"之说法，似乎与陈香的"陈三五娘"论述不谋而合。

下面将各形式论文分别列出，可看出每一位学者从不同角度的切入研究，均有丰硕的成果。

1. 专著

吴守礼（1968）《顺治刊本荔枝记研究·校勘篇》。（1970）《Studies in a folk play = 荔镜记戏文研究》。Taipei，Orient Cultural Service。

陈香（1985）《陈三五娘研究》，台北市台湾商务印书馆。

施炳华（1997）《南管戏文：陈三五娘》，台南县新营市台南县立文化局。（2000）《荔镜记音乐与语言研究》，台北市文史哲出版社。

许希哲（1989）《荔镜缘新传》，台北市照明出版社。

饶宗颐、［荷］龙彼得主编（1999）《新刻增补全像乡谈：荔枝记》，台北市新文丰出版社。

2. 研究计划

吴守礼（1961）《荔镜记戏文研究·校勘篇》"国科会"研究报告。

（1962）《荔镜记戏文研究·韵字篇》"国科会"研究报告。

（1967）《万历本荔枝记·校勘篇》"国科会"研究报告。

（1968）《顺治刊本荔枝记研究·校勘篇》。

施炳华（1997）《荔镜记汇释》"国科会"补助计划研究报告。

蔡欣欣（2004）《重要民族艺师廖琼枝歌仔戏保存计划之"陈三五娘"剧本注释与导读》传统艺术中心。

3. 硕士论文

简巧珍（1987）《南管戏〈陈三五娘〉及〈益春留伞〉之唱腔研究》，台北市台湾师范大学音乐研究所硕士论文。

林艳枝（1989）《嘉靖本荔镜记研究》，台北市中国文化大学中文研究所硕士论文。

刘美芳（1993）《陈三五娘研究》，台北市东吴大学中国文学研究所硕士论文。

孙丽娟（1999）《歌仔戏〈陈三五娘〉音乐版本比较》，台北市中国文化大学艺术研究所硕士论文。

钟美莲（2001）《荔镜记中的多义词"着"》，新竹市台湾"清华大学"语言学研究所硕士论文。

卓玫君（2004）《台湾南管小戏文本分析——以〈陈三五娘〉与〈番婆弄〉为例》，台北艺术大学传统艺术研究所硕士论文。

柯世宏（2004）《南管布袋戏〈陈三五娘〉之创作理念与制作探讨》，台湾艺术大学应用媒体艺术研究所硕士创作说明。

蔡玉仙（2004）《闽南语词汇演变之探究——以陈三五娘故事文本为例》，台南大学台湾文化研究所硕士论文。

陈怡苹（2009）《"陈三五娘"歌仔册语言研究：以音韵和词汇为范围》，台北教育大学中国语文学系硕士论文。

张筱芬（2010）《台湾陈三五娘今昔的演出差异与变化》，东华大学民间文学研究所硕士论文。

4. 单篇论文

吴守礼（1960）《〈荔镜记戏文〉之刊刻地点》，《台湾风物》第 16 卷第 3 期，第 23—26 页。

（1966）《〈荔镜记戏文〉研究序说》，《台湾风物》第 10 卷第 2、3 期，第 5—19 页。

（1982）《保存在早期闽南戏文中的南管曲词》，刊于《国际南管会议特刊——中华民俗艺术七十年刊》，许常惠主编，第 87—99 页。（台北）中华民俗艺术基金会（《民俗曲艺》第 14 期，第 7—16 页）。

施炳华（1997）《谈荔镜记与万历本荔枝记之潮州方言》，《成功大学中文学报》第 5 期。

郑英珠（1997—1998）《歌仔戏四大出之二：陈三五娘》，宜兰县立文化中心。

（1978）《清光绪间刊荔枝记校理》定静堂丛书。

（2001）《明嘉靖刊荔镜记戏文校理》，（台北）从宜工作室。

（2001）《明万历刊荔枝记戏文校理》，（台北）从宜工作室。

（2001）《清光绪刊荔枝记戏文校理》，（台北）从宜工作室。

（2001）《清顺治刊荔枝记戏文校理》，（台北）从宜工作室。

陈兆南（1988）《陈三五娘唱本的演化》，《民俗曲艺》第 54 期，第 9—23 页。

陈益源（1997）《〈荔镜记〉考——陈三五娘故事小说形式的早期之作》，《民俗文化与民间文学》，台北市里仁书局。

二　台湾文献探讨

"陈三五娘"的演出以七子班为主，七子班所使用的音乐就是南管，所以，下文拟从文献史料来探讨台湾的南管音乐发展，以及"陈三五娘"的演出。

（一）从文献史料看南管音乐在台湾

1. 首先澄清台湾"南管与北管对称"之错误说法

常见两岸南管相关文章写着："南管"之名，乃是因为台湾有"北管"，为了区别，与它对称，才有"南管"这个称呼。果真是如此吗？事实上"南管"之名至少在 1850 年以前即已使用。证据如下：

（1）高雄光安社的老抄本——《指谱集》（原应有四册，现只剩一册）。

高雄光安社所保存的手抄本《指谱集》首页序文

（2）杜嘉德（Cartairs Douglas，1830—1877）所著《厦门方言中英文对照辞典》①（*Chinese-English Dictionary of the Vernacular or Spoken Language of Amoy*，London 1873）第 240 页。此书中，中英文对照的词条，中文部分是厦门方言，以罗马拼音标注，除了"弦管"，也提到"南管""洞管""品管"，而"洞管"就是指以洞箫为主的上四管；"品管"则以横笛而得名。也就是"洞管"是"正南"，也就是"弦管"；"品管"则指"太平歌"或"天子门生阵"。

杜嘉德是英国长老教会差派来华的传教士，在福建省南部工作了二十二年。他在厦门编纂的《厦门方言中英文对照辞典》，是传教士对中国方言加以系统整理的一个成功例证，也是后来到闽南与台湾的宣教士所不可缺少的工具书。1860 年杜嘉德曾由厦门渡海访问台湾。

高雄光安社的老抄本《指谱集》是笔者在高雄光安社的一次访谈中，馆东洪进益先生提及他们的前辈所留下的老抄本《指谱集》，并出示给笔者观看，从它的序文中，可以看到当时是以"南管"之名称呼"弦管"，其落款时间为道光三十年，亦即公元 1850 年，这比起杜嘉德《厦门方言中英文对照辞典》的成书时间 1873 年更早，这是令人惊喜的一件事！也因此，更可以确定"南管"二字的用法，不是只有在台湾，在 19 世纪的厦门也是如此称呼，在杜嘉德所著《厦门方言中英文对照辞典》中，确实也出现了另一词条"北管"，可见当时厦门还有"北管"，不过目前厦门并无"北管"。故"南管"也不是因为有"北管"才对称为"南管"。至于泉州地区挂着"天子门生"彩旗的"北管"，此团体演奏的曲目接近"南管"风格，与台湾"北管"风格的曲目、剧目完全不同。

---

① 此书无汉字，厦门方言全用罗马拼音写成，再加上英文解释。

2. 郁永河① 《台湾竹枝词》（1697）

肩披鬈发耳垂珰，粉面红唇似女郎。马祖宫前锣鼓闹，侏僵唱出下南腔。

从"肩披鬈发耳垂珰，粉面红唇似女郎"可知当时演出者为男扮女装，因为当时戏班演员皆为未变声前之男童，因此，剧中旦角为男性扮演，是为"干旦"。"马祖宫前锣鼓闹，侏僵唱出下南腔"显示演出场地为妈祖宫前空地，演唱之声腔，即所谓的"下南腔"，此称呼指的是先民所使用的泉厦戏曲声腔，而台湾当时大多为福建省泉州、漳州移民，"下南腔"所指应为闽南地区戏曲大宗之一的"七子班"。这是十七世纪末，台南已有"七子班"演出的证据，当然民间也一定会有南管音乐存在，因为音乐一定随着先民来到台湾，也许当时各地尚未有馆阁之名号，但音乐则流传于民间生活当中。

3. 黄叔璥② 《赤崁笔谈》卷二 "祠庙" 条（约于1723年完成）

> 求子者为郎君会祀张仙，设酒馔果饵，吹竹弹丝，两偶对立，操土音以悦神。

由上可知，至迟在十八世纪初期，台南南管馆阁已有祭郎君的活动，郎君会"祀张仙"③ 以求子，风俗至今依旧，因为"张仙"在民

---

① 郁永河生于1645年，1691年任福州王仲千同知幕宾。康熙三十五年（1695）冬，福州榕城火药库失火，焚毁硫黄、硝石五十余万斤。郁永河自动请命前往台湾北投采硫，翌年（1696）春天由福建出发，经金门坐船前往台湾，1697年2月海行到达台南安平，近岸水浅，小船无法前进，遂下船改乘牛车，靠人牵引，方能上岸。2月25日，至府城，购齐采硫工具，再乘牛车由陆路抵达淡水，途中"自竹堑迄南崁八九十里，不见一人一屋"，经由通事张大帮忙，郁永河等人在硫黄产地附近驻扎，聘用原住民帮忙采硫。并将其九个月在台纪事于1698年写成《裨海记游》。该书为首部详细记载台湾北部人文地理的专书。其中《台湾竹枝词》12首、《土番竹枝词》24首都是描写台湾风土。详见《维基百科》。

② 黄叔璥（1682—1758），字玉圃，号笃斋，清顺天府大兴县人（今属北京），首任巡台御史。其所著之《台海使槎录》《南征纪程》等书对于闽南、台湾文化的研究具有重要价值。

③ 郎君爷造型与张仙同，求子传说从文献中可见，"花蕊夫人为了祭孟昶，即以祀张仙，求子为由"。此传说一直被弦友笃信。例如台中市沙鹿区合和艺苑吴素霞老师，每年春秋祭都会备妥许多红蓝小人偶，供弦友求子。

间就是"送子之神"，若欲求子，则以"张仙"或"注生娘娘"为对象诚心祈求。"求子者为郎君会祀张仙，设酒馔果饵，吹竹弹丝，两偶对立，操土音以悦神。"所谓操"土音"则是指北方人听不懂闽南话，故称"土音"。如今的南管界春秋二祭，仍然保持"吹竹弹丝，两偶对立"形式，举行乐祭。如果把此条对照台南振声社的成立时间看，根据"中央研究院"台湾史研究所于 1920 年调查台南市西区之记录，振声社创立时间为清乾隆五十八年（1793）8 月[1]，时间点是比较接近的。

4. 朱景英[2]《海东札记》

好轻生，旧习故未殄也。每睚眦微隙，辄散槟榔，一呼哄集，当衢列械，横击不可向迩。陈肆者收所售物，如恐不及，盖稍需则乘机攫夺尽矣。七月中元，絫台延僧道施食其上，至于更阑，拥观者争所施食，名曰"抢孤"，有乱殴至死者。又开场演剧，小伶流眄所及，名曰"目箭"，人必争之，挥拳毙命，亦所时有。此皆习之最恶者，当厉禁之。

神祠，里巷靡日不演戏，鼓乐喧阗，相续于道。演唱多土班小部，发声诘屈不可解，谱以丝竹。别有官商，名曰"下南腔"。又有潮班，音调排场，亦自殊异。郡中乐部，殆不下数十云。

5. 18 世纪初郑大枢的《风物吟》

优童皆留顶发，妆扮生旦，演唱夜戏。台上争丢目采，郡人

---

① "中央研究院"台湾史研究所于 1920 年调查台南市西区之记录，振声社创立时间为清乾隆五十八年（1793）8 月，主神为"郎君爷"，故称为"郎君爷会（振声社）"，例祭日为郎君爷祭典（秋祭：8 月 12 日；春祭：2 月 12 日），当时所在地为"台南市永乐町一丁目 130 番地"（现今西区北势里），资料性质为神明会，信徒资格为台南市内居住的福建人，组织方式为管理人制，采炉主制；所属财产为"建地，建物敷地；建物，住家"，经费来源为丁口钱、会员均摊；财产包括田产、租金、祖公会、神明会等收入，信徒有 23 名，其管理人为庄树萱。

② 朱景英，字幼芝，号研北，清朝官员。湖南武陵县人。朱景英为乾隆十五年（1760）庚午科乡试解元。任福建侯官知县。乾隆三十四年（1769）升任台湾府海防兼南路理番同知。乾隆三十九年（1774）8 月任台湾府北路理番同知。

多以银钱、玩物抛之为快，名曰："花鼓戏。"①

6. 《安平县杂记》②

> 春秋祭孔子，用六佾歌诗。送字纸，用十三咒（所唱凌云词、普庵咒之调）。迎神用十欢、八管、四平军、太平歌、郎君曲、青锣鼓、小儿乐鼓乐。喜事用三通鼓吹八音。丧事用蓝铙鼓满山闹棺后送鼓乐。酬神唱傀儡班、喜庆、普度唱官音班、四平班、福路班、七子班、掌中班、老戏、影戏、车鼓戏、采茶唱、艺妲唱等戏……

从朱景英的《海东札记》与《安平县杂记》的记录看。所谓的"下南腔"就是七子班所操语言为下南，也就是泉州话，"驶目箭"或言"丢目采"，是指七子戏中旦角将秋波送与台下的某观众，会引起观众的争端。而目前所知的南管系统的各类音乐，亦可在《安平县杂记》中看到，《安平县杂记》所记约为1894—1895年台南风俗，其中在音乐方面，已有"太平歌、郎君曲"之分，戏曲方面，则有"傀儡班、车鼓戏、七子班"之不同，但这三者都是使用南管音乐的剧种。上述文献均未提及演出的剧目是否为"陈三五娘"，但以日治时期各地演出的剧目几乎都是"陈三五娘"，可猜想当时应该常有"陈三五娘"的演出。

---

① 此诗作收录于《续修台湾府志》卷廿六《艺文七·诗四》。郑大枢所谓的"花鼓戏"，依据"优童留顶发""丢目采"的特色来看，应当是"车鼓"或"七子班"。郑大枢来自福建侯官，或许不清楚本地的戏剧传统与称法，而误认、误称为"花鼓戏"。

② 此书开始编撰于1894年（光绪二十年），清领的最后一年，而于1895年（明治二十八年）后完成并公之于世。此书屡屡为台湾戏曲研究者所引用，因此作为第一份完整记载台湾各类型戏曲的文献。此书罗列了十一种在台湾演出的戏曲，包括傀儡班、官音班、四平班、福路班、七子班、掌中班、老戏、影戏、车鼓戏、采茶唱、艺妲唱等。按安平县始设于清光绪十三年，台湾建省之时，由原台湾县改称，为台南府附郭之邑。本书中所记约为1894—1895年台南风俗概况。

7. 光绪十九年（1893）编纂的《澎湖厅志》出现了"陈三五娘"之另一名称为《荔镜传》剧名

澎地演剧，"七子班"，仍系泉、厦传来，演唱土音，即俗所传《荔镜传》，皆子虚之事。然此等曲本最长淫风，男女聚观，殊非雅道。是宜示禁，而准其演唱忠孝节义等事，使观者触目惊心，可歌可泣，于风化不为无裨也。

这是台湾相关文献首次提到"陈三五娘"的史料，不过，官方对此剧观感相当负面，出现禁演的说法，但反观之，此剧在当时一定是上演率最高，广受老百姓的青睐，甚至出现群起效尤之影响力，才会有此说法。也因此，其后来被歌仔戏吸收，成为歌仔戏"四大柱"之一。

（二）"陈三五娘"在台湾演出纪录

综观"陈三五娘"戏剧的演出，在大戏方面有七子戏、九甲戏、黄梅戏与歌仔戏，阵头小戏则有车鼓戏、竹马戏、牛犁阵、七响阵，其中大戏的七子戏、九甲戏以及阵头小戏的车鼓戏、竹马戏、牛犁阵、七响阵，均属南管音乐系统的剧种。阵头小戏主要演出的场域大部分都在庙会活动中，至今庙会活动仍然可见。

1. 七子戏

清代台湾各地除了富豪之家园邸设有戏台，随时因需要，可令家班演戏，如"阿罩雾万安舍家班"，此为非职业性；另一类为中等程度之富家的家班，可应他人要求而演出，此为半职业性；真正的职业性戏班，常有绑团订约演戏习俗，因此有"父母无声势，卖团去作戏"的俗语。不过清代台湾传统戏曲职业班都在寺庙前戏台上演出，一直要到日据时期兴起的剧院，才成为戏班重要演出场所。1897 年，台北城内的"浪花座"是专供日人集会及娱乐用；1898 年"淡水馆"开放成为台北市民集会及娱乐场所。台湾各地开始有了舞台、戏园或戏棚之名称，这是职业戏班商业性演出的场所，笔者从台湾《日日新报》《台南新报》搜寻台湾日据时期的演出，发现至迟在 1918 年七子班 "陈三五娘" 的演出已相当频繁，1918—1923 年可见之商业性所演剧码最多的是 "陈三五娘"。（详见附录二）

戏班可分家班、职业性戏曲班社、半职业戏班，以及因应庙会活动的子弟班：

（1）职业性与半职业性

新北市新庄区慈佑宫的《重修慈佑宫碑记》（乾隆四十四年，即 1779 年）载有 "义和班、广凤班、桂春班，各助戏一台"，透露出梨园戏班或潮州戏班在北台湾演出的情形，由于乾隆时期台湾主流剧种是梨园戏，因此这些戏班有可能是七子班。

（2）子弟戏

1968 年台北闽南同乡会闽南乐府在保安街稻江会馆演出《陈三五娘》之《益春留伞》，这时的七子戏已非职业班，属良家子弟戏形式，由台北闽南乐府的几位女性曲角陈梅、江淑真、江淑青等人扮演。

1985 年台南南声社在高雄市立文化中心演出《益春留伞》。

1988 年 "国家剧院" 培训学员在实验剧场演出《赏灯》与《益春留伞》，每折各一小时。

1989 年艺术学院（台北艺术大学前身）传统艺术中心制作，由吴素霞与李祥石指导唱腔及身段，李祥石司鼓在 "国家剧院" 演出《赏灯》与《益春留伞》，吴素霞与黄瑶慧分饰五娘。

2. 九甲戏

1923 年起开始出现改良的白字戏《陈三五娘》，即说白操台湾话，演唱仍维持泉州腔，而台北北投清乐园就属南北混杂的九甲戏班，当时也称 "白字戏"，演出的也是《陈三五娘》。台湾光复后九甲戏的《陈三五娘》亦传承自徐祥，因此，只有在音乐上有南唱北打与九甲调的加入，基本唱段仍同于七子戏。

3. 歌仔戏

1945—1960 年是歌仔戏的黄金岁月，内台商业剧场崛起于 20 世纪 20 年代，到 20 世纪 70 年代末期歌仔戏内台商业剧场宣告结束后，歌仔戏电影崛起。近 20 年来台湾的歌仔戏以其本土性出发，受到政治、文化界的特别关注，又成为学界所重视的剧种，而日据时期的报章报道已有诸多舞台商业演出消息，《陈三五娘》一剧是受欢迎的剧目。除了日据时期的报道，1960 年以后的重要演出有：

1964 年正声天马广播歌剧团在正声广播公司大礼堂演出《陈三五娘》。

1965 年廖琼枝在新保声歌剧团时就曾演出《陈三五娘》。

1989 年宜兰本地歌仔子弟戏在罗东公园演出《陈三五娘》之《赤水过渡》。

1989 年宜兰本地歌仔子弟戏在罗东公园演出《陈三五娘》之《陈三扫地》《捧盆水》。

1989 年廖琼枝首次与"国乐团"合作展开全省巡回演出《陈三五娘》之《益春留伞》。

（1）歌仔戏电影

歌仔戏内台商业剧场逐渐没落后，歌仔戏电影崛起，第一部歌仔戏电影演的就是《陈三五娘》。以下是历年来拍摄的"陈三五娘"电影首映时间。

①1963 年 5 月 28 日　首映　陈三五娘　宝玉金歌剧团。

②1964 年 8 月 17 日　首映　五娘思君　小白光　月春莺　月中桂　林桂甘　小幸子　石富每等人演出。

③1981 年 1 月 1 日　首映　陈三五娘　余汉祥导演　狄珊编剧主要演员有杨丽花　司马玉娇　许秀哖。

（2）电视歌仔戏

1996 年华视叶青歌仔戏，就曾演出《陈三五娘》，于 1996 年 9 月 23 日至 11 月 18 日首播，共 40 集。此剧播出一周后，观众反应热烈，因此每天播出时间延长为 1 小时，创下台湾三电视台歌仔戏史上最长的播出纪录。

2001 年公共电视台推出的"台湾第一苦旦——廖琼枝"节目中，廖琼枝与唐美云演出《陈三五娘》折子戏。

（3）文化场演出

1981 年"田径之夜联欢晚会"演出歌仔戏《陈三五娘》。

1991 年中视播出的"歌仔戏曲迎新春"节目之一就是《陈三五娘》。

1998 年教师节活动，廖琼枝之薪传歌仔戏团在木栅文山区忠顺庙演出《陈三五娘》。

1999 年为九二一大地震赈灾活动义演，叶青歌仔戏演出《陈三五娘》之《磨镜》一折。

（4）DVD 出版

廖琼枝女士获得薪传奖之后成立了薪传歌仔剧团，致力于歌仔戏的传承，《陈三五娘》是她改编创作给学生演出的剧目，由传统艺术中心于 2004 年出版了 DVD，蔡欣欣教授为此剧写了《陈三五娘》剧本注释与导读。

4. 阵头小戏

竹马阵、牛犁阵、七响阵均为车鼓戏的分支演出，虽都属于南管音乐系统，但大部分掺杂了歌仔调，从民间的手抄本，常可看到大段的七字歌仔调穿插在南管曲目中。

（1）车鼓戏

《陈三五娘》是车鼓戏的重要戏出，流传于台湾南部，虽然演唱曲目与南管相同，但多了插科打诨与许多相关语，增加了其趣味性。一般的车鼓戏以一曲目当作演出的一出，但高雄大社已故之车鼓艺人柯来福所流传下的车鼓戏抄本，则夹杂说白在唱段中，可见《陈三五娘》曲目至少有：看灯十五、共君断约、陈三落船（演三人相率走）、有缘千里、三哥暂宽、小妹听说、早起日上、年久月深、为君发业、荔枝为记、娘子心闷、开起楼窗、第一扫地、鼓返三更、元宵十四五、班头爷、偷身出去、益春不嫁、刑罚罪障重、为伊割吊、孤栖闷、阿娘听娴、当天下咒、值年六月、心内欢喜、自君一去、七里桥私奔……近一二十年来，大部分的车鼓演出采用了录音取代肉声演唱，车鼓曲目的流失相当严重。

（2）竹马阵

台南土库的竹马阵，为目前仅存之一团，传承出现问题。竹马阵有十二生肖与各种角色扮演，但演唱时，常用到许多《陈三五娘》曲目。

（3）牛犁阵

台湾各地的牛犁阵演法各不相同，台南市西港乡东竹林保安宫的牛犁阵演唱大量的车鼓调，有不少曲目是属于《陈三五娘》的曲目，如看灯十五、有缘千里。

（4）七响阵

各地的七响阵演法亦是各个不同，也有《陈三五娘》曲目，亦常掺杂众多歌仔调。以台南州界七响阵的《陈三五娘》为例，他们演唱的是陈三五娘等三人被押上府厅的一段，除了运用七子戏的家婆谱过场外，唱的是歌仔调四句一葩，至少唱四葩，南管曲目在此团剩少数几位老先生可唱。

（5）太平歌阵

其与南管音乐一样，是坐唱的阵头，在庙会中，享有入庙门演唱的待遇规格，"太平歌"的馆阁，一般称为"品馆"或"歌馆"，他们演唱的曲目与南管相同，但唱法与曲韵稍有不同，演唱习惯上，会先唱七字歌仔调之歌头，再接唱南管曲，拍板的拿法式"倒拍"，乐器使用上，顶四管为月琴、三弦、壳子弦、品仔，而受到洞管式南管影响的馆阁，则会采用南管顶四管乐器，但在乐器使用上较随意，常会加入各式乐器。特别是在台南地区的太平歌馆常会用到"吊鬼仔"（京胡）。太平歌手抄本与无骨的南管抄本相似，每个曲目会记载门头、起音。差异在太平歌有歌头四句七字，甚至大段七字。

（6）文武郎君阵①

在台南市佳里三五甲地区的"文武郎君阵"，是目前全台仅存的一个阵头，它的曲目中，目前能唱的曲目只有十首，其中《园内花

---

① "文武郎君阵"自日据时期的记载，就已是西港香香境所属之文阵。

开》是《陈三五娘》曲目。

（7）庙会艺阁装扮

台湾各地的庙会活动频繁，绕境时"艺阁"是最有看头的队伍，在屏东东港地区烧王船祭典时"艺阁"扮演是很重要的队伍，东港镇海宫理事洪全瑞先生的父母亲就是因"艺阁"扮演陈三五娘而结缘，至今"陈三五娘艺阁"装扮仍是主要议题之一，虽然没有演唱的部分，但由孩童装扮的陈三五娘艺阁，却仍然受到各地民众欢迎。

三　南管音乐中的"陈三五娘"曲目

2012 年，郑国权先生在"海峡两岸戏曲学术研讨会"中发表的论文，提到目前所保存的陈三五娘曲目大约两百多首，郑老师把论文寄给我参考，我答应他会把台湾的陈三五娘曲目整理出来，但由于个人教学工作繁忙，一直未完成，因此借此机会，将手边搜集到的手抄本整理整理，台湾各地的手抄本甚多，短时间内无法全数完成，至今还有许多曲簿尚未完成"陈三五娘"曲目之搜寻，目前的成果是我手边约近百册的曲簿搜寻的结果，有四百多首，这个数量远超出郑老师所言的 200 多首。郑老从曲诗的曲诗文学意涵切入讨论，而我从音乐的角度切入，观察"陈三五娘"曲目的门头运用，发现在这些曲目在门头的使用上，相当多元丰富。移宫转调手法灵活，填词创作上有多种技法，让我们不得不赞叹这些民间老乐人的创作功力！从音乐上考量，虽然曲诗略同，但是所用门头或拍法不同，音乐的曲韵就截然不同，因此笔者就认定为不同曲目，为避免文章过度冗长，原想从郑老师所搜集的曲目基础上，删去相同曲目，只列出台湾特有的曲目，但由于郑师论文中曲目大部分未标明门头，再加上有些曲目前二三字相同，后面的曲诗却又不同，笔者无法确知是哪一曲，例如：【中滚十三腔·一封书】与【双闺剔银灯·一封书你为我送】，就是完全不同的曲目，故笔者以下的整理均将所属门头列出，更可明确其中的异同。

（一）台湾手抄本"陈三五娘"曲目

台湾手抄本"陈三五娘"曲目整理

笔画	曲名（以曲名头字笔画为序）	数目
一笔画	一封书（中滚十三腔）、一封书你为我送（双闺剔银灯）、一年光景（长潮阳春带慢尾）、一身爱到（潮阳春）、一望泉州（长棉搭絮过锦板）、一身在怎厝所望卜结成连理（双调过长绵答）、一别玉郎（潮阳春望吾乡）、一点春心随风起（长潮阳春一空起）、一员宝镜分两边（长潮阳春）、一群姿娘（望远行）	10
二笔画	人声共鸟声（潮阳春望吾乡）、七月十四三更时（潮叠）、丁古你今（潮叠）、又听见外头人叫声（锦板叠）	4
三笔画	三哥莫得（福马郎过短滚）、三哥汝生标致（福马叠）、三哥你好标致（福马叠）、三哥你且返去莫得苦切啼（福马叠）、三哥你今芳心且觅除（柳摇金）、三哥暂宽（长潮阳春带慢头）、三哥回心（长潮阳春）、三哥回心（潮阳春）、三哥尔今只去（潮叠）、三哥莫得假心痴（长潮阳春一空起）、三哥阿娘断约（潮阳叠）、三哥心性重（玉交）、三更鼓（长滚）、三更人（中滚）、小妹汝只恩德（柳摇金尾声）、小妹听说（北叠）、小妹听说（长潮阳春）、小妹我说你知机（长潮阳春）、小妹尔今听说起（北叠）、小妹是我知心（长潮阳春士空起）、小子一名叫阿二（紧潮一空起）、上元景元宵冥（倍工巫山十二峰）、上元冥月光风静（北青阳）、千般怨恨丁古（潮叠）、小七生得障怯世（长逐水）	25
四笔画	心头闷（中滚十三腔）、心内闷相思怨切（小倍红绣鞋）、心内惊疑（中滚）、心头恨说知机（中滚十八腔）、心内欢喜（中滚）、心头思想（相思引）、心内思想（五开花）、心头苦伤悲（玉交枝）、心头乜烦恼（玉交过金钱花）、心头乜烦恼（玉交枝）、心头莫带疑（玉交枝）、元宵十五（福马郎）、元宵十五冥（玉交枝）、元宵十五是时好景致（短相思过叠）、元宵灯下（相思引叠）、今宵相会（锦板）、元宵时好景致（长滚）、元宵时好景致（长潮阳春）、元宵时好景致（水车叠）、元宵好景致（步步娇）、元宵景致赛蓬莱（绕地游）、元宵好清期（长玉交枝）、元宵景是只今冥（长风餐）、元宵景好天时（北青阳）、元宵是实好景致（毛婆子）、元宵景致（水车叠）、元宵时（步步娇）、元宵灯下（相思叠）、元宵佳景（二调二郎神）、今旦骑马（序滚）、今旦骑马（相思引）、今旦来到潮阳（水车）、今旦你不是恨煞丁古（长滚）、今旦起行去（玉交枝）、今旦乜八死（玉交猿）、中秋月光（潮叠）、中秋月光如镜（长潮阳春尾声）、中秋月光如镜（相思引）、中秋月光如镜（金钱花）、中秋月照（望吾乡）、中秋月照纱窗（长滚）、中秋月照（长潮阳春）、月半纱窗（望吾乡）、月照纱窗（长滚）、六月荔枝满树红（潮叠）、六月荔枝满树红（福马叠）、五更挦（长滚）、五娘你亏心（潮叠）、五娘割吊人（玉交叠）、五娘生做白泡泡（水车）、五娘不嫁（潮叠）、月色穿窗（七撩倍思工空起）	52
五笔画	且喜得到潮州（潮叠）、且喜得到潮州（金钱北）、且喜得到是潮城（长逐水）、必卿到只（水车过逐水流）、未知伊人去（长潮阳春）、未识出路受艰辛（潮叠）、仔细听弹（沙淘金）、叫三哥（中滚）、叫三哥听你小妹（中滚十三腔）、叵耐益春（潮阳春望吾乡）、半月纱窗（望吾乡落紧潮）	11

续表

笔画	曲名（以曲名头字笔画为序）	数目
六笔画	因送哥嫂（相思引南相思）、因送哥嫂（短相思）、因送哥嫂起程（长滚大迓鼓）、因送哥嫂来到只（北叠）、因送哥嫂（三脚潮）、因为看灯即知林大怯世（短相思叠）、因为元宵（潮叠）、共君相随（福马）、自细出世（福马）、自细包脚（福马）、多少可恨（叠韵悲）、多少可恨（序滚）、西风一起（长滚）、共君断约（水车）、早起日上（长潮阳春）、早起日上（潮阳春）、早死林大（紧叠一空起）、有缘千里（长潮阳春）、有缘千里（潮阳春）、年久月深（长潮阳春）、年久月深（潮阳春）、刑罚（潮叠）、老爷听说（北叠）、老爷听说起（紧叠工空起）、好笑你因乜来到只（序滚）、好笑林大鼻（长玉交）、行到池边障无意（潮阳春望吾乡）、汝不识八死（水车）、死贱婢你走值去（双闺）、共君结托（望远行）	30
七笔画	阮身所望（倍工过相思引）、阮阿娘（水车叠）、阮阿娘有一裤丈（水车）、阮今记得（叠韵悲）、阮今自细未识只路行（潮叠）、阮心内忽然想起（长水车）、阮厝阿娘（水车）、门楼鼓返（皂云飞）、门楼更鼓（望吾乡）、门楼上更鼓（望吾乡）、门楼上更鼓声催（中寡）、门楼鼓打二更时（北调一空起）、告老爷（短相思林大唱）、告老爷（短相思益春唱）、告老爷听娴诉起（南将水）、告老爷听阮诉起（南将水）、告阿娘听娴诉起（长水车）、告阿娘听娴诉起（喊扫滚）、告月娘听诉起（短滚叠）、我为你（北相思）、我为汝（柳摇金叠）、我劝汝且回心莫得气煞（双闺）、我劝你且回心莫得气煞人（双闺叠）、我只处忆着情郎（汤瓶儿落三撩倍思）、我只处思想三哥（汤瓶儿落三撩倍思）、我劝你莫恨气（竹马儿）、忍除八死（福马）、伯卿胆如天（五供养）、花园外边（潮阳春）、投告月娘（序滚）、我只处思想三哥（长潮阳春）、我只处思想三哥（汤瓶儿）、我只处忆着情郎（汤瓶儿过倍思）、念益春来到只（中滚十三腔士空起）、私约今宵（望吾乡）、李姐来去看灯（长尪姨）、坐来寻思无意（山坡里）	37
八笔画	阿娘写书信（双闺叠）、阿娘差遣（倍思过望吾乡）、阿娘差遣（潮阳春）、阿娘听娴（长潮阳春）、阿娘听娴（三脚潮）、阿娘反复言语（潮阳春）、阿娘一病（倍思叠过潮阳叠）、阿娘自幼守深闺（潮叠）、阿娘莫做声（潮叠）、阿娘听我从头说起（长望远）、幸逢太平（长滚潮迓鼓）、幸逢元宵（长潮阳春）、幸逢太平（长潮阳春）、幸逢又是春天（山坡里）、孤栖闷（潮阳春）、孤栖闷（潮叠）、孤栖无意阮心不松（潮叠）孤灯独对（沙陶金）、林大歹行（猫捕鼠过声声闹）、林大歹行（潮叠）、阿娘娴劝（叠韵悲）、念伯卿（序滚过福马郎）、念伯卿（序滚过声声闹）、念伯卿（二调过长逐水流）、忽听见枝上（潮阳春五开花）、带阮暗伤悲（潮阳春五开花串枝）、带阮暗伤悲（倍滚）、带阮暗伤悲（紧潮）、带阮暗伤悲（三脚潮）、带阮暗伤悲（望吾乡）、带阮暗伤悲（短中滚）、带阮暗伤悲（福马郎）、带阮暗伤悲（寡北）、免我只处千思万想（潮叠过短相思）、忽听见城楼上（潮阳春过潮叠）、忽听见醮楼（北调工空起）、林大无好死（北调一空起）、狗拖小七（紧叠一空起）、官人那卜带花（望吾乡）、花灯十五月半元宵（水车）	40

续表

笔画	曲名（以曲名头字笔画为序）	数目
九笔画	为伊割吊（短相思）、为伊割吊（长滚）、为伊发业（潮叠）、为伊减玉容（潮叠）、为荔枝来到只（短滚叠）、为着三哥（小倍青鞋）、为三哥割吊（小倍红绣鞋）、为着三哥（七撩倍思）、为着三哥（汤瓶儿落三撩倍思）、为着三哥（相思引）、为着三哥阮今拙时无意（北相思过叠韵悲）、为你暝日费心机（长潮阳春工空起）、为送亲（双闺）、为你暝日费心机（潮阳春工空起）、为送亲（双闺）、为君一去（短滚、后接唱水车歌看灯十五）、为我君恁割吊（长水车）、恨知州（中滚带尾声）、恨煞知州（声声闹）、恨林大不良心意（中滚士空起）、恨丁盅（北叠四空管）、恨杀林大可见非理（福马过双闺）、恨杀林大毒心意（北地锦）、恨煞林大毒心行止（长水车）、恨煞林大毒心意（棉答）、恨杀林大可毒心（相思引）、恨恁阿娘无情意（长潮阳春）、恨着冤家（相思引）、恨煞丁古（叠韵悲）、恨丁古（七撩倍思）、恨煞林大（北地锦）、恨丁古（中滚）、恨丁古（短滚三遇返）、恨林大你可毒心怯意（竹马儿）、恨丁古林大（尪姨）、相思病节节入方寸（潮叠）、思想情郎（七撩倍思）、思想我君（北调一空起）、思量益春（望吾乡）、昨夜牛女会佳期（望吾乡）、思量起来（长望远）、思想当日共君别离（北相思）、思忆我马上想郎君（醉相思）、思忆三哥（潮相思）、思忆当初上元冥（长潮阳春一空起）、拜告月娘（潮阳春望吾乡）、恍惚残春天（潮阳春五开花）、咱三人（双闺过风餐）、咱三人来到只（双闺过风餐）、咱三人一路来盘尽山岭（中寡）、咱三人一路来（金钱花）、咱今着上楼赏夏天（望吾乡）、相思怨（八面短相思）、春深梦醒巧眠晏起（二调过柳摇金）、春天好景致（福马叠）、春天好景致（望吾乡）、郎君生标致（短滚）、郎君生标致（步步娇）、拙时无意（毛婆子过五供养）、马上郎君（长潮阳春士空起）、马上人正是灯下郎（倍工三台令）、马牵带莫放迟（双闺叠）看灯十五（水车）、看三哥（北调过倍思）、看三哥（北调落叠）、看见一位姿娘（潮阳春望吾乡）、看三哥（福马）、看三哥（将水）、看三哥果然生标致（风餐）、看三哥（风餐叠）、看君颜容障般消损（福马）、看见阿娘（三棒鼓）、看伊人发配崖州（步步娇）	74
十笔画	记得当初（叠韵悲）、记当初阮邀伊（长玉交）、记当初十五看灯时（中滚四遇反）、记当初十五去看灯（中滚四遇返）、记当初看灯时（中滚一空起）、记当初值阮楼前经过（竹马儿）、记当楼前好郎君（汤瓶儿过长潮）、记得当初恩情重（长潮落五开花　一空起）、记当初（双闺）、记元宵金吾不禁（双闺）、记得前日（南相思过北调）、记得前日恁楼下行（潮阳春）、记得前日赏夏时（毛婆子）、记当初彩楼时为碧琚（北调）、记得元宵（相思引）、荔枝为媒（福马叠）、荔枝为媒（福马郎带慢尾）、荔枝满树红（福马叠）、荔枝满树红（将水叠）、荔枝满树红（序滚叠又日四边静）、荔枝只荔枝（长玉交）、书今写了（长滚）、书今写了（短滚）、书今写了（中滚过短滚）、笑煞林大（潮叠）、笑煞林大（北调）、笑煞林大（寡北）、值年六月（序滚）、高楼上（长滚）、差遣益春去探听（短滚过玉交枝）、益春听我说（鸥鹉啼）、益春我咀汝听（长潮阳春）、益春益春汝无廉耻（紧潮　一空起）、益春益春不是（紧潮　一空起）、益春不嫁（北叠四空管）、益春不嫁无了时（潮叠）、益春所为可不是（潮叠）、益春听说（鸥鹉啼）、娘子且把定（玉交枝）、娘娴相随（中滚十三腔）、娘娴相随（玉交枝）、娘娴相随（野风餐）、娘娴相随（短滚）、娘娴相随（步步娇）、娘子听说起（长玉交枝）娘子心闷莫做声（福马）、娘子听娴拜告（长潮阳春）、暝日思君（倍北）、暝日思君	56

续表

笔画	曲名（以曲名头字笔画为序）	数目
	（长潮阳春）、冥日思想马上郎（绵答絮）、冥日都是为君（紧潮）、瞑日费尽心机拜别哥嫂（山坡羊）、冥日烦恼苦伤悲（长滚鹊踏枝）、班头爷（潮叠）、班头听说起（北叠）、真勘叹陈三为奴做仆（叠韵悲）	
十一笔画	陈三言语（长潮阳春）、陈三生得亲显浅（水车）、陈三所行恰不是（倍思）、陈三落船（倍思）、偷身出去（潮叠）、偷眼眺侧耳听（寡北）、偷眼眺侧耳听（潮阳春）、做紧行（短滚）、清早起来（潮叠）、逢着六月游赏夏天（二调下山虎）、黄五娘（四空锦犯柳摇）、（二调下山虎）、从君一去（北调一空起）、移步游赏（倍思工空起）、教益春听说因依（长水车）、情君听阮说起（长潮阳春）、斜月纱窗花弄影（望吾乡过紧潮）	17
十二笔画	寻思都亦不得（柳摇金）、尊兄听告（长滚）、喜今日（长水车）、趁赏元宵美景（五开花）、菱花镜台（金钱北中寡）、着恁所行可不是（双闺）、尊兄听告放落兄心神（长滚）	7
十三笔画	园内花开（潮阳春）、感谢恁好意（玉交枝过潮阳春）、感谢有好意（沙陶金穿枝串）、感谢有好意（叠韵悲穿枝串）、感谢有好意（竹马儿穿枝串）、感谢有好意（北相思穿枝串）、感谢有好意（倍思穿枝串）、感谢有好意（长玉交穿枝串）、感谢有好意（长滚穿枝串）、感谢有好意（玉交穿枝串）、感谢有好意（北调穿枝串）、感谢有好意（望吾乡穿枝串）、感谢有好意（三脚潮穿枝串）、感谢有好意（五开花穿枝串）、感谢有好意（寡北穿枝串）、当天下咒（三脚潮）、当天发业（长银柳）、鼓点初更（北调）、鼓返一更（长滚）、鼓返二更（锦板）、鼓返二更（北调）、鼓返五更（锦板）、鼓角催更门楼上发撺（中滚十三腔）、想起许前日投荔枝（潮阳春五开花）、想起当初（相思引九连环）、想起元宵节期（长水车）、想中秋好景致（长䬓姨）、想我三哥（相思引）、想起丁古心头如刀刺（福马过将水）、福如东海寿比南山（相思引）、想起恁兄容仪（叠韵悲）、想起姻缘只事志（长倒拖船）、慌忙阮心不定（福马叠）	34
十四笔画	对菱花宝镜（倍工碧玉琼带慢头）、娴劝阿娘（叠韵悲）、精神顿（潮阳春）、精神顿（潮叠）、尽日思想（潮阳春望吾乡）、尽日思君（望吾乡）、瞑日思君（倍北配十二生肖）	7
十五笔画	谁人亲像（长潮阳春）、谁人出世（长潮阳春）、谁想咱一身落伊网（潮叠）、莲步走出（长潮阳春）、潮州好街市（步步娇）、盘山岭为着人情（中滚下空起）	6
十六笔画	头茹髻敆（倍工叠字双）、忆着三哥（北调）、懊恨丁古早死（望吾乡过紧潮）	3
十七笔画	亏伊人（潮叠）、辗转思量（北相思）	2
十八笔画	鸡啼头声（潮叠）	1

续表

笔画	曲名（以曲名头字笔画为序）	数目
十九笔画	劝三哥（金钱花）、劝三哥听小妹从头诉起（金钱北）、劝三哥（双闺）、劝三哥（双闺过短滚）、劝三哥（短滚）、劝三哥（双闺过福马郎）、劝三哥（金钱花过短滚）、劝过阿娘莫伤志（潮叠）、劝告阿娘莫伤悲（潮叠）、劝阿娘莫伤心（水车叠）、劝告阿娘莫得残心忍气（潮叠）、劝告阿娘听娴说起（长望远）、劝恁厝阿娘（短相思过南将水）、劝恁厝阿娘（短相思过野风餐）、劝汝莫切啼（玉交过望行）、劝汝莫得心带疑（双闺）、劝阿娘莫怨气（水车叠）、劝阿娘回心转意（风餐）、劝相公暂息怒气（将水过锦衣香）、劝阿娘（小倍过竹马儿）、劝阿娘莫叹气（北青阳）、劝妈亲听子说起（倍思）、绣成孤鸾（望吾乡）、绣成孤鸾（北调）、劝员外（双闺）	25
二十二笔画	听见门楼（猫补鼠）、听见叫（双闺叠）、听见杜鹃（长潮阳春）、听见杜鹃（北调）、听见檐前（长潮阳春）、听见门楼鼓返三更时（福马郎）、听门楼（中滚十三腔）、听见外头（潮阳春）、听见外头人叫声（三脚潮叠）、听见墙外（望吾乡）、听伊说阮心悲（北青阳）、听见门楼鼓催更（长潮阳春鹧鸪啼）、听来雁（十三腔士空起）、听说起必卿为想娘娴（长水车）	14

因为时间关系，无法全数检视，还有近百本尚未完成搜寻，以上资料是笔者搜寻手边保存大约近百本手抄本，总计约 465 见曲目，这些曲目四种管门皆有，拍法涵盖了从七撩拍至叠拍，多种门头。

1. 七撩拍

【七撩倍思】【汤瓶儿】【倍工巫山十二峰】【倍工三台令】【倍工碧玉琼】【倍工叠字双】【倍工叠字双】【小倍红绣鞋】【小倍青鞋】【山坡里】【山坡羊】【二调下山虎】【二调二郎神】

2. 三撩拍

【长潮阳春】【相思引】【长风餐】【沙淘金】【叠韵悲】【竹马儿】【北相思】【长玉交枝】【长望远】【长滚】【长逐水】【长尪姨】【长水车】【长银柳】

3. 一撩拍

【潮阳春】【望远行】【玉交枝】【五供养】【寡北】【中寡】【双闺】【短相思】【锦板】【福马】【毛婆子】【序滚】【金钱花】【皂云飞】【将水】【绵答絮】【风餐】【尪姨】【水车】【柳摇金】【北青阳】【中滚】【短滚】【步步娇】【绕池游】【喊扫滚】【尪姨】

4. 叠拍

【潮叠】【福马叠】【双闺叠】【将水叠】【序滚叠】【玉交叠】【北叠】【短滚叠】【水车叠】

这些曲目中，应该有不少是出自百年前馆先生的创作，如澎湖的陈天助先生，他是许启章的学生，在他的抄本中可见到所谓的"穿枝串"曲目，用同一曲诗填以不同门头来演唱，作为整弦时过枝曲用，这是只有在他的抄本才有的现象，可见其对门头之熟悉度。能创作新曲目的馆先生还有台南的张古树、吴再全，台北的潘荣枝，鹿港的施性虎、黄殷萍等，在他们的手抄本中均可见到创作曲目。而如果是各地抄本皆有的曲目，可认定是早期来自泉厦原乡的曲目，非创作于台湾的曲目，例如【长棉搭絮过锦板·一望泉州】，在台北与台南地区，多个手抄本中均有此曲目。

（二）台湾七子戏戏曲曲目

由于泉州的梨园戏与南音演唱，已走出不同的两条路线，所以郑师论文做了梨园戏与南音比较；但是，台湾七子戏唱腔基本上与南管清唱相同，所以我们在观赏七子戏时，观众常会随着演员一起哼唱的，都是大家所熟悉的曲韵，不同的是南管清唱中的曲目，在剧曲中使用会有几种现象：

1. 在七子戏演出时常是摘段配合剧情演出，例如【北相思·我为汝】，清唱时，全曲演唱约 20 分钟，但是在剧中演唱时为了配合身段，演唱速度可能稍快，而且前段三撩拍在第 11 折 "跳墙" 中分三段演唱，后半一二拍部分则在第 14 折 "安童寻主" 中演唱。

2. 或将南管清唱曲目三撩拍折为一撩拍来演唱，在第 3 折 "赏灯" 中，所唱 "幸逢太平年" 是【短滚】，而南管清唱是唱【长滚】，这样较轻快的剧曲会被弦友拿来唱，所以手抄本中也可找到【短滚·幸逢太平年】曲目。另外如第 9 折 "捧盆水" 中，益春与五娘对唱的【倍工·阿娘心内闷寞】，剧曲中唱的是一二拍，虽然剧本中标明门头是【倍工】，但却是折成一二拍演唱。所以清曲与剧曲不是两条平行线，不时会有交流。

3. 有许多曲目属于备用曲，在剧情适合处就可使用，有两种状况。

一种是从不同剧目中找寻情境类似的套用，最常见的是"昭君和番"曲目，常被套用在"陈杏元和番"，只要将其中的某些相关字眼加以修改即可。一种是民间小曲，特别是人物情境适合即可用，如在第 3 折"赏灯"中，林大所唱【望远行·拙时无某冥日守孤单】【望远行·一群姿娘】【将水叠·看见美人心花开】，这些曲目在车鼓戏中也最常见，主要是以它的诙谐效果取胜。

4. 第 9 折"捧盆水"中，陈三、五娘、益春三人对唱【红衲·仔细思量】，是属于九甲调，非南管七撩拍【小倍】牌名的【红衲】。笔者怀疑可能是由于李祥石出身九甲戏班，而将九甲调用入剧中。不过也有可能是将【小倍·红衲】曲调加以节缩，因为不仅蔡尤本此曲调标为【小倍】，而笔者将两种曲调比对，确有节缩的痕迹，但它确实也是台湾九甲戏常用的曲调。

5. 在阵头小戏与太平歌抄本中常见的曲目有许多来自剧曲摘段，也就是陈三或五娘所唱的几句唱腔，再加上歌头，即可成为它们的一首曲目。这是与南管清唱曲目明显不同之处。

6. 剧曲中将曲目移宫转调演唱也是常见现象，影响所及，台南南声社因为早期参与的七子戏的传习，至今他们的曲脚也常会将曲目改以品管演唱，或将四空管曲目改以倍思管演唱，如【短滚·满面霜】改唱【倍思·满面霜】，但此曲曲韵并非【潮阳春】，因此，虽然好听，许多弦友还是会提出质疑，南声社也曾接受传统艺术中心补助，开办了几届的品管传习研习班。

台湾七子戏戏曲曲目整理

1. 送嫂	祖宗福荫（北调）
2. 赏春提灯	巧韵莺声惊醒（潮阳春）、阮益春心欢喜（四空管一二拍）、听见外头人叫声（四空管叠拍）、正月十五是元宵（四空管叠拍）

续表

3. 赏灯	风流有名声（玉交枝）、拙时无某冥日守孤单（望远行）、幸逢太平年（四空管短滚）、高高山上一庙堂（四空管叠拍）、鳌山上闹都咳咳（四空管短滚）、一群姿娘（望远行）、看见美人心花开（将水叠）、灯月今冥是来相交（尪姨叠）、（慢头）五娘唱接我今欢喜亲做成（五空管李姐）、汝只贼婆可无理（双闺）、听见妈亲叫一声（金钱北）	
4. 投井	头茹髻敧（倍工）、门楼鼓打三更时（生地狱）、黄氏五娘若卜嫁乞许林大（生地狱）	
5. 回潮投荔枝	鸡啼头声便启程（四空管叠拍加哒尾）、高楼上（短滚）、劝阿娘莫得伤悲（短滚　二曲接唱）、金莲雀动宝钗摇（五空管一二拍）、月照纱窗花弄影（序滚或将水）、幸逢六月是赏夏天（五空管一二拍）、今旦骑马过楼西（序滚）接唱伊今关门落楼去（序滚）接唱"共伊人对对双双，接唱骑马来去游赏街市"	
6. 求艺	宝镜拙时上尘埃（长潮阳春一空起）	
7. 磨镜	忆着楼上小娘子（长潮阳春一空起）、早起日上（长潮阳春一空起）、小妹听我说起（潮阳春工空起）、抱起宝镜（潮阳春）、壮节丈夫（长潮阳春一空起）、韩非埋名（潮阳春望吾乡）、只宝镜（金钱北）、骂畜生（双闺）、且宽心无怒气（双闺）	
8. 扫厝	心头不安为人情（潮阳春望吾乡）、小妹听我说拙因来（长潮阳春）、听伊说出拙言语（长潮阳春）、荔枝为媒（福马郎）	
9. 捧盆水	阿娘心内闷寞（五空管　倍工改一二拍）一千般发业一阮一片玉洁冰清一娴见李姐一今有乜路共伊会相见一今亦着学张拱共莺莺一到许时节，捧盆水上绣厅（五空叠拍）、劝阿娘且掠眉头放伸（双闺）一陈三伊人一伊乜学古时人卢小春一听言语有譬论一莫发业咱今莫得为伊人发业一慢尾、仔细思量只代志（红衲一二拍）一都是恁二人相共做出来一我自来恁厝一虽然水泼我身淡、陈三你所行可大胆（红衲一二拍）一就卜认伊一陈三说话可拉荣一恨着益春捧盆水一我衣裳泼淡一我一身为你辛苦一看我水珠满身落一我将娘裙牵来拭一死贼奴可见无道理一马上官人我正是、益春不嫁无了时（潮叠）、叵耐益春（望吾乡）	
10. 赏花	仿佛残春天（五开花）、移步游赏（望吾乡）、阿娘听娴说起（潮阳春）、益春阮说你听（潮阳春）、娘子再听娴拜告（潮阳春）、亏伊人费尽心神（潮叠）	
11. 跳墙	园内花开（望吾乡）、春光明媚（长滚）、待许赏花人（望吾乡）、叫月子规啼（望吾乡）、人声共鸟声（望吾乡）一值处人敕桃一伊人共咱是一般爱月心一阮只处赏花一阮金着来祝告嫦娥一更深月落夜沈沈、陈三言语有峣敧（长潮阳春）一非是忍心忘记一且慢提起手帕（落一二）、我为汝费心机（北相思三撩拍部分）插唱"劝告阿娘（潮阳春）一胆大如天一看恁二边一枉投荔枝一死婢你莫得假妖精一为乜来因真个受尽心欺"	
12. 相思	恨着五娘可无理（长潮阳春）、一封书（中滚十三腔）	
13. 益春送书	听见杜鹃（长潮阳春）、阿娘差遣（长潮阳春）	
14. 安童寻主	早知恁负心（我为汝落一二尾）	
15. 留伞	年久月深（长潮阳春）、三哥暂宽（长潮阳春）、因送哥嫂（短相思）、值年六月（序滚）、有缘千里（长潮阳春）、书今写了（短滚）	

续表

16. 绣孤鸾	绣成孤鸾（望吾乡）、有缘千里（长潮阳春）、只事志若不实说（双闺）—告阿娘听诉起—骂阿娘汝无行止—想起当初在许高楼上—马上官人（指套绣成孤鸾后半段　锦板）、劝阿娘莫怨伊（双闺）、黄五娘（北青阳）、听伊说（北青阳）、劝汝宽心且忍耐（北青阳）—姻缘断约—劝告阿娘莫执性—惊汝家后若有某子、共君断约（水车）
17. 约会	风送花香—相思病怨切身命—三哥莫得向心意（倍思一二拍）
18. 私会	魂梦相观顿起精神（短相思）、且移步（倍思）—原来那是风敲竹响—从容渡燕科堂—从容入房去—伊若是低头排绣床、今宵相会（北调）—差看许烛影、推枕着衣（望远行）、偷眼眺（北调）、忽听见灵鸡报晓、此言语着你听
19. 益春送花	鼓返五更（锦板）思量益春（望吾乡）、昨夜牛女会佳期（望吾乡）、官人那卜带花（望吾乡）、一点春心随风起（长潮阳春一空起）、劝汝莫得心带疑（双闺）、着恁所行可不是（双闺）、共君结托（望远行）
20. 赤水庄收租	出只郊外（短相思）
21. 私奔	月斜三更时分（长潮落一二）、情郎听阮说（一二拍）—只是咱前世一路上去我自然有主意—任待林大买嘱告官司—叫益春、当天下咒、暗静开门、花园外边（有心到泉州）花园外边
22. 寻五娘	日上东廊照西廊（金钱花）
23. 报阿公	叵耐小八（短相思）、是我一时都不疑（双闺）
24. 讨亲	听见外头人议论（短相思）
26. 捉拿	批文紧急掠奸情（四空管）
27. 宿店	三更人（中滚）、多少可恨（序滚）、见只牌票（序滚）
28. 审陈三	刑罚（潮叠）、告老爷听娴诉起（南将水）
29. 五娘探牢	中秋月照纱窗（长潮一空起）、阿娘娴劝阿娘（叠韵悲）、值处苦切啼（叠韵悲）、忍除八死（福马）
30. 起解	谁人亲像阮怯命（长潮）、忍除八死（长潮）、心头闷苦伤悲（十三腔）、
31. 小七送书（小闷）	听见杜鹃（北调带慢头）、听门楼（十三腔）、为伊割吊（短相思）、拜告我今拜告阿娘（玉交枝）、孤栖闷（潮叠）
32. 小七送书见三爷中途遇家童	为着私情拆散二边（五空管带　慢头　脚酸抉行）、上高落低脚手酸（五空管　以上是叠拍）、我根贼丁古（五空管带　慢头）
33. 遇兄	因送哥嫂上任时（五空管）、听惹言（南将水）、劝哥哥听我诉起（南将水序滚）、劝相公暂息怒气（南将水　序滚）
34. 五娘思君大闷	忆着情人（短相思）、纱窗外（长滚）、三更鼓（长滚）、精神顿（三脚潮）
35. 嫂问说亲团圆	若问当日拙就里（双闺）、幸元宵赏灯时（双闺）、比言语阮即共伊（双闺）

以上剧本曲目系整理自由徐祥说戏李祥石负责传承之七子戏剧本，徐祥为台湾日据时期台南金宝兴七子戏班的最后一位七子戏旦角，目

前台湾七子戏国宝吴素霞即其传人。因为台湾的七子戏的演唱与南管清唱基本上是相同的，犹如京剧的演出唱腔与票友京剧社所唱之唱腔是相同的，台湾弦友津津乐道的曲目是"留伞""大闷"与"小闷"中的曲目，如年久月深、三哥暂宽、因送哥嫂、值年六月、有缘千里、书今写了、听见杜鹃、听门楼、为伊割吊、拜告阿娘、孤栖闷、忆着情人、纱窗外、三更鼓、精神顿。所以从以上剧曲与南管清曲比较，可以发现一些问题。

四　知见台湾"陈三五娘"有声资料曲目

台湾知见的"陈三五娘"有声资料曲目有：听见杜鹃、听门楼、为伊割吊、拜告阿娘、孤栖闷、忆着情人、纱窗外、三更鼓、精神顿、书今写了、因送哥嫂、值年六月、绣成孤鸾、共君断约、花园外边、黄五娘、有缘千里、绣成孤鸾、孤栖闷、年久月深、我为汝、书今写了、谁人亲像、有缘千里、听见叫声、荔枝为媒、月荔枝满树红、荔枝满树红、元宵灯下、笑你呆痴、元宵时好景致、早起日上、班头爷、劝告阿娘、恍惚残春天、三更人、移步游赏、三哥暂宽、小妹听、孤栖无伴、半月纱窗、小妹听、当天下咒、元宵十五、早起日上、刑罚、幸逢元宵、幸逢太平、阿娘差遣、阿娘听娴、偷身出去、陈三落船、鼓返五更、共君结托、忍除八死、刑罚、三更人、暗静开门、园内花开、春光明媚、人声共鸟声、今旦骑马、听见外头人叫声、高高山上一庙堂、鳌山上闹都咳咳、一群姿娘、看见美人心花开、灯月今冥是来相交、今宵相会、推枕着衣……

笔者所搜集的有声资料显示，在1950年以前，艺旦常演唱的"陈三五娘"曲目计有：《移步游赏》《有缘千里》《听见杜鹃》《为伊割吊》《纱窗外》《听门楼》《共君断约》等。可见《陈三五娘》故事在当时的艺旦文化中是相当受欢迎且广为传唱的。1950年以后艺旦间停止营业，有一大部分艺旦择偶嫁人，并进入馆阁活动，影响所及，开始有了女性加入馆阁活动，也促使了女曲脚取代男性曲脚成为南管唱曲的主要角色。1950—1980年，台湾南管音乐有声出版品的录音者，集中出现在台湾中南部，北部则只有闽南乐府一张在美国出版的唱片，此唱片中无"陈三五娘"曲目。

结　语

为了契合本次研讨会议题，笔者花了相当多的时间在"陈三五娘"相关资料搜集上，不管是南管曲目或是台湾"陈三五娘"的研究成果，或是各式样的"陈三五娘"演出成果，资料太多了，来不及整理，而论文字数已超过甚多，只好就此打住，以上提供的资料，笔者试图让与会各界学者了解的是"陈三五娘"故事在台湾开枝散叶的过去与现状。同时也给郑师关于南管曲目数量一个交代，笔者学习南管三十多年，加上对台湾各地田野调查，以及对七子戏传习的多年观察，深知戏曲与清唱各有不同的活用机制，整理曲目耗时甚多，无非是想证明"陈三五娘"曲目之多，以及"陈三五娘"故事深植民心。但曲目的活用，有许多方式，可以是两曲合为一曲，也可以一曲拆成两曲，可以移宫转调变化出另一曲，这些技法在笔者写《南管曲唱研究》一书中，均已提及，在此就不多提，因此，元人燕南芝庵先生的《唱论》中已提到的"辞山曲海"一词，就足以说明南管音乐曲目之多，倾毕生之力无法尽学，但如能掌握南管音乐之特色与作曲原则，则他山之石可以攻破，南管音乐就不再是难学之曲学了。

附录　日据时期《陈三五娘》演出记录

以徐亚湘主编之「日治时期台湾报刊戏曲资料检索光盘」检索1914—1924 年在台北演出的新闻报道，汇总制表如下：

时间	剧目	剧团	演出场地	备注
台湾《日日新报》第六版第 4897 号 1914.1.28 日间	首出双凤奇缘，昭君出塞；次出宿招商店；三出赏花	金宝兴七子戏班	淡水戏馆泰春茶园	该班系梨园七子兼能演京沪正音文武剧

续表

时间	剧目	剧团	演出场地	备注
台湾《日日新报》第六版第4897号 1914.1.28 夜	首出作弥月；次出李天王收白毛鼠精；末出送兄嫂连看灯	金宝兴七子戏班	淡水戏馆泰春茶园	
台湾《日日新报》第六版第6477号 1918.7.4	五娘赏花灯	苗栗共乐园	淡水馆	从苗栗共乐园七子班兼能演京沪正音文武剧
台湾《日日新报》第六版第6479号 1918.7.6	益春留伞连绣孤鸾	共乐园七子班	大稻埕淡水馆	
台湾《日日新报》第六版第6484号 1918.7.11	相率走	共乐园七子班	淡水戏园	
台湾《日日新报》第六版第6596号 1918.10.31	陈三过楼连磨镜	苗栗共乐园	大稻埕新舞台	
台湾《日日新报》第六版第6598号 1918.11.2	留伞起至相率走审陈三为止	苗栗共乐园	大稻埕新舞台	
台湾《日日新报》第六版第6599号 1918.11.3	陈三禁监五娘送水饭	苗栗共乐园	大稻埕新舞台	
台湾《日日新报》第六版第6603号 1918.11.7	陈三送哥嫂接过楼磨镜至为奴	苗栗共乐园	大稻埕新舞台	
台湾《日日新报》第六版第6605号 1918.11.9 夜间	五娘赏花起至陈三跳墙	苗栗共乐园	大稻埕新舞台	
台湾《日日新报》第六版第6605号 1918.11.10 夜间	益春留伞起至相率走审陈三为止	苗栗共乐园	大稻埕新舞台	
台湾《日日新报》第六版第6612号 1918.11.17	陈三送哥嫂接为奴	苗栗共乐园	大稻埕新舞台	
台湾《日日新报》第六版第6695号 1919.2.7 夜间	陈三全本由送哥嫂上任演起至终局止	台南金宝兴班	台湾新舞台	

时间	剧目	剧团	演出场地	备注
台湾《日日新报》第六版第6696号 1919.2.8 夜间	陈三全本由打破宝镜为奴演起	台南金宝兴班	淡水戏馆	续前夜剧
台湾《日日新报》第六版第6697号 1919.2.9 夜间	陈三全本自私奔起至拿审	台南金宝兴班	淡水戏馆	续演
台湾《日日新报》第六版第6698号 1919.2.10 夜间	五娘焖	台南金宝兴班	淡水戏馆	
台湾《日日新报》第六版第6703号 1919.2.15 夜间	五娘看花	台南金宝兴班	新舞台	
台湾《日日新报》第六版第6704号 1919.2.16 夜间	陈三磨镜	台南金宝兴班	新舞台	
台湾《日日新报》第六版第6705号 1919.2.17 日间	五娘赏花连捧盆水	台南金宝兴班	新舞台	
台湾《日日新报》第六版第6705号 1919.2.17 夜间	陈三门留伞接绣孤鸾	台南金宝兴班	新舞台	与正音鸿福班合演
台湾《日日新报》第六版第6730号 1919.3.14 夜间	五娘赏花	泉州七子班	新舞台	
台湾《日日新报》第六版第6735号 1919.3.19 日间	绣孤鸾连相率走	泉州七子班	新舞台原淡水戏馆	
台湾《日日新报》第六版第6737号 1919.3.21 夜间	由陈三送哥嫂起至捧盆水	泉州七子班	新舞台原淡水戏馆两班合演	
台湾《日日新报》第六版第6738号 1919.3.24 夜间	益春留伞绣孤鸾五娘焖	泉州七子班	新舞台原淡水戏馆	接昨夜
台湾《日日新报》第六版第6742号 1919.3.26 夜间	五娘赏花	泉州金成发新梨金合班	新舞台原淡水戏馆	

续表

时间	剧目	剧团	演出场地	备注
台湾《日日新报》第六版第6747号 1919.3.31 夜间	捧盆水起至绣孤鸾止	泉州七子班	新舞台原淡水戏馆	
台湾《日日新报》第六版第6752号 1919.4.5 夜间	审陈三连陈夫人说亲	泉州金成发新梨金合班	新舞台	泉州白字戏
台湾《日日新报》第六版第6753号 1919.4.6 夜间	绣孤鸾	泉州七子班	新舞台	
台湾《日日新报》第六版第7018号 1919.12.27 夜间	陈三送哥嫂起至五娘赏灯及过楼止	鹿港金庆德七子班	艋舺戏园	
台湾《日日新报》第六版第7021号 1919.12.30 夜间	绣孤鸾起相率走止	金庆德七子班	艋舺戏园	
台湾《日日新报》第四版第7025号 1920.1.4 夜间	小七送书	金庆德七子班	艋舺戏园	
台湾《日日新报》第六版第7088号 1920.3.6 夜间	陈三过楼连陈三磨镜止	台南金宝兴	艋舺戏园	接昨夜
台湾《日日新报》第六版第7089号 1920.3.7 夜间	五娘赏花至捧盆水止	台南金宝兴	艋舺戏园	
台湾《日日新报》第六版第7093号 1920.3.11 日间	五娘私会益春替花	台南金宝兴	艋舺戏园	
台湾《日日新报》第六版第7094号 1920.3.12 夜间	相率走连审陈三	台南金宝兴	艋舺戏园	
台湾《日日新报》第四版第7993号 1922.8.28 日夜间	陈三五娘全本	苗栗共乐园男女班	新舞台	续演改良白字戏
台湾《日日新报》第五版第8023号 1922.9.27 夜间	陈三五娘		新舞台	改良白字戏

续表

时间	剧目	剧团	演出场地	备注
台湾《日日新报》第六版第 8025 号 1922.9.29 日夜间	陈三五娘		新舞台	改良白字戏
台湾《日日新报》第六版第 8037 号 1922.10.11 日夜间	陈三五娘	共乐园	新舞台	改良白字戏
台湾《日日新报》第四版第 8055 号 1922.10.29 日夜间	五娘跳古井连益春告状	苗栗共乐园	新舞台	改良白字戏
台湾《日日新报》第六版第 8414 号 1923.10.23 日夜间	陈三五娘	苗栗共乐园男女班	艋舺戏园	改良白字戏
台湾《日日新报》第六版第 8590 号 1924.4.16 日夜间	陈三三人率走至陈三娶五娘止	北投清乐园	永乐座	白字戏

南音指套《共君断约》的组曲方式

马晓霓*

今日仍在闽南各大馆阁或曲社惯常演出的南音指套《共君断约》（四空管，一二拍）系由《共君断约》（【中水车】）、《黄五娘》（【柳摇金】）、《听伊说》（【柳摇金】）等三支"荔镜"南音散曲组合而成。台湾学者吕锤宽将其列入"第三阶段形成之套曲"之"第八套"（即最后一阶段之最后一套）①，但是，据目前流存的《荔镜记》明清诸刊本，以及近年来陆续公布的其他一些南音史料，其首节散曲《共君断约》的形成时间实可追溯至明代嘉靖年间，次节《黄五娘》、三节《听伊说》的流行时间亦可考定在清代顺治之前，故吕氏所列仍需商榷。本文试结合相关史料对其组曲方式略作疏证，以求教于海内外大方之家。

一

据笔者目力之所及，关于南音指套《共君断约》组成的具体时间、地点、方式等重要历史信息，并无可靠文献记载。20 世纪以来的一些专书或专文偶尔提及时，也多蜻蜓点水式地一笔带过，似"无暇"详及。比如在 20 世纪 50 年代"集中了闽南地区部分南音界人士的意见写成的"《南曲介绍》中，就有这样的记述："清咸丰年间（1851—1861），

---

* 作者单位：中国艺术研究院博士后科研流动站。

① 吕锤宽：《泉州弦管（南管）指谱丛编》（上编），（台北）"行政院"文化建设委员会 1987 年版，"目录"第 3 页。

南曲'指套'及'谱'曾经过泉州吴有成先生（范志、吴优元）的一番整理和校订。曾将'春今'尾的'黄五娘'，'听伊说'编入'共君断约'成为一套。"① 在后来流中柱撰写的《唐宋古乐源流长》一文中，几乎一字不差地将这一"意见"转述（未标明文献来源）②。

在吕锤宽编著的《泉州弦管（南管）指谱丛编》（上编）中，以上说法仍被基本沿用并略作发挥："民间乐人间流传着本套系泉州范志等先生合编而成，此一'合编'的真正意义，应指摘取已存在的曲子组成一新的套曲，并非此套曲系由他们所创，其理由有二：（1）《共君断约》一曲于《嘉靖刊荔镜记》之第二十六出《五娘刺绣》一出即已有之，其牌名仍为【水车歌】；（2）本套之第二、三出已见于《春今卜返》（旧套）之中。"③ 也许由于当时《道光指谱》、道光本《荔枝记》等重要的南曲文献尚未被发现和公布，吕氏对《共君断约》复杂的组曲方式并未作更详细的论述。仅就其有限"简论"来看，吕氏关于"并非此套曲系由他们所创"的第一条理由很合实情（有现存"铁证"嘉靖刊本《荔镜记》为据），但第二条理由就很值得商榷了。从近年来发现的袖珍写本《道光指谱》第六套《春今卜返》中我们已不难考知：道光年间的《春今卜返》套中已经完全包含稍后流行的《共君断约》套所有三曲在内④，并非仅是"第二、三出已见于《春今卜返》（旧套）之中"。若以今人眼光来看，道光本《春今卜返》大体类似于将两套合起来演奏（或演唱）的超长版本（共含七节散曲），只是在当时依照首节散曲的曲名而"统称"为"春今"套而已。由此可见，南音学界一直流传的"咸丰年间……将'春今'尾的'黄五娘'，'听伊说'编入'共君断约'成为一套"之类的说法不仅在时间

---

① 泉州对外文化交流协会、泉州市文化局编：《泉州南音艺术》，海峡文艺出版社 1988 年版，第 89 页。

② 流中柱：《唐宋古乐源流长》，《福建民间音乐研究》1986 年总第 4 期。

③ 吕锤宽：《泉州弦管（南管）指谱丛编》（上编），（台北）"行政院"文化建设委员会 1987 年版，第 290 页。

④ 台湾学者林珀姬教授也曾指出：《道光指谱》中的"〈春今卜返〉套中，实已包含了〈共君断约〉套"。（林珀姬：《校读〈文焕堂指谱〉之管见》，泉州地方戏曲研究社编《两岸论弦管》，中国戏剧出版社 2006 年版，第 215 页）

上与事实难以相符，就是在具体的组合方式上也与事实相去较远。以下试结合"日益丰富"的南音文献对此进一步辨析。

二

据近年来泉州南音指谱文献的陆续发现和公布，可知现存最早的两种指谱为清代袖珍写本《道光指谱》和咸丰刻本《文焕堂指谱》①。台湾学者林珀姬校读后认为："《文焕堂指谱》（1857）虽然晚于《道光指谱》（1846）抄本，但《文焕堂指谱》来源之古谱，可能应早于《道光指谱》的年代。"② 由于现存文焕堂刻本所据实为一"古谱"，所以此一看法应与事实相合。关于指套最早形成或流行的时段，何昌林曾认为在《明刊闽南戏曲弦管选本三种》（约刊刻于 1604 年左右）中"已有'指套'二十六套之多"③，但此说终因证据不足也未见通行。笔者以为，在未发现南音指套流行的其他"铁证"之前，应暂以清代袖珍写本《道光指谱》（1846）为目前存世的"最早指谱"。那么，在现存的"最早指谱"中，《春今卜返》套又是如何呈现的呢？

众所周知，目前定型的《春今卜返》组曲依次为《春今卜返》《启公婆》《听见机房》《我为乜》《孙不肖》共五节，而《共君断约》的组曲则依次为：《共君断约》《黄五娘》《听伊说》三节④。关于这两套的曲目本事也没有争议，《春今卜返》等五曲皆源于闽南方言戏曲《雪梅教子》，而《共君断约》等三曲则剥离自闽南方言名剧《荔镜记》（或《荔枝记》）。但是，在清代《道光指谱》（1846）和《文焕堂指谱》（1857）中，其组曲方式则有所不同。

在《道光指谱》中，第六套《春今卜返》的组曲依次为：《春今

<hr>

① 原书影印本见于泉州地方戏曲研究社编《清刻本文焕堂指谱》，中国戏剧出版社 2003 年版及泉州地方戏曲研究社编《袖珍写本道光指谱》，中国戏剧出版社 2005 年版。

② 林珀姬：《校读〈文焕堂指谱〉之管见》，泉州地方戏曲研究社编《两岸论弦管》，中国戏剧出版社 2006 年版，第 214 页。

③ 转引自郑国权《客观评价〈泉南指谱重编〉》，泉州地方戏曲研究社编《两岸论弦管》，中国戏剧出版社 2006 年版，第 263 页。

④ 可参见泉州市南音研究社整理《指谱大全》（第 2 集）油印本，泉州市民族乐器厂 1979 年誊印发行，第 12—18 页。

卜返》《启公婆》《黄五娘》《听伊说》《听见机房》《孙不肖》《共君断约》共七节。《文焕堂指谱》第三十二套《大牙鼓落北青阳·春今卜返》的组曲为《春今卜返》《启公婆》《黄五娘》《听伊说》四节。可见，《道光指谱》本的《春今卜返》包括《文焕堂指谱》本的《春今卜返》全套散曲和《泉南指谱重编》本的《共君断约》全套散曲在内。我们试通过简表来说明它们之间的关系（参见下表）。

清代三大《指谱》中的《春今卜返》套、《共君断约》套组曲情况简明表

版本	套名	曲序	曲名	门头	管门	戏曲蓝本	备注
《道光指谱》1846	春今	首节	春今卜返	大牙古落北青阳	四空管（类似于西乐之F调）	雪梅教子	《春今》套排在该本第一卷第六套（第一卷共含十套指谱）
		次节	启公婆	北青阳			
		三节	黄五娘	二北锦		荔枝记	
		四节	听伊说	又调			
		五节	听见闱房	北青阳		雪梅教子	
		六节	孙不肖	北叠			
		七节	共君断约			荔镜记	
《文焕堂指谱》1857	春今卜	首节	春今卜返	大牙古落北青阳	四空管（F调）	雪梅教子	《春今卜》套排在该本第卅二套（共卅六套）
		次节	启公婆	北青阳			
		三节	黄五娘	二调北		荔枝记	
		四节	听伊说	二调北			
《泉南指谱重编》1912	春今返	首节	春今卜返	水车长滚	四腔管（F调）	雪梅教子	《春今返》套排在该本第二十九套（共四十二套）
		次节	启公婆				
		三节	听见叫				
		四节	我为么				
		五节	孙不肖				
	共君断	首节	共君断约	水车长滚	四腔管（F调）	荔镜记	《共君断》套为该本续二十九套（共三组续套）
		次节	黄五娘			荔枝记	
		三节	听伊说				

资料来源：①吴抱负藏本、郑国权编注：《袖珍写本道光指谱》（影印本），中国戏剧出版社2005年版，第35—48页；②台南胡氏拾步草堂、泉州地方戏曲研究社合编：《清刻本文焕堂指谱》（附原书影印本），中国戏剧出版社2003年版，书影部分第91—94页；③（清）林霁秋编校：《泉南指谱重编》（石印本），上海文瑞楼书庄1921年版，"礼部"第109—114页、"御部"第56—73页。鉴于林霁秋先生早在民国建立之前就已"历时十八年"编校完成《泉南指谱重编》，全部文字（包括字谱）也均出自林氏手笔，并于民国元年（1912）自筹资金交付上海文瑞楼书庄石印，故本文仍视其为清代写印本。

从《简明表》不难看出，《共君断约》套之所有三节散曲皆已包括在《袖珍写本道光指谱》（1846）之中，而且相应的曲名、管门及"戏曲蓝本"与今传本完全一样，无需再辨。所"不同"者，则是各曲所属"门头"（即"曲目分类系统"，乃是构成该乐曲之核心要素），以下试略作考察。

在目前流行的各种指谱中，《共君断约》套之三曲所采用门头依次为【中水车】、【柳摇金】、【柳摇金】（《泉南指谱重编》通标为【水车长滚】，则是未能充分考虑二、三节散曲的粗疏标法），而在《道光指谱》中，此三曲所采用的门头依次为"未标示"、【二北锦】、【又调】，其间似乎存在明显"差异"。但是，如果我们对照相应的工乂谱，其"骨干音"（南音民间流传古谱实为"骨"谱）却并无明显的差异，这又是为何？以下试逐一分析。

道光本在《共君断约》一曲下缺标"门头"名称，或属一时疏忽（或者以为南乐界人人皆知，无需标明）。我们从嘉靖本《荔镜记》、顺治本《荔枝记》一直到蔡尤本等口述本《陈三》中来看，《共君断约》（剧曲）之门头皆为【水车歌】或【中水车】，几无例外。就算《泉南指谱重编》将整套曲皆粗标为【水车长滚】有欠严谨，但其首节散曲《共君断约》无疑隶属"水车家族"，而"水车家族"正好又隶属于南音门头中闻名遐迩的"四空大（中、小）四子"[1]。据此不难认为，道光本《共君断约》套首节散曲所采用的门头必属【水车】无疑。

再看《道光指谱》中对《黄五娘》和《听伊说》二曲所标示的【二北锦】和【又调】，实际意义为：两曲都采用了名为【二北锦】的门头。那么，该"门头"与今日传本所标之【柳摇金】是否相去甚远呢？答案正好相反。事实上，至迟自明代以来，此类"门头"在乐句

---

　　① 据王樱芬先生研究，"'四空大四子'包括【长水车】（又名【满江春】）、【长逐水】（又名【轻薄花】）、【长尪姨】（又名【长潮韵悲】）、【长倒拖船】，皆为三撩拍；'四空中四子'包括【水车】、【逐水流】、【尪姨歌】、【倒拖船】，皆为一二拍；'四空小四子'则包括【水车叠】、【逐水叠】、【尪姨叠】、【倒拖叠】，皆为叠拍。"（参见王樱芬《南管曲目分类系统及其作用》，泉州地方戏曲研究社编《两岸论弦管》，中国戏剧出版社 2006 年版，第 92—93 页）

方面就大体相似，而《文焕堂指谱》在《黄五娘》和《听伊说》二曲前皆标【二调北】，显然也属于同样的情形。正如林珀姬研究指出："明刊本中标明'北'的曲目，目前相同曲目的门头分属于'二调北'、'北青阳'、'柳摇金'（四空管）、'寡北'、'长寡'（五空四仪亻义管）、'锦板'、'北调'（五空管）等等，从大韵的使用与乐句的衔接，他们有许多相似处。"① 同时指出："从明刊本《百花赛锦》（明万历年间）中拍位圈点，与现今指套或散曲相印证，拍位几乎完全一致，有些连门头都相同；或有不同者，大部分是门头的转换，或大韵的安置有别。"② 这些灼见显然与实际情况完全吻合。再结合《共君断约》套的乐曲实际，我们已不难确认：道光指谱中的《黄五娘》和《听伊说》所采用的门头与今本中的【柳摇金】并无实质性的差异。又可见，道光本《春今卜返》之所以选择四空管的【北青阳】、【二北锦】、【北叠】这些"北"类乐曲，其主要原因也正在于其门头乐律相近，易于合乐。而《春今卜返》套中的【北青阳】实际上就是将【锦板】（五空管）之管门改为"四空管"而来③，【锦板】实属"北调"④。此外，这些"北"类门头还明确透露出其自"外"而来的信息（【北青阳】应与戏曲声腔史上著名的"青阳腔"存在密切关联）。

　　但是，这些近古版本对同一曲目所标示的"门头"又为何出现如

①　林珀姬：《校读〈文焕堂指谱〉之管见》，泉州地方戏曲研究社编《两岸论弦管》，中国戏剧出版社2006年版，第211页。

②　同上书，第203页。

③　对此，王樱芬先生亦提道："改变既有之门头的管门而成一新门头，例如【锦板】原为五空管，改为四空管便成了【北青阳】，因此北青阳又名四空锦。"（王樱芬：《南管曲目分类系统及其作用》，泉州地方戏曲研究社编《两岸论弦管》，中国戏剧出版社2006年版，第96页）

④　此已为学界共识，如龙彼得先生提到："有关［北调］此一名称有必要加以说明。此名称现在与［锦板］是同义异名，所指称的是属于五空管一二拍的曲牌门类。"（参见［荷］龙彼得《古代闽南戏曲与弦管——明刊三种选本之研究》，［荷］龙彼得辑录著文，泉州地方戏曲研究社编《明刊戏曲弦管选集》，中国戏剧出版社2003年版，第40页）又如林珀姬先生指出："乐人常谓'锦板就是北调，也是百调（音同）'，意指其变化之大，形成许多不同的特殊曲调。"（参见林珀姬《校读〈文焕堂指谱〉之管见》，泉州地方戏曲研究社编《两岸论弦管》，中国戏剧出版社2006年版，第212页）王樱芬先生亦有同样的介绍："【锦板】（又称【北调】），撩拍为一二拍，下分十多个牌名，又与【锦板叠】形成家族。"（参见王樱芬《南管曲目分类系统及其作用》，泉州地方戏曲研究社编《两岸论弦管》，中国戏剧出版社2006年版，第94页）

此"不同"呢？笔者以为，这与民间南音抄本的特点密不可分。由于古代南音口口相传的特点，流存乐谱的诸多细节问题并不为其特别重视①，常常是仅录曲词和大致的门头或牌名即可演唱或演奏，这从笔者近年来寓目的大量晚清民国南音抄本中便可得到证实。正如王樱芬所论："大部分由南管乐人抄写的南管抄本，或是……明代刊本，则往往省略许多细节。最常被省略的是管门，此乃因每一门头之管门都已固定，只需有门头便知管门。其次是省略工尺谱，只记门头牌名，并在曲词旁点上撩拍，在此情况下，较晚近的抄本往往会提示起音是哪个'空位'（亦即音高）。再其次是省略撩，只记上门头牌名和拍位。最简略者，则仅标注门头牌名，或是仅标注牌名。"② 在这样的情况下，同属"四空管"且乐律相似的门头如【二调北】、【北青阳】、【柳摇金】等，只要标明其门头或牌名便可知其调高、撩拍和乐律了，因为这些音乐早已储备在他们脑海中。

三

《共君断约》成为"独立指套"（本文专指从《春今卜返》套中独立出来）具体始于何年何月，由于史籍无载又兼世事渺茫，目前已很难确定。笔者以下试推定其大略。

从《简明表》我们已不难发现，在清末林霁秋编校的《泉南指谱重编》"礼部"和"御部"中正式出现独立的"《共君断》"套，且紧排在"《春今返》"套之后。如在"礼部"之"第二十九套、春今返、四腔管水车长滚、断织、贞静坤成篇、全章五出"的题标下，依次详列《春今卜返》《启公婆》《听见叫》《我为么（乜）》《孙不肖》等五支散曲全文（仅注撩拍符号，不带谱字和琵琶谱，此类简易"曲谱"在南音抄本中极为常见）。紧接着编排题标为"续二十九套、共

---

① 如今南音界受西乐影响而强译"简谱"或"五线谱"，以就今人唇吻，则无形中局限了南音传统歌唱所应到达的妙味，"口传心授"的民族音乐精神也很容易被肢解或误读。

② 王樱芬：《南管曲目分类系统及其作用》，泉州地方戏曲研究社编《两岸论弦管》，中国戏剧出版社 2006 年版，第 103 页。

君断、四腔管水车长滚，幽期、五采结同心，全章三出"的《共君断约》《王（黄）五娘》《听伊说》三支散曲全文（谱式与《春今卜返》套同）①。由此可见，《共君断约》套已经完全从早先的《春今卜返》套中"分离"出来而"自立门户"了。此两大套曲一咏"雪梅教子"故事，一咏"荔镜情缘"故事，本事来源清晰明了。另外，其"管门"仍同为"四腔管"（今本多标"四空管"，其意全同），"门头"也同属"水车长滚"（今本多在首节标【中水车】），套曲排序也分别为"第二十九套"和"续二十九套"，留下了二者本为同一套曲的部分痕迹。"分家"原因之一应是原套组曲过多、用时过长而不适合实际的场面演出。

　　众所周知，林霁秋先生是清末民初专精南音研究之卓然大家，彼时声誉日隆，时人甚至认为其"比之明代魏良辅用十年工夫，订正昆曲底功绩有过而无不及"②。此后几乎所有名目繁多的指谱类专书（或论著）皆收入（或论及）此套指谱，甚至连其中本事来源的考证都与《重编》本几近雷同，显系转抄或蹈袭而来。作为我国"正式出版的并有广泛影响的第一部'指谱'"③，《重编》本虽然编成于民国元年（1912），但系"历时十八年"而成，也就是说在1890年代就开始编选（约在清光绪年间）。这充分说明，《共君断约》套在此之前早就流行开了。

---

①　（清）林霁秋编：《泉南指谱重编》（礼部），上海文瑞楼书庄1921年石印本，第109—112、112—114页。另需说明：该两套曲在"御部"再次出现，曲文内容和组套方式不变，但在各套前面附有本事考证，谱面上既加注撩拍记号，又加注谱字，是属于更完整的南音曲谱。参见原书（御部）第56—66、67—73页。

②　福建省戏曲研究所编：《福建戏史录》，福建人民出版社1983年版，第185页。不过，随着后来明清弦管、戏曲诸刊本之相继发现，《泉南指谱重编》中的很多考订和论证逐渐受到质疑，其中以龙彼得、江吼和郑国权等三位先生的质疑较为著名。（参见［荷］龙彼得《古代闽南戏曲与弦管——明刊三种选本之研究》，泉州地方戏曲研究社编《明刊戏曲弦管选集》，中国戏剧出版社2003年版，第37—38页；江吼《谈谈南曲的三种版本》，《泉州历史文化中心工作通讯》1984年第1期；郑国权《客观评价〈泉南指谱重编〉》，泉州地方戏曲研究社编《两岸论弦管》，中国戏剧出版社2006年版，第263—275页）

③　郑国权：《客观评价〈泉南指谱重编〉》，泉州地方戏曲研究社编《两岸论弦管》，中国戏剧出版社2006年版，第264页。

南音界人所共知，林霁秋订谱所依据的文献资源主要来自当时流传在闽南民间的大量手抄曲簿（可惜林氏重订之后将其"无情"遗弃，否则今日定会成为考订诸多史论问题的"铁证"①），而《共君断约》套之"独立"定非林氏所为。前文已分析清楚：在袖珍写本《道光指谱》（1846）中，《共君断约》套尚包含在《春今卜返》套内，可证当时尚未流行"独立"的《共君断约》套②，但已呼之欲出且为南音指套发展之必然。由此，结合林霁秋《泉南指谱重编》开始编订的时间，我们可以将其正式"独立"的时间先推定在 1846 年至 1894 年之前这一比较宽泛的时段。若再结合 20 世纪 50 年代《南曲介绍》中"清咸丰年间""南曲'指套'及'谱'曾经过泉州吴有成先生（范志、吴优元）的一番整理和校订"③ 透露的重要信息，《共君断约》套的实际"独立"时间很有可能就在 1846 年至 1861 年这 15 年间。此一推论尽管比口述信息中笼统的咸丰年间（1851—1861）前推了五年，但笔者以为这一推论却能够建立在相对可靠的证据之上。

最后，笔者拟对南音指套是否只是为了演奏还是兼具演唱功用的问题试作补论。早在清末，林霁秋在《泉南指谱重编》第四册第三十套《我这心》之后评注道："《荔镜传》诸曲，叙陈三五娘私奔之事，词既狎亵，声亦荡淫，固亦删去。惟南管所和指谱，向系只用管弦，节奏工尺而已，并无唱出词句，故复录而存之，以符原指套数。"④ 今

---

① 比如龚书煇先生早在 20 世纪 30 年代就撰文指出林霁秋将收集甚多的手抄本指谱"一经……修饰厘正后便行弃掉，这是很可惜的"，对其"改饰曲词使它的文字更古雅以致失去本来民间面目"的做法也并未苟同。（参见龚书煇《陈三五娘故事的演化》，原载 1936 年 6 月《厦门大学学刊》，后被选载于泉州地方戏曲研究社编《泉州地方戏曲》1986 年第 1 期）

② 尽管《文焕堂指谱》（1857）中同样没有出现"独立"的《共君断约》套，又因其所据或为一"古谱"，故而无法成为判断《共君断约》独立成套时间的"铁证"。

③ 泉州对外文化交流协会、泉州市文化局编：《泉州南音艺术》，海峡文艺出版社 1988 年版，第 89 页。前文已经充分证明：这里的"整理和校订"实为简单地"分离"出来而已（因本已含在《春今》套内），并非如其所云"将'春今'尾的'黄五娘'，'听伊说'编入'共君断约'"。"分离"时间也未见得就在咸丰年间，在道光年间的可能性也很大。

④ （清）林霁秋编校：《泉南指谱重编》（石印本），上海文瑞楼书庄 1921 年版，"御部"第 82 页。

人吕锤宽也如此谈及："指，是一种组曲的形式，以乐器演奏，但它们的音乐中仍包括歌词，而据民间音乐家云，这些唱词只是为平常学习、练习时记忆音乐而设的，演奏时只奏曲调的部分"。① 并在论述"套曲的曲词本事"时提供了更为详细的说法（因对考论"指曲"的传承方式至关重要，故长引如下）：

> 套曲虽皆为器乐合奏曲，然其谱式中皆包括指法谱以及唱词，根据民间乐人的说法，这些唱词之设乃为了帮助记忆整套音乐，因为每套曲少则二十多分钟，长则四十多分钟，仅靠记忆工尺管位，很难完整无误地背下谱，因为各套曲多属大曲体，其曲谱多以一主腔（民间乐人谓之"大韵"）反复，少者数叠，多至十数叠，如果没有唱词，又在不看谱的情况下，十多位演奏者（例如十音合奏）很难取得一致，因而有指词之设。无论此一说法之真实性如何，此乃民间长年传下之规则，在真相未明之前，吾人宜尊重此一传统之说法。②

但是，据笔者考察，与《共君断约》套相类似的一些指套之"指词"显然是其本身就具有的，并非为了帮助记忆整套音乐才有"指词之设"③。因为，指套（套曲）实则是由一支或一支以上的若干散曲组合而成，而散曲的功用自然是为了曲唱，若无"唱词"又何来"曲唱"呢？再加上构成套曲的不少散曲就直接"剥离"或"改造"自传统戏曲剧目，而"剧曲"最基本的要求就是要有唱词，否则如何展开

---

① 吕锤宽：《弦管总说》，《泉州弦管（南管）指谱重编》（上编），（台北）"行政院"文化建设委员会 1987 年版，第 18 页。

② 吕锤宽：《套曲（指）总说》，《泉州弦管（南管）指谱重编》（上编），（台北）"行政院"文化建设委员会 1987 年版，第 15 页。

③ 龚书辉先生就对《泉南指谱重编》中关于"咏陈三五娘故事"的套曲如此论述："……花园外一套可知其为由御前清曲花园外（寅集）亏伊人（亥集）组合，共君断一套由清曲共君断（申集）黄五娘（西集）听伊说（西集）三曲组成……"（参见泉州地方戏曲研究社编《泉州地方戏曲》1986 年第 1 期）明确指出《重编》和《清曲》中"荔镜"系列南音套曲、散曲之间固有的曲乐关系。

戏剧情节？所以总体来看，以上说法并不合乎南音指套形成之基本事实。相反，更多事实则能证明南音指套不仅可用于演奏，更可用于演唱，是具有多重表演功能的泉腔南音精华之所在。林珀姬就提到这样一条资料："金门南乐社的徐声良先生……整套整套的'指'拿来唱，虽然七十多岁了，声音仍然洪厚苍劲有力，可以从容的唱完三四十分钟一套指套。"① 而笔者在闽南地区的长期田野调查结果也显示，将指套拿来演唱恰是展现南音乐人功力的一项重要内容。例如国家级南音传承人杨翠娥目前就可演唱三十多套指曲，目前正在由泉州民间著名学者郑国权、黄东翰等先生主持录制并计划长久保存。又如现旅居菲律宾马尼拉的南管弦友林婉如也能演唱诸多指曲②。此类例子不胜枚举。究其根源，南音指套之形成实由散曲组合而来，而散曲则集中地体现了我华夏民族音乐"文乐结合""文主乐从"之基本特征③，故而对南音指套的演唱和演奏皆是很自然的事情。而演员学会相关的散曲演唱，进而帮助自己记住整套音乐，也是此一活动的应有之义。

---

①　林珀姬：《校读〈文焕堂指谱〉之管见》，泉州地方戏曲研究社编《两岸论弦管》，中国戏剧出版社 2006 年版，第 202 页。

②　参见林婉如《南音指曲谱选辑：林婉如习艺五十年纪念》（DVD 光盘 2 碟装），泉州市先艺艺术服务有限公司 2008 年录制。

③　由此可见，龙彼得先生为南音"指"所下定义显然较为确切："是声乐套曲，由乐队伴奏，目前歌唱部分通常省略不唱。"（参见［荷］龙彼得《古代闽南戏曲与弦管——明刊三种选本之研究》，［荷］龙彼得辑录著文，泉州地方戏曲研究社编《明刊戏曲弦管选集》，中国戏剧出版社 2003 年版，第 36 页）这与吕锤宽先生"'指'系器乐合奏曲"并特别强调其所谓"音乐结构"的定义［参见吕锤宽《套曲（指）总说》，《泉州弦管（南管）指谱重编》（上编），（台北）"行政院"文化建设委员会 1987 年版，第 1 页］明显有所不同。

大型南音交响"陈三五娘"现象审视

曾华宏*

一 南音交响《陈三五娘》概况

（一）创作背景

南音是音乐文化的活化石，在闽南、台湾及东南亚广为流传，并被列入国家级非物质文化遗产名录。交响南音是南音推陈出新的新探索、新品种，希望中华民族引以为自豪的古乐南音，能在社会主义新时代贴近群众、贴近生活、与时俱进。改革创新是否成功的最后评判者是人民大众，特别是闽台广大观众。曾以中国戏曲名剧《梁山伯与祝英台》为蓝本创作了中国民族音乐经典、小提琴协奏曲《梁祝》的何占豪教授选择了交响乐作为演绎南音的新载体，并选用了在闽台粤地区流传甚广的传统戏曲经典《陈三五娘》全新创作。用一年的时间，五赴厦门构思创作了《陈三五娘》交响乐曲。厦门市闽南文化研究会常务理事涂堤担任编剧，台湾资深南音大师卓圣翔担任南音编唱，国家一级演员、梅花奖获得者吴晶晶等主唱。演出阵容还包括厦门歌剧院、厦门市金莲升高甲剧团、厦门市南乐团和厦门市总工会艺术团。

（二）乐曲简介

南音交响《陈三五娘》整篇共有一首序曲和五个乐章，序曲是《荔枝姻缘万口传》，第一乐章《赏灯邂逅》、第二乐章《荔枝传情》、第三

* 作者单位：泉州师范学院教育科学学院。

乐章《破镜为奴》、第四乐章《赏花伤怀》、第五乐章《爱怨交集》、尾声《凤凰于飞》。在音乐创作中,创作技巧不是万能的,音乐语言才是最重要的,只有掌握音乐语言,才能准确塑造音乐形象。因此,其首选的《陈三五娘》作为创新的切入点。考虑到作品的结构,创编像《陈三五娘》这样带有故事情节的音乐作品,需把情节的安排和音乐表现的特殊艺术规律结合起来统一考虑,因为它与戏曲艺术等其他品种的结构不一样,而音乐的主要功能是表达人的内心感情,而不是情节叙述。音乐的陈述也必须有对比,诸如快板、慢板、广板等速度以及力度的对比,或抒情、诙谐、激情等情感的变化与对比,才能更富感染力。

因此,原来南音的《陈三五娘》结构,受到了很大的调整,去掉许多情节上的叙述,着重情感上的抒发,交响南音《陈三五娘》的绝大部分唱段和音乐都是抒发人物内心感情的,五个乐章的结构,不仅仅是故事情节的安排,很大程度上遵循了音乐陈述发展的特殊规律。

（三）演出盛况

1. 境内演出

由厦门歌舞剧院厦门乐团、厦门市金莲升高甲剧团、厦门市南乐团、厦门歌舞剧院合唱团以及厦门星海合唱团联袂献演的南音交响《陈三五娘》于 2010 年 4 月 9 日晚在厦门宏泰音乐厅上演。交响南音《陈三五娘》是闽南传统民乐南音与西方交响乐的首次组合交融。担任《陈三五娘》的作曲和指挥的是何占豪,厦门市金莲升高甲剧团"梅花奖"得主吴晶晶和后起之秀李莉分饰陈三和五娘。

2013 年 4 月 28 日为纪念南音进京三百周年,由两岸艺术家共同创作的交响南音《陈三五娘》在北京国家大剧院演出。仍由中国著名小提琴协奏曲《梁祝》的作者之一、作曲家何占豪担纲作曲并指挥,著名小提琴演奏家吕思清联袂演出。[①]

---

① 路梅:《两岸艺术家共同创作交响南音〈陈三五娘〉将来京》,《中国新闻网》2013 年 4月 25 日。

2014 年元旦泉州新年音乐会上，泉州歌舞剧团和泉州交响乐团为展现"东亚文化之都"风采，上演了交响南音《陈三五娘》，成为音乐会最大看点之一。泉州版的交响南音《陈三五娘》表演，乐器演奏、演唱使用的都是泉州当地的艺术力量，在第二乐章《荔枝传情》部分，中西合璧的乐器演奏和演唱，让表演既具闽南味又显得高雅大气。①

2. 境外演出

2011 年 3 月 14 日由何占豪指挥，吴晶晶、李莉、杨一红等演唱的《陈三五娘》在台北中山纪念馆演出 3 场，3 月 18 日在台中市中兴堂演出。《陈三五娘》的中原古乐遗韵文化巡礼，首演时观众非常踊跃，很多怀旧的梁祝戏迷都到场聆听。2012 年 2 月以交响乐伴奏的南音《陈三五娘》在新加坡大会堂连演三场，唱腔优美的传统南音配以交响乐的伴奏及合唱，中西合璧的艺术形式令人耳目一新。交响南音《陈三五娘》专场演出是新加坡华乐团"华乐马拉松"系列音乐会之一，也是新加坡企业金航旅游主办的春节庆祝系列活动"春城洋溢华夏情"的一部分。②

《陈三五娘》总导演吴红霞表示，该曲目 2009 年完成创作，曾到台湾演出四场，也赴新加坡、马来西亚等地演出，均获得热烈反响，"在有闽南人的地方演出，观众几乎能全场跟唱"。吴红霞还表示，台湾与厦门距离很近，语言相通，习俗相近，甚至连吃饭的口味都一样，所以与台湾艺术家的合作也非常融洽。希望将来能有机会再去台湾演出，与台湾民众和艺术家切磋交流。

何占豪说过："没有厦门朋友们的信任和鼓励，我哪敢碰被称为中华古乐活化石的南音！"师辈们也曾说过，对待音乐文化遗产有两种态度：一是不要动它一个音，放进博物馆，向后辈和国际友人展览，显示我国的悠久音乐文化历史，以增强民族自豪感；二是大胆改革创

---

① 布什·布娜南：《交响南音〈陈三五娘〉》，《工商时报》2011 年 3 月 16 日。
② 陈济朋：《大型交响南音〈陈三五娘〉在新加坡连演三场》，《新华网新加坡》2012 年 2 月 13 日。

新，为现代人服务。

二　当文学遇上音乐

文学，是以语言作为材料和手段来塑造形象和反映现实的，也称为语言艺术。音乐是诉诸听觉的一门艺术，它的基本手段是用有组织的乐音构成有特定精神内涵的音响结构形式。

（一）文学与音乐的不同之处

从物质媒介上看，音乐运用的是人声和乐器作为传播介质，表现手段有旋律、和声、配器、复调等；文学运用语言作为材料，通过语言叙述达到目的效果。从艺术手法来看，文学的艺术手法始终不离语音、语义、语法等做文章，音乐创作最终要使作品优美，在音质、音色、音高、音强上要下功夫。文学除了利用语言文字的声音使作品具有音乐美，韵律和谐，朗朗上口，主要还是利用本身所具有的意义塑造形象、叙述故事。而音乐由于音符本身不具有明确固定的具体意义，全部表现手法也只有围绕声音本身。文学与音乐的欣赏方式与接受感官也不同，文学作品主要是阅读，主要使用视觉，而音乐则是聆听，使用的是听觉。

（二）文学与音乐的关系

文学是音乐之母，中西方的音乐史和文学史，大多是同在的。如《诗经》与歌词是同在的，《荷马史诗》《神曲》等文学作品也无不和音乐有联系。同时，音乐与文学又是密不可分的，诗歌朗诵也都以音乐为背景，在听觉上更胜一筹，给人以无限遐想。最值得一提的是，南音交响《陈三五娘》的编剧涂堤的本行虽然不是音乐，但她依照《陈三五娘》的故事梗概，根据音乐作品新的构思，在很短时间内，与何占豪密切配合，写出了新的剧本，剧中许多动人的歌词和新唱段，为音乐创作提供了鲜明的形象基础。

当文学遇上音乐，就好像鱼儿得到了水，在表达上更加多元化了，可以说正是有了音乐才让我们对较为枯燥的文学有了较浓厚的兴趣。音乐不能传达语言的意念，但却能比语言更有力地传达语言音调的音，文学不能表达音乐所富有的音韵，但却能够给予它更神奇的色彩，音乐让文学跳跃起来，文学让音乐有那种跃然纸上的感觉。当文学遇上音乐，不同的形式碰撞出了无数艺术珍品，音乐与文学让我们的生活充满着许许多多的趣味与价值！南音交响《陈三五娘》的创作便是文学与音乐之间相互依存，紧密结合的一大典范。

三 当南音遇上交响乐

（一）南音的困境

1. 传承困局

原因有二：其一，南音演唱演奏的技巧高难，声音要求平稳，讲究"初如流水、腰如悬丝、尾如洪钟"；其二，南音学习需通过"口传心授"完成，这种学习形式难度大、效率低，愿意学习南音的人不多。

2. 听众急剧减少

原因有二：一是节奏太慢，与当代人的生活节奏格格不入；二是音乐表现程式化，不同内容、不同感情，虽有不同音调，却拘泥于同一种流程的表现模式，难以激起当代人情感上的共鸣。

为此，何占豪提出要向继承创新进军。认为除了文化大环境的变化以外，创新能成功的标志也是两点：一是要使当代听众特别是青年听众爱听、喜欢；二是南音老听众也承认它是南音，两点缺一不可，否则就是失败。

（二）南音交响的创作原则

南音交响需进行大胆的全新创作，中西合璧，洋为中用。南音交响《陈三五娘》是一种成功的探索，它把流传千年的闽南民乐瑰宝南音与现代西方交响乐结合，对陈三和五娘这一对闽粤才子佳人争取自由恋爱的浪漫爱情喜剧进行了最新的音乐演绎，成功引领观众穿越千年时空，感受古往今来男女青年在反抗压迫追求爱情过程中表现的热情、坚贞和纯洁。

古老的南音和现代的交响音乐结合在一起，如何既保持南音的特色，又充分发挥交响音乐的表现力，这是作曲者必须面对和解决的难点，因此创作要既谨慎又大胆。所谓谨慎，指的是尽可能保持南音的特色，在创编交响南音《陈三五娘》时，何占豪教授采取了以下原则：一、凡是群众中广泛流传的名唱段，旋律基本不作改动，保持原汁原味，而在伴奏中花功夫丰富它，使其更动听，形象更加丰满；二、如遇南音唱腔与人物的情感不甚吻合时，尽可能保持其原来的旋律走向，而用改变速度或改变织体等其他创作手法，去塑造较为准确的音乐形象；三、除南音唱腔以外的所有声乐、器乐创作，尽可能用南音或闽南当地的民间音乐作为素材，以求得整部作品风格的统一。他的谱例大胆弃程式化表演模式，充分运用现代交响音乐的表现力，丰富或重新塑造各类音乐形象。如第一乐章用较大篇幅的器乐曲渲染元宵佳节欢乐气氛；第四乐章中用大段弦乐抒发五娘悲痛之情；第五乐章中用大段四声部交响合唱宣泄陈三的悲愤。即使原汁原味的经典唱段《因送哥嫂》，也加上女声合唱的复调旋律，使悲痛的唱腔更具感染力。

（三）音乐创作需要真情实感

在创作中，涂堤老师考虑最多的是怎么在剧本里面体现南音的创新和改革。她尽力让剧本激动起来，按照剧中主人公的心理发展去刻画，剧本中该高亢的地方就高亢。考虑到南音的旋律没有很高昂的，就让女主角五娘去喊。[①] 涂老师还提到，由于传统南音表现方式非常讲究，有的达到了不可撼动的地步，因此在改良中要特别小心取舍，既要考虑到作品表现方式的需求，还要考虑到当今受众群体的需求，因为毕竟南音是千年以来不断创新积淀下来的成就，我们不能借着改

---

① 霍明宇：《中西交融，古韵新声——交响南音〈陈三五娘〉学术研讨会综述》，《艺术评论》2013 年第 6 期。

良破坏了它原有的优美。她认为千年古乐应允许创新南音典雅优美，情韵深沉的特色，但古老的南音却不容易被当今年轻人接受，这一点要引起警觉。

四 反响与思考

许多音乐家在交响南音《陈三五娘》学术研讨会上都肯定了作品的成功。

中国音乐家协会名誉主席傅庚辰认为自己虽然对南音缺乏研究，但是他很欣赏该作品，感觉听得很悦耳，管弦乐队和南音音调的结合也很自然，因此何占豪的交响南音值得接受和表扬。同时，他还提出了一些修改建议，即要增加这个作品中间的矛盾冲突的部分，甚至包括正反面的矛盾冲突，突破大团圆结局一般模式，作曲家还要以人民为中心进行创作，从生活中吸取源泉，和时代同呼吸，和人民共命运，从我们优秀的民族文化传统中汲取营养，脚踏实地走下去。

中央音乐学院杜鸣心教授认为："管弦乐的加入并没有让我们感觉到洋不洋、中不中的风格，而且在原来的基础上把管弦乐糅在里面进行加工，丰富了南音原有的音乐表现力。"杜老师很赞同作曲家傅庚辰在一次会议中提出的"三化"，即现代技法中国化、音乐语言民族化、音乐结构科学化，但中国作曲家要善于用本民族的语言讲述我们中国人自己的故事，反映中国人民的生活和生存状态，表达中国人民的情感。他还指出，何占豪把原有南音的特色较好地保留了下来，这也是今天的作曲家在面对传统时如何对它进行慎重地加工，慎重地再创造的态度，值得赞赏。①

国家京剧院原党委书记、戏曲理论家林毓熙认为《陈三五娘》音乐的成功创作是对非物质文化遗产南音的继承与革新的创新之举，是在对非物质文化遗产的研究、探索和推进的进程中实施保护的实践性

---

① 杜鸣心：《观音乐会〈陈三五娘〉：用民族语言讲述中国故事》，《人民日报》2013年6月14日。

的新成果。他提出这部音乐的创作者及这个创作集体有两个文化自信：一是对我们优秀的民族文化传统的文化自信。我们的非物质文化遗产，包括南音，是中华民族的集体智慧，凝聚了我国劳动人民的丰富感情，是当代文化发展、创新取之不竭的动力和源泉，更是我们精神家园的重要基础。对它自觉地进行继承、维护、保护，这是艺术家的使命感和责任感。二是对具有丰厚的地域文化资源的自信。南音具有浓郁的地域文化特点，作曲家何占豪先生和他的创作集体对福建的南音这一非物质文化遗产进行了创造性的创作。八闽大地是戏剧大省，而南音又是在闽南盛传的一种音乐，将南音与交响乐结合，这是对南音文化的自信，对它的表现本体的艺术魅力的文化自信。他也认为这是一部成功的交响乐作品，并对作品创作提出建议：一是在作品的结尾对大团圆感到不满足，建议在结尾处能塑造对传统封建礼教的叛逆的形象；二是建议音乐上突出一些潮州音乐特色。

　　中国传媒大学路应昆教授认为《陈三五娘》是交响乐队形式与南音结合的一次很有意义的探索、尝试，也是一次很成功的尝试。他还认为新作品能够融入多少传统的成分要看情况，没有一个统一的标准，不必拿那种传统的东西是不是太少了，是不是离传统太远了的原则来看这样的作品，而要看是否具有艺术性和艺术高度。对此，他提出了加强作品唱腔比重，平衡南音传统唱腔形式和大乐队合作，加强合唱与南音唱腔的关系，扩大作品歌剧比例的建议。①

　　笔者认为，文学虽有局限，但还是常常用来作为音乐语言的解释与再创造，有时也会成为音乐形象表现的主题，二者最大的联系就是本质相同。所有艺术都有它的共性，这便是艺术的本质。而各种艺术只是在这个共性的基础上以各自的特点和方式形成了不同的艺术形式。而艺术内涵却是一致的。音乐和文学便是如此，二者在共同的艺术内涵上，文学运用语言文字，音乐运用音符，以两种不同的方式进行艺术创作，从而形成了两种不同却又相关的艺术。《陈三五娘》故事已

---

　　①　陈瑜：《交响南音〈陈三五娘〉学术研讨会综述》，《人民音乐》2013 年第 7 期。

经激发了人们各种文学性的想象和灵感，给予人们无限的想象空间，如今南音与交响音乐的结合为《陈三五娘》故事在新的艺术领域延伸发展做出了重要贡献。何占豪在原有的传统音乐上加以继承和创新，充分尊重了古老的艺术，又改变了南音被多数人忽视的现状。他用西欧的现代音乐技巧来丰富我们民族的音乐，提高了我们民族的文化艺术水平。今后在音乐道路上我们也应学习这种创新精神，在已有的成就上继续创作，共同促进非遗项目的传承和发展。

戏曲类

明代"陈三五娘"戏文版本考述

吴榕青[*]

引 言

在所有关于"陈三五娘"的文艺作品中，诸如传说、歌谣、说唱、戏曲、小说等，目今能够看到的最古老版本却属戏曲类型。关于明代该戏曲之版本，目今可以窥见珍藏于海外的两个完整的刊刻本，它们分别是嘉靖丙寅《重刊五色潮泉插科增入诗词北曲勾栏荔镜记》、万历辛巳《新刻增补全像乡谈荔枝记》，此外，海内外尚有不少选本、残本，另有各类文献（含戏文自身）记载的片言只语、蛛丝马迹可供考鉴印证其源流，实在弥足珍贵。明戏文（传奇）《荔枝（镜）记》，敷衍陈三五娘的爱情故事，广泛流传于闽南、台湾地区与粤东潮汕、海陆丰地区，乃至东南亚及港澳，它在闽南语区域演剧中有其特殊的地位，流传不绝如缕。原先台湾地区的研究居于领先地位，以操闽南语系为主的台湾具备优势，对其刊布、整理、研究为最突出；早年因其流行地域所囿，以及宾白和曲词大量运用潮泉（闽南）方言，造成国内学者研究较少。不过近十余年来，大陆的研究得到长足的进展[①]。笔者将把目见的有关明代戏曲版本梳理、排比起来，斗胆与诸位学者进行商讨，意在抛砖引玉，祈求贤者批评。

---

[*] 作者单位：韩山师范学院文学院。

① 潘培忠：《明清戏文〈荔镜记〉〈荔枝记〉在海峡两岸的刊布、整理与研究》，《中国戏曲学院学报》2016 年第 3 期。

一　现存的全本、选本及残本（残文）

（一）佚名编：《荔镜记》（嘉靖四十五年，1566）刊本

这是目前见到的最早"陈三五娘"剧作的本子，此书藏本有二，一藏于英国牛津大学，另一藏于日本天理大学（图一）。此书向达教授最早于20世纪30年代就披露如下：

> 有一种记陈伯卿（又作必卿）和黄五娘因抛荔枝和假装磨镜而成姻缘的故事，在福建——尤其是闽南——大约甚为流行。……而此中比较罕见的要算《荔镜记戏文》，这也是伟烈氏的藏书。书名全题为《重刊五色潮泉插科增入诗词北曲勾栏荔镜记戏文全集》。……可惜最后一行上有残缺，不能知道此书究竟刊于何时，就字体和插图形式看来，颇似明万历左右刊本。书为一种传奇的体裁，时杂福建方言，所用曲牌也不是普通南北曲中所常用的，大约采用民间小曲调子不少。①

后来，在日本天理大学发现了该书的同一版本，且末页基本齐全，最后一页能看出"嘉靖丙寅年"，故此得以明确断定其刊刻年代。

天理大学的嘉靖本《荔镜记》（以下简称"嘉靖本"）不分卷，卷首标题为"重刊五色潮泉插科增入诗词北曲勾栏荔镜记戏文全集"，卷末还留下一段告白：

> 重刊《荔镜记》戏文计有一百五叶。因前本《荔枝记》字多差讹，曲文减少，今将潮、泉二部，增入《颜臣》、勾栏、诗词、北曲，校正重刊，以便骚人墨客闲中一览，名曰"荔镜记"。买者须认本堂余氏新安云耳。嘉靖丙寅年（四十

---

① 向达：《瀛涯琐志——记牛津所藏的中文书》，原载《北平图书馆馆刊》第十卷第五号（1936），后又收入其所著《唐代长安与西域文明》，生活·读书·新知三联书店1957年版。

五年，1566）。①

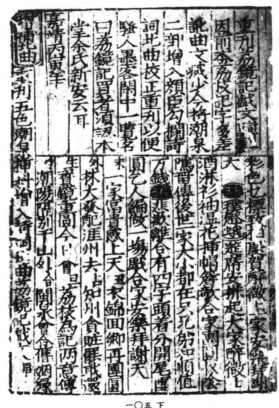

一〇五　下

图一　日本天理大学藏本嘉靖《荔镜记》书影末页

资料来源：据吴守礼校注《明嘉靖刊荔镜记戏文校理》后附之"原本影照"，（台北）从宜工作室 2001 年版。

这类似今天广告的文字，实际上包含很多信息。笔者只强调关键的一点，那就是，原潮州、泉州各有前本《荔枝记》，经过编者的一番增补、糅合、校正，重刊后才命名为《荔镜记》。

饶宗颐教授根据龙彼得所具列的新安堂名号，考证出"可见余氏

① 吴守礼校注：《明嘉靖刊荔镜记戏文校理》后附之"原本影照"，（台北）从宜工作室 2001 年版。

刻书，用新安堂名义前后有余绍崖、余幼山、余苍泉诸人。苍泉的籍贯是福建建阳。这本题'余氏新安'必与上述诸人有关"①。

吴守礼认为："天理本《荔镜记戏文》比牛津本较为完整，我只拿天理本《荔镜记戏文》的摄影，却敢断定这东西两部戏文，必定属于同一版本。……现在，查天理本的摄影，知道牛津本所残的，天理本则均保存如故。"② 吴氏又说："我将全书（指嘉靖本）抄录一过，没遇到任何时代色彩的现象或物名"，只好根据一个官名及几个曲牌来试探该戏文的写作年代，作如下推测：

> 前面，我据御史制度的沿革，推测，《荔镜记戏文》的写作年代，当在明洪武十七年之后。那么，这本书的写作年代，下既不得太接近嘉靖末年重刊之时，上也不能超出洪武以前了。这里，再参合沈德符所记元明间名曲流行变迁的实际情形，把它拟定在琐南枝等三曲盛行的时期——即"宣（德）正（统）至成（化）弘（治）后"之间［因为，沈德符所列举的嘉（靖）隆（庆）间流行的曲名，戏文里一个都没有出现］；这样，我看没有什么不合理。

> 经过前述两项的推测，我还不能够把《荔镜记戏文》的写作年代，确切地指明出来，但总可以把它推定在十五世纪一百年里面。③

吴守礼所言亦非尽善，嘉靖、万历本中出现的地名，特别是关于故事发生地潮州之地名非常具体真切，如后沟村、赤水、凤城驿、涂山驿、浮桥门、广济（桥）门、开元寺、南山院（寺）、大王庙、府

---

① 饶宗颐：《〈明本潮州戏文五种〉说略》，《明本潮州戏文五种》，广东人民出版社 1985 年版，第 7—8 页。

② 吴守礼：《〈荔镜记戏文〉研究序说》，吴守礼校注《明嘉靖刊荔镜记戏文校理》，（台北）从宜工作室 2001 年版，第 10—11 页。

③ 同上书，第 4 页。

前、永丰仓、西（门）街、抬牛巷等，皆能在潮州地方史志的记载中得到印证。故《荔枝记》（《荔镜记》）戏文理该是潮州籍人或者熟谙潮州地理的闽南人如曾居住在潮州者所创作。

广济桥（俗称湘子桥）是潮州横跨韩江东西岸，交通闽粤孔道的一座年代悠久的著名桥梁，它始建于南宋乾道七年（1171），在历史上曾先后出现诸多名称，如康济桥、丁侯桥、济川桥、叶侯桥、浮桥等。反映"陈三五娘"为明代剧作，如嘉靖本《荔镜记》、万历本《荔枝记》戏文中皆提到此座著名的桥梁，但桥名歧异，嘉靖本记载为"广济桥"，而万历本却作"浮桥"。

关于"广济桥"和"浮桥"的记载，嘉靖本第七出《灯下答歌》，黄五娘、益春跟李婆结伴观灯，合唱："元来正是广济桥门。"下接李婆白："呵娘哑，今冥满街巷花灯，都不答只广济门花灯可吝。"① 而在万历本第三十四出中，五娘共陈三私奔后，遍寻无踪，仆人小七告诉黄母出贴悬赏："甲赧阿公出帖，重重赏钱。贴放东津、浮桥门处。待福建客人，来往走报消息。"②

浮桥为广济桥之旧名，或者说是原来之俗称。《永乐大典》卷五三四三卷首录有两幅宋元时期潮州的古地图，其中一幅为《州治》图，标明有"浮桥门""浮桥""东津"地名，另外一幅州境《地里图》也标明有"浮桥""东津"地名；又据其引录宋元潮州方志《三阳志》《三阳图志》记载，桥始创于南宋乾道七年（1171），初名康济桥，后东边称丁侯桥、西边称济川桥，后来济川桥成为整座桥的通用名，也俗称浮桥。③

而"广济桥"之名始于宣德十年（1435）潮州府知府王源之重修，其时潮州士人陈先资撰《修造广济桥碑记》云："桥曰广济，非

---

① 吴守礼校注：《明嘉靖刊本荔镜记戏文校理》，（台北）从宜工作室 2001 年版，第40页。

② 同上书，第 130 页。

③ （明）解缙等编：《永乐大典》卷五三四三《潮州府》卷首，中华书局 1960 年影印本，第 18—20 页。

旧也，盖始于韦庵（王源之号）王公奉命守潮时，起百载颓址，葺而
完修之……更浮桥而名广济。"① 文献有长期沿用往昔地、物名称的习
惯，不可能出现前代的文献用了后起的词汇的情况。因而，嘉靖本
《荔镜记》称"广济（桥）门"新名，剧作必不能超过其易名之年代
即宣德十年（1435）。故可推测，嘉靖《荔镜记》所据其中一种"前
本"《荔枝记》，必写成于宣德十年（1435）之后。笔者愚见，此较吴
守礼以职官名"都堂、都御史、都堂御史"的出现年代定为洪武十七
年（1384）之后，庶几年代更为接近。或可说，出现"浮桥"名的下
文讨论到的万历潮本《荔枝记》所依据的前本当比出现"广济桥"的
嘉靖本更古老。

（二）嘉靖年间（1522—1566）《荔枝记》潮州演出抄本残文

1958 年，在广东省揭阳县西寨村的一座明墓中出土嘉靖抄本《蔡
伯皆》三本，当时一起出土的还有《玉芙蓉》戏曲两本，后来因保管
不善，部分被白蚁蛀掉，尤其是《玉芙蓉》几乎全毁。②

林道祥细心研读嘉靖写本《蔡伯皆》③ 时，发现有两段附在其中
的残戏文，却是《荔枝记》抄本的片断，其曲文与万历刻本《荔枝
记》大体相同，可视为同一系统的本子，一脉相承：

> 其三（段）见于第 357 页。总共四行，上部有残脱，用小圆
> 圈断句，今抄录如下："……娘。相思割吊病无药。被恁屈……
> 平洋。恁都不识宝玉。拿阮屈做危……贪着云英。因乜去到蓝桥
> 讨药。若是我身先死。冤魂雇恁牵叫。"

将此残文与第 660 至 661 页万历刻本《荔枝记》第 21 出有关

---

① 饶宗颐、张树人编著：《广济桥史料汇编》，新城文化服务有限公司 1993 年版，第
29 页。
② 曹腾騑：《广东揭阳出土明抄戏曲〈蔡伯皆〉略谈》，《文物》1982 年第 11 期。
③ 原本今藏于广东省博物馆，林氏所据的是《明本潮州戏文五种》影印本，广东人民出版
社 1985 年版。

部分对照，知此为生唱曲文。万历刻本作："（生唱）怨恨侥幸薄情娘，相思割吊病无药。为伊屈志如虎落平阳，伊真不识宝玉，掠阮体做危石。（春白）三兄，危石藏珠，俗目恶认。（生白）小妹，你识古人呾不？（春白）古人做年？（生唱）裴杭若不贪着云英，因乜去到蓝桥断约？纵然割吊阮身先死，冤魂雇恁牵叫"。

其四（段）见361页。占四行多一点，残脱较多，加点断句。残文为："……思量无半点眠，好共却……亲，谁人肯学王魁负心，感……万金，又兼逢着安童，半路报……来到海丰地面，共伊去见我兄……恁。"

经翻检知此亦为《荔枝记》中之曲文。今录第748页所影印的万历刻本《荔枝记》第44出中的曲文以资比较："（生唱）忙笔拜说尽，夜日思量无半点眠。好共怯那为恁，莫疑我再去重娶亲。谁人肯学王魁负幸。感你送只寒衣盘缠，封书值千万金。又逢着安童半路报信，说叫我兄来到海丰地面。只去见兄，终须会来见恁。乜乜乜。"

通过比较，可以肯定这两段附在嘉靖写本《蔡伯皆》中的残文，乃是《荔枝记》的嘉靖抄本片段。其曲文用字与年代稍晚的万历刻本大同小异，方言词语相对少些，且没有插入说白。万历刻本书名冠以"新刻增补"，从上面的对比中即可窥见"增补"之一斑。现存嘉靖刻本《荔镜记》是嘉靖四十五年（公元1566年）重刊本，刊行者有告白"因前本《荔枝记》字多差讹"云云。这两个抄本片段的年代肯定较之更早，其完本以及所据以抄写的刻本或写本。都属于这种"前本《荔枝记》"。以前我们对"前本《荔枝记》"一无所知，现在有了实物佐证。这两个抄本片段，对研究《荔枝记》在潮州地区流传的历史，对研究南戏发展史，都很有资料价值。吉光片羽，弥足珍贵。[1]

---

[1]　林道祥：《〈明本潮州戏文五种〉零札》，《潮学研究》第4辑，汕头大学出版社1995年版，第181—183页。又载陈历明、林淳钧编《明本潮州戏文论文集》，艺苑出版社2001年版，第285—286页。

　　顺带补充一下，笔者约在 2004 年拜访广东潮剧院戏曲（潮剧）音乐理论研究者郑志伟先生时，郑先生曾展示先前所记录的学术札记，他也曾发现这个《荔枝记》的残文。

　　据林道祥的比较，此残文肯定是明代中期（嘉靖年间）的抄本无疑，似乎即是标名为"玉芙蓉"之一部分，唯不能断定确切年代。黄文娟（黄小我）在比较嘉靖本及万历本时，也利用了林道祥的研究成果，认为嘉靖本、顺治本、光绪本主要以"潮泉二部"的泉部为蓝本，而万历本应更接近于潮部或者就是潮本的重刊①。

　　（三）潮州李东月编《荔枝记》（万历九年，1581）刊本

　　万历本《荔枝记》（以下简称"万历本"）原件藏于奥地利维也纳国家图书馆，1964 年被龙彼得教授发现，并最早将其做成缩微胶卷寄赠吴守礼先生研究。万历本共四卷，卷乙（一）卷首标题为"新刻增补全像乡谈荔枝记"，"书林南阳堂叶文桥绣梓"，"潮州东月李氏编集"，卷末标题"增补乡谈全相荔枝记一卷终"，以下三卷卷首均标题"新刻增补全像（或作'全像增补'）乡谈荔枝记大全"字样。最后一卷第四卷卷末牌记题为"万历辛巳（1581）岁冬月朱氏与耕堂梓行"②。饶宗颐教授在得到这一古籍珍本之后，欣喜不已，影印之际，撰有《减字木兰花·题奥地利明刊〈荔枝记〉》一词：

　　　　吴头楚尾，咫尺泉潮通一苇。也似《金钗》，连柳和腔唱自佳。

　　　　传来院本，风月棚前工说诨。镜里风流，分得人间一段愁。③

　　① 黄小我：《"陈三五娘"的"潮泉二部"版本之略说》，王评章等主编《福建省艺术科研学术年会论文集》（下册），中国戏剧出版社 2006 年版，第 567 页；黄文娟：《"陈三五娘"的"潮泉二部"版本略说》，《福建艺术》2014 年第 4 期。
　　② 饶宗颐、〔荷〕龙彼得主编：《（明）潮州东月李氏编〈新刻增补全像乡谈荔枝记〉》，（台北）新文丰出版公司 1999 年影印本；参据吴守礼《明万历刊荔枝记戏文校理》后附之"原本影照"，（台北）从宜工作室 2001 年版。
　　③ 饶宗颐、〔荷〕龙彼得主编：《（明）潮州东月李氏编〈新刻增补全像乡谈荔枝记〉》卷首，（台北）新文丰出版公司 1999 年影印本。

　　尽管万历本晚出于嘉靖本，但却不一定是从嘉靖本演变而来的，也就是说，它在潮州编集时，其所依据的前本，应该不是这个名为《荔镜记》的嘉靖潮、泉合刊本。吴守礼很早就指出："万历本《荔枝记》在刊刻年代上，比现存最早的闽语文献——《荔镜记》，仅是较后十五年而已。而后者题为'嘉靖重刊'，前者则题曰'新刻增补'，均非原编——有如上文所述。因此，写作年代之先后实无法确切指定，亦因于这个缘故，即使作对照研究也不能论演化，只好说异同。"① 吴氏此是比较谨慎的说法，至今仍有不少学人一直不能明白这个道理，而误认定万历潮本是继承嘉靖泉潮合本而来的，实在遗憾。实际上，万历本所呈现的面貌更接近原生状态。

　　万历本所透露出来的信息表明，在嘉靖本及万历本之前，存在着一个编成于成化十二年至嘉靖三年（1476—1524）间的《荔枝记》，这个本子就是编万历本时所依据的前本。最早的《荔枝记》戏文，应当存在"六姐（娘）"人物及相关情节，至明代中后期删去了"六姐（娘）"这一人物及相关情节，单留下五娘与陈三、林大鼻婚姻纠葛一线。②

　　洪晓银认为，"我们也应关注到万历本在其中的特殊性。嘉靖本是文人改编本，万历本则最为特别，似乎在五个本子中嘉靖本与顺治本、道光本、光绪本可为一个系统，而万历本是独立的，虽然它也影响了后来的三个本子，但嘉靖本可能因为水平最高，对后来文本的影响最大。万历本之所以不同于其他四本，可能由于它事实上形态最早，它所依据的本子应该是嘉靖本据以改编的前本之一潮本"③。

　　（四）潮调《陈伯卿》（万历甲辰以前，1604）选本
　　今存《新刻增补戏队锦曲大全满天春》摘录本。《满天春》末的

---

　　① 吴守礼：《万历刊〈荔枝记〉研究序说》，《明万历刊荔枝记戏文校理》，（台北）从宜工作室 2001 年版。
　　② 参见拙作《明代前本〈荔枝记〉戏文探微》，《泉州师范学院学报》2007 年第 1 期。
　　③ 洪晓银：《"陈三五娘"故事明清时期戏文研究》，硕士学位论文，福建师范大学，2014 年。

牌记"岁甲辰瀚海书林李碧峰、陈我含梓",据龙彼得研究,刊刻于 1604 年的福建海澄县①。这个本子与万历本较为接近。

龙彼得氏发现,《满天春》在第 36—40 页上栏表示"摘潮调《陈伯卿》"列了两大唱段。龙彼得的研究认为:"其中一大段曲词 (1.36a—38b) 的内容与 (嘉靖)《荔镜记》第二十一出《陈三扫厅》的情节相符。……此外,此段有些曲则在任何现存的有关此故事的剧本中都未曾出现。第二大段 (1.38b—40a) 题为'五娘梳妆'。同样的,这段没有任何一曲出现于 1581 年的《荔枝记》。……这三剧本 (指嘉靖、万历、顺治三个完整的剧本) 与《满天春》的相符或不符显示它们三者都选择性地采用了《陈伯卿》祖本,因此这个祖本应作于 1566 年之前。"②

(五) 明末 (约 1613 年)《陈三》选曲本

《钰妍丽锦》摘录一曲③。龙彼得认为:"它也出现于 1651 年《荔枝记》(69a,不全),其中有'滚',现仍存于南管曲目。"④

《百花赛锦》摘录一曲⑤。龙彼得认为:"在别处皆未出现,但应是出自描写五娘私奔的那出戏。"⑥

二 文献记载之已佚各版本

(一) 成化十二年至嘉靖三年 (1476—1524) 间的《荔枝记》

关于嘉靖本的创作年代,吴守礼教授认为前本《荔枝记》成书于

---

① [荷] 龙彼得:《被遗忘的文献》,胡忌译,[荷] 龙彼得辑《明刊闽南戏曲弦管选本三种》卷首,中国戏剧出版社 1995 年版。

② [荷] 龙彼得:《古代闽南戏曲与弦管》,[荷] 龙彼得辑录著文,泉州地方戏曲研究社编《明刊戏曲弦管选集》,中国戏剧出版社 2003 年版,第 94 页。

③ 原书影印第 31 页,见 [荷] 龙彼得辑录著文,泉州地方戏曲研究社编《明刊戏曲弦管选集》,中国戏剧出版社 2003 年版,第 232 页。

④ [荷] 龙彼得辑录著文,泉州地方戏曲研究社编《明刊戏曲弦管选集》,中国戏剧出版社 2003 年版,第 94 页。

⑤ 同上书,第 248—249 页。

⑥ 同上书,第 94 页。

"宣（德）正（统）至成（化）弘（治）"间之后（1426—1505 年以后）。国际著名汉学家、英国牛津大学教授龙彼得经过长期的研究，认为《荔镜记》应该是产生在公元 1500 年左右，也即在明嘉靖之前的弘治、正德间。①

万历本既称"新刻增补"，必有其所沿袭的前本，但前本究竟成书于何时，颇令人困惑。有一个重要线索：万历本第十一出，黄五娘之母在劝说女儿顺从父母嫁给潮州豪富林大时，其唱词："子儿，我说你听，林厝亦是故家名声，田地万顷，金银成车，潮州五县，况兼有名，父母主张，在年不听？"② 其中"潮州五县"是个重要的线索。可能有些学者以为"五县"是一个虚指的数目而忽略了它，然而以明代潮州政区沿革而言，却是实有所指。明代潮州府的政区变化相当大，由明初统辖 4 县增至明末的 11 县。明初潮州府仅统辖海阳、潮阳、揭阳、程乡四县，至成化十二年（1476）始析置饶平县，合为 5 县，而到了嘉靖三年（1524）、五年（1526）才增设惠来、大埔两县，合共 7 县，至万历九年刊刻《荔枝记》时（1581），潮州府已统辖有海阳、潮阳、揭阳、程乡、饶平、惠来、大埔、澄海、普宁、平远 10 县③。此时戏文据实应作"潮州十县"，然而戏文却说成"潮州五县"，并非反映潮州实际政区情形。潮州府统辖五县的时期，只能在成化十二年至嘉靖三年（1476—1524）之间。故笔者推测，万历本改编、增补者沿袭旧文，并没有按照当时的实际情形改写过来，而留下的这点"疏忽"，却让人确信嘉靖初年以前存在一个《荔枝记》的本子。

该前本《荔枝记》不仅存在"潮州五县"的线索，还存在地名反映的时间差异，如"浮桥"与"广济桥"地名所反映的年代差异（见

---

① ［荷］龙彼得：《古代闽南戏曲与弦管》，［荷］龙彼得辑录著文，泉州地方戏曲研究社编《明刊戏曲弦管选集》，中国戏剧出版社 2003 年版，第 35 页。

② 饶宗颐、［荷］龙彼得主编：《（明）潮州东月李氏编〈新刻增补全像乡谈荔枝记〉》，（台北）新文丰出版公司 1999 年影印本，第 33 页；参据吴守礼校注《明万历刊荔枝记戏文校理》，（台北）从宜工作室 2001 年版，第 57 页。

③ 饶宗颐：民国《潮州志·沿革志》，潮州修志馆铅印本 1949 年版，第 13 页；吴榕青：《潮州历史政区地理述略》，《岭南文史》1998 年第 4 期。

上文）。其次，在戏文中，从嘉靖本到光绪本，基本上都演绎五娘与陈三、林大婚姻纠葛的单线故事，并没有涉及五娘之妹六娘的情节。然而，在万历本中，却不止一处透露出黄九郎有两个女儿，即五娘尚有跟她一样美貌聪慧的妹妹六姐（娘），万历本却几乎没有涉及她的任何情节。第八出黄父说二女"未曾收人聘定"，而在第十一出黄母却说五娘、六姐（娘）婚事都订下了。黄母唱词："双女正年当，思量无处通来比傍。且喜五娘亲成停当，烦恼六姐姻缘对远，早晚老人无借问。"①五娘许配本地土豪林家，六娘许配在远方，那其夫婿到底是谁呢？戏文没有交代。除此之外，再也没有出现跟她有关的情节。最早的《荔枝记》戏文，应当存在"六姐（娘）"人物及相关情节，至明代中后期删去了"六姐（娘）"这一人物及相关情节，单留下五娘与陈三、林大鼻婚姻纠葛一线。然而，万历本留下了删改未尽的痕迹，可从后世流传下来的说唱本及传说中得到印证。

此外，明代不少地方文献都记载潮州、泉州演戏的风靡，堪作旁证。尤其是在广东范围内，潮州这种被官方认为败坏名教的风俗显得非常突出与典型。《广东通志初稿》刊有《御史戴璟正风俗条约》，其第十一条《禁淫戏》，指出："访得潮俗多以乡音搬演戏文，挑动男女淫心，故一夜而奔者不下数女。……其有妇女因此淫奔者，事发到官，仍书其门曰'淫奔之家'。则人知所畏，而薄俗或可少变矣。"②《广东通志初稿》编修成于明嘉靖十四年（1535），主修者戴璟。戴璟，浙江奉化县城内人，字孟光，号屏石，嘉靖五年进士，"历官监察御史，巡按广东。……所画为条约，多切民隐，官民传诵，目为戴公《出巡录》。又衰叙粤故，为《广东通志》，其文丽，其事核，而一方文献大备"③。此则史料可让人联想到官方防范妇女"淫奔"而禁戏，是在针对像"陈三五娘"《荔枝记》之类的典型剧目。如果这个假设成立的

① 吴守礼校注：《明万历刊荔枝记戏文校理》，（台北）从宜工作室 2001 年版，第 56 页。
② （明）戴璟修：嘉靖《广东通志初稿》卷十八《风俗》，广东省方志办影印嘉靖刻本（内部）2003 年版。
③ （明）郭棐纂：万历《粤大记》卷九，明万历间刻本。

话，那"陈三五娘"的戏文当早在嘉靖十四年（1535）就已经在潮州风行了，其出现至迟亦得向前上推几十年。

况且，一个版本重刊，在古代一般来说也得至少相隔数十年。

由此，笔者认为万历本所参据的前本（旧本）《荔枝记》，必定编写于成化十二年（1476）至嘉靖三年（1524）这48年间①。是在1500年前后，与两位前辈的推断暗合。如此，将"陈三五娘"的戏文的"前本"《荔枝记》定在15世纪末16世纪初即1500年前后，时间不会偏差太远。

当然，这个本子是否为最早的原创本，尚不能贸然断定。从现有文献看，两相比较，不仅不能断定戏曲《荔枝记》晚于小说《荔镜传》，相反，同题材的戏曲本早于小说本的可能性更大。不仅如此，以前习惯地认为的"陈三五娘"故事从史实、民间传说演变成小说，再到戏曲、说唱的看法，可能要重新检讨②。直至近年，仍有学者坚信"明传奇，从民间传说发展为文人笔下作品，一般遵循着'民间故事传说——笔记小说——戏曲传奇'的演变轨迹。'陈三五娘'故事有传说、小说、戏曲、歌册等多种不同版本的文学形式。但历史地看，'陈三五娘'故事缺少真正可靠的证据，证明这个故事遵循着'民间故事传说——笔记小说——戏曲传奇'的演变轨迹"③。

事实上，某些有关陈三五娘的传说是晚出的，可能是戏曲普及到民间后才衍生、附会出来的。谭正璧认为："至于小说《荔镜奇逢传》的产生，不知与潮州戏孰先孰后，尚待考证。"④ 这是极谨慎的说法。

---

①　参见拙作《明代前本〈荔枝记〉戏文探微》，《泉州师范学院学报》2007年第1期。

②　龚书辉：《陈三五娘故事的演化》，原载《厦门大学学刊》（1936年6月），此据福建省泉州地方戏曲研究社编《泉州地方戏曲》第一期（1986年11月）转载；蔡铁民：《一部民间传说的历史演变——谈陈三五娘故事从史实到传说、戏曲、小说的发展足迹》，《民间文学论坛》1997年第2期。

③　刘婷婷：《〈荔镜记〉考论》，硕士学位论文，华侨大学，2014年。

④　谭正璧：《释"潮州歌"》，谭正璧、谭寻《木鱼歌、潮州歌叙录》，书目文献出版社1982年版，第125页。

（二）万历三十年（1602）之前《陈三磨镜记》传奇

徐𤊫（1563—1639），字惟起，福州侯官人，晚明著名藏书家、文学家、目录学家。其所撰《红雨楼书目》完成于万历三十年（1602），其目的是"以便稽览"，即便于从中检索到自己需要的图书。该目编成时并未正式标书名，其抄本名称却是《徐氏家藏书目》四卷。其特殊文献价值之一，是在于该目著录了100多种传奇，不少名目仅见于此，《陈三磨镜记》即为其一。①

徐𤊫《红雨楼书目》卷三"传奇类"所收戏曲剧目140种中，有《陈三磨镜记》一种②。可知，其剧本入藏福州徐氏书楼，但剧本入藏，未必说明该剧目在该地域演出过。田仲一成教授以为是《陈三》一剧传播到福州的佐证，"这里（指徐氏所藏传奇书目）有潮剧《陈三磨镜记》，据此可见当时潮剧也流传到闽北地域"③。这是不能令人信服的。其不妥之处有二，一是这个本子不一定是"潮剧"（当时尚未有"潮剧"，称为"潮本"或"潮调"）本，它究底是泉州本，还是潮州本，抑或兴化府（莆仙地区）本，仍无法断明；二是福州位于闽东沿海，或可称为闽东北，但不能称为闽北。

亦有论者持谨慎态度，认为这仅仅是一个书目，不应算是一个戏曲版本。但笔者认为徐氏必定藏有该书，并归入"传奇类"，当无疑拥有这个戏曲刊本或抄本。

（三）崇祯五年（1632）以前《陈三》演出本

方志载明末潮州府揭阳县的民俗："……搬戏诲淫，其流至于为偷为盗。尤可恨者，乡谈《陈三》一曲，伤风败俗，必淫荡亡检者为

① 王国强：《〈红雨楼书目〉研究》，《图书馆学刊》1989 年第 6 期。
② （明）徐𤊫：《新辑红雨楼题记·徐氏家藏书目》第 4 辑，上海古籍出版社 2014 年版，第 340 页。
③ ［日］田仲一成：《潮剧在南戏中的地位》，《戏曲研究》2007 年第 1 期。该文此前曾宣读于"潮剧保护发展与传播研讨座谈会"（2006 年 11 月 6—7 日于广州）上。

之，不知里巷市井，何以翕然共好。及邑令君陈鼎新首行严禁，亦厘正风化之一端也。"①

严禁《陈三》演出的陈鼎新是浙江人，大约在崇祯四年或五年始任揭阳县知县。《浙江通志》载：陈鼎新，海宁人，崇祯四年辛未科陈于泰榜进士，揭阳知县②。《揭阳县志》载：陈鼎新，浙江海宁人，崇祯五年（1632）任揭阳县知县，"赌盗肃清，案无留牍，吏不能欺"③。陈鼎新离任后，《陈三》演出本其实并未在潮州民间销声匿迹，反而一直盛行。清初方志记载潮州府潮阳县的风俗："……更有乡谈《荔枝（记）》曲词，败俗伤风，梨园唱之，村落国中搬演戏嬉。"④上引《潮阳县志》成书于康熙二十六年（1687）。可知明末清初《荔枝记》（或称《荔镜记》《陈三》）在潮州之流行程度。

（四）崇祯年间（1628—1644）莆仙地区"陈三五娘"演出本

明末刊行的福建日用百科全书《鳌头杂字》记载的 30 副演戏对联、明代曾楚卿编的《莆曾太史汇纂鳌头琢玉杂字》三卷（崇祯年间刊本）记载的 40 副对联都记载有这出戏："荔子高抛，凤意愿从骑马客；菱花故破，此心端向倚头（顾）人。"⑤"曾楚卿：字符赞，莆田人，万历癸丑进士，选庶吉士授检讨。……崇祯改元，起为礼部左侍郎……著有《棠坡集》十二卷、《曾城集》六卷、《铨署日录》二卷。"⑥

传统莆仙戏本，现可见到的最早本子是光绪二十二年（1897）仲春兴化戏（即今之莆仙戏）双喜班重抄本。有六娘一角，九郎有次女

①　（清）陈树芝修：雍正《揭阳县志》卷四《风俗》，书目文献出版社 1991 年影印本，第 329—330 页。

②　（清）嵇曾筠修：雍正《浙江通志》卷一百三十三，文渊阁四库全书本。

③　（清）陈树芝修：雍正《揭阳县志》卷五《职官》，第 373 页。

④　（清）臧宪祖修：康熙《潮阳县志》卷十《风俗》"服食言语"，故宫珍本丛刊第 177 册"广东州府县志"第 12 册，海南出版社 2001 年版，第 3 页。

⑤　转引自［日］田仲一成《中国戏剧史》，云贵斌、于允译，北京广播学院出版社 2002 年版，第 186 页。

⑥　（清）郝玉麟修：《福建通志》卷四十四《人物·兴化府二》，文渊阁四库全书本。

六娘，陈三出面在官府为黄九郎夺回田契，求得把六娘许配于他①。其情节也基本跟歌仔册的某种叙述类型相同②。莆仙戏是一个古老的剧种，也许这个光绪本对古本有所传承，当然也不排除后期受歌仔册相关情节影响之可能。

福建莆仙地区民间神诞及婚庆场面流行"唱金文"，其中有一段题为《叁拾陆坎故事》的金文，以夫妻观灯的形式，将36个莆仙戏的故事唱出来。其中首本故事是《陈三五娘》。"（旦白）官人啊，只乙坎乙个小娘，在楼顶，乙个达埔在楼下骑马，许是什物故事？（生唱）只乙故事，五娘楼顶，陈三骑马楼下兜，五娘、益春齐落楼。"③莆仙戏民间谚语有"不要做益春留伞"（《陈三》），比喻不要勉强挽留；"有时陈三，有时三爹"（《陈三》）嘲笑势利之人的各种手段。④

结　语

综上所述，明代"陈三五娘"戏文（传奇）的名称有"荔枝记""荔镜记""陈三磨镜记""陈三（五娘）"等诸多名色并多种版本。这些版本有刊刻本，也有手抄本；既有案头读本，更有演出脚本。在已佚的版本中，不排除有某些是相同的，如文本相同而异名，如晚明徐𤋮所收藏的《陈三磨镜记》，也许就是现存于海外的嘉靖《荔镜记》或万历《荔枝记》之某一种。于此版本流传演变之中，笔者可得出如下几点看法。

1. 讽刺的是，这些为旧时藏书家不入眼，士大夫所不屑的带有强烈地方色彩的俗文学书刊，却被明清时期闯荡于东、南、西洋的外国商人或传教士携带到西方及东洋，明代两种《荔镜（枝）记》戏文完好保存在其图书馆数百载。这一"偶然"的保存，却给国人带来很大的震撼与惊喜。这是中西文化交流的一个明证，更是"海上丝路"留

---

① 蔡铁民：《明传奇〈荔支记〉演变初探》，《厦门大学学报》1979年第3期。
② 参见拙作《明代前本〈荔镜记〉戏文探微》，《泉州师范学院学报》2007年第1期。
③ 转引自叶明生《莆仙戏剧文化生态研究》，厦门大学出版社2007年版，第452页。
④ 同上书，第460页。

下来的瑰宝。

2. 明本两种《荔镜（枝）记》完整版戏文，保留下来颇多古老且最真切的闽南方言（泉漳潮腔），为今天闽方言研究提供了无上的珍贵语料。龙彼得一再强调说："其所以重要是因为它们是用闽南方言的早期文学的罕见例证。"①

3. 从明嘉靖年间开始，就已出现人物、关目等接近的潮、泉戏曲合刊本。今天，我们已无法知道最早的潮、泉原两部《荔枝记》戏文的原貌了，但可推测其故事原应有程度不等的异同。而明代中后期以来，泉、潮本仍一直互通声气，互相借鉴，互为靠拢，互在异地演出。没有一部戏曲像《荔枝记》在闽台与潮州乃至莆田、海陆丰地区那样，有那么多那么密切的血缘与文化姻缘。

① ［荷］龙彼得辑录著文，泉州地方戏曲研究社编：《明刊戏曲弦管选集》，中国戏剧出版社 2003 年版，第 103—188 页。

"互文"视角下的明嘉靖本《荔镜记》

郑小雅[*]

明嘉靖本《荔镜记》，全名《重刊五色潮泉插科增入诗词北曲勾栏荔镜记戏文》，由福建建阳书商"余氏新安堂"刊刻于嘉靖丙寅年间（1566）。全本共 55 出，不分卷，计 105 页。它不仅是珍贵的明代戏曲刊本，还是流传广泛的"陈三五娘"故事迄今所能见到的最早祖本。一直以来这个刊本所包含的丰富戏曲文化信息得到诸多研究者的关注。笔者仔细阅读《荔镜记》，发现其戏文正文明确援引诸多古代戏曲剧目，这些戏曲剧目不是简单地以典故的形式存在于刊本曲词中，它们对《荔镜记》文本内容与文本意义的生成有不容忽视的作用。

在此，笔者拟借用西方文论家提出的"互文性理论"对嘉靖本《荔镜记》进行解读，展现《荔镜记》正文与所涉戏曲剧目的互文本关系，在一个开放的文本网络中确定《荔镜记》的价值与地位。"互文性"的概念最早是由法国符号学家朱丽娅·克里斯蒂娃提出，她认为"任何作品的文本都是像许多行文的镶嵌品那样构成的，任何文本都是其他文本的吸收和转化"[①]。换言之，每一个文本都是其他文本的镜子，每一文本都是对其他文本的吸收与转化，它们相互参照，彼此牵连，形成一个潜力无限的开放网络。可以说，"互文性"研究力图挖掘不同文本之间显性或隐性的密切联系，强调文本与文化的表意实

＊ 作者单位：泉州师范学院文学与传播学院。

① ［法］朱丽娅·克里斯蒂娃：《符号学：意义分析研究》，朱立元《现代西方美学史》，上海文艺出版社 1993 年版，第 947 页。

践之间的关系，这大大拓展了文学批评的视野。

据笔者统计，嘉靖本《荔镜记》在正文唱词或道白中明确提及的古代戏曲作品有《怀香记》《西厢记》《青梅记》《破窑记》、《玉镜台》、《刘晨阮肇误入天台》《王月英月下留鞋记》《王魁负桂英》《赵贞女》《乐昌公主破镜重圆》等十几部。其中不少剧目的相关情节出自婢女益春之口。作为一个"乞人饲"地过着"亲像许苦桃涩李一般"① 生活的下层婢女，益春对众多剧目内容了然于心，能信口拈来，恰到好处地劝慰五娘。这样的情节安排能取信于观众，可见这些剧目在当时闽南粤东民间流传之广、影响之大。这无疑为明嘉靖前泉潮一带繁荣的戏曲活动，提供了有力的例证。

在所征引的众多剧目中，《荔镜记》与《西厢记》的互文关系最为鲜明。《荔镜记》中时时可见《西厢记》的影子，除了第十二出、十八出、十九出、二十出、二十六出、三十三出的唱词或道白明确提及崔张爱情故事外，还有一些关目很显然取自《西厢记》，如第二十四出"园内花开"中陈三"跳墙"一节本于《西厢记》第三本第三折，第二十六出"五娘刺绣"中益春"传简"一节本于《西厢记》第三本第二折。我们可以从情节结构、人物形象、主题思想三个方面确认《荔镜记》与《西厢记》的互文关系。

首先是情节结构。《西厢记》是我国爱情文学的经典之作，五本二十一折的庞大规模显示了其情节的复杂生动，不过择其要者主要包括：佛殿惊艳—借寓西厢—白马解围—夫人赖婚—红娘传简—酬简私会—长亭送别—郑恒争婚—团圆成亲这几个情节。与之比照，《荔镜记》的基本故事框架高度相似。同样是一见钟情，同样是设计接近，同样是咫尺苦恋，同样是花园私会，同样是小人争婚，同样是团圆结局。甚至在关键情节的安排上，《荔镜记》无不效仿《西厢记》。当陈三苦于无缘得见五娘时，张生"假意西厢下读书"的举动给他予榜样，陈三不惜破镜卖身寓居黄府。当陈三与五娘隔着花园围墙暗通情愫时，陈三竟学

---

① 郑国权主编：《荔镜记荔枝记四种》（第一种），中国戏剧出版社 2010 年版，第 253 页。

张生"跳墙"相会。当五娘对陈三有所猜疑时，同样有"传简""闹简"等精彩关目。其次是人物关系。《西厢记》中一旦一贴一生的核心人物关系为《荔镜记》所承传。同样是漂亮谨慎的大家闺秀、真诚大胆的仕宦子弟以及热心聪明的贴身婢女。在主题思想上，同样是男女私合而"终成眷属"。可以说，《荔镜记》就是一部明代闽南、粤东版的《西厢记》。

在剧作中，《荔镜记》丝毫不掩饰对《西厢记》的模仿与借鉴，然而这不影响《荔镜记》这部剧作在闽粤地区难以替代的历史地位。因为在《荔镜记》与《西厢记》的互文关系中，重要的不是它们的相似性，而是它们的差异性。在情节结构上，李渔曾提出《西厢记》的主脑为"白马解围"，"一部《西厢》，止为张君瑞一人；而张君瑞一人，又止为'白马解围'一事，其余枝节，皆从此一事而生——夫人之许婚，张生之望配，红娘之勇于作合，莺莺之敢于失身，与郑恒之力争原配而不得，皆由于此。是'白马解围'四字，即作《西厢记》之主脑也。"① 可以说，"白马解围"是西厢爱情故事的关键情节，它赋予了崔张爱情发展的合理内力，无论崔莺莺张生在接下来的爱情道路上走得多遥远，某种意义上他们也只是捍卫本属于自己的爱情和婚姻。而"白马解围"这一"主脑"是一个偶然事件，情节的驱动力实际上来自外部环境。在《荔镜记》中，主脑则为"登楼抛荔"。元宵的一面之缘让黄五娘对马上郎君念念不忘，当她在绣楼上再次瞥见意中人时她毫不犹豫地将代表心意的荔枝与手帕抛下。此后的"破镜""私会""私奔""发配"都只是"抛荔"情节的延续。可以看出，"登楼抛荔"这一"主脑"的内动力完全出于人物自身对美满爱情婚姻的渴盼。

再看令人捧腹的"跳墙"情节。《西厢记》中张生"跳墙"充满喜剧色彩。时时自诩"猜诗谜的社家"的张生在爱情绝望关头收到莺莺的信笺，惊喜之余他居然将诗句错解为跳墙赴约！事实上，莺莺的

---

① （清）李渔著，杜书瀛评注：《闲情偶寄》，中华书局 2007 年版，第 15 页。

"隔墙花影动，疑是玉人来"只是含蓄表白了自己愿意温存相会的情感态度，并没有约定具体幽会时间与地点。张生却跳过墙来，当着红娘的面一把搂住莺莺。其结果自然是毫无思想准备的莺莺决然发怒赖简。整场戏以误会法贯穿人物的矛盾冲突，一方面有力塑造了张生、莺莺、红娘三人鲜明的个性特点；另一方面凸显了剧作的喜剧色彩。这里的"墙"实际上是莺莺的"心墙"，她固然追求自由爱情，但相国小姐的矜持、怀春少女的羞怯，决定了她在爱情道路上只能隔"墙"观望、迂回前进。偏偏冒失轻狂的张生却跳"墙"直入。这一"跳"，使莺莺原本脆弱的"心墙"瞬间凝固，情节发生大逆转。而《荔镜记》"跳墙"一节何其平和！这时陈三五娘的爱情故事刚拉开帷幕，陈三破镜卖身，舍身为奴，几次表白不见回应，与益春商议借书简传情。当晚，陈三借风送话，五娘早知隔墙有人。虽说陈三跳墙的举动让五娘多少有点意外，但五娘趁机借花譬喻主动试探陈三家世。可以说，这一"跳"，实际上拉近了五娘与陈三的心灵距离，也突出了二人追求自由婚姻的主动性、积极性。所以说，《荔镜记》虽有意模仿《西厢记》的"跳墙"情节，却展示了情节发展的不同方向，刻画了人物不同的性格特点。

还有相似的"传简""闹简"的情节。在《西厢记》中，莺莺"闹简"在张生"跳墙"之前。剧作围绕一封简帖展开莺莺与红娘带有喜剧色彩的性格冲突，使故事情节愈加波澜起伏。通过"闹简"我们清楚看到一个深受礼教熏染的大家闺秀在追求自由爱情时的羞怯与机敏，还有一个热心正直的婢女两头受气时的委屈泼辣。在《荔镜记》中，五娘"闹简"在陈三"跳墙"之后。尽管陈三再三表白，五娘始终深藏不露。不同于《西厢记》中旦（莺莺）与贴（红娘）的"闹"，《荔镜记》实则是旦（五娘）与生（陈三）的"闹"。《荔镜记》中五娘与益春情同姐妹，五娘对益春故作姿态般的责问更多的是出于闺中小姐私情为人牵导的娇羞之心，主仆二人并没有激烈的矛盾冲突。而且益春在辩解中伺机证明了陈三的家世与诚意，打消了五娘心中的疑虑。紧接着五娘叫来陈三，表面"闹简"实则"面试"，最终在轻松戏谑的氛围中五娘陈三约定佳期。可以说，《荔镜记》有意模仿《西厢记》"闹简"的喜剧性情节，但巧妙变更其中的矛盾冲突，这样既突出了五娘大胆主动的性格特点，又使故事情节前后呼应。

《荔镜记》对《西厢记》情节结构的有意模仿与疏离，必然影响人物形象的塑造。《西厢记》的张生既是个志诚种又是个疯魔汉。他执着勇敢却又迂傻软弱，在热烈追求爱情的曲折过程中时时有莽撞冒失之举。张生身上相反相成的个性特点有机结合，使之成为一个真实丰满的经典喜剧性人物。相比而言，《荔镜记》的陈三执着坚定有勇有谋，为了接近五娘他不惜卖身为奴，并且精明地寻找各种机会表白心意，如"陈三扫厅""梳妆意懒""园内花开"等关目，后来林大催亲他更是果断主张三人私奔，简直就是一位"争取自由婚姻的斗士"①。再看《西厢记》的崔莺莺，相国小姐的身份让她渴望爱情却又深受礼教束缚，疑忌红娘的态度又倚重红娘的帮助，她顾虑重重，矜持纠结，一会儿暗送秋波，一会儿装腔作势，一会儿寄书传情，一会儿赖简责骂，直把张生折腾得七颠八倒，把红娘糊弄得晕头转向。在对自由爱情的追求上，崔莺莺走过一条从犹豫含蓄到大胆主动的复杂心路。而黄五娘的步伐就远比崔莺莺坚定有力。她泼辣地责媒退聘，大胆宣称"富贵由天，姻缘由己"②；她绝望地投井拒婚，"但得投水身死，不愿共林大结亲谊"③；她果断地登楼抛荔，期望荔枝"做月下人，莫负只姻缘"④；她反复试探陈三，担心陈三"家后有亲，到许时误阮身无依倚"⑤；她大胆与陈三房中私会，享受"枕上恩爱"，甚至于被捕后在公堂抗判，"今把奴婢判还林大，奴情愿老爹台下死"⑥。在这里，我们看到的是一个敢作敢当又谨慎睿智的小姐形象。在两部剧作中都有一个起穿针引线作用的婢女：红娘和益春。在崔张爱情故

---

① 张庚、郭汉城：《中国戏曲通史》（中卷），中国戏剧出版社1981年版，第263页。
② 郑国权主编：《荔镜记荔枝记四种》（第一种），中国戏剧出版社2010年版，第255页。
③ 同上书，第258页。
④ 同上书，第260页。
⑤ 同上书，第279页。
⑥ 同上书，第293页。

事中，一个是"银样镴枪头"，一个是"小心肠儿转关"，如果没有
"擎天柱"般的红娘的帮助与引导，崔张爱情终将化为泡影。可以说，
没有红娘就没有《西厢记》。相比而言，嘉靖本《荔镜记》益春性格
就没那么鲜明生动。尽管她穿梭于陈三五娘之间，为他们献策献力，
但实际上她"只是五娘或陈三主意的执行者、推动者"①，甚至在私奔
的紧要关头，她还有犹豫和怀疑，只是因五娘贴身婢女的身份而应邀
随行。正因为其性格的相对模糊，后世传本都在益春的戏份上下功夫，
力求更全面细致地刻画这一人物形象。

虽然两部作品最终结局都是"有情人终成眷属"，但在具体主旨
上却有所差别。两部作品中都有一纸婚约横亘在男女主人公中间。
《西厢记》中，遇见张生之前崔莺莺已许配给老夫人之侄（郑尚书之
长子）郑恒。不过这一婚约并不是阻碍崔张爱情发展的根本因素。首
先，对于当事者而言，我们看不到这一婚约对他们爱情发展有多少约
束力。从隔墙酬韵一直到月下听琴，崔张二人的感情在交流冲突中不
断升温。其次，对于对立面老夫人而言，她既可以在"寺警"中不顾
婚约当众招募破贼英雄，又可以在"赖婚"中以婚约为由拒绝实现
"以莺莺妻之"的诺言。在"拷红"中，念及"相国家谱"又不顾婚
约亲口应允二人婚事。在"求婚"中听说张生"负了俺家"又同意郑
恒再续婚约。在老夫人手里，婚约如王牌，可解燃眉之急又可维护相
国家谱；又如儿戏，可履可毁。事实上，崔张爱情婚姻发展道路中最
大的阻力是"门当户对"的门第观念。老夫人正是这一观念的代言
人。兵围普救寺，情急之下老夫人还念念不忘"门当户对"之制：
"虽然不是门当户对，也强如陷于贼中"。②尽管《西厢记》在张生身
世的交代上煞费苦心，说其"先人拜礼部尚书"，力图以此缩短崔张
二人在门户上的差距。但解除了性命之忧的老夫人无论如何不能接受
这样一位"书剑飘零，功名未遂"的"白衣女婿"。最终张生也不得

---

① 骆婧：《经典模仿与民间想象》，《戏剧文学》2008年第8期。
② （元）王实甫著，张燕瑾校注：《西厢记》，人民文学出版社2008年版，第68页。

不参加科举考取状元，实现与莺莺的"门当户对"，最终"有情人终成眷属"。所以《西厢记》的主旨在于揭示"门当户对"的婚姻观念与青年男女自由婚姻的矛盾冲突。

《荔镜记》中，为接近黄五娘，陈三放下官家子弟的身份主动卖身为奴。在"赤水收租"中，陈三的真实身份已为黄九郎得知。但面对林大的逼婚，陈三五娘也只能选择私奔。被抓回官府，尽管陈三一再申明自己"官荫子儿"的身份，照样落个"奴奸家长女"的罪名。可以说，陈三五娘爱情婚姻发展道路上最大障碍不是双方的门第，而是林黄二家已有的婚约。从第六出"五娘赏灯"开始，林大与陈三，这两个不同相貌、不同才情、不同身份的男子开始竞争同一女子——五娘。尽管剧中林大被刻画为一个不学无术的粗俗无赖，我们也不得不承认在追求婚姻的道路上，他足够主动积极。元宵惊艳之后，林大立即托媒求亲，并凭借殷实家底得到五娘父母的应允。从此，林黄两家的婚约事实就如梦魇般伴随在陈三五娘爱情婚姻发展道路中。从《荔镜记》情节关目的设计上看，陈三五娘的自由恋爱无疑是主线，林大的财媒之婚是为辅线。这两条线索始终扭结在一起。辅线稍有变化，主线必有波折。主线稍有发展，辅线必有动作。所以，《荔镜记》的主旨还在于表现两种不同格调的婚姻形式的矛盾冲突。

两部作品的差异主要根源于其不同的文化生成背景。"门当户对"是封建婚姻制度根深蒂固的观念。这种观念源于东汉时期的门阀制度。后来随着科举取士制度的推广，寒微士子有更多仕宦机会，门阀制度渐次没落。但门第观念已然渗透到人心，成为一种社会价值标准，深深影响着青年男女的婚姻选择。元代，蒙古族入主中原，带来很多不同于汉族传统文化的异质思想。这些异质思想极大冲击了唐宋以来很多传统价值观念。在这种活跃松动的思想文化背景下，王实甫的《西厢记》着力渲染张生崔莺莺这对青年男女突破门第观念争取自由爱情婚姻的曲折过程。但是由于作者王实甫毕竟是生长于以封建价值意识形态为核心的封建社会，他的思想不可能完全凌驾于封建价值观念之上，尽管他反复表现"情感"在婚姻缔结过程中的决定性作用，面对顽固如老夫人般的门第制度,他也只能安排张生考取功名实现男女双方地位的相对平等。这样的情节设置实际上是对门第观念的一种变相妥协。不能不说,这也是这部作品在犀利的思想锋芒之外的一点缺憾。

相比于《西厢记》出自传统文人之手,《荔镜记》出于明代闽南、粤东一带下层文人甚或民间艺人之手,其作品风貌不能不打上地域文化及民间观念的烙印。泉潮地区历来背山面海,远离中央政治中心,其特殊的地理位置使民众相对而言受儒家正统思想影响较小。尤其是宋元以后,泉州等闽南地区凭借优质的港口资源,吸引了不少海外人士。同时,为了应对耕地不足的生产现状,许多居民积极投身海外贸易,漂洋过海拓展生活空间。这些频繁的移民活动使泉潮地区民众具有更为开放宽容的心态,无论交友还是择婚不会也不可能过分关注个人的出身门第。而且随着明中叶重商思潮的兴起,泉潮沿海地区民众莫不以贾为荣,表现出重商逐利心态。在《荔镜记》中,李婆到黄府求亲,反复强调的就是林府"那是许富,富富的"。在"责媒退聘"中黄母也以"伊人赤的是金,白的是银,大缸白,小缸赤,那畏了无福气"① 来劝导五娘。在她们眼里钱财富贵是婚姻幸福的核心条件,这种崇尚钱财的婚恋观实际上是闽南沿海地区商品经济繁荣背景下的民众重商逐利思想的一种表征。所以,对陈三五娘而言,他们的自由爱情不仅冲击了"父母之命,媒妁之言"的传统婚姻方式,更是对闽南地区财婚观的反叛。

说到陈三五娘的反叛,尤其是陈三的卖身为奴,我们就得谈谈《荔镜记》与《青梅记》的互文关系。《青梅记》是一部曾广泛流传于闽南地区的早期南戏,可惜现已失传,相关文献记载微乎其微。所幸在《荔镜记》第十五、十八、十九、二十四、二十七、三十三出中有关于《青梅记》的相关记述。综合各出所述,我们可以大致还原《青梅记》的故事梗概:奴惜春(即卢少春)拾得"锦桃"女所掷青梅,为接近"锦桃",假装成卖果子的商人进入女家,后因打破玉盏,卖

---

① 郑国权主编:《荔镜记荔枝记四种》(第一种),中国戏剧出版社 2010 年版,第 257 页。

身为奴，借以亲近"锦桃"女，最后两人终成眷属。据台湾陈益源先生考证，《青梅记》本事当与北宋重臣韩琦"不责碎玉盏吏"的轶事相关，同时"又糅合了李白诗《长干行》的'弄青梅'、白居易乐府《井底引银瓶》的'弄青梅'、元曲《墙头马上》的'捻青梅'等文学技巧"①。陈先生根据明代传奇小说《荔镜传》相关线索，进一步补充了《青梅记》的故事内容。可以说，没有《荔镜记》《荔镜传》的相关记述，我们无从窥见《青梅记》这一早期南戏的基本面貌。

《荔镜记》中，对陈三五娘而言，《青梅记》不啻一部爱情教科书，它既教会五娘如何抛荔定情，也教会陈三如何卖身传情。不过《荔镜记》的编剧者很聪明，既让主人公行有所依，又让主人公情有所超。在《青梅记》中，锦桃女以青梅掷中卢少春，实"误"也。《荔镜记》中，五娘以手帕包荔枝掷中陈三，乃"故"也。这一故意举动就如同剧中益春所提及的《破窑记》主人公刘月娥抛绣球一般有着明确的自主择婚的意识，"幸逢六月时光，荔枝树尾正红，匕匕。可惜亲浅手内捧，愿你做月下人，莫负只姻缘"②。由"误"改"故"极大突出了五娘在追求自由爱情婚姻道路上的主动性与积极性。同时将"青梅"改为"荔枝"，又符合闽南粤东的风物特点。在闽粤两地，六月荔枝当季，用鲜红甘甜的荔枝表征自由爱情再恰当不过了。《青梅记》中，卢少春假扮卖果子商人进入锦桃女家，后因打破玉盏典身为奴。如按"碎玉盏吏"本事所载，"台倒盏碎"实因误触而至。不过《青梅记》已佚，我们无以得知卢少春是失手还是故意。而《荔镜记》中陈三假扮磨镜匠见到五娘后，为了长期接近五娘他故意"将错力镜来打破，细思量独自着惊"③。这里可见陈三追求爱情婚姻的积极主动。而且将"玉盏"改为"宝镜"，又绾合了《玉镜台》的故事情节。《玉镜台》是元代关汉卿所作杂剧作品，写温峤以玉镜台为聘物巧娶表妹刘倩英。尽管后人对这部作品的思想主旨评价不一，但没有

---

① 陈益源：《〈荔镜传〉考》，《文学遗产》1993 年第 6 期。
② 郑国权主编：《荔镜记荔枝记四种》（第一种），中国戏剧出版社 2010 年版，第 260 页。
③ 同上书，第 263 页。

人否认剧作主要矛盾冲突来自男女主人公。温峤有情而倩英无意，温峤不得已凭借聪明才智"骗婚"，最后以"至诚之心"赢得幸福婚姻。剧中，推动剧情发展的动力就是温峤的"人心至诚"。后来"玉镜台"也成了男女自婚信物的代称。从《荔镜记》相关唱词可以看出陈三对温峤的仰慕与学习。"壮节丈夫谁得知，愿学温峤下玉镜台。"作为一个堂堂正正的壮节大丈夫，如今甘愿操持磨镜这一"贱艺"，为的不就是像温峤一样费尽苦心自婚吗？在这里，编剧者非常巧妙地将《青梅记》中的"玉盏"更换成"宝镜"，一方面契合明代中叶闽南粤东地区手工业相对发达的社会经济现实，合情合理地实现陈三的身份转换，让陈三"锦袄换镜担""镜担换扫帚"，由翩翩官家子弟变身为"叵耐腌臜家奴"；另一方面，以"宝镜"作为自婚信物，表达了陈三追求自主爱情婚姻的诚心与决心。所以，尽管《荔镜记》有意模仿《青梅记》的故事情节，却在模仿中有所转换发展，从而刻画出更为生动鲜明、更具时代气息地域特征的人物形象。

在《荔镜记》中，不少援引剧目的故事内容直接影响着《荔镜记》的情节走向和人物塑造。除了上文分析的几部作品外，还有一个很典型的例子。在《荔镜记》第二十九出"鸾凤和同"中，陈三因困倦沉睡而误失佳期。这一情节很明显模仿了元阙名杂剧《王月英月下留鞋记》。在这一出中，编著者再次借益春之口将模仿对象和盘托出，让益春以郭华花娇女之事为鉴劝励五娘。这一方面可以借观众熟悉的相似剧情触发观众的审美认同感；另一方面以前事为鉴推动情节发展，细致刻画了人物性格特点。"五娘刺绣"一出中，五娘与陈三是在一种轻松甚至戏谑的氛围下约定佳期。所以临赴约五娘犹豫再三，"又畏后去丈夫人不敬重恁"，让益春前去退约。与此同时，陈三内心同样不平静，充满焦虑与猜疑。"我共伊人断约，更深受尽惊惶，恐畏伊人负心了不来，话咀无定。误我今暝，只处有意讨无情"①。可以看出，尽管倾心于对方，此时五娘、陈三对对方的心志却没有十分的把

---

① 郑国权主编：《荔镜记荔枝记四种》（第一种），中国戏剧出版社 2010 年版，第 280 页。

握。如此情境下再约佳期，双方必有疑虑。于是，编著者巧妙"戏拟"《留鞋记》。佳期之夜，陈三因焦虑困倦沉睡不醒，五娘更添疑虑怨愤，"你每时发业断约，今暝相见，割舍得只处困，相见前世共伊无缘。""看伊真个无人情。误我一身，险送性命。说起前日心都痛"。① 五娘留下金钗为凭信准备离去，所幸热心聪慧的益春及时赶到，以《留鞋记》中郭华吞弓鞋而死的教训触动五娘内心真实情感，最终促成二人好事。可以说，"鸾凤和同"这场戏既是对《留鞋记》相关情节的模仿，又是对《留鞋记》相关情节的反转，最终完成了男女主人公私合私奔的抗争性格的刻画。

总的来说，《荔镜记》有效模仿、引用、套换前代众多剧目内容，二者在情节关目、人物形象、抒情意象、主题思想等方面存在微妙而复杂的互文关系。通过《荔镜记》与其正文所涉剧目传承与变异的互文关系的简单解读，我们看到《荔镜记》既善于吸收前代戏曲文化精华，又深深植根于明代闽南地方文化，以富有地域特征的故事情节，塑造具有时代气息的人物形象，传达深具挑战意义的自主婚恋观念。同时，借助那些原为观众所熟悉所喜爱的传统剧目强大的审美感染力激发观众的阅读兴趣，让读者、观众在互涉文本彼此的叙事时空中联想比较，从而更好地领会作品内涵。

---

① 郑国权主编：《荔镜记荔枝记四种》（第一种），中国戏剧出版社2010年版，第282页。

推陈出新与剧种建设

——从梨园戏《陈三五娘》看 20 世纪 50 年代地方戏建设的若干问题

吴慧颖*

2011 年元宵前夕，"天下第一团"福建省梨园戏实验剧团推出了青春版《陈三五娘》，由青年演员郑雅思、郭智峰等担纲演绎。首演选在正月十二（西历 2 月 14 日），《东南早报》还专门征集 10 对情侣同温梨园戏爱情经典，热心网友发文说是"2011 情人节之夜最美的烛光晚餐"。正月十四又演出一场，剧场依旧热络。这是十多年后，该剧目重新以全出面貌上演。① 其后经典剧目《刘智远》《苏秦》等的陆续重排上演。尽管年轻演员的表演还稍显稚嫩，但老剧新排，无疑为梨园古剧带来了传承希望。不由令人联想起 20 世纪 50 年代，同样是这一出《陈三五娘》，拯救了当时濒于消亡的梨园戏剧种。而推陈出新与剧种建设，时隔半个多世纪，仍是梨园界和关心传统文化传承的人们的共同思考。

20 世纪 50 年代提出的"百花齐放、推陈出新"，在相当长历史时

* 作者单位：厦门市台湾艺术研究院。

① 早在明清时期，《陈三》就是小梨园"七子班"的经典剧目。1953 年排演了由蔡志强、苏乌水担纲的第一个版本的《陈三五娘》。翌年赴上海参加华东戏曲会演，轰动海内外。"文化大革命"后，梨园剧团恢复建制，由蔡娅治、苏乌水担纲的第二个版本的《陈三五娘》风靡一时。九十年代由曾静萍、李红担纲的第三个版本的《陈三五娘》精彩亮相，并曾赴台演出。然而，时过境迁，戏曲的处境渐趋衰微，古老剧种所受冲击尤甚，全出的梨园戏《陈三五娘》已十余年未与观众谋面了。

期内，成为我国政府戏剧方针的高度浓缩与精练表达。随后出台的"五五指示"为京昆以外各地方剧种的存在提供了合理性解释和发展空间，① 也为包括梨园戏在内的不少地方剧种的新生提供了契机。

梨园戏是流行于闽南一带的古老剧种，被称作宋元南戏的遗响。但是 20 世纪 20 年代以后，梨园戏受到新剧种高甲戏和歌仔戏的严重挑战，日渐衰颓。加上战争动乱，侨汇断绝，民不聊生，梨园戏班纷纷解散，艺人们处境困难。及至新中国成立初期，旧戏班艺人星散，梨园戏濒临消亡。

20 世纪 50 年代初，晋江地区开始进行戏曲改革，晋江地委宣传部领导成立"晋江地区戏剧改革委员会"，在推陈出新的艺术生产方针下，传统剧目《陈三五娘》的整理被提上议事日程。晋江县文化馆接到福建省文化局一份通知，说华东文联要闽南地区写两个戏，一个是《郑成功》，另一个是《陈三五娘》。

《陈三五娘》是流行于闽南地区达五六百年之久的爱情故事，讲述了泉州人陈三因送哥嫂，在潮州睇灯邂逅黄五娘，遂结荔镜奇缘的传奇。故事脍炙人口，流传甚广，不但以口头流传，而且早在明永乐年间（1403—1424）即有传奇小说《荔镜传》的刊行，至明万历间（1573—1619）即有剧本《荔镜记》的出现。此外还有锦歌、弹词、年画等形式。后世更敷衍情节，装点奇文。这也是梨园戏小梨园盛演不衰的传统剧目。

晋江文化馆许书纪馆长等人决心重新排演梨园戏《陈三五娘》。为此他们不辞辛劳下乡探访，积极努力联系挑选，动员二三十个梨

---

① 根据"全国戏曲工作会议"的讨论结果，政务院制订了《关于戏曲改革工作的指示》，又称《五五指示》。这份指示即是"戏曲改革"的具体内容，也是"百花齐放、推陈出新"方针的具体化，主要可分为"改戏""改人""改制"三部分。"改戏"是重点，主要是针对广为流行的旧剧目进行审定及修改。其中提出："中国戏曲种类极为丰富，应普遍地加以采用、改造与发展，鼓励各种戏曲形式地自由竞赛，促成戏曲艺术的'百花齐放'。地方戏尤其是民间小戏，形式较简单活泼，容易反映现代生活，并且也容易为群众接受，应特别加以重视。今后各地戏曲改进工作应以对当地群众影响最大的剧种为主要改革与发展对象。为此，应广泛搜集、记录、刊行地方戏、民间小戏的新旧剧本，以供研究改进。在可能条件下，每年应举行全国戏曲竞赛公演一次，展览各剧种改进成绩，奖励其优秀作品与演出，以指导其发展。"

园戏艺人。不少知名的演员和师傅都被请来了，如大梨园下南师傅许志仁、姚铭茗、杨人灯，司鼓林时柽，女丑林玉花，大梨园上路名旦许书美、何淑敏（乌敏旦），老生李铭钳，小生姚苏秦、花旦苏鸥、小梨园名旦施织等。他们还共同推荐一位著名的小梨园师傅蔡尤本。

1952 年四五月间，晋江县文化馆召集流散在民间的梨园戏艺人约三十人到青阳镇的东禅寺，开始《陈三五娘》的排练。这是晋江大梨园实验剧团的初建，也是梨园戏剧种在新中国成立后重生的开端。1953 年 1 月 16 日，福建省戏曲改革委员会成立，邀请梨园戏编导参加，可见此时梨园戏已成为福建戏曲改革的重要组成部分。1953 年春，福建省文化局为了更好扶植和培养梨园剧种，决定晋江县大梨园剧团与晋江专区文工队合并，成立福建省闽南戏实验剧团。1953 年 3 月，省文化局局长陈虹来到泉州，宣布福建省闽南戏实验剧团领导机构的组成名单：由梨园戏老师傅蔡尤本担任团长，副团长许炳基，许书纪担任艺委会主任，副主任林任生、王爱群、吴捷秋。提出以省级国营剧团建制，报请中央文化部批准，为全民所有制。在成员组织上，以梨园戏老师傅为主、新文艺工作者为辅，新老合作，进行戏曲改革。领导指示：整理期间可边改、边排、边演，在闽南各地巡回，听取群众和文艺界意见，不断改进，精雕细琢，去芜存菁，艺术上要力求达到最完美的境地；同时要突出反封建的主题，颂扬男女婚姻自主。

《陈三五娘》的整理，历经了多次的修改排演。1954 年 9 月，梨园戏《陈三五娘》参加华东戏曲会演，获得了多项大奖，包括剧本一等奖，优秀演出奖，4 个演员一等奖（苏乌水、蔡自强、苏欧、林玉花），施教恩、李茗钳获奖状，蔡尤本、许茂才、吴捷秋获导演奖，林时柽获乐师奖，剧团获得音乐演出奖，此外还有舞台美术奖等。而且角有 4 人获得演员一等奖，为各省参评剧目所仅见。演出的巨大成功引起了戏曲史专家对梨园戏这一古老戏曲艺术的重视，为闽南方言剧种争得了荣誉。"梨园戏通过这次会演，就由一地方草台班，跻身于全国著名剧种之林，跨入一个古南戏的新纪元。"① 《陈三五娘》参加华东区地方戏曲观摩演出大会获奖后，闽南戏实验剧团再次吸收各方意见，作第六次的整理。随后剧本列入了华东戏曲研究院编辑出版的《华东地方戏曲丛刊》，为第十九集，1955 年在上海出版。1956年，上海电影制片厂摄制彩色戏曲艺术片《陈三五娘》，导演杨小仲。1958 年发行后，受到闽南方言区观众的欢迎，也赢得了东南亚华侨聚居地观众的强烈反响。1957 年北京还出版了张恨水根据福建梨园戏《陈三五娘》改编的中篇小说《磨镜记》。《陈三五娘》是福建省第一个经过整理改编的优秀传统剧目，这次获奖使其成为整理传统剧目的示范，梨园戏的表演艺术也受到广泛的重视。

传统剧目《陈三五娘》的整理和上演，是古老剧种梨园戏在中华人民共和国成立后命运发展的一条关键脉动。获益于整理改编传统剧目的"推陈出新"，濒临消亡的梨园戏得以重生，并延续发展至今。从这个典型案例中，我们也可以一窥 50 年代地方戏曲剧种建设和成效，其中的若干经验教训直至今天仍有影响，亟待总结与反思。

一　以创作带动剧团建设及传承

当初文化部门和广大戏剧工作者们以极大的热忱，投入《陈三五娘》的整理，使得梨园戏这一濒临灭绝剧种获得重生。为了整理这个剧目，原本班社星散、艺人归农的梨园戏重新得到文化部门的关注。文化馆派人四处下乡寻找、动员和召集梨园戏老艺人重组剧团，整理排演。从 1952 年春组建晋江大梨园实验剧团，到聘请在金莲升担任团长的名旦苏乌水和泉州高甲戏演员蔡自强来担任《陈三五娘》的主要角色，到 1953 年在福建省文化局的主持下，决定晋江县大梨园剧团与晋江专区文工队合并，成立省级的国营福建省闽南戏实验剧团，从人员、资金、剧团体制建设等方面给予全方位的支持，并且在艺术生产上给予政策的支持和理论的指导。在梨园戏剧种这一系列发展和剧团

① 吴捷秋：《梨园戏艺术史论》，中国戏剧出版社 1996 年版，第 54 页。

建设的进程中，剧目创作无疑是最初的原动力和剧团建设发展的核心环节。

剧目创作也推动了剧种传承。通过《陈三五娘》排演，一批年轻的梨园戏演员得到老艺人蔡尤本、许志仁、姚苏秦等的悉心指导，传统梨园戏的表演技艺得以传承。具有五十余年艺龄的老艺人领衔组成的导演团，结合新文艺工作者进行排演工作，也使得新文艺工作者比较具体地学习了梨园戏在场口处理、唱腔表演等传统导演手法。一批梨园戏的传统剧目经过整理得以留存下来。更值得一提的是，梨园戏演员训练班的开设。①

教学基本上采用小梨园七子班的传统教学办法，加上文化课等内容。并以陈虹提出的"以戏教戏"的方针指导教学工作。为此，邀请一些老艺人如陈家荐、叶恢景等来剧团作观摩演出，然后由训练班正式聘任为教师。② 他们通过口传身授，把梨园戏传统表演艺术从濒临消亡的境地抢救过来，传承给年轻演员，延续了梨园戏的发展。也为今天我们研究南戏保留了活的资料。

当然，以剧目创作带动剧团建设及传承，也存在隐患，这就是容易陷入短期功利的目标，而剧团建设乃至于剧种的长远发展显然是需要全盘考虑和长期规划的。

二　新文艺工作者的参与和编导中心的确立

传统戏曲教习讲求口授心传和示范表演，现代剧场则包含了更多的内涵，不仅有编剧、导演、音乐设计、舞台美术等的细化与分工，而且更强调团体的合作、整体的剧场效果的追求。新中国成立后新文

---

① 1955 年夏，福建省闽南戏实验剧团进京汇报演出《陈三五娘》《吕蒙正》和《朱文太平钱》等剧目。时任文化部艺术局副局长的周巍峙看望全体演职员，老艺人蔡尤本提出希望培养梨园戏新演员。同年底省文化局下达建立梨园戏演员训练班的编制，并拨专款筹建。实验剧团委派人员负责招生、基建等工作，并于 1956 年参加中等专业学校的招生工作。梨园戏演员训练班于 1956 年 9 月正式开班，招收应届小学毕业生或具有同等学力的学员 16 名。主要教师是蔡尤本、姚苏秦，并延聘小梨园师傅林迪建、陈家荐任教，并配备文化教员与专职管理干部。

② 苏彦硕：《抢救·继承——梨园戏演员训练班教学纪实》，《春华秋实——福建文化史料（1949—1998）》，福建人民出版社 1999 年版，第 207 页。

艺工作者的参与，带来了地方戏曲生产方式的转变，其中最重要的是编导中心的确立。

从晋江县文化馆馆长许书纪参与《陈三五娘》的整理开始，编剧的重要性就逐步确立。剧情的取舍、主题的确定、人物形象的塑造、语言的修改，如此种种，编剧的意义早已超越了戏师傅口口传授、亦步亦趋的传统剧目教习。剧目的思想意义往往是经由编剧得以彰显，原初的芜杂在编剧的提炼下变得明晰。尽管剧目由新文艺工作者与老艺人共同商讨整理，但前后六次剧本的大修改，剧本主旨的确立，新文艺工作者占据了主导，戏改的方针政策亦随之贯彻于剧本的情节设置、人物形象塑造之间。

在最初的整理中，最费斟酌的问题是故事的起始，其核心则是关于戏剧主题的确定。原来的《陈》剧是从《送哥嫂》开场的，接下去是《请李姐》，然后才《睇灯》……而《出奔》以后还有好几场戏，如《审陈三》《大闹》以及陈运使救陈三的场口，最后是陈三与五娘完婚大团圆。经过反复推敲、讨论，"决定还是以《睇灯》开场，因为这场戏热闹精彩、载歌载舞，而且有浓郁的地方特色。将陈三与五娘在元宵夜观灯邂逅的场面来开展剧情，颇为理想。而《出奔》以后，则是狗尾续貂，不仅多余，而且大大冲淡了反封建的主题。尽管这后半部不乏好戏好曲，也只能全部割爱"①。

闽南戏实验剧团成立后，艺委会决定保留原场口顺序和尽量保留名曲（仅作唱词的修改），由林任生、张昌汉分场执笔整理，王爱群作音乐指导并与南曲名师吴瑞德共同配曲编谱。至于剧目的排练上演，则由蔡尤本、许志仁、姚望铭、杨仁丁、许茂才、李茗钳、王爱群、吴捷秋 8 人共同组成导演团。这个团体结合了新文艺工作者和梨园戏的著名老艺人，这种全新的人员组成和创作模式的确立，为古老的梨园戏剧种注入了新的活力，昭显了梨园戏未来几十年的

---

① 方圆：《宋元南戏，今有遗响——闽南梨园戏剧团的诞生及梨园戏的发展》，中国人民政治协商会议福建省晋江县委员会编《晋江文史资料选辑》第十辑，1988 年，第 130—140 页。

发展趋势。

在闽南诸多地方戏曲中，梨园戏是历史悠久、表演艺术最为成熟的一个剧种。虽然在传统梨园戏中没有导演这个称呼，但是梨园戏的老师傅实际上承担了导演的工作。"要成为一个梨园戏导演，首先必须是一个演员，而且是兼备小生、大旦、小旦、丑'四大柱'，及净、末、外等角色类型的表演；同时，并须掌握主要乐器，尤其是鼓。因鼓是导演控制全剧节奏气氛和情节发展的关键。除此而外，最主要的是，要有数量丰富而内容完整的'戏出'（剧目）。这在没有念过书的艺人，是光靠记忆，把剧本'写'在肚子里的。梨园戏导演以小梨园最为严格而全面，'七子班'出身的称为'七角围'，从整个戏出到具体表演的科、白、唱、音乐，以及初步基本练习等——从演员培养到登台演出，都是导演一人综其大成。"① 梨园戏老师傅蔡尤本就是这样一位多才多艺、技艺精湛的导演。当时许多地方戏曲剧种的排演也类似于此。但是《陈三五娘》的排演，在新文艺工作者的参与下呈现出一些新的面貌。

在 20 世纪 50 年代演出的节目介绍单上，我们读到了这样的导演叙述：首先即讨论剧本的反封建主题，"通过青年男女反抗封建压力，为了争取婚姻自由，坚决挣脱宗法社会束缚，走上'叛逆'的道路去理解它"。继而详细阐述了剧情的发展和结构方式，"为了发挥地方戏曲鲜明、大块、高度集中而一线到底的特点，从睇灯开门见山地展开了矛盾的序幕，以五娘为主体贯串了全剧。投荔是推动主线的发展，留伞是发展的重要转折，绣孤鸾是五娘心里矛盾的初步解决，表现出定情的定点，因此从迫亲的压力下促成出奔高潮的完成"。并且在讨论表演时，强调"从文艺理论讲习中，来分析剧本，讨论人物性格和思想感情，来丰富程式化表演的艺术生命；并从唱白字音的纠正，词义的解析，来帮助演员表演"②。此外，还具体说明了舞台设计和服装

① 吴捷秋：《从梨园戏的导演说到老艺人蔡尤本》，《厦门日报》1953 年 11 月 25 日。
② 吴捷秋：《导演工作的几点说明》，1953 年《陈三五娘》节目单，转引自吴捷秋《梨园戏艺术史论》，中国戏剧出版社 1996 年版，第 51 页。

道具等。梨园戏导演吴捷秋先生在华东会演大会上曾专门谈及导演工作中的"上三课、过三关"①。并且指出"实践证明，在整理传统剧目的过程中建立导演制度、排练制度和演出制度，是戏改中促进改人、改戏的有效举措"。从这些论述和剧目的舞台呈现来看，当时的文艺观念、剧场理论和话剧的一些表导演方法已经开始融入古老的梨园戏当中。而其实现，显然与当时进入梨园戏剧团的新文艺工作者有关。如林任生、吴捷秋②、王爱群等都来自晋江文工团，他们在新中国成立前就活跃于话剧、歌剧等的舞台，或亲自参与演出和编导。通过交流与学习，许多新的艺术手段和创作理念成为梨园戏再创造的可利用资源。但应该特别指出的是，这些参与梨园戏改革的新文艺工作者们谦虚谨慎的态度，他们对于古老的梨园戏，对于老艺人，始终是尊敬而虚心的。正如他们所说的："在这种情况下，我们是和剧目整理工作相结合的，采取边排边整理，边整理边排的方式，以极其慎重而虚心的态度，来对待这丰富的遗产，进行了排演工作。"③

三　艺术生产和剧种研究的双向互动

1951 年，福建省第一届地方戏曲观摩演出大会甫一结束，针对某些剧种在演出中表现出忽视传统的状况，时任福建文化主管部门负责人的陈虹指出："应避免如莆仙戏的闽剧化等现象。各剧种应发扬独自的特色，在传统基础上发扬光大，而要做到这一点，就要开展剧种

---

①　"上三课"，即在排演之前：指导演员读剧本，校正文读、白读的字音与语音，使其中不识字的演员纠正方音戏曲语言和剧词的吐音咬字，谓之"语言文学课"；解释剧本中的诗词典故，使演员领会词意，从而能够准确地抒发人物思想感情和在角色间进行感情与思想地交流，是谓"艺术创造课"；阐述剧本主题与主题思想，以及每个场次地规定情景与人物行当地性格形象，要求在传统表演程式中，融入生活气息，谓之"表演任务课"。

"过三关"，是指排练过程中：初排要过科、白、唱的"表演技术关"；连排要过人物"形象塑造关"；合成彩排要过"综合艺术关"。

②　早在 1951 年，吴捷秋就曾赴北京上海深造导演专业。从 1953 年起，他成为梨园戏的专职导演后，曾到上海华东人民艺术剧院进修，观看佐临等名家排戏。也曾到北京青年艺术剧院"创作列车"学习，聆听赵树理、贺敬之、马少波等名家的讲课。

③　吴捷秋：《导演工作的几点说明》，1953 年《陈三五娘》节目单，转引自吴捷秋《梨园戏艺术史论》，中国戏剧出版社 1996 年版，第 51 页。

历史调查。"① 在当时福建文化主管部门看来，艺术生产与剧种研究是相辅相成的。在梨园戏传统剧目《陈三五娘》的整理过程中，这一指导方针始终贯穿。尤其梨园戏是古老的剧种，它与南戏具有密切关系，保留了不少宋元戏文和独特的表演艺术，所以，梨园戏的剧目生产与剧种研究一直都力求保持双向的良性互动。1952 年梨园戏剧团组建伊始，即开始对传统剧目进行抢救、记录、整理，恢复原貌，继承传统。由于梨园戏濒危的特殊情况，因此，50 年代剧团的一项重要任务，就是传统剧目的抢救挖掘。② 这些口述本的记录整理，为研究梨园戏提供了第一手资料。

　　1954 年 1 月至 3 月间，由华东戏曲研究院派出的"福建地方戏曲调查小组"（成员有徐筱汀、徐扶明、薛若江 3 人），在福建省各地各剧种艺术工作者的积极参与配合下，到福州、厦门、漳州、龙岩、泉州等地调研、观摩了 12 个剧种、21 个团演出的 56 个剧目，写成《福建地方戏曲调查报告》，这对于厘清各剧种历史、表演艺术、剧种特征等，具有参考价值。自《陈三五娘》华东会演后，梨园戏与南戏的关系引起不少中国戏曲史家的浓厚兴趣。1956 年梅兰芳、欧阳予倩率

---

　　① 张泉俤：《艺海遗珠　重现光芒——新中国成立后挖掘抢救戏曲传统艺术述略》，《春华秋实——福建文化史料（1949—1998）》，福建人民出版社 1999 年版，第 195 页。

　　② 当时口述抄录与古抄本的遗存大致如下：属于大梨园"下南"：《苏秦》《梁灏》《吕蒙正》《范睢》《岳霖》《巩克己》（又名《文武生》）、《刘秀》《刘永》《刘大本》《周德武》《周怀鲁》《百里奚》《郑元和》十三个主要本戏，称谓"内棚头"。尚有称"内外棚头"的《诰命》《章道成》《留芳草》《陈州赈济》《商辂》（又称《秦雪梅》）、《姜诗》《何文秀》《刘全锦》《金俊》《田淑培》《西祁山》等；"小出"有《妙泽弄》《铁拐弄》《番婆弄》《唐二别》《公婆拖》《龙女试雷》《管甫送》《尼姑落山》。

属大梨园"上路"：《蔡伯喈》（赵贞女）、《王魁》《王十朋》《王祥》《朱文》《朱买臣》《朱寿昌》《孙荣》《孟姜女》《尹行义》《刘文龙》《程鹏举》《姜孟道》《苏秦》《苏英》；另已失传的《赵盾》《曹彬》《林招得》三个本戏得存目；《刘珪》仅存《云英行》一折；"小出"有《桃花搭渡》，另与"下南"相同的《公婆拖》《管甫送》两个折戏。

属小梨园"七子班"：《吕蒙正》《蒋世隆》《刘知远》《郭华》《张君瑞》（存目及佚曲）、《董永》《高文举》《朱弁》《崔杼》《葛希谅》《宋祁》《陈三》《韩国华》《江中立》《杨文广》《陈杏元》《乌白蛇》等十七本。另已佚存目有《杨琯》《潘必正》存《陈姑操琴》《山伯英台》存《事久弄》《王昭君》存《和番》与《辕门斩子》《大补瓮》《打花鼓》都作为"小出"上演。《公婆拖》《管甫送》则"下南""上路"通用。

其中可见南戏的五大名剧——荆、刘、拜、杀、琵琶，分别保存于"上路"的《王十朋》《孙荣》《蔡伯喈》和"七子班"的《刘知远》《蒋世隆》。

中国京剧团赴日演出时，从日本影印了明嘉靖丙寅本《荔镜记戏文》带回。此后在英国、奥地利等欧洲国家，也发现了《陈三五娘》的明刊刻本《乡谈荔枝记》。这些资料的发现促进了梨园戏剧种的研究。1962 年，福建省戏曲研究所和各地戏曲工作者多次组成剧种调查组，深入调查。戏曲史专家刘念兹专程到泉州、莆田观摩和了解梨园戏、莆仙戏。这些剧种研究的深入探讨，为准确把握剧种特征进行剧目创作，全面整理传统剧目等艺术生产的开展奠定了坚实的基础。

与之相应的是，编导人员在戏曲剧目的创作实践中，也及时发现问题，提出讨论。如整理《陈三五娘》时，如何解决三个不同流派的问题。又如作曲在实践中发现："南曲全是戏文的曲词，但几乎全部是女角唱的，不但没有男女老少之分，就连男角唱的曲子也寥寥可数。因此，在演唱上就形成男声音域太高（比一般高八度）女声音域则相对地显得太低了，女声平时只唱到 e2，而男声都要唱到 e3，也因为这种不正常的现象，加以梨园以前不注意改进唱功——这或许是音域太高的缘故，男角没有一个不倒嗓子的。这是梨园音乐方面存在着而必须解决的问题。"[①] 这些问题的提出，显然有助于剧种研究的深化，也使之更具有现实意义。还有一个有意思的现象是，参与剧目生产的不少编创人员，也参加到剧种剧目的挖掘抢救工作当中，并且在长期积累的基础上，先后开展对本剧种的研究，取得了令人瞩目的成果，如王爱群的《论泉腔》、吴捷秋的《梨园戏艺术史论》等。这种人员的交叉互渗，更促使艺术生产与剧种研究的双向互动成为可能。

四 剧目生产的泛政治化倾向

当然，由于具有强烈的现实指向，"推陈出新"政策导引下对传统剧本的整理，不可避免地打上了时代的烙印，出现了一些泛政治化的倾向，具体表现在剧目选择、主题的确立和人物形象的塑造等方面。

---

① 王爱群：《音乐整理的几点体会》，1953 年《陈三五娘》节目单，转引自吴捷秋《梨园戏艺术史论》，中国戏剧出版社 1996 年版，第 52 页。

　　中华人民共和国成立之初，传统剧目《陈三五娘》的受重视和被整理，固然由于故事流播久远，影响广泛和它本身具有较高的艺术价值等，然而，不可否认，当时选择这出戏进行整理改编，也具有十分明确的政治考虑。例如这个民间故事中所隐含的反抗封建的主题，正是新中国成立后政策宣传的重要内容。陈三、五娘萌生自由爱情，反抗林大逼婚，这种勇敢追求婚姻自由的精神，过去曾被视为"淫乱弗经"、有碍风化而加以禁止，但恰恰是新中国成立之初《新婚姻法》所大力宣扬的。何况这方面其时还有《梁山伯与祝英台》成功的范例可作佐证。①

　　由此，我们也不难理解最后《陈三五娘》剧目主题的确立——"这个戏深刻地揭露了封建社会的青年男女争取婚姻自由与当时的封建婚姻制度之间不可调和的矛盾，有力地歌颂了这对青年男女在封建制度的迫害下经过复杂的思想斗争，终于摆脱了封建思想的束缚，勇敢地冲破了封建枷锁而获得了胜利。"② 基于这样的主题思想和剧情结构的集中，一些原本的精彩片段被删改了。但时过境迁，当初的删改有了商榷的必要。如同样传承这一剧目的厦门金莲升高甲剧团曾以《陈三五娘》《审陈三》和《益春告御状》三部，完整演绎荔镜奇缘，受到闽南观众的热烈欢迎。2004 年梨园戏名角曾静萍演绎《大闷》，受到来闽参加戏曲研讨会的专家们一致赞誉。

　　在人物形象塑造方面，50 年代版也强调主人公道德的高尚和形象的完满。如参加华东区地方戏曲观摩演出大会获得剧本奖一等奖后，再次吸收各方面的意见，作第六次的修改，将原本故事中的陈三故意破镜改为无意失手打破，意图"使主动卖身为奴改为被迫为佣，以提高人物的情操"。然而这样的改动未免一厢情愿。直至今日，闽南的观众们仍津津乐道于陈三故意破镜的传统情节，一如既往地喜爱这个

---

　　① 例如 1953 年 3 月 23 日《福建日报》的广告中就明确出现这样的说法："福建省闽剧实验剧团配合婚姻法宣传演出民间故事歌舞新闽剧《梁山伯与祝英台》……"

　　② 《华东地方戏曲丛刊第十九集——陈三、五娘》前记，华东戏曲研究院编辑，新文艺出版社 1955 年版，第 2 页。

不惜为奴的痴情汉。在 2011 年的青春版中，"故意破镜"的情节重新予以保留，在演出后也得到了专家和观众的认可。

总而言之，20 世纪 50 年代"百花齐放、推陈出新"政策下，地方戏曲剧种迎来了蓬勃发展的时期，在整理传统剧目方面，涌现出一批脍炙人口的佳作，而且产生了巨大的影响。然而对这些曾经的名作，似乎也有必要回复到具体的历史场景中去考察与分析，客观总结其成败得失，汲取经验教训。这对于今天各地方戏曲剧种，无论是进行艺术生产，还是作为非物质文化遗产的保护来看，都具有积极意义。

蔡尤本等口述梨园戏传统本《陈三》与嘉靖本《荔镜记》的比较研究

郑　政[*]

《陈三五娘》是梨园戏的代表剧目，在海内外闽南语系地区影响深远。梨园戏按照传统体例，都是以"头出生"的男主人公命名，所以蔡尤本等口述梨园戏传统本原名为《陈三》（简称蔡尤本等口述本），共 22 出，其大部分场口是由蔡尤本于 1952 年口述记录，余下部分由许志仁补述《赏花》，蔡维恭、刘书鉴、邱允汀补述《私会》《簪花》，后又经过林任生的校订和郑国权的复校，现福建省梨园戏实验剧团有存档本。福建省梨园戏实验剧团 1951 年恢复重建剧团时，首先按照蔡尤本等口述的这个传统本排演了《陈三五娘》，分上下集，演出时间为两个晚会。[①] 这一个版本的 22 出，分别为一出《送哥嫂》、二出《睇灯》、三出《林大答歌》、四出《过楼投荔》、五出《磨镜》、六出《捧盆水》、七出《后花园》、八出《赏花》、九出《留伞》、十出《绣孤鸾》、十一出《私会》、十二出《簪花》、十三出《私奔》、十四出《公差捉拿》、十五出《审奸情》、十六出《探牢》、十七出《起解》、十八出《小闷》、十九出《大闷》、二十出《抢解》、二十一出《遇兄》、二十二出《说亲》。

明嘉靖丙寅年重刊的《荔镜记》（简称嘉靖本《荔镜记》），是泉

＊ 作者单位：泉州师范学院文学与传播学院。

① 蔡尤本等口述，林任生校订，郑国权复校：《陈三》，泉州地方戏曲研究社编《泉州传统戏曲丛书》第一卷《梨园戏·小梨园剧目》（上），中国戏剧出版社 1999 年版，第 377 页。

州地区迄今为止发现的最早的戏文，也是梨园戏传统名剧《陈三五娘》的祖本。这个刊本的发现，颇为曲折。它原来分别收藏在日本天理大学图书馆和英国牛津大学图书馆。大陆地区，直到1956年，梅兰芳、欧阳予倩访问日本时，才将天理图书馆的《荔镜记》全部拍照带回。1959年，福建省戏研所和泉州剧协才从中央戏剧学院购回《荔镜记》书影两套，并且分别交由福建省梨园戏实验剧团和省戏研所保存。在台湾，台湾大学的吴守礼教授早在1954年就通过日本友人得到了天理大学图书馆藏的《荔镜记》书影一套；1959年时，又将英国牛津大学图书馆所藏的《荔镜记》微卷纳入收藏。之后，吴守礼教授花了四十多年的时间对《荔镜记》进行整理研究，成果丰厚。此后，台南成功大学的施炳华教授，在吴守礼教授的研究基础上，进一步研究《荔镜记》的音乐与语言，并形成专著。他们两位的研究之功，为研究嘉靖本《荔镜记》打下了良好的基础。1999年，郑国权先生根据省梨园戏实验剧团所保存的日本天理本书影，参照吴守礼教授的校理本和施炳华教授的汇注本，对嘉靖本《荔镜记》进行了校订，并将该版本收录在《泉州传统戏曲丛书》第一卷中，以方便戏曲爱好者和研究者的阅读。这为我们进一步了解这部明代的《荔镜记》传奇，创造了有利条件。

嘉靖本《荔镜记》既然是梨园戏传统剧目《陈三五娘》的祖本，那么，了解它对于梨园戏《陈三五娘》的影响，对于我们研究与"陈三五娘"故事相关的戏曲作品以及了解梨园戏，都有着不可忽视的重要作用。蔡尤本等1952年口述的梨园戏传统本《陈三》是目前最能体现梨园戏《陈三五娘》原貌及精髓的版本，因此，笔者就以其作为梨园戏《陈三五娘》传统演出版本的代表，与嘉靖本《荔镜记》进行对比研究，去找寻其中的联系与区别，继承与突破，主要有了以下的发现。

一　蔡尤本等口述本与嘉靖本《荔镜记》的联系

上文曾经提到，刊于明代的传奇《荔镜记》是梨园戏传统剧目

《陈三五娘》的祖本，从这个意义上来说，我们可以认为，蔡尤本等口述本《陈三》源于嘉靖本《荔镜记》。那么，嘉靖本《荔镜记》作为蔡尤本等口述本的源头，必然对其产生较为深远的影响，这一点生动地体现在两个版本所存在的以下几个方面的联系上。

（一）剧情安排上的联系

嘉靖本《荔镜记》与蔡尤本等口述本《陈三》两个剧本，最明显的联系，表现在剧本的剧情安排上。虽然前者有 55 出，后者只有 22 出，但对两个剧本分别进行阅读后，则会发现，这两个剧本的剧情主要内容是基本相同的，在剧情安排上也存在不少相似之处。

嘉靖本《荔镜记》与蔡尤本等口述本《陈三》的剧情主要内容都是表现陈三与黄五娘的爱情故事。从剧情的主体来看，都保有陈三与五娘在元宵灯会上相见，五娘在彩楼上投荔枝给陈三，陈三扮作磨镜人进入黄家，二人互相试探终于欢会，为了躲避林大的逼婚而私奔，私奔后被捉回，陈三被发配充军，五娘相思无限，两人最后在陈三的兄长帮助下终成眷属等重要情节。

蔡尤本等口述本《陈三》从嘉靖本《荔镜记》中所吸收和继承的，还不止以上这些重要剧情内容。除以上所述之外，蔡尤本等口述本中的第一出《送哥嫂》［对应嘉靖本《荔镜记》（下同，略）第二出《辞亲赴任》、第四出《运使登途》］、第二出《睇灯》（对应第六出《五娘赏灯》、第八出《士女同游》）、第三出《林大答歌》（对应第七出《灯下搭歌》）、第四出《过楼投荔》（对应第十七出《登楼抛荔》）、第五出《磨镜》（对应第十九出《打破宝镜》）、第六出《捧盆水》（对应第二十二出《梳妆意懒》）、第七出《后花园》（对应第二十四出《园内花开》）、第十出《绣孤鸾》（对应第二十六出《五娘刺绣》）、第十一出《私会》（对应第二十九出《鸾凤和同》）、第十三出《私奔》（对应第三十三出《计议归宁》、第三十四出《走到花园》）、第十四出《公差捉拿》（对应第四十三出《途中遇捉》）、第十五出《审奸情》（对应第四十四出《知州判词》）、第十六出《探牢》（对应第四十五出《收监送饭》)、第十七出《起解》（对应第四十六出《叙别发配》)、第十八出《小闷》、第十九出《大闷》（对应第四十八出《忆情自叹》)、第二十出《抢解》（对应第四十九出《途遇佳音》)、第二十一出《遇兄》（对应第五十一出《驿递遇兄》)、第二十二出《说亲》（对应第五十三出《再续姻亲》）都能从嘉靖本《荔镜记》中找到相同或类似内容的对应出目。虽然不可能在剧情内容和细节上完全一致，但是相似度很高。可见，蔡尤本等口述本《陈三》的剧情基本脱胎于嘉靖本《荔镜记》是毋庸置疑的，只是根据自身梨园戏演出本的特点做了一定的修改。

不过，我们还应该注意到，尽管蔡尤本等口述本《陈三》的剧情大多源于嘉靖本《荔镜记》，但在情节上对《荔镜记》进行了较大的删减。一是如第十出《驿丞伺接》、第十二出《辞兄归省》、第五十一出《驿递遇兄》等与陈三兄长陈运使相关的出目被删减了不少；二是删减了与林大有关的一些出目，其中包括五娘激烈抗婚的几出，如第九出《林郎托媒》、第十一出《李婆求亲》、第十三出《李婆送聘》、第十四出《责媒退婚》、第十五出《五娘投井》，还包括五娘与陈三私奔后与林大相关的一些出目，如第三十七出《登门逼婚》、第三十八出《词告知州》、第五十二出《问革知州》等等。正是这些出目的递减，使得蔡尤本等口述本只有 22 出，出数大大少于嘉靖本《荔镜记》。

从嘉靖本《荔镜记》到蔡尤本等口述本《陈三》，出目减少一半以上，这与剧本性质也有关。《荔镜记》是适合案头阅读的文人传奇，其中原有许多不适合演出、不具舞台性的情节，这些情节都不适合于出现在梨园戏的演出中，因而都被蔡尤本等口述本删除或合并、压缩了。比如嘉靖本《荔镜记》中的第二十一出《陈三扫厅》，就被蔡尤本等口述本在第六出《捧盆水》中略述了；蔡尤本等口述本的第十二出《簪花》中顺带提及了之前有"益春退约"之事；蔡尤本等口述本的第十三出《私奔》中也将陈三与黄九郎去收租，称病回府的事情一带而过。此外，蔡尤本等口述本的第八出《赏花》相关内容并未出现在嘉靖本《荔镜记》中,《荔镜记》的第四十八出《忆情自叹》则在蔡尤本等口述本中被分为《小闷》《大闷》两出来表现。

从以上分析可见,蔡尤本等口述本《陈三》与嘉靖本《荔镜记》的联系在于,蔡尤本等口述本虽然在主要剧情内容上几乎都是陈三、五娘两位男女主角的戏,且这些剧情大多来源于《荔镜记》,但却把《荔镜记》中的其余旁枝几乎都删减、合并、压缩了。

（二）语言类型上的联系

翻看嘉靖本《荔镜记》与蔡尤本等口述本《陈三》两个剧本,我们会发现,尽管《荔镜记》是文人传奇,而蔡尤本等口述本是梨园戏艺人的口述本,在创作主体的身份上有着很大的不同,但在语言类型方面,两者使用的都是地方方言。

嘉靖本《荔镜记》就已使用潮泉方言,整部剧本是以剧中人物使用潮泉方言演唱、对话的方式进行编排的。比如,第三出《花园游赏》中,黄五娘自称是黄九郎的"诸娘仔"（女儿）;① 第五出《邀朋赏灯》中,林大说自己无"某"（妻子）,实际使用的也是方言;同一出中,还有"诸娘"一词,在《泉州传统戏曲丛书》的整理本中还加了注释"妇女";② "手指"一词,则被注释为戒指。③ 从音到义,都是典型的潮泉方言。还有一个词也被用得很多,也很明显,就是"得桃",被用来指"玩",这也是典型的潮泉方言。

《陈三》是由蔡尤本等人口述的梨园戏演出本,因此,记录下的语言自然是演员平时演出所使用的语言,而梨园戏演员是以泉州方言进行演出的,所以蔡尤本等口述本的语言类型是潮泉方言,更是顺理成章的事。

由于两个剧本在语言类型方面的联系和相似几乎是一目了然的,

---

① 郑国权校订:《明嘉靖丙寅年重刊〈荔镜记〉》,泉州地方戏曲研究社编《泉州传统戏曲丛书》第一卷《梨园戏·小梨园剧目》（上）,中国戏剧出版社1999年版,第7页。

② 同上书,第9页。

③ 同上书,第10页。

在此就不赘述了。

（三）剧情细节上的联系

上文中曾谈到，嘉靖本《荔镜记》与蔡尤本等口述本《陈三》在剧情安排上存在着较为深入的联系，实际上，两个剧本不仅从宏观上来看，在剧情安排上存在联系，而且从微观上来看，在剧情细节上也存在着较深的联系。

例如在嘉靖本《荔镜记》与蔡尤本等口述本中，都有五娘一行人赏灯的情节，在赏灯的过程中，两个剧本中都提到她们看到了打秋千等人们游玩的景象，只是《荔镜记》中并未过多渲染，而《陈三》中却对这些游乐景象通过唱词和动作等进行了较为详细的呈现。

还有一个更为具体的例子。嘉靖本《荔镜记》第六出《五娘赏灯》中，益春和李婆提问五娘花灯故事的唱舞："［丑］哑娘，只一盏正是乜灯？［旦］只一盏正是唐明皇游月宫。［丑］唐明皇是丈夫人？孜娘人？［旦］唐明皇正是丈夫人。［丑］那卜（莫）是丈夫人，都有月经？［旦］只正是月宫内的宫殿。［丑］向生，待我估叫是丈夫人有月经一？［贴］呵娘，只一盏正是乜灯？［旦］只正是昭君出塞（赛）。［丑］阿娘，昭君便是丈夫人？诸娘人？［旦］昭君正是诸娘人。［丑］向生，待我一估（辜）叫一诸娘向恶，都会出婿。"① 这一段细节内容，被蔡尤本等口述本《陈三》在第二出《睇灯》中完全继承了下来，问的内容和回答的方式基本相同，只是蔡尤本等口述本做了更多的发挥，加入了许多更加低俗的词语、形容，有故意迎合观众的恶趣味之嫌，而且，除了以上问灯故事的内容外，蔡尤本等口述本还模仿这种问答形式，在《睇灯》出中加入了更多相似的内容。但思及蔡尤本等口述本的演出本性质及地方剧种性质，这样的继承和发挥，就很好理解了。

---

① 郑国权校订：《明嘉靖丙寅年重刊〈荔镜记〉》，泉州地方戏曲研究社编《泉州传统戏曲丛书》第一卷《梨园戏·小梨园剧目》（上），中国戏剧出版社1999年版，第13页。

此类例子还有不少，如在嘉靖本《荔镜记》和蔡尤本等口述本《陈三》中，五娘投给陈三的手帕上，都绣有"宿世姻缘"四个字；陈三到五娘家磨镜，益春都有问陈三会不会边磨镜边唱歌，并说李公磨镜时都会唱歌；陈三磨镜时，益春给陈三捧水，陈三在两个剧本中都问了她水是谁叫她捧来的，而益春都回答是小姐让捧来的；陈三打破宝镜后，在两个剧本中都贿赂小七，请他帮忙向黄九郎求情，让自己留在黄家帮工还债；五娘梳妆时，让益春捧水，陈三让益春把水交给他捧去，五娘责问，益春都撒谎骗五娘是因老夫人使唤，所以让陈三捧水……

由以上分析可知，蔡尤本等口述本《陈三》不仅在剧情安排上对嘉靖本《荔镜记》多有承袭，而且在剧情细节上也有许多几乎是照搬的继承，虽然也有一些根据自身剧种及演出特点的发挥，但是总体上还是没有脱离嘉靖本《荔镜记》的影响，还是受到了《荔镜记》的启发，因而其在剧情细节上与《荔镜记》的联系很深。

二　蔡尤本等口述本与嘉靖本《荔镜记》的区别

嘉靖本《荔镜记》是蔡尤本等口述本《陈三》的祖本，二者之间存在着一定的联系，是毋庸置疑的。但是《荔镜记》与蔡尤本等口述本两个剧本所体现出的区别则更为明显而深刻，主要表现在以下多个方面。

（一）同一剧情段落的处理方式存在区别

嘉靖本《荔镜记》和蔡尤本等口述本《陈三》虽然在剧情安排和剧情细节上存在着不少相似之处，但是究其细节，真正落实到同一剧情段落的处理方式上，就会发现两个剧本实际存在着较大的区别。

比如，嘉靖本《荔镜记》与蔡尤本等口述本《陈三》中都有五娘与益春、李婆（李姐）去观灯，遇到陈三的剧情。在《荔镜记》中，五娘一行人与陈三的相遇，仅限于观灯时互相看到，并未进行进一步的交流、互动。但在蔡尤本等口述本的《睇灯》一出中，陈三在五娘一行人观灯时，曾经紧紧跟随在旁，每当五娘为益春和李姐解答有关灯的问题的时候，陈三总会在旁适时插嘴，以显示自己的才学，引起五娘的注意。此后，陈三还曾掉落扇子，被李姐、益春捡到，李姐贪图扇子，将其收起，并与前来寻找扇子的陈三颇费了一番口舌进行周旋，试图将扇子占为己有，被陈三识破，被益春、五娘点破，还死不承认，最后是五娘承诺再给她一把扇子，她才将扇子还给陈三的。经过这前前后后的一番折腾，陈三与五娘已经对对方产生了一定的了解，为后来二人感情的产生做了较好的铺垫。在这个剧情段落的处理方式上，蔡尤本等口述本明显好于嘉靖本《荔镜记》，为陈三、五娘感情的发展、剧情的发展都打下了适当的基础。此外，除了陈三与五娘在观灯时相识的剧情段落外，整个观灯的过程，蔡尤本等口述本比嘉靖本《荔镜记》有着更多篇幅的描写和发挥，并且着力去迎合普通观众观看演出时，追求笑料，喜好通俗甚至是俗气风格的要求。

还有，同样是陈三、五娘、益春被公差捉拿走的剧情段落，嘉靖本《荔镜记》只是设计为陈三一行人的行踪被摆渡的船家泄露，而三人未能成功瞒过路途上公差的盘问，因而被捉。与《荔镜记》相比，蔡尤本等口述本中的设计就增加了不少趣味性和舞台性：三人住宿在一个媒婆开的客店，公差中有一人与媒婆认识，先去试探媒婆，但媒婆并没承认。于是两个公差就假装鸡叫来引出陈三等人，陈三等人果然中计。这个版本的处理方式，从内容到表演，无疑都更具有观赏性，更能引起观众的共鸣，更能令观众发笑。类似的例子还有蔡尤本等口述本中《探牢》出与《荔镜记》中的《收监送饭》出虽然剧情类似，但前者的处理方式也更加生动有趣。这样的例子在两剧中还有一些，在此不一一赘述。

由上可知，在同一剧情段落的处理方式上，之所以存在蔡尤本等口述本《陈三》普遍优于嘉靖本《荔镜记》的情况，这与文人传奇与演出本的性质不同有很大的关系。嘉靖本《荔镜记》是文人传奇，剧本的舞台性和表演性不强，更适合于案头欣赏。与《荔镜记》相反，蔡尤本等口述本则是不折不扣的演出本，是由富于演出经验的演员口述的，所以它要处处以表演、以舞台效果为考量，尽力设计，让剧情段落更具观赏性，更好地吸引观众的注意力。

（二）嘉靖本《荔镜记》对民俗表现的重视

虽然嘉靖本《荔镜记》和蔡尤本等口述本《陈三》中都有关于元宵节观灯、答歌等民俗内容的较为详细的呈现，但是仔细考察剧本，会发现《荔镜记》更加注重对地方民俗的表现。

例如，《荔镜记》第五出《邀朋赏灯》中，卓二让丫鬟春来拿出槟榔请林大一起吃；第十三出《李婆送聘》中，又有李婆请五娘一起吃槟榔的情节；第十八出《陈三学磨镜》中，李公要请登门的益春吃槟榔，从以上这些有关"请吃槟榔"的情节中可见，吃槟榔是当时潮州非常流行的一种招待客人或闲暇交往的方式，吃槟榔有益于拉近人与人之间的距离，表达交往的诚意等。而且这种吃槟榔的习俗，至今仍在台湾盛行，可以看作明代潮州地区吃槟榔习俗在闽南文化区域的一种延续。

此外，嘉靖本《荔镜记》中，林大、卓二第一次在街上见到赏灯的五娘，他们认为五娘十分美丽，把她看成神仙，比喻为妈祖，由这一点可以看出，妈祖信仰在明代的潮州地区已有较大的影响。

《荔镜记》第十四出《责媒退婚》中，五娘向母亲形容林大的长相像怪兽"年"时说："〔旦〕许人生不亲像龟，也不亲像鳌。〔丑〕不亲像乜？〔旦〕恰亲像猴孙一般体。〔丑〕乜哑，亲像猴？许不那亲像，障返牵来弄的年？〔旦〕正是向生。"①

从以上这些例子可知，嘉靖本《荔镜记》中，很重视对当时民风民俗的展现，很注重还原生活，因此其比蔡尤本等口述本《陈三》更重视对民俗的表现，或者说，它更刻意地在剧本中展现民俗。

---

① 郑国权校订：《明嘉靖丙寅年重刊〈荔镜记〉》，泉州地方戏曲研究社编《泉州传统戏曲丛书》第一卷《梨园戏·小梨园剧目》（上），中国戏剧出版社1999年版，第31—32页。

（三）蔡尤本等口述本的语言更加口语化、世俗化

嘉靖本《荔镜记》和蔡尤本等口述本《陈三》虽然都是用方言写就的，都较为通俗、流畅、易懂，但相较于由文人传奇《荔镜记》，由梨园戏艺人口述的《陈三》在语言风格上则显现出更进一步的口语化和世俗化。

以元宵节之夜，益春、李婆（姐）与林大、卓二的答歌内容为例。嘉靖本《荔镜记》里，双方答歌的歌词是："【答歌】〔唱〕恁今向片阮障片，恁今唱歌阮着还。恁今还头阮还尾，恰是丝线缠竹片。〔丑贴唱〕阮今障边恁向边，阮今唱歌恁着还。阮今还头恁还尾，恰是丝线缠竹鼓。〔净末唱〕阮唱山歌乞恁知，待恁听知我也知。待恁坐落袂走起，待你走起我便来。〔丑贴唱〕阮唱山歌乞恁听，待恁坐听立也听。待恁坐落袂走起，待你起来又袂行。〔净末〕月朗朗，照见月底梭掏红。斧头破你你不开，斧柄择你着一空。〔贴旦唱〕月圆圆，照恁未是好人儿。〔净〕正是西街林大爹。〔贴〕想恁那是作田简，大厝人仔向大鼻。〔净〕月炮炮，照见恁是人阿头。看您大厝饲的简，十个九个讨本头。"①

蔡尤本等口述本《陈三》中，双方答歌的歌词是："【翁姨叠】灯月照人上彩楼，千秋起挂在龙门兜，满街满巷琴弦笙箫闹。致意请，请卜娘仔来起歌头。〔小旦、丑合唱〕【前腔】灯月清光灯月红，想恁不是答歌郎。虽然蜂蝶贪花丛，好笑恁恰似柳絮趁风狂。柳阿弄哰，弄哰柳哰，哰柳哰弄来哰。花柳红，花柳红，恁人竖开去，莫得来倚阮肩头，阮人伊了来啊咯。……〔合唱〕【前腔】灯月照人上下光，可惜娇女苦无郎。恁也孤，阮也孤，二边算来一般苦。恁若有十分加利，阮也与恁沽（估）。〔小旦、丑合唱〕【前腔】灯前月下可青狂，鼻做擂槌嫌较长。只见别物一路用，借人割去擂

---

① 郑国权校订：《明嘉靖丙寅年重刊〈荔镜记〉》，泉州地方戏曲研究社编《泉州传统戏曲丛书》第一卷《梨园戏·小梨园剧目》（上），中国戏剧出版社 1999 年版，第 16—17 页。

生糖。"①

将上下两段答歌词进行比较可见，蔡尤本等口述本《陈三》的答歌词不仅已经较为多样、生动，而且与元宵夜景结合紧密，还配有"柳阿弄哙，弄哙柳哙，哙柳哙弄来哙"等吟唱之音，再加上"蜂蝶贪花丛""鼻做擂槌"等通俗的比喻，与嘉靖本《荔镜记》中略显单调、毫无意境的答歌词相比，更具有口语化、世俗化的特点。蔡尤本等口述本语言的这一特点，使得其语言更加活泼有趣，是《荔镜记》无法比拟的。

另外，如上文提到的嘉靖本《荔镜记》第六出《五娘赏灯》中，李婆、益春问五娘唐明皇游月宫等灯的故事，在蔡尤本等口述本《陈三》中也有表现，其遣词造句和用语都有了更进一步的口语化和世俗化，比如关于王昭君出塞的故事，《荔镜记》中，李婆听成了"出婿"，而到了蔡尤本等口述本中，竟变成了"出屎"，这可以说是一个较为极端的例子，但也表现出蔡尤本等口述本作为演出本，为满足观众趣味而进行的世俗化甚至粗俗化处理。

（四）人物形象塑造上的不同

嘉靖本《荔镜记》与蔡尤本等口述本《陈三》在人物形象塑造方面的不同，主要体现在两个主要人物的身上，一个是黄五娘，另一个是益春。同时，《荔镜记》在人物塑造方面，比蔡尤本等口述本更加细腻。

对于黄五娘这一人物的塑造，嘉靖本《荔镜记》中是较为细腻的。剧本一开场，就通过一些细节表现出五娘是一个渴求爱情的少女。第三出《花园游赏》中，五娘与益春的一系列对话中，都表现了她对于自己青春年少，却枉度时光的感叹，其中她的一段唱词很好地道出了心声："【扑灯蛾】［旦］整日坐绣房，闲行出纱窗。牡丹花正开，

---

① 蔡尤本等口述，林任生校订，郑国权复校：《陈三》，泉州地方戏曲研究社编《泉州传统戏曲丛书》第一卷《梨园戏·小梨园剧目》（上），中国戏剧出版社1999年版，第398—399页。

尾蝶同飞来相弄。上下翩翩，阮春心着伊惹动。"① 这句话准确地透露出五娘怀春少女被春天、花草、蝴蝶惹动的心思。

又如，第六出《五娘赏灯》中，李婆来找黄五娘和益春一起去看灯，黄五娘称有德妇人是不出闺门的，在家观灯就好。益春劝五娘说，今天元宵，肯定有许多公子王孙上街答歌，暗示五娘有机会遇到意中人，于是，五娘瞬间被说动了。从中可见五娘希望遇到伴侣的迫切心情。尽管如此，五娘仍然不忘提醒益春，出外必须点灯，否则不出门。此处又可见，她此时虽对爱情渴求，但是长期以来的淑女教育也让她还在谨言慎行地遵守规矩，她心中的束缚还是存在，这种矛盾的心理状态，此后对她与陈三的感情发展产生了影响，让她始终徘徊，难以义无反顾地投入。但这种矛盾心理，却又是那么符合五娘的身份，那么合理，让人更觉其形象的生动、可信。

但是，在嘉靖本《荔镜记》中，五娘又不仅是一个传统的淑女，一个想爱却又受着束缚的大家闺秀，她还有着自己的小姐脾气，有时表现为对益春打趣她的轻声呵斥，有时表现为娇羞。五娘最明显地表现自己的脾气，则是在一次与陈三的对话中："〔生〕小人见四边无人，共娘仔譬论。〔旦〕譬你狗头论，走！"② 一句粗鲁的话，直接将想与她深谈的有情人陈三斥走。这就是彻头彻尾的大小姐做派了。

以上几种性格特征，集合于五娘之身，都是合理的，而且不惹人厌烦，即使她偶尔有些小脾气，读者和观众还是觉得她是可爱的。

与嘉靖本《荔镜记》中对黄五娘这一人物形象的细腻塑造相比，蔡尤本等口述本《陈三》则将黄五娘塑造成了一个刁蛮任性的大小姐，形象较为单一。当她与益春同时出场时，大多时候都对益春摆出一副大小姐的架子，动不动就骂益春"死婢"，动不动就要责打她。特别是在第七出《后花园》中，益春劝说五娘与陈三把话说开，可是五娘却怀疑益春与陈三有私情，被益春揶揄反击，又恼羞成怒要责打

---

① 郑国权校订：《明嘉靖丙寅年重刊〈荔镜记〉》，泉州地方戏曲研究社编《泉州传统戏曲丛书》第一卷《梨园戏·小梨园剧目》（上），中国戏剧出版社 1999 年版，第 7 页。

② 同上书，第 59 页。

益春。这些大小姐派头给读者和观众留下了她的任性超过对陈三的深情的印象，这样的性格特征对应爱情剧女主角形象，就不那么合适、讨喜了，让人们对这个人物喜欢不起来。蔡尤本等口述本这样来处理黄五娘的形象，可以说是过于简单，不够细腻的。

此外，对于益春这一人物形象，嘉靖本《荔镜记》的塑造也更为细腻。这一点主要表现在益春面对陈三挑逗的态度上。在《荔镜记》第二十八出《再约佳期》中，五娘让益春找陈三再约相会时间，陈三在此时却蓄意挑逗益春，想先与她欢会。益春推辞，陈三一再表明对她有意，益春坚定地告诉陈三，自己虽然出身低下，但也不会随意轻贱自己。陈三以感谢益春为名，益春也让他用真金白银来谢，不要再提其他，对于陈三背着小姐的这副好色嘴脸，给予了严厉的斥责。从这一段剧情中，我们可以看到益春是一个非常坚定的，有自己主张的女子，她出身低微，却自尊自爱，又富有正义感，瞧不上陈三这种好色之徒，根本不稀罕陈三的外表和家世。而在蔡尤本等口述本《陈三》中，陈三也对益春进行了勾引，但是益春却是顺水推舟，接受了与小姐共侍一夫的安排。仅从这一点来看，两个剧本中，益春的形象高下立见，在嘉靖本《荔镜记》里，小丫鬟益春甚至表现出了一些红娘的胆色和人格魅力。但是，在蔡尤本等口述本《陈三》中，为了在演出中满足观众坐享齐人之福的幻想，却给益春安排了给陈三做妾的命运，令人感到惋惜。

（五）剧本形式上的区别

嘉靖本《荔镜记》与蔡尤本等口述本《陈三》，一个是文人创作的传奇，另一个是梨园戏艺人口述的演出本，其从剧本体裁、剧种类别上来说，都对剧本的形式造成了影响，使两剧在剧本形式上也表现出了明显的区别，主要体现在以下两个方面。

一是嘉靖本《荔镜记》作为明传奇，有下场诗；而蔡尤本等口述本《陈三》是口述的地方戏演出本，因此不受明传奇体制的限制，没有下场诗。《荔镜记》每出末都有四句下场诗，且有些语句直接借用了早期《琵琶记》等南戏或传奇中的下场诗，如"遇饮酒处须饮酒，得高歌处且乐然。"①"有缘千里终见面，无缘对面不相逢。"②

二是嘉靖本《荔镜记》与蔡尤本等口述本《陈三》的角色体制的不尽相同。《荔镜记》中，扮演黄五娘与益春的分别是旦、贴；蔡尤本等口述本中，扮演此二人的是大旦、小旦，此外还有贴扮演欧氏。虽然其他行当类型基本一致，但仅从以上就能见出，二剧在角色体制上是不同的。

蔡尤本等口述本《陈三》在剧本开头就将各个行当扮演、改扮的人物加以明确；《荔镜记》对于由哪个行当来扮演哪个人物，在剧本开头并未进行统一明确，而是直接在剧中安排。这也许跟嘉靖本《荔镜记》剧情内容比蔡尤本等口述本《陈三》复杂、出场人物多等因素不无关系，但《荔镜记》中也出现了一些，在同一出中，中途让行当所扮演的角色下场，然后改扮另一个角色立刻上场的状况。这样做，对于演出来说是不够严谨的，如果安排得不好，很可能让演员没有足够时间换装，无法正常上场。比如在第四十七出《敕升都堂》中，净先是扮演公差，后又间隔不久被安排扮演管义，这让人不禁担心，真正的演出中是否能够顺利进行调度，这一点体现了嘉靖本《荔镜记》在角色安排上不够严谨的问题。

从以上两点来说，嘉靖本《荔镜记》、蔡尤本等口述本《陈三》这两个体裁、性质不同的剧本，在剧本形式上的区别还是较为明显的。

（六）插科打诨运用上的区别

嘉靖本《荔镜记》是文人传奇，与蔡尤本等口述本《陈三》相比，它的舞台性较差，这一点最显著地体现在二者插科打诨运用上的区别。

在《荔镜记》中，对插科打诨的运用都是节制的，总是点到即

---

① 郑国权校订：《明嘉靖丙寅年重刊〈荔镜记〉》，泉州地方戏曲研究社编《泉州传统戏曲丛书》第一卷《梨园戏·小梨园剧目》（上），中国戏剧出版社 1999 年版，第 8 页。

② 同上书，第 22 页。

止，不占太多篇幅，不费太多口舌。如第五出《邀朋赏灯》中，卓二调侃林大有钱便有妻子之事："［末上］谁叫一声？因势（应世）出外厅。不知是乜人，元来是林大兄。［净］我今请你无别事，那因无某费心情。［末］林兄钱到某便。［净］谁人某卜租人？［末］和尚某卜租人。［笑介末白］林兄请坐。"① 卓二针对林大感叹的无妻状态，只是简单地与他调侃了两句，并未继续发挥。

而且，嘉靖本《荔镜记》的插科打诨大多都有一定的套路，比如李婆与益春的插科打诨，篇幅不多，而且都以益春斥李婆"莫茹旦"而告终。如第八出《士女同游》中的一段："［旦丑贴在场介］［贴］只一人都不是恁潮州人？［丑］只一人我八伊。［贴］正是乜人？［丑］是兴化人。［贴］兴化人来只处干乜事？［丑］来缚笼床。［贴］缚笼床都拙哄。［丑］卜畏天上差来的人。［贴］天上差来卜乜事？［丑］天上差落来，专共许一伙简仔打狮尾。［贴］李婆莫茹咀。"②

与蔡尤本等口述本《陈三》中动辄数百字的插科打诨内容相比，《荔镜记》中插科打诨的内容可谓节制，点到为止，并不像蔡尤本等口述本那样，插科打诨占去不少篇幅。

这种情况的出现，同样与两个剧本的性质有关。嘉靖本《荔镜记》毕竟是文人传奇，文人对舞台性的了解有限；而蔡尤本等口述本则是演出版本，自然会有许多为演出而增加的表演桥段，插科打诨就是其中的重要部分。

（七）情节细节的区别

上文曾谈到，嘉靖本《荔镜记》和蔡尤本等口述本《陈三》在剧情安排和剧情细节上是有联系的，实际上在此基础上，两剧还在情节的细节方面表现出更多的区别。

嘉靖本《荔镜记》中，陈三在遇到五娘时，就从安童那里得知了

---

① 郑国权校订：《明嘉靖丙寅年重刊〈荔镜记〉》，泉州地方戏曲研究社编《泉州传统戏曲丛书》第一卷《梨园戏·小梨园剧目》（上），中国戏剧出版社 1999 年版，第 9 页。

② 同上书，第 17 页。

五娘的身份；而蔡尤本等口述本里，陈三观灯时遇到五娘，却不知道她的身份，是后来才得知的。

在五娘给陈三投荔枝前，《荔镜记》中，陈三和五娘仅在观灯时见过，并未有任何互动，仅是满意对方的相貌；蔡尤本等口述本中，陈三和五娘在观灯时就已经有了较多的接触，对彼此有了更深层次的好感。从这一点来看，还是蔡尤本等口述本中对五娘与陈三感情产生的铺垫较为充足、合理，《荔镜记》在这一点上则有所欠缺。

嘉靖本《荔镜记》与蔡尤本等口述本《陈三》中，陈三上门磨镜的缘由不同：《荔镜记》中是益春找到李公处请他上门磨镜，陈三请求李公安排他前往；蔡尤本等口述本中则是陈三自己挑着担子装成磨镜人，去往黄家招揽生意。

《荔镜记》中，陈三与五娘定情前，五娘两次收到陈三的信：一次是在花园中，陈三翻墙而来，随身携带着信，在被五娘斥走的时候落下，被五娘拾起；另一次是益春帮陈三放在五娘绣箧中的。蔡尤本等口述本中，五娘只在绣箧中发现过一封益春专门帮陈三藏好的信。

《荔镜记》通过第四十二出《灵山说誓》，把陈三与五娘的因缘归于前世夫妻，今世注定，而蔡尤本等口述本中则没有这样的设定。

类似以上这样的例子还有很多，整体情节上的相似，并不代表着情节细节的相似，不同的情节细节，带来的表现效果是不同的，因此，蔡尤本等口述本《陈三》虽源自嘉靖本《荔镜记》，但是根据演出需要进行了调整，也是非常正常的。

（八）嘉靖本《荔镜记》文人风格的彰显

嘉靖本《荔镜记》与蔡尤本等口述本《陈三》相比，彰显出较为明显的文人风格，主要体现在两个方面：一是嘉靖本《荔镜记》较多地受到《西厢记》的影响。这表现在剧中对《西厢记》剧情、人物等的多次提及，以及相似剧情、人物的出现上。如第六出《五娘赏灯》中，说到了灯中有张君瑞、崔莺莺的造型："［丑贴］元宵景，有十成，赏灯人都齐整。扮（办）出鳌山景致，抽出王祥卧冰、丁兰刻母，尽都会活。张珙（拱）莺莺，围棋宛然。真正障般景致，实是恶弃。恁今相随，再来去看，再来去看。"① 又如第十八出《陈三学磨镜》中，陈三由《西厢记》故事想到接近五娘的办法："【北上小楼】［唱］私情事志挂人心，眠边梦内思想。记得当初张珙共莺莺有情，张珙袂得入头时，假意借书房西厢下读书。假意西厢下读书，伊冥日费尽心神。"② 再如第二十六出《五娘刺绣》中，益春又与五娘说了陈三家人昨日来探望他的事情，表明陈三家境优渥，只为五娘来到黄家为奴，又提起了《西厢记》张生、莺莺的例子。

嘉靖本《荔镜记》中还多次出现与《西厢记》类似情节：第二十四出《园内花开》中，陈三在益春的巧妙安排下，跳墙来见五娘，与《西厢记》中张生在红娘的安排下跳墙见莺莺的情节相似；同出中，五娘让益春去斥责陈三，让他以后谨守本分，不可乱跳墙，怕被爹妈知道，这也与《西厢记》中莺莺的心思相似。第二十五出《陈三得病》中，陈三被五娘拒绝，生病，请益春帮忙，这与张生得了相思病，请红娘帮忙的情节极为相似；同出中，陈三要拿银钱给益春，让她带信给五娘，益春拒绝，这一情节也与《西厢记》中红娘拒绝张生的金银相似，但是益春的性格没有红娘豪爽。

二是嘉靖本《荔镜记》明显受其他文人传奇、典故的影响较深。如第二十九出《鸾凤和同》中，五娘赴约，见陈三在沉睡，于是留了金钗在他枕边，被益春说出与《留鞋记》中郭华吞鞋剧情的相似，提醒她拿走金钗，免得造成悲剧。从中亦可见文人传奇创作的互相借鉴和影响。

在第五十一出《驿递遇兄》中，陈伯延对弟弟陈三恨铁不成钢，不肯帮他脱罪，妻子对他进行劝慰，让他要看重兄弟情义，帮助陈三。此时，陈夫人举了两个典故作为例子："［外］夫人，只样不长进小叔，你莫管伊，随伊去担当。［贴］告相公，听妾说起，须念同胞兄

---

① 郑国权校订：《明嘉靖丙寅年重刊〈荔镜记〉》，泉州地方戏曲研究社编《泉州传统戏曲丛书》第一卷《梨园戏·小梨园剧目》（上），中国戏剧出版社 1999 年版，第 12 页。

② 同上书，第 38 页。

弟。便做奸情，小可事志。叵耐知州，不带着你些面儿。相公既是读书，都不识楚昭王渡江故事。[外] 我不识。[贴] 当初楚昭王，弃妻子怜兄弟。[外] 许是古时人，我不学得伊。[贴] 王祥王览相争替死，打虎须着亲兄弟。"① 陈夫人举了楚昭王渡江和王祥、王览的例子来说明手足之情的重要性，劝服哥哥救回弟弟。

这两方面的明显特征，恰好彰显了《荔镜记》的文人风格，与蔡尤本等口述本《陈三》这个演出本呈现出明显的区别。

综上所述，在比较中我们发现，蔡尤本等口述本《陈三》与嘉靖本《荔镜记》确实存在着较为明显的继承关系，但由于二者文人创作本与演出本的性质不同，蔡尤本等口述本在继承中又呈现出改变与突破，使得两个版本各具特色，满足着不同人群的审美需要。

---

① 郑国权校订：《明嘉靖丙寅年重刊〈荔镜记〉》，泉州地方戏曲研究社编《泉州传统戏曲丛书》第一卷《梨园戏·小梨园剧目》（上），中国戏剧出版社 1999 年版，第 117 页。

镜中窥戏

——由叶灵凤《从陈三谈到磨镜》看潮剧《陈三五娘》的创作

丘陶亮[*]

　　叶灵凤（1905—1975），江苏南京人，原名韫璞，叶灵凤是他的笔名。同 20 世纪二三十年代的很多作家一样，他后来也以笔名行世。他不但是作家，而且是画家和藏书家。早年入上海艺专攻读，参加创造社，后加入左联。抗战爆发后，任《救亡日报》编委，又随迁广州。1938 年到香港，从事报刊编辑及中华全国文艺界抗敌协会香港分会理事。香港沦陷后，从事敌后工作，协助采购后方急需物资。日本投降后，仍任《星岛日报》副刊"星座"编务，并从事香港历史文化、文物研究。他不但写小说、散文随笔，潜心研究书籍的版本和装帧，富于书籍收藏，又是我国最早介绍和研究藏书票的收藏家。出版有《菊子夫人》《处女的梦》《我的生活》等；为人称道的"书话"部分也在他生前结集出版了《文艺随笔》《北窗读书录》《晚晴杂记》（部分）等；身后由他人编辑出版的有《读书随笔》（三卷）、《叶灵凤书话》《叶灵凤随笔合集》（收录部分作品，实为选集）；关于香港的书，也出版了《香港的失落》《香港沧桑录》《香港浮沉录》和《花木虫鱼丛谈》等；还有一批专栏作品虽未编专集，已被收录进《新雨集》《红豆集》等与他人的合集之中；最近，又有人为他编成了

* 作者单位：潮州市非遗保护中心。

《霜红室随笔》一书。

叶灵凤素以"杂览"著称，涉猎广泛，古今中外，无所不谈，文学、艺术、民俗、风土……无不涉及，行文不但晓畅有趣，而且独有见地。我们发现他有关文物的研究知识，也是通过一些随笔的方式传达给读者，娓娓道来，令人过目难忘。他谈潮剧《陈三五娘》的有关文字，其实是贯穿于他一篇谈铜镜的历史、演化、科技、工艺知识、养护的文章之中，题目就叫《从陈三谈到磨镜》①。

从这篇文章中，我们可以感觉到，叶灵凤是十分欣赏、推崇潮剧《陈三五娘》的，因此，他开篇第一句便是"有名的潮剧《陈三五娘》……"由于他要谈的是有关铜镜这种文物，因此，他没有阐发全剧那种男女追求婚姻自由的主题，而是围绕着铜镜和磨镜说事。笔者认为，据此对《陈三五娘》一剧进行研究，实在也是别开生面的，今试述之。

一　从镜的演化史看《陈三五娘》故事历史背景的合理性

现在，我们从各种现代传媒中，从各种形式的鉴宝寻宝活动及形形色色、不同层次的专家口中，知道了汉唐铜镜的事儿，知道汉代透光镜、唐代的海兽葡萄镜和蟠龙纹葵花镜等物之精美与名贵，对铜镜的历史和养护却知之寥寥。

叶灵凤在《从陈三谈到磨镜》一文中（以下简称"该文"）指出，"我国在未有玻璃镜以前，所使用的是铜镜。我国懂得用合金铸镜，使用铜镜的历史已经很久。"他从"秦镜高悬"这句俗语入手，说明早在秦朝，所铸的镜已被认为"具有能鉴别隐微，甚至善恶的效能"（此语后来演化成"明镜高悬"。在古代，往往被悬挂于各级长官判案的大堂上，标榜所谓执法的公平）。他不但关注着历史文物，也时刻注意考古的动态和新发现，又指出："现在出土的战国铜镜更不少，可见我国使用铜镜历史的悠久。"近读资料，齐家文化遗址（约公元

---

① 　叶灵凤：《从陈三谈到磨镜》，《霜红随笔》，海豚出版社 2012 年版，第 82—89 页。

前 2000 年）发现铜镜，则其历史更应推前了。

接着，他考证指出，"我国大约一直到明末清初，还在使用铜镜。这时虽然已经有背后涂有水银的玻璃镜从国外输入，但是价贵，大的玻璃镜更是'珍物'，只有皇帝和富豪之家才用得起。在小城市和乡下，铜镜一直继续在使用……直到鸦片战争后，玻璃镜的使用已经普遍，铜镜退到辟邪装饰的地位，不再是日常用具。"

《陈三五娘》的故事发生在明朝的潮州（有明代戏文即剧本《荔镜记》《荔枝记》为证），"那时铜镜仍是闺中恩物"。因此，其发生的历史（时代）使用铜镜的背景是合理的。

二　从铜镜的养护看陈三磨镜情节发生的合理性

该文指出，"铜镜使用日久，镜面昏暗，照物不清晰，这时就需要用到'磨镜人'了"。既然需要磨镜人，也就诞生了磨镜这一行业，而且，这一行业也早已有之，直到铜镜为玻璃镜普遍代替才消失。

他不但举了唐代刘禹锡的诗《磨镜》、鲍溶的诗《古鉴》为例，证明磨镜这一行业和磨镜匠——"负局先生"的存在。而且引《列仙传》中语似燕代人，以磨镜隐于市，到处施药救人的"负局先生"证其为实。举徐孺子"赍磨镜具自随，每所在磨镜取资"，葬祭他常事的黄记夏先生的故事加以证明。既然"负局先生"

"语为燕代人"（虽属神仙传说，但负局先生磨镜的传说，唐以前已存在），而徐孺子即初唐著名诗人王勃在《滕王阁序》中提到的"徐孺下陈蕃之榻"的"徐孺（子）"，他是东汉南昌人。说明早在战国及两汉时代，磨镜人便存在并牵涉到不少名人，甚至"神仙"。

该文指出，"由于古人用镜是时常要磨淬的，磨镜的生意大约很不错，同时工具简单，又不难学"，所以不但有专业的磨镜匠，"就是古人也有不少因了困乏，临时借磨镜自给的"。他又举了《益都耆旧传》中"杜真孟宗，周览求师，经历齐鲁，资用将乏，磨镜自给"为例。接下来他又举了前文所讲的徐孺子的事迹。虽然徐孺子磨镜取资，是为了葬祭其师，从格调上比"自给"要高，但实在也是为了解决资金匮乏的问题。因此，叶灵凤两次强调，"《陈三五娘》一戏里的陈三，能够乔装成磨镜人混入五娘家"，"从这上面，也可以看出陈三乔装磨镜人，虽是戏中情节，在实（际）生活中也是有所根据的"。这就点破了潮剧《陈三五娘》中关键情节之一——陈三磨镜的合理性。也就是说，剧本作者设计的这一关键情节，是来源于当时的"现实生活"的。

三　从磨镜的对象和地点看《陈三五娘》一剧情节发展的合理性

天下三百六十行，什么行业之人都可以装扮，为什么陈三独独要选择扮成磨镜人呢？除了镜用久需磨，"同时工具简单，又不难学"之外，原来还与磨镜的对象和地点有关。显然，关于这方面，叶灵凤也是经过认真考证的。他在该文中写道："磨镜人和磨镜的工具，我们从有些古画和民间版画留下的材料看来，他们的设备颇与今日的'磨铰剪铲刀'相似。整日挑了小担，穿街过巷的高声呼喊，兜揽生意。由于他们的主顾都是妇女，工作地点总是在后门口、庭院里，或是大户人家的后花园里，这才构成了《陈三五娘》戏中的那个情节，乔装磨镜人的陈三，才有机会进入黄家，并且与五娘和益春相见了。"在谈到一些古代名人在困乏之时，以磨镜解困的例子之后，他又再一次强调："《陈三五娘》的故事，据考发生在明朝。那时铜镜仍是闺中恩物，磨镜匠和货郎一样，是直接可以和妇女交易的，因此陈三乔装成磨镜人，遂有机会进入黄家，见到益春和五娘。"正是这种磨镜（服务）对象、可以直接与妇女接触（做生意），以及地点上（后门口、庭院里或是大户人家的花园里）都是僻静之所，加上手艺简单易学，所以陈三才选择乔装成磨镜人，才有了以后进入黄家的情节发展。而当益春见到这位老磨镜匠"李公"的徒弟时，也心有灵犀，将他引进后花园，有了那段"多承多感"的戏谑以及陈三那"七尺丈夫莫漫猜，青梅有约故人来。殷勤为谢深情意，愿（来）下温峤玉镜台"语带双关的表白式吟唱。

再加上《陈三五娘》剧本的作者，此前写黄五娘在元宵看灯和掷荔之后，因思念而对着铜镜，顾影自叹"宝镜蒙尘"的情节，因此听到磨镜匠之招揽生意的呼喊，命益春持镜去磨的侧笔，剧情的发展写得前后照应，又合情合理。

四 从磨镜工具和辅助物的使用看《陈三五娘》中细节描写的合理性

"除了细节的真实之外，还要再现典型环境的典型性格。"这是恩格斯在谈文艺时说过的话。这是针对写人记事为主的作品而发出的带哲理性的理论总结。因此说明，细节的真实和将人物放到典型环境中去刻画与表现其典型性格，是这一类作品必备的两个要素。戏剧作品作为在事件的发生、发展和结果中刻画人物表现主题的作品，当然也不例外。《陈三五娘》正是在这方面做得较好的一出戏。就"磨镜"而言，叶灵凤敏锐地注意到这样的细节。该文写道："我们在舞台上见到戏中的陈三，乔装为磨镜人后，挑了一副金漆小担，在黄家后（花）园里坐下，他显然从李公那里学到了几度'散手'，这时只见他取出了几个小纸包，又用一根药杵一样的东西，在一只小钵里又捣又研，然后在那面镜上磨墨一样用力地磨，又一再用小幅小巾去拂拭。"

他接着指出，"这几个手式都做得很仔细，那些小纸包代表磨镜药的，只是一般观众大约未必能体会这些细节了"。

因为研究文物，叶灵凤对古镜的历史及养护的认识是很深刻的。因为观看过潮剧《陈三五娘》，触发他写了这篇关于"磨镜"的文章。他对剧中磨镜的情节和细节，是多么观察入微。你看，陈三挑的那副金漆小担，分明融入了潮州金漆木雕的元素。而他从磨镜的角度说事，是十分欣赏陈三开始磨镜时的"这些细节"的。"这几个手式"就是取镜药小包、拿药杵捣研后，放到镜面用力磨，然后用一小巾拂拭。说实在的，对这些细节的观察与合理性的认识，就是那些搞文艺工作多年的人，也不见得注意到这一点。而且，孤陋寡闻如笔者，此前也未见到有人作如此揭示与论述。

为了证明镜药为磨镜时所必需，叶灵凤还举了《修务训》和《磨镜帖》（潘默成作，见宋人《脚气集》）为例。虽然前者谈的是"明镜之始，型蒙然，及粉之以元锡，摩之以白旃，则须眉鬓毛可得而察"。也就是镜铸成后的"磨"。后者主要是以书喻磨镜药，说的是读书使人透明莹彻等。却都从不同方面证明了镜药与磨镜工具虽简单却实实在在地存在。陈三那些磨镜的手式（细节），也实实在在来源于磨镜工序之中。

潮剧《陈三五娘》自产生以来，历经几百年岁月的淘洗和艺人的不断丰富提高，至今仍广受欢迎，其主要原因除有鲜明的主题，群众喜爱的内容和表演形式之外，围绕磨镜这一事件及铜镜这一道具而抒写（展开）的情节和相关细节，符合彼时社会生活实际也是一个重要的原因。当然，还有优美的唱词等。我想，这也是叶灵凤喜爱，并选择以之作为他的关于铜镜及磨镜的文物随笔题目和例证的原因。这其实也是艺术与生活关系的一个很好的例证和注脚。读之，使我们能更好地加深对文艺不但必须来源于生活，而且应该比生活更高、更美、更完善的理解。只有坚持这样的创作道路，我们的文艺才能历久弥新。

荔枝出墙惊艳赏
——细谈梨园戏《陈三五娘》在华东会演后的艺术反响

谢文逐[*]

陈三（陈伯卿）、五娘（黄碧琚）是闽南人乃至东南亚华侨熟悉又亲切的历史人物，他们俩既没有建下什么丰功伟绩，也没有留下什么鸿篇巨制，但有一段奇特的恋爱故事，值得人们敬仰与传唱。古代，一位官家子弟为了心仪的潮州淑女，故意破镜而甘愿为奴三年；一位大家闺秀为了高洁的爱情，敢于抗婚与相知的人私奔，这在现代社会恐怕也不多见，实谓至真至爱！这段故事的主人公陈三相传是南宋时期泉州朋山岭后（今洛江区梧宅村）的人，虽无史料记载，但它历经数百年流传至今，已在老百姓的心中烙下了深深的"印记"。各种的传说故事、歌谣、俗语，特别是戏曲在闽南一带可说是家喻户晓、耳熟能详。

一 荔镜美传长

梨园戏是宋元南戏的"活化石"、我国最古老的剧种之一。它发源于闽南的泉州，始于宋末，盛于明。分为三个流派：上路、下南、七子班（也称小梨园）。其中《陈三》就是小梨园流派"十八棚头"（十八个剧目）影响最广最大的一出名剧。而有关陈三的戏文在明嘉

---

* 作者单位：石狮市锦峰实验学校。

靖丙寅年（1566）建阳新安堂就已刊印发行，书名为《重刊五色潮泉插科增入诗词北曲勾栏荔镜记戏文》。由于岁月流转，到了 20 世纪国内已然不可寻，且喜国外尚有一本存于日本天理大学图书馆，一本存于英国牛津大学图书馆（1955 年，欧阳予倩、梅兰芳访问日本，从日本天理大学图书馆带回一套书影）①，这是至今有资料可查"陈三五娘"最早的文本，然据《荔镜记》最后一页的文字说明，可知之前还有一部书刊——《荔枝记》，可惜现已失传。这说明"陈三五娘"在距今六百多年的明朝就有很大的社会影响，且延续绵绵，其后又刊印的书籍有：清顺治辛卯年的《荔枝记》、清道光辛卯年的《荔枝记》、清光绪甲申的《荔枝记》及新中国成立后的口述本《陈三》等戏文，足见陈三五娘的传奇故事在闽南的戏曲舞台上世代传唱而不衰。

二 申城放异彩

中华人民共和国成立前梨园戏由于其他剧种的冲击，曾一度式微。新中国成立后在党的"百花齐放、推陈出新"文艺方针指导下传统戏曲进行"戏改"运动。时任晋江县文化馆馆长的许书纪，召集流落在民间的梨园戏三个流派的艺人们，于 1952 年组建了晋江县大梨园剧团。不久接到省文化事业管理局（后改称福建省文化局）下达选定《陈三五娘》作为本省第一批审查剧目的文件（据庄长江先生说，这是当时在福建省戏改委员会工作的晋江人沈继生推荐的），许馆长便根据传统口述本（蔡尤本口述，许志仁补述"赏花"，刘书鉴、邱允汀补述"后花园"，蔡维恭补述"探牢""起解""抢解""私会""簪花"），参考《荔镜记》《荔枝记》进行整理。口述本全剧原为二十二出，初次压缩后取名《陈三五娘》，从首出"睇灯"到"私奔"共十三个场口，分上下集两个晚场演出。11 月省戏改会在泉州举办戏曲研究班，初排的《陈三五娘》为各地艺人观摩并进行座谈讨论，根据大家提出的意见把上下集再压缩为一次演出。其间对《陈三五娘》的改

---

① 郑国权：《荔镜奇缘古今谈》，中国戏剧出版社 2011 年版，第 15 页。

编问题，举行过七次讨论研究。许书纪总结了座谈会的精神，又整编出另一版本的《陈三五娘》，这个剧本在思想和艺术方面有着很大的提高。1953 年 4 月经中央文化部批准，以晋江县大梨园剧团为基础，合并晋江专区文工队，改组晋升为福建省闽南戏实验剧团（现福建省梨园戏实验剧团的前身）。艺委会对《陈三五娘》进一步改进，决定再作压缩整理，由林任生、张昌汉二人参与进行分场执笔。在保留原场口顺序和名曲的基础上，参考清光绪本《荔枝记》和民国本文言小说《奇逢全集》，去芜存菁、精雕细琢地进行艺术提炼，让人物形象更加丰满隽美，情节更加紧凑感人，力求达到完美的境地。

　　整理期间，省文化局局长陈虹亲自数次到泉州蹲点指导工作。剧团本着边改、边排、边演的原则到闽南各地巡回演出，征求专家、群众的意见。11 月剧团到漳州演出后举行座谈时，著名芗剧编导邵江海提出"留伞"一场中怎么不见陈三与益春抢伞的科步表演，会后执行导演吴捷秋询问老艺人许茂才，果然是原整理本怕演出时间过长把其删掉。于是吴导演马上请许茂才一步一步认真地教授演员，并在此后的演出加入了这段表演。若非幸遇邵氏，这精彩的"夺伞舞"恐怕就永远成为遗珠了。①

　　经过一年多不断的演出完善，《陈三五娘》已见其精致、优雅的舞台风采。1954 年 8 月到福州参加省第二届戏曲观摩大会，演出"睇灯"折戏，获演出一等奖、导演奖、音乐奖，苏乌水获演员一等奖，蔡自强、苏鸥、林玉花获演员二等奖，这是梨园戏《陈三五娘》初次获得的荣誉。比赛完剧团便驻扎榕城接受省戏曲专家对这出戏作进一步艺术提升的指导。经过一个多月的再提炼，9 月下旬剧组离榕赴沪参加华东区戏曲观摩演出大会。10 月 5 日晚梨园戏《陈三五娘》在上海八仙楼大众戏院演出，果然一炮打响，包揽了大会所有奖项：优秀演出奖、剧本一等奖、导演奖（蔡尤本、许茂才、吴捷秋）、乐师奖（林时栋）、舞美奖，还有四个演员一等奖（蔡自强、苏乌水、苏鸥、

---

①　吴捷秋：《樟园书诗文存》（下卷），福建人民出版社 2005 年版，第 237 页。

林玉花)、两名奖状获得者（施教恩、李铭钳)①。这是经过戏改之后
凤凰涅槃的梨园戏跨出省门首次演出，却一鸣惊人，其缘由何在？它
既有古老剧种的深厚沉淀，更离不开《陈三五娘》独特的艺术魅力。

　　1953 年越剧《梁祝》被拍成彩色电影，受到老百姓的喜爱，大家
都为《梁祝》那"生命诚可贵，爱情价更高"的思想而赞叹。然其结
局是双双以死殉情的悲剧，观众是在泪水中感慨爱情的高洁。而《陈
三五娘》却是两人毅然从潮州私奔到泉州终成眷属，其结局是大快人
心的"喜剧"，人们不禁要为陈三和五娘敢于冲破封建礼教的藩篱，
奔向幸福自由而齐声叫好。他们这种彻底的"革命精神"，大大满足
了新中国成立初期人们解放思想、积极向上的审美需求，因此说《陈
三五娘》的主题思想是一种富有温存而激进的高尚美。

　　梨园戏是宋元南戏的遗响，八百年来积累了丰富、精湛的表演艺
术，特别是小梨园流派更有着雅典、细腻的风韵。《陈三五娘》正是
把这一艺术风格多方位地展现出来。首先整出戏的文辞清奇隽永，富
有文学性，让人读后口有余香。音乐和科步都有精彩的听头和看头。
唱腔中很多精彩段子已成为南音的名曲，其甜美、柔和的旋律配上动
听的压脚鼓，在演员的深情演唱下，缠绵悱恻而动人心弦。场景音乐
的处理紧扣情景的气氛及人物的情绪，让人听后身临其境、欣然陶醉。
做工表演保留了传统戏曲的精髓，虚拟写意化的"睇灯""赏花"，是
通过演员各种不同的科步展示来表现热闹的灯市和绚丽的春景。程式
舞蹈化的"留伞"，又是通过一段精彩的雨伞舞来体现两人一要走一
要留的矛盾内心活动。雨伞挥动，载歌载舞，感情的宣泄淋漓尽致。
加上精美的舞台美术和服饰设计，一台演绎，风情万种。《陈三五娘》
轰动了申城，让中国剧坛知道在闽南地区还保存着如此古老优雅的剧
种——梨园戏，观众叫好不断，专家赞赏连连。《文汇报》《解放日
报》《新民晚报》等报刊纷纷刊登专家的评赞文章。一时间"陈三五
娘"这两个名字立即响亮起来，梨园戏也为大众所喜爱，可谓"一出

---

　　①　吴捷秋：《梨园戏艺术史论》，中国戏剧出版社 1996 年版，第 53 页。

戏救活一个剧种"，成为新中国成立后福建省第一个经过整理改编的优秀传统剧目。

《陈三五娘》演出后，上海文化局邀请戏剧界专家进行座谈讨论，提出了一些很好的修改意见，使这个剧目更加完善。但其中出现一种不同的意见，说陈三故意破镜入黄府为奴三年，类似"唐伯虎点秋香"，为追求婢女而自甘为奴，有辱斯文，品行欠佳。剧团也曾一度把剧本改为"失手"，但在演出和拍电影时依旧保持了原来的故意破镜。到了1962年剧团赴深圳演出，有人竟在羊城的报纸上发表文章，批评梨园戏把陈三"打破宝镜"的关键情节，演成是存心所为，有损陈三的形象，应该是"失手破镜"才是正确的，并告到中央文化部，好在时任文化部艺术局局长的周巍峙主持公道，肯定"存心破镜"，至此这场风波才平息。现在想来真有些可笑，殊不知陈三这位本是官家的潇洒才子，为了心爱的佳人，敢于故意打破宝镜而甘愿为奴三年，可称一片至诚至真的痴心，试问古今中外几处再寻呢？①

三　艺苑竞演绎

上海的"亮相"，使梨园戏声誉显著，《陈三五娘》便成为剧团的看家戏，长期下乡为各县的广大农民群众演出。在随后几年的出省、进京演出也必带这个剧目，如在北京、天津、济南、郴州、长沙、南昌、衡阳、醴陵、苏州、南京、无锡、杭州、广州、汕头等地，无不受到赞誉。1955年6月剧团携带《陈三五娘》首次奉调赴北京演出，张艾丁在《戏剧报》（《中国戏剧》的前身）第九期撰文就剧本、演员进行褒奖，并在封底内页刊登剧照。12月《陈三五娘》再次荣获文化部颁发的第一批优秀剧目奖，于是各地出版社纷纷把剧本编辑成书印刷出版，笔者搜集排列于下。

1. 《福建省代表团演出刊本选集——华东区戏曲观摩演出大会剧本选集之六》，1954年（内部交流）；

---

① 郑国权：《荔镜奇缘古今谈》，中国戏剧出版社2011年版，第35—36页。

2. 福建人民出版社 1955 年 5 月；

3. 福建人民出版社 1956 年 5 月第 2 次印刷；

4. 新文艺出版社，《华东地方戏曲丛刊第十九集》，1955 年 7 月；

5. 上海文化出版社 1955 年 9 月；

6. 福建人民出版社，精装本，1959 年 9 月；

7. 中国戏剧出版社，《戏曲选（四）》，1959 年 8 月。（以上版本均为笔者收藏）

在本地，南安县大梨园、厦门市高甲戏两个专业剧团依照华东会演的版本进行排练后，作下乡及出省交流的演出。另外全国各地专业剧团竞相移植演出，省内有闽剧、莆仙戏；岭南有潮剧、桂剧；江南蜀地有越剧、川剧；塞北中原有秦腔、豫剧，以及评剧、昆剧、晋剧、滇剧、曲剧、白字戏、黄梅戏等剧种。其中还有豫剧和评剧两个剧种以单行本把剧本刊行出版。通过比较，能看出评剧本比较忠于原作，场口、情节基本没变，只是在文字上作"评剧化"的修改。豫剧本虽场口也没改变，但情节做了些增减，如删去"答歌"一节，增加"投荔"后陈三访见李公获得磨镜之计的情节。但五娘的人物性格处理过于外露，缺少梨园戏原来大家闺秀的含蓄、委婉美。①

郭亮在文化部举办的戏曲演员讲习会的讲稿——《试论〈陈三五娘〉的两种形象处理》出版成书，他把梨园戏与潮剧（潮剧本是移植于梨园戏）的《陈三五娘》进行仔细的比较分析，肯定了梨园戏演出的思想感染力和情绪感染力比潮剧要好得多，赞赏导演能正确、形象地解释剧本，处理好古典剧目的演出思想。②

现在已知全国就有十六个剧种移植了《陈三五娘》这出戏，这在剧坛实是罕见。花香别样佳，一夜东君遍地吹，"陈三五娘"的风刮到了文坛。在申城出版了署名于人改编的同名小说（至 1983 年已印刷了六版）。在京城的"鸳鸯蝴蝶派"作家张恨水，应中国新闻社之约，

---

① 吴同宾、曹荆予改编评剧：《陈三与五娘》，天津人民出版社 1956 年版；豫剧《陈三五娘》，河南人民出版社 1960 年版。

② 郭亮：《试论〈陈三五娘〉的两种形象处理》，北京宝文堂书店 1959 年版。

把《陈三五娘》改编为章回小说向海外报社发稿，受到广大海外华人特别是闽南侨亲的青睐，后来易名《磨镜记》也出版发行。两部小说都以八个章节用白话文的形式编写，前者的结构基本上是按照演出剧本的框架，只是加入一些环境和心理描写。而后者则充分发挥小说叙述性的特点把剧本大大地生活化，增加了许多情节描述，使得故事更加曲折、丰富。更难得的是两本书分别由著名画家董天野、吴光宇绘制插图，线条流畅，造型秀美，为小说锦上添花。① 1977 年 5 月香港海鸥出版社把《磨镜记》的书名还原为《陈三五娘》重印出版。

四 音画齐增辉

梨园戏《陈三五娘》在华东会演打响后，上海美术出版社即把拍摄的舞台剧照编配文字，于年底出版了第一本连环画。隔年执行导演吴捷秋负责编辑，在泉州侨光电影院搭建舞台拍摄剧照（主要是丰富舞美和增加群众演员），9 月由上海新美术出版社出版第二本舞台版连环画《陈三五娘》。12 月上海人民美术出版社选取其中八张画面配上四句诗制作成彩色小画片发行。同年中国唱片厂以"华东会演"的原班演出人员，灌录《陈三五娘》名段三盘（78 转）的黑胶唱片向全国发行。1962 年剧团携带《陈三五娘》到深圳演出，香港艺声唱片公司灌录了两盘黑胶唱片（33 转，其中陈三改由蔡娅治演唱），并将中国唱片厂 78 转的唱片转化成 33 转向东南亚闽南华侨发行。云南省文化局戏剧工作室编印的内部读物《戏曲工作学习参考资料（第四集）》，收入王爱群撰写的《〈陈三五娘〉音乐整理经过》一文②。钟天骥、王爱群主编的《梨园戏唱本》（第一本），收录《陈三五娘》全剧的唱词及五首曲谱③。更有趣的是连小小的书签、日常使用的记账

---

① 于人：《陈三五娘》，上海文化出版社 1956 年版；张恨水：《磨镜记》，北京出版社 1957 年版。

② 《戏曲工作学习参考资料》第四集，云南省文化局戏剧工作室（内部资料）1955 年版，第 94—98 页。

③ 钟天骥、王爱群：《梨园戏唱本》（第一本），福建人民出版社 1960 年版，第 1—28 页。

本上都可以看到《陈三五娘》秀丽的图片，"陈三五娘"真是深入人心！

在政府的重视下，1956年12月至1957年7月《陈三五娘》由上海天马电影制片厂拍摄为彩色戏曲电影。拍摄前期该剧的编曲之一王爱群，请来他的学生曾家庆（原是晋江专区文工队乐员，毕业于鲁迅艺术学院，已在上海民族乐团工作，后成为著名作曲家），以【绣成孤鸾】这支名曲的主旋律谱成片头曲。曲调旋律优雅、节奏分明，与剧种风格、剧情发展紧紧相扣，为这部电影起了好头，此后几十年来《陈三五娘》的序曲都沿用这段精美的曲子。1959年由王爱群指挥，中国唱片厂把"序曲"灌录成黑胶唱片出版发行，《陈三五娘》的声音飘到了老百姓的家中，清韵长绕梁。

电影拍成后向全国及东南亚地区发行播映，引起极大的影响，海外的闽南华侨在银屏里看到了熟悉的家乡戏，无比的激动。电影剧组回到泉州，每个演员穿着时尚，气度翩翩，让剧团的其他人羡慕不已，走在街上，路人视为明星而紧盯不放。电影在泉州地区播映时不管是城市还是农村，万人空巷争相一睹为快，看完影院再看露天，一遍两遍……连续几天都没看够。电影厂考虑到方言的阻碍（当时屏幕没有配字幕），还制作了"普通话"版的《陈三五娘》，即请来上海的话剧演员用普通话进行对白，让外地观众听得更明了。1957年《上海画报》第三期，以《陈三五娘》的电影彩照作为封底图案刊出，在内页专题介绍电影的故事内容，并附上拒婚、磨镜、留伞、定情等四幅照片。1958年7月福建人民出版社出版《电影"陈三五娘"曲谱》小册子，把全剧的乐谱和唱词刊印出来，以便社会上的爱好者自学演唱。12月中国电影出版社选取电影《陈三五娘》的胶片进行冲洗制作，由陈曙光编文出版了连环画册。同年上海光荣摄影图片厂制作成系列彩色相片；中国电影出版社选取16幅电影剧照，由陈曙光再作编文制作成四条幅的彩色故事年画及单张四开彩图先后向社会大量发行。就这样老百姓的厅堂、睡房、厨房随处可见"陈三五娘"，这对才子佳人进入了千家万户，无比光彩，真是荔镜蕴深意，银屏传娇姿！

　　华东会演期间，同去参加演出的广东潮剧团看见梨园戏《陈三五娘》如此精美，且是演绎自己地域的故事，便和剧团取得联系，派了两名演员（姚璇秋、萧南英）来学习五娘、益春等角色的科步表演。由于时间仓促，会演结束后又亲自到泉州进一步把全剧的表演学完，然后把梨园戏的剧本作移植改编，于1955年由正顺潮剧团首演，并在翌年广东省潮剧团成立时作为庆典剧目。1961年改名《荔镜记》由珠江电影制片厂摄制成潮剧电影。1962年2月中国戏剧出版社出版《中国地方戏曲集成（广东卷）》时，剧本仍以《陈三五娘》为名收录其中。同一时期，中央歌舞剧院也派北昆名演员李淑君、丛兆桓、马捷到剧团原封不动地学习了整出戏的表演科步，并在返京后作汇报演出。

　　这时香港的电影已逐渐走向繁荣，他们也把镜头转向"陈三五娘"，1957年越华兄弟影业公司摄制了电影故事片《陈三与五娘》，1967年邵氏兄弟有限公司摄制了黄梅调故事片《新陈三五娘》，这两部电影都参考了梨园戏的演出剧本。

　　画坛也不闲着，《陈三五娘》在上海参加华东会演时，著名画家张光宇亲临现场创作了多幅速写，画面夸张生动，富有戏剧性。后来出版的《张光宇插图集》收录了《睇灯》《留伞》两幅作品。[1]

　　1955年9月福建人民出版社出版了白描连环画《陈三五娘》，由杨夏林、涂枫、苗风浦根据梨园戏剧本编写，孔继昭、杨夏林、张晓寒绘画，这是厦门的文学家和画家珠联璧合的结晶。发行后反响很大，供不应求。为了满足广大人民群众的需求，原来的两位作者厦门鹭潮美术学校（福州大学厦门工艺美术学院的前身）的老师杨夏林、孔继昭夫妇，又以工笔重彩的形式绘制了十六图四条幅的"连环年画"，并于同年11月由原出版社发行，这十六图是从白描本中选择16幅代表性的画面进行修改提炼，然后浓笔上色而成。1956年11月又以连环画的形式再次发行。1956年7月，又有凌虚、郑慕康根据潮剧本绘制《陈三与五娘》

---

　　① 张光宇：《张光宇插图集》，人民美术出版社1980年版，第61—62页。

彩色连环年画七幅组图，在上海画片出版社发行。这两部作品画面精美细致，人物生动感人，堪称新中国成立初期工笔画的佳作。

五　盛世续佳缘

"文化大革命"期间，在极"左"思潮的垄断下，文艺备受摧残，歌颂爱情至上的《陈三五娘》，受到双重的批判。一是大力宣扬才子佳人，思想颓废；二是剧本描写的背景是南宋国破家亡的动荡时期，却尽情歌颂"幸逢太平年代"，是"商女不知亡国恨"。"文化大革命"结束后戏曲之花如沐春风，这段停滞十年的荔镜奇缘又遍放芬芳。梨园戏剧团恢复传统戏时，重点选择了这个剧目，1978 年《陈三五娘》开始演出。经历十年的文艺饥渴后，观众似饮琼露、如食甘饴，泉州工人文化宫的演出一票难求，每天日夜两场，场场爆满，在乡村的剧场、草台更是人山人海，观者如堵。改革开放后，剧团数次进行艺术交流演出时（1980 年赴中国香港、1986 年赴菲律宾、1991 年赴新加坡、1997 赴中国台湾、2005 年赴法国巴黎）都把《陈三五娘》作为重点剧目之一。首次到中国香港演出时，盛况空前，菲律宾、新加坡、印度尼西亚的闽南华侨和台湾同胞闻讯后，纷纷乘坐飞机特地来品赏这久违的家乡戏。1977 年新加坡湘灵音乐社把《陈三五娘》的剧本进行压缩改编，对外演出了《荔镜缘》短剧。1983 年晋江县的业余剧团罗山樟井梨园戏剧团，也以华东会演的版本排练连续几年下乡演出，受到观众的好评。

20 世纪 80 年代初录音机正流行，上海新艺唱片公司、香港艺声唱片公司把 1962 年灌录的《陈三五娘》黑胶唱片翻录成磁带；泉州戏曲艺术唱片厂、香港温陵唱片公司、厦门音像出版社、福建音像出版社等先后把《陈三五娘》赴香港演出前的录音（主演：蔡娅治、苏乌水、洪美玉）录制成磁带；香港永成盒带有限公司在 1979 年录制"香港福建南管曲艺团"演出的福建戏《陈三五娘》磁带（音乐完全按照梨园戏的版本演唱）。1988 年福建省音像出版社与香港兴顺唱片公司联合录制《陈三五娘》（主演：曾静萍、李红、黄晓萍）的磁带等纷纷出版发行。1997 年福建省文艺音像出版社出版了光碟《陈三五娘》（1997 年赴台湾演出版）；新世纪初北京北影录音录像公司发行了电影版《陈三五娘》的 VCD 光碟，使大众坐在家里便能重温五十年前的银屏形象。

书籍出版有泉州地方戏曲研究社编的《泉州传统戏曲丛书》（第一卷）收录《陈三五娘》剧本，1999 年 9 月由中国戏剧出版社出版；2001 年 12 月许谋清主编的《安海百年文学作品选》、2007 年 6 月薛若琳、王安葵主编的《中国当代百种曲》（2）也都收录《陈三五娘》的华东会演本，分别由海南出版社和江苏美术出版社出版发行。2002 年 12 月郭汉城担任总主编的《中国戏曲精品》（第一卷）再次收录《陈三五娘》一剧，由山东教育出版社出版。厦门作家颜金村创作了同名章回小说，共有四十回，故事曲折离奇，其中的一些情节、文字是从梨园戏剧本吸收去的，1987 年 9 月该书由鹭江出版社出版刊行。1983 年 4 月，福建人民出版社（金青根据梨园戏改编，刘秉贤、黄石绘画）和岭南美术出版社（李国俊、洪寿仁根据潮剧改编，余树泽绘画）同时出版了《陈三五娘》的连环画。还有以"陈三五娘"为题材的各种精美年画不断出现：

"睇灯"，周小申作，1983 年 6 月，湖北美术出版社；

"出奔"，姚殿科作，1987 年 6 月，辽宁美术出版社；

"连环年画"，林瑛珊、石豁义作，16 图四条幅，1990 年 6 月，辽宁美术出版社；

"连环年画"，16 图四条幅，吴景希画，张元锦编文；（出版社与时间不详）

"投荔"，龚景充作；（出版社与时间不详）

"磨镜"，陈仰煌作；（出版社与时间不详）

"磨镜"，周光美作。（出版社与时间不详）

如今，当月儿初升时，泉州梨园古典剧院的红毡上时常传出《陈三五娘》那感心悦耳的曲调来，这是"梨园"老中青三代人对荔镜缘的深情演绎，且在各地乡村的草台上不断地延续着……

岁月匆匆，"陈三五娘"的荔镜奇缘没有因时光的流逝而淡化，这段古远甘香的情缘需要我们用真诚的心再去挖掘扩宽，让更多的人，特别是年轻一代，知道泉州有"陈三五娘"这样一对才子佳人，值得大家深深地怀念与爱慕。当今的社会经济繁荣，科技进步，各种影视音像快速普及与发展。我们期待以"陈三五娘"为题材的新艺术作品不断地涌现，如创作"陈三五娘"题材的流行歌曲、动漫或电视剧；拍一部"陈三五娘"的爱情电影故事片（尝试用闽南方言配音）；打造梨园戏《陈三五娘》舞台精品剧，在每年的情人节为广大青年演出；创建以"陈三五娘"为名的宾馆、公园、展览馆等。让陈三、五娘在泉州、中国乃至世界成为一种纯洁、高尚、浪漫爱情的象征！

感谢郑国权、庄长江两位先生在我撰写文章的过程中，提供了珍贵的材料并给予热情的指导。

古剧悠悠闽海藏，申城初露俊娇妆。

识来荔镜清风醉，一段奇缘代逞芳。

愿"陈三五娘"在新的时代里绽放出更美丽的风采！

语言类

明刊闽南方言戏文《荔镜记》词语考释

王建设*

刊行于 1566 年的《重刊五色潮泉插科增入诗词北曲勾栏荔镜记戏文全集》（以下简称《荔镜记》）是现存最早的正式刊行的闽南方言戏文，目前我们所能看到的《荔镜记》有两种印本（属于同一版本）：一为伦敦牛津大学摄影所藏，一是日本天理大学藏本。本文所据为收入《明本潮州戏文五种》的《荔镜记》（即日本天理大学藏本）。由于《荔镜记》出现的年代早，戏文篇幅又长，提供的语料十分丰富，所以对于闽南方言研究具有非常重要的价值。但是，因为明刊闽南方言戏文强调音准重于字正（即注重标音准确，而不讲究使用本字），用字显得较复杂，既有同音或同义替代，又有省旁或省笔字、简体字，还有方言字以及符号字等，故给人们的阅读和研究带来不少困难。

下面，对《荔镜记》戏文中的部分方言词语略作考释。

底

（1）〔净〕好说九郎公得知，拙年雨多，仓厝尽熳烂，袜底得谷，请九郎公去看，合该从理。（172）①

---

* 作者单位：华侨大学文学院。

① 为方便查阅原文，文中所引戏文皆标明该句所在的戏文页码。《荔镜记》以阿拉伯数字标明泉州市文化局、泉州地方戏曲研究社编《荔镜记、荔枝记四种》（中国戏剧出版社 2010 年版）第一种《明代嘉靖刊本〈荔镜记〉书影》的页码；〔荷〕龙彼得辑《明刊闽南戏曲弦管选本三种》（中国戏曲出版社 1995 年版或泉州地方戏曲研究社编《明刊戏曲弦管选集》所附书影，2003 年版）以汉字标注页码。

底，实为"贮"的同音借字。《明刊闽南戏曲弦管选本三种》（下简称《明刊三种》）中《满天春》用的就是本字"贮"。例如："〔旦〕无物通做表记，那有一个绣匣，贮有五百太平钱，乞恁收去做表记。"（下廿三正）

贮〔tue⁵⁵〕①，储存，贮藏之意。《集韵》："贮，展吕切，积也。"《玉篇·贝部》："贮，藏也。"《吕氏春秋·乐成》："我有田畴，而子产赋之；我有衣冠，而子产贮之。"唐刘禹锡《唐故相国李公集纪》："元和初，宪宗遵圣祖故事，视有宰相器者贮之内庭，繇是释笔砚而操化权者十八九。"今泉州话说："即间仓库贮得若粮食？"（这间仓库可以储存多少粮食？）

熟事

（2）〔旦〕是生分人，熟事人？（91）

闽南方言表示"熟悉"常说〔siak²⁴sai⁴¹〕，"熟人"则说成"〔siak²⁴sai⁴¹〕依（人）"。如："熟事侬免行生分礼"（老熟人不必像陌生人一样搞繁文缛节）。《普通话闽南方言词典》（722页）写成"熟似（人）"。《荔镜记》则用"熟事人"，《明刊三种·满天春》用法亦同。例如："〔旦〕今亦无一熟事人寄一消息去乞伊知。"（廿四反）

这种用法其他古籍中也可见到。如宋张任国《柳梢青》："旧店新开。熟事孩儿，家怀老子，毕竟招财。"清张南庄《何典》："熟事人跑惯的，有时不小心，还要走到牛角尖里去。""熟事"显然就是本字。

毕

（3）〔旦〕看许开个舍个毕目个谢个，都是东君摆布生意。（215）

---

① 泉州话（鲤城腔）有7个调类：阴平（33）、阳平（24）、阴上（55）、阳上（22）、去声（41）、阴入（5）、阳入（24），轻声以"0"表示。

毕〔pit⁵〕，当是"擘〔peʔ⁵〕"的同音或音近借字。《明刊三种》用法基本相同。例如："雨过春草青，毕木又抽芽，不识名，满目都是红白间青紫。"〔《明刊三种》第一种《满天春》上栏《锦曲曲词》（下卷）下十七正上栏〕"毕木"就是"擘目"。"擘"，掰开。《集韵》入声麦韵："擘，博厄切。《说文》：为也。"段玉裁注："今俗语谓裂之曰擘开。"《广雅·释诂一》："擘，分也。"《史记·刺客列传》："既至王前，专诸擘鱼，因以匕首刺王僚，王僚立死。"宋陈亮《乙巳春答朱元晦秘书书》之一："事发之五日，头重而不可扶，眼闭而不可擘，冥心静念，以一死决不可免矣。""擘"，本指裂开眼或睁开眼，这里比喻花苞绽开或裂开。今泉州话仍常用，"目珠随擘开随卜食"（眼睛刚张开就想吃）。

通

（4）〔贴〕见窗外尾蝶，双飞相赶。日头长，春花发得通看。（35）

（5）〔净啼，贴白〕青冥（盲）头，今旦是好事志，不通啼，哑公知了打你。（63）

通，借音字，能愿动词，可以。这种写法明刊戏文中习见。又如《明刊三种·满天春》："〔合〕思量只事志佐俩年？亲妹寻不见，俩通共别人说话。"（二正）"〔旦〕阮爱回秀才一杯酒，那人无人通执壶。"（六正）闽南至今仍沿用。但是，古籍中从未见过"通"用作能愿动词。通，应是"中"〔t'aŋ³³〕的音近借字。汉张仲景《伤寒论·太阳病上》："此为坏病，桂枝不中与也。"唐王健《隐居者》诗："何物中长食，胡麻慢火熬。"曾经风靡一时的台湾电影插曲《酒干倘卖无》中的"倘"其实也是"中"的音近借字。

那₁

（6）〔旦〕一年那有春天好，不去得桃总是空。（36）

（7）〔净〕我今请你无别事，那因无厶费心情。（39）

那〔la⁴¹〕，副词，只、只是。"那"为"乃"的音近借字。《明刊三种·满天春》用法相同。例如："〔旦〕那因贼马反乱，急离乡里。"（三正）《集韵》去声代韵："乃，乃代切。辞也。"《吕氏春秋·孝行览·义赏》："天下胜者众矣！而霸者乃五。"高诱注："乃，犹裁也。"《史记·项羽纪》："至东城，乃有二十八骑。"又《管晏列传》："岂以为周道衰微，桓公既贤，而不勉之至王，乃称霸哉？"《汉书·蒯通传》："且郦生一士，伏轼掉三寸舌，下齐七十余城；将军得数万之众，迺（乃）下赵五十余城。为将数月，反不如一竖儒之功夫？"《三国志·魏·武帝纪》注引《魏武故事》载十二月己亥令曰："去官之后，年纪尚少。顾视同岁中，年有五十，未名为老。内自图之，从此却去二十年，待天下清，乃与同岁中始举者等耳。"南朝宋刘义庆《世说新语·方正》六十三："王恭欲请江庐奴为长史，晨往诣江，江犹在帐中。王坐，不敢即言。良久乃得及。""乃"〔la⁴¹〕今仍是泉州话的常用词。例如：袋仔乃有两箍银尔。（口袋里只有两块钱。）

那₂

（8）〔旦〕阮厝也有几盏花灯，那留你只处赏可好？（42）

（9）〔丑〕那卜是人操琴，都不见斧刽（头）陈。（44）

那〔la⁴¹〕，连词，如果。"那"为"乃"〔la²²〕的音近借字。《明刊三种·满天春》可见这种用例。如："〔旦〕那是妈亲使尔来，我去亦有面分；那卜是尔私下来，我做乜好同尔去？"（三十正）《尚书·盘庚中》："乃有不吉不迪，颠越不恭，暂遇奸宄，我乃劓殄灭之，无遗育，无俾易种于兹新邑。"又《多方》："乃有不用，我降尔命。"王引之《经传释词》："乃，犹若也。"南朝宋刘义庆《世说新语·轻诋》二十二："王大语东亭：'卿乃复论成不恶，那得与僧弥戏？'"（王大对东亭说："你如果再辩解你真的不坏，怎么能和僧弥争高低呢？"）

今泉州话俗语有："佛乃有灵圣，群众就歹命。"（神佛若能显灵，群众就要遭殃，意谓迷信一旦成风，就会影响群众的正常生活。）

若

（10）〔外〕伊有若田在只处，可有若田有（客）？〔净〕伊有五百田客。（172）

（11）〔生旦贴上〕三人走到赤水溪边，匕匕，未知过溪着若钱，匕匕。（186）

（12）〔丑〕去有若久？〔末〕恁问伊卜佐乜？（188）

（13）〔丑〕甲婆仔送林厝去，许婆仔不敢送去，婆仔食伊人若物了，做乜好送转去！（68）

闽南方言表示"多少"（疑问代词）或"多么"（副词）常说〔lua²²〕，《普通话闽南方言词典》（666 页）写成"偌"。偌，《集韵》"人夜切"，该切语泉州话不能读阳上调，所以"偌"不是本字。这种用法《荔镜记》一概写成"若"，《明刊三种·满天春》也是如此。例如："〔丑〕官人、娘仔听起。见恁双人都是前世佳期。官人共娘子行有若久路了？"（十二反）"〔生〕未知娘子只货卜卖若艮（银）？"（下三正）"〔外〕只一孜娘若怯，放雕卜蹰我到了。"（廿八反）

若，《集韵》有"尔者切"。次浊上声的字在泉州话中往往以阴上和阳上构成文白对应。如：远〔uan³/hŋ⁴〕、雨〔u³/hɔ⁴〕、扰〔liau³/la⁴〕、舞〔bu³/bɔ⁴〕等。"尔者切"在泉州话中的文白读正是〔lia³/lua⁴〕。"若"在古籍中可以表示"多少"。如《南齐书·王敬则传》："我昔种杨柳树，今若大小？"

八　识

（14）〔丑〕只一人我入（八）伊。（52）

（15）〔净〕许识物个尽称呼佐大官，许不识物个呼我佐大鼻。（38）

（16）〔贴〕益春说乞官人听，阮厝娘仔不曾八出来行。
（179）

（17）〔旦〕值情（曾）八出路，受只千辛。今旦为君，识只
路程。（191）

八（识）[pat⁵]：动词，知道，认识；副词，曾经。《明刊三种·满天春》用法一样，有大量的用例："〔旦〕恁因何八叫阮名字？"（一反）"〔旦〕想恁那是读《四书》，未识读《毛诗》。"（二正）

李如龙教授认为："'八'在沿海的闽方言普遍有两个共同的义项，一是用作动词表示认识、理解和知晓；二是用作副词表示'曾经'……在闽南话，用作数词读白读音，用作动词和副词读文读音。"[3] 在闽南话中作为动词和副词的 [pat⁵] 显然是个常用的口语词。常用口语词使用文读音，这不太符合文白读音使用的一般规律。我们认为"八"应是个借音字，其本字是"别"。别，《集韵》入声薛韵"笔别切。异也"（泉州话读音为 [piat⁵/pat⁵]），本指事物有区别，后引申为识别、认识。南朝宋刘义庆《世说新语·术解》九："桓公有主簿，善别酒，有酒则令先尝。"《敦煌变文集》卷一《伍子胥变文》："我观君与凡俗不同，君子怀抱可知，更亦不须分雪。我闻别人不贱，别玉不贫。"唐白居易《谢李六郎中寄新蜀茶》诗："不寄他人先寄我，应缘我是别茶人。"郑谷《赠宗人前公安宰君》诗："喧卑从宦出喧卑，别画能琴又解棋。""识"则为"别"的训读字。例14、例15，"八""识"用作动词；例16、例17，用作副词。今泉州谚语有"生着迹较好别拳头"（功夫再好也比不上出身好）。

盃

（18）〔外〕益春，竹盃攑过来。（71）

盃，明显是个借音字。吴守礼《明嘉靖刊荔镜记戏文校理》（60页）注曰"表音"，并换成"盅"字，但未加注释。施炳华注《南戏

戏文：陈三五娘》（上，104 页）按："pue¹，片状的较硬的东西。箆，竹器。竹箆，是打人的竹子。""箆"音义均失，非。《闽南方言大词典》（190 页）把"竹〔pue³³〕"写成"竹柸"，是。《集韵》平声灰韵"柸，晡枚切。版也。"版，在古汉语中可以表示"木头分割成薄片"，也可泛指"物之扁平者"。所以"竹柸"就是竹片（旧时闽南家庭常用来打小孩子），今泉州话仍沿用。

陈

（19）〔丑〕那卜是人操琴，都不见斧县（头）陈。（44）

陈，"阗"〔tan²⁴〕的同音借字，动词，响。喧闹。《集韵》平声先韵："阗，亭年切，《说文》：盛貌。""阗"本指事物众多，后引申为"喧闹"或"声音洪大"。《楚辞·九辩》："属雷师之阗阗兮，通飞廉之衔衔。"晋左思《蜀都赋》："车马雷骇，轰轰阗阗，若风流雨散，漫乎数百里间。"唐贾曾《饯张尚书赴朔方序》："听阗阗之去鼓，目悠悠之转斾。"清刘大櫆《重修孙公桥记》："凿琢砻砺，阗阗殷殷。"清黄遵宪《宫本鸭北索题晃山图即用卷中小野湖山诗韵》："乱峰插云俯水立，怒涛泼地轰雷阗。"今泉州话有"雷阗叱掣"（雷鸣电闪）、"未惊蛰先阗雷卌九日乌"（不到惊蛰先响雷将会出现持续四十九天的阴雨天气）等说法。

挞

（20）〔旦〕不是。人有相似，恐畏认挞。（92）

（21）〔贴〕许是萌听挞了。（127）

挞，表示"错"或"误"，实应看作借音字。《明刊三种》用法完全相同。例如："〔生〕小人才自叫瑞莲，亦不曾叫瑞兰，只是娘子听挞。"（一反）其本字当是"赚"〔taʔ⁴¹〕。《集韵》去声陷韵："赚，直陷切。《广雅》：卖也。一曰市物失实。"宋徐铉《稽神录拾遗·教坊乐人子》："讶，赚矣！此辟谷药也。"元宋远《意难忘》词："元经摧意气，丹鼎赚英雄。"《醒世恒言·张廷秀逃生救父》："向日我一时见不到，赚了你终身。"以上各例的说法，如"认赚""听赚""写赚""说赚"，今泉州话都还在使用，此外还有"赚误"（错误）的说法。

<h2 align="center">会</h2>

（22）〔贴〕人客，恁会磨镜？（91）

会〔ue²²〕，从明代到现在都是泉州话常用的能愿动词，表示懂得怎样做、有能力做或有可能出现。但"会"实为"解"的音近借字，因为"会"中古属于蟹摄开口一等去声泰韵匣母，在泉州话中只能读作〔hue⁴¹/hə⁴¹〕，而"解"中古属于蟹摄开口二等上声蟹韵匣母，古泉州话读作〔hai²²/ue²²〕，今泉州话则可以读作〔hai²² ue²² e²²〕。"解"作能愿动词用可以追溯到六朝。晋陶渊明《九日闲居》诗："酒能祛百虑，菊解制颓龄。"南朝宋刘义庆《世说新语·术解》六："晋明帝解占冢宅。"萧纲《棹歌行》诗："风生解刺浪，水深能捉船。"[4]今泉州话有谚语："门户解换得，肠肚狯换得。"（门户换得了，内心却换不了）比喻外部的东西能够改变，而内在的东西却很难改变。

<h2 align="center">袜 袂</h2>

（23）〔旦白〕官人哑，阮脚痛，都袜行了。（189）
（24）〔丑〕我句袂做媒人。（55）

"袜""袂"〔bue²²〕均为方言字，实为"未解"〔bI⁴¹ue²²〕的合音（由于受唇音声母的影响，韵头〔ɯ〕变为〔u〕）。《明刊三种》中不见"袜"，只用"袂"。例如："〔旦〕伊佐（做）秀才人岂袂晓得？"（二反）"袜""袂"应是源于中古汉语中表示"不懂"的"未解"（解，能也）。唐王梵志《富儿少男女》诗："长大充兵仆，未解起家门。"杜甫《月夜》诗:"遥怜小儿女,未解忆长安。"现通常写成"獪",意思是"不会"或"不"。泉州谚语有"獪使船嫌溪弯"(不会驾船反说河道弯)。讽人不检讨自己没本事,净找客观借口。

甲

(25)〔净〕人说一某强十被,十被甲也寒。(39)

甲〔kaʔ⁵〕,动词,遮盖,覆盖。"甲"应是"盖"的同音借字。由于"盖"的白读音〔kua⁴¹〕在泉州话中通常用作名词,表示"盖子"(例如:鼎盖〔锅盖〕),故用作动词时采用的是另一个反切(《广韵》:古盍切;今泉州话白读是〔kaʔ⁵〕,如:盖被)。为避免多音多义字被读错,戏文用了同音字"甲"。"盖"在古汉语中通常有遮蔽之义。《尚书·蔡仲之命》:"尔尚盖前人之愆。"《淮南子·说林训》:"日月欲明而浮云盖之。"高诱注:"盖,犹蔽也。"

攑

(26)〔外〕益春,竹盂攑过来。(71)

(27)〔生〕【一封书】秋风起,雁南飞,手攑扫帚珠泪垂。(103)

(28)〔旦〕许是(时)节,各选别头对。举(攑)目无亲,甲阮看谁?(178)

(29)〔旦〕【五更子】我爹妈无所见,李婆搬挑说三四。我自拙日头攑不起,做偶解得冤家身离。(78)

攑(举)〔kaʔ²⁴〕,闽南方言的常用词,可以表示"举"或"拿",其本字当为"揭"。揭,《集韵》中有"丘杰切""巨列切""居谒切""其谒切"等数个切语,泉州话读的是"巨列切"〔kiat²⁴〕(文读)/〔kiaʔ²⁴〕(白读之一,《汇音妙悟》嗟部求母列此音,今永春、德化、惠安等地仍读此音)/〔kaʔ²⁴〕(白读之二,今泉州鲤城区读法）。"揭"在古籍中通常用作"举"或"高举"。例如：《诗·小雅·大东》："维北有斗，西柄之揭。"（天上有斗星，举柄向西方）《庄子·庚桑楚》："若规规然，若丧父母，揭竿而求诸海也。"《文选·张衡〈西京赋〉》："豫章珍馆，揭焉中峙。"李善注引《说文》："揭，高举也。"南朝齐王融《三月三日曲水诗序》："影摇武猛，扛鼎揭旗之士。"汉贾谊《过秦论上》："（陈涉）斩木为兵，揭竿为旗，天下云集而响应，嬴粮而景从。"也可以表示"持，拿"。《淮南子》："操钩上山，揭斧入渊，欲得所求难也。"《后汉书·冯衍传下》："衍少事名贤，经历显位，怀金垂紫，揭节奉使，不求苟得。"李贤注："揭，持也。"唐杜牧《池州送孟迟先辈》诗："我欲东召龙伯翁，上天揭取北斗柄。"今天泉州话依然保留这两种用法。如：揭顺风旗（喻指人云亦云）、揭箸着遮鼻（喻指人该有自知之明）。

落

（30）〔净〕小七不曾打伊，郍是哑娘甲我力头毛落，踢伊几下，无打。（72）

落，为"搦"〔lak^{24}〕的音近借字。《集韵》入声觉韵："昵角切。持也。"握；持。《后汉书·藏洪传》："抚弦搦矢，不觉涕流之覆面也。"唐韩愈、孟郊《纳凉联句》："君颜不可觌，君手无由搦。"泉州话今仍用"搦"表示"抓；手指聚拢把东西牢牢抓在手中"（见《闽南方言大词典》624页），如：揪揪搦搦、搦头毛。

体

（31）〔净〕今冥正是元宵，直来招兄你看灯，因便体群姐得桃。（39）

对于《荔镜记》中表示"观赏（花灯）"的动词"体"，人们往往认为它是个借音字。李新魁、林伦伦《潮汕方言词考释》（194

页）："睇［t'ɔ̃ ĩ²］……看。如'睇书'、'睇戏'。……《广韵》去声霁韵：'睇，睇视'；特计切。浊声母去声字在潮州话中有读上声者，故音义皆合。"[1]实际上，"特计切"的"睇"是不可能读作上声的（就算潮州话通得过，泉州话也通不过），只能算是个借义字。体，《广韵》"他礼切"，泉州话的文白对应为［t'e⁵⁵/t'ue⁵⁵/t'u ĩ⁵⁵］，第二个白读既可用于"体灯"，也可用来表示"以肘部撞人"。古汉语中虽然没有出现过直接用"体"表示"视""观"的用法，但却有合成词"体访""体探""体察"等。泉州话中"体"的"视"义也许即源于此。"体"作为本字显然比"睇"合适。

昨暮日　［tsa²² bɔ⁴¹ lit²⁴］

（32）〔旦〕我昨暮甲你去叫陈三来沃花，□□□（可曾去？）（121）

（33）〔旦〕我昨暮日使益春来甲你沃花，你因乜花都不沃，乞伊谢落地障多？（125）

（34）〔生白〕李公，我昨暮日去到西门外西边，有一大楼，正是乜人厝个？（88）

（35）〔生〕我昨暮日骑马在伊楼下过，伊力手帕包荔枝挞落来，乞我拾来。（88）

（36）〔旦〕阮昨暮日使益春来共你说，你即故意力礼聘送来，是乜道理？（65）

（37）〔生〕冥日思量上天台，得见神仙空返来。昨暮日去花园内，致惹一病有谁知。（131）

（38）〔贴〕昨暮日有一家人来乔伊。（144）

（39）〔丑〕陈三昨暮日在庄头返来，说伊身得病。（180）

昨暮、昨暮日，均指"昨日"。"昨暮"本指昨天晚上，古籍上常见。《史记·孔子世家》："昨暮予梦坐奠两柱之闲，予始殷人也。"陶渊明《拟挽歌辞》（其一）诗："昨暮同为人，今旦在鬼录。"宋陈与义

《雨》诗："燕子经年梦，梧桐昨暮非。"《隋书·苏威传》："后议乐事，夔与国子博士何妥各有所持。于是夔妥俱为一议，使百僚署其所同。朝廷多附威，同夔者十八九。妥恚曰：'吾席间函丈四十余年，反为昨暮儿所屈也！'"（"昨暮儿"指初生儿，比喻幼稚无知。）陆游《寄子坦》诗："颇忧昨暮云吞日，犹幸今朝雨压风。"明沈一贯《日出入金门行》诗："昨暮日入我当出，今朝日出我当入。"而明刊《荔镜记》中"昨暮日"的"暮"已经不含"夜晚"义，如同今天的厦门、漳州等地用"昨昏"称"昨天"（见《闽南方言大词典》51 页）。今泉州话已不见使用"昨暮日"一词，通行的是"昨日"〔tsa²²lit²⁴〕，但惠安北部及泉港地区却说成"助日"〔tsɔ⁴¹let²⁴〕。网友张佳鸿曾在网上发表了一篇《惠安话"昨日"小考》的博文，提出："助日"其实就是"昨暮日"一词的合音形式：昨暮日 tsa⁷bɔ⁷ let⁸ > tsɔ⁷let⁸，还提及明末传教士于1620年出版的《漳州话语法》（Arte de la lengua Chiõ Chiu）中出现"chaá bou Xìt（tsa¹bou⁶dzit⁸）查暮日 Ayer"，其西班牙解释（Ayer）明白无误地告诉我们，在 1620s，"昨日"的说法就是"昨暮日"。该说法言之有理，它表明"昨暮日"曾是早期闽南方言的常用词。

拙

（40）〔净〕丈夫人无厶，亲像衣裳讨无带。诸娘人无婿，恰是舡（船）无舵。拙东又拙西，拙了无依倚。（38）

拙，"潎"〔tsuaʔ⁵〕的同音借字，摇晃。《集韵》入声曷韵："潎，子末切，小水出也。一曰洒也。"《慧琳音义》卷三十九："潎，洒也。"又卷四十："潎，溅也。"今泉州话中的"潎"既可以表示"摇晃"，如"潎来潎去"（晃来晃去），也可以表示"液体因摇晃而洒出"，如"水潎仔规塗骹"（水洒得满地都是）。

疋 钱

（41）〔外〕益春，力小七疋耳仔钱出来。（71）

（42）〔贴〕好定是甲我疋耳仔钱去。〔净〕十种，你钱我痛，我卜共哑娘说打你。〔贴〕你乞我轻轻钱做样；不，哑公了打我。〔净〕乖乖。〔贴钱净介〕十种，你钱我痛，我赦你。（71）

在《荔镜记》第十四出《责媒退聘》中，戏文多次出现了"疋"和用作动词的"钱"，词义较难确认。对例41，吴守礼《明嘉靖刊荔镜记戏文校理》（59页）注曰："'疋''钱'——均未能读解。疋，一作对，当介词用，如'从''对'。钱，顺治本作'揔'。"《荔镜记荔枝记四种》（256页）注：该句"疑为'把小七的耳朵抓出来'。以下多处'钱'字，皆借音字，作动词"。

《集韵》入声烛韵："足、疋，纵玉切。《说文》：人之足也。"可见，"足"与"疋"〔tsiɔk⁵〕是同音异体字，而"足"（疋）就是"捉"的省旁字，从字音角度看，也可以说"疋"是"捉"的音近替代字——"捉"今泉州话读〔tsʼiɔk⁵〕，见《闽南方言大词典》（1120页）。在明刊《满天春》中可以看到"捉"的多次使用。例如："〔丑〕惜尔如惜玉，双手揽来捉。卜捉未来捉，匕了成弥择（勒）。"（十六正）"〔生〕娘子走入去了，不可不来。才自娘子做俩说，匕是'等待今冥（暝）三更时，灵济庙内说仔细'。好了，等待五湖明月在，援（缓）橹摇船捉醉鱼。"（下七正）"〔生〕尔共我讨一只船，我自有道理，定卜援（缓）橹摇船捉醉鱼。〔旦〕秀才尔共公说乜？〔生〕无乜说。〔旦〕秀才尔莫瞒阮。任尔快橹摇船，难捉我醉鱼。"（八正）

《荔镜记》戏文中虽不见使用"捉"字，但戏出的名称仍可见，如第四十三出就叫"途中遇捉"。"捉"在古汉语中本是"握、持"的意思。《三国志·蜀志·宗预传》："孙权捉预手，涕泣而别。"后引申为"擒拿、追捕"。在明刊戏文中"捉"两种用法都可见，在例1、例2中，明显是"抓住"或"揪住"的意思。

"钱"应该也是个借音字。根据上下文的意思，"钱"〔tsĩ²⁴〕当是闽南方言口语词"櫼"〔tsĩ³³〕的音近替代字。《集韵》平声盐韵：

"檵,将廉切,《说文》:楔也。"段玉裁注《说文》:"木工于凿枘相入处有不固,则斫木札楔入固之,谓之檵。""檵"在泉州话中由"用力敲击楔子"引申出"(用拳或脚)猛力揍"的方言义,如:手檵骹踢(见《闽南方言大词典》498 页)。所谓"力小七疋耳仔钱出来"就是"揪住小七的耳朵把他打出来"。

翰　徽

（43）〔生〕小妹,既那爱听,小人各唱。翰徽埋名,假作张生。〔贴介〕〔旦上〕轻身下贱,拜托红娘。即会合崔府莺匕,有缘千里终结姻亲。(94)

上例中的"翰徽",在清顺治本《荔枝记》（丛书第一卷 164 页）和光绪本《荔枝记》（丛书第一卷 289 页）都写成"韩非"。那么"翰徽埋名"或"韩非埋名"究竟是什么意思呢?学者们的看法很不一致。吴守礼先生注曰:"翰徽,音近韩非。或因韩寿而误。"（《明嘉靖刊荔镜记戏文校理》78 页）郑国权先生根据蔡尤本等口述本《陈三》的曲词"翰徽埋名,假作张生。轻身下贱,拜托红娘"（丛书第一卷 405 页）认定"翰徽、韩非原来就是隐讳",但随后又指出"为什么自嘉靖以来四百多年间的三本刊刻本,都把隐讳误作翰徽、韩非呢?这种错讹是很不合逻辑的"（《考辨泉州话》69 页）。"隐讳"固然解释得通,但是,"隐讳"与"翰徽"字形既不相近,字音也不相同,为何会致误,而且一错就错了 400 多年呢?

其实,嘉靖以来的几个刊刻本都没错,人们因为没读懂"翰徽埋名",又误将"张生"和下一句的"红娘"自然联系在一起,导致错上加错。根据曲词上文的"壮节丈夫谁得知,愿学温乔下玉镜台""刘晨阮肇悟(误)入天台,神女嫦娥召见在目前",可以推断"翰徽埋名"应是一个典故。顺着这个思路,笔者在《史记》卷七十九《范雎蔡泽列传》中找到了范雎埋名助秦王的故事:游士范雎是魏国人,但在魏国没能得到重用。出使齐国时,因仗义执言替主人解围,回国后反遭诬告，被魏国的宰相毒打后扔进厕所，受尽侮辱，险丢性命。后来在看守等人的帮助下，他逃出魏国，化名张禄，以辩才和谋略获得秦昭王青睐重用，先拜客卿，后任丞相，建功立业，名传天下。可见，句中的"张生"实指张禄，并非《西厢记》里的张生；"翰徽埋名，假作张生"联起来是一个完整的典故。陈三只是借此暗示自己为接近五娘而采用了与范雎一样隐姓埋名的谋略。

这一位历史上有名的军事谋略家，今天一般都根据《史记》写成"范雎"（今音读 jū），但史书上也有作"范睢"的。实际上，"雎""睢"二字形体相近，古时音义也可相通。在《集韵》中，"睢"既可以读"千余切"（"雎""睢"为同音异体字），也可读"宣佳切"（今音读 suī，评书家多读此音），还可读"呼维切"（今音 huī）。这才是"范睢"（泉州音 ［huan^{22} hui^{33}]）错写成"翰徽"（泉州音 ［han^{22} hui^{33}]）的真正原因。

以上所考释的明刊戏文《荔镜记》中的 20 几个方言词语，在今天的闽南方言口语中大部分都还在使用。因此，这样的考释不仅有助于人们解读明刊戏文，而且对闽南方言词语的演变的研究也具有现实意义。

嘉靖本《荔镜记》"潮腔"曲子考析

马华祥*

嘉靖丙寅年（1566）建阳余氏新安堂刊行的《荔镜记》剧末云："重刊《荔镜记》戏文，计有一百五叶。因前本《荔枝记》字多差讹，曲文减少，今将潮、泉二部，增入颜臣勾栏诗词北曲，校正重刊，以便骚人墨客闲中一览，名曰《荔镜记》。"由此我们知道余氏所刊《荔镜记》是将原本《荔枝记》"字多差讹，曲文减少"者去之，而用另一本《荔枝记》来校勘，补充完整，以方便阅读。所取两本《荔枝记》都是舞台演出本，重刊本将两本择优合为一本肯定不能再作为舞台演出本了，因为两本不同腔，一本是泉腔《荔枝记》（以下简称"泉腔本"），另一本是潮腔《荔枝记》（以下简称"潮腔本"）。尽管泉、潮方言接近，但戏曲腔调却相去甚远，所以刊者自知如此文本只能作为案头读本，故云："以便骚人墨客闲中一览。"又因既不是纯泉本，又不是纯潮本，所以不再取原名《荔枝记》，而取近似同题材小说《荔镜传》的名称，也像其他明传奇一样喜欢以剧中重要道具加"记"取名，如《宝剑记》《香囊记》《断发记》等，因而"名曰《荔镜记》"。

《荔镜记》之前"潮、泉二部"《荔枝记》不知是否尚存，至今未见存本。此后的《荔枝记》倒有四种：一是万历辛巳年（1581）潮州东月李氏编集、书林南阳堂叶文桥绣梓、朱氏与耕堂梓行的《新刻增

---

* 作者单位：华侨大学文学院。

补全像乡谈荔枝记》，该本刊行比嘉靖本《荔镜记》晚 15 年，同样不是原本潮腔本《荔枝记》，已做了一些增补，属于改本，但毕竟与原本同腔调，改动不会太大，应离原本不远。万历本的原本与余氏校勘本潮腔本《荔枝记》也许是同一种，或者至少是同源的，因为该本不少曲文曲牌和嘉靖本几乎一致。所以说该本是考辨嘉靖本中的潮本成分的重要依据。二是清顺治辛卯年（1651）书林人文居梓行的《新刊时兴泉潮雅调陈伯卿荔枝记大全》，该剧比较接近嘉靖本《荔镜记》。三是清道光辛卯年（1831）泉州见古堂刊行的"陈伯卿新调"《绣像荔枝记全本》。四是清光绪甲申年（1884）三益堂刊行的"陈伯卿新调"《绣像荔枝记真本》。后三种都是泉本，其中顺治本是我们厘清嘉靖本泉本成分的重要依据。从重刊本《荔镜记》看来刊者是取泉腔本《荔枝记》为底本的，且是泉腔演出本的成分多于潮腔演出本。剧中有 10 处注明唱段属于潮腔，这就透露了一个信息：其他唱段很可能属于泉腔。也就说明余氏使用的底本是泉腔本，校勘本是潮腔本。嘉靖本全本 55 出。万历本潮本《荔枝记》只有 47 出，剧情连贯，曲白齐全，文从字顺，极少差讹。可见"因前本《荔枝记》字多差讹，曲文减少"之前本不是万历本《荔枝记》所依潮腔底本，而是泉腔本。

　　不少学者指出，重刊本属于潮腔的曲子只有 9 支，这 9 支曲子都注明唱"潮腔"，剩下的曲子都属于泉腔。台湾学者施炳华先生云："这九支曲牌应是采自潮腔本《荔枝记》。"① 这种看法显然简单化。泉腔传奇唱潮腔和南音唱潮腔一样，有的只是对曲调的吸收，并不一定是对曲文的照搬，所以判断曲子是潮本还是泉本不能单看腔名，还要看方言。剧中标有"潮腔"的曲子，虽然确确实实唱潮腔，但曲文未必来自潮本，也很有可能是泉腔艺人依照潮腔曲谱填入泉州方言文字。如果是潮人创作用潮州话唱潮腔，当然就是潮本。而若是用泉州话唱潮腔，哪怕是改本，就已经是泉本而非潮本了。反之，如果用潮州话创作或修改的曲子，就算不注明是潮腔，也是潮本。泉腔戏不独唱潮

---

　　① 施炳华：《〈荔镜记〉音乐与语言之研究》，（台北）文史哲出版社 1999 年版，第 58 页。

腔，也唱弋阳腔、青阳腔，不管唱了多少兄弟声腔剧种的曲调，也还是泉腔戏。不过，嘉靖本不是舞台演出本，而是一般案头读本，注重的是可读性，而不是可演性，因而多有不遵曲律之处。更因为所取两本不同声腔，又没有注明具体曲白取自泉部还是潮部，所以分辨起来难度很大。更有可能是有些曲子可能取自泉部，但部分文字漫漶，刊者便从潮腔本寻找对应文字。反之亦然。有时漫漶处在另一本中并没有对应文字，编刊者只好自作主张加入适当文字。从大量用"仔"，不用"子"的情况来看，刊行者精通泉语并习惯用泉语。

嘉靖本《荔镜记》表明"潮腔"的曲子取自潮本还是泉本？厘清曲子文本归属对于认识泉腔本和潮腔本《荔枝记》的编演史是非常有意义的。

第一处标明"潮腔"的曲子在第六出《五娘赏灯》：

（净）【一封书】（潮腔）东家女，西家女，出来素淡梳妆。（净）卓兄好一样。（末）在见得好一样？（净）肌肤温润有十全。弓鞋三寸，蟾（蝉）鬓又光。（末）动得懒体（睬）都不知返。（末）林兄卜值去？（净）卜（十）种，许不是人亚！（末）不是乜？（净）许是天妃妈变相来。（末）在见是天妃妈？（净）那卜是人，都会迷人。（末）正是花色迷人。（末）是只年，我估叫是天妃妈。（笑介）那卜是人，再赴（赶）来去看。（末）伊来去，咱来去得桃。得桃满街巷，郎君士女都来看人。（净）老卓呵，体（睬）伊人共我亲像。（末）再见得亲像你？（净）我今无厶（某），伊定无翁。想伊心内，共我一般苦痛。（末）你无厶（某）牵连伊无翁佐乜？（净）我今无厶（某），伊个无翁，伊今值时共我成对，我今值时共伊成双。（末）伊佐乜肯共你成双？（净）爱伊成双，我着坚心央托媒人。

这是两支【一封书】，第二支首句是"体（睬）伊人共我亲像"。两支句格字数分别是 336744858 和 74446448848。前曲 9 句，后曲 11

句，就在潮腔【一封书】前，有一支泉腔【一封书】，共 11 句，句格字数为 33767765577。万历本第 6 出有一支阙牌名曲子，近似首曲：

　　　　（卓白）说得亦是。（唱）东家西家女，出来体（睇）灯，打
　　　扮梳妆。肌肤温润有十全。（林白）老卓，你体（睇）许一双脚
　　　子那障大！（卓白）弓鞋三寸，婵（蝉）鬓又光。动得赦体（睇）
　　　都不知转。

　　末处"卓白"应为"卓唱"，当为刻工误刻，因为最末三句是曲文，和其他唱词一样用大号字刻印。该曲共 7 句，句格字数是 5447448。嘉靖本也有若干处【一封书】，如第二出有 1 支，11 句，句格字数是 33733779557；第二十一出有 1 支，10 句，句格字数是 3376777788；第 48 出 1 支 10 句，句格字数是 3373377447；第四十九出 1 支 11 句，句格字数是 33765947447。万历本也还有【一封书】曲子，第四十三出旦与小七对唱，曲文连书，不标明【前腔】，事实上应分为 6 支曲子。这 6 支曲子句格字数分别是：（旦）33443398，46896689，（七）844447768（8），（旦）64644444466，（七）697575966（旦）6877677（七）77777，各曲句数分别是 8 句、8 句、10 句、11 句、9 句、7 句和 5 句。万历本【一封书】句格字数没有相同者，句数 5 句至 11 句不等，以 9 句以下为常，而嘉靖本多在 9 句以上。上引次曲【一封书】共 11 句，且万历本出现并没有出现相同或近似曲文，可见该曲是原泉腔本《荔枝记》所有，曲调曲文都是泉腔。因此说上引这两支【一封书】，只有第一支属于潮腔，不仅曲调为潮腔，而且曲文也来自原潮本《荔枝记》。

　　再从韵脚看也能判断首曲为潮腔，次曲为泉腔。嘉靖本两曲韵脚分别是"妆""全""光""返"和"巷""人""像""翁""双"。首曲押潮州音韵，属于"扛"韵："光""妆""全""返"。① 泉州话"妆"

──────────

　　① 施炳华：《〈荔镜记〉音乐与语言之研究》，（台北）文史哲出版社 1999 年版，第 305—307 页。

念"tsuaŋ¹"，"全"念"tsuaŋ²"，"光"念"kuaŋ¹"，"返"念"fan³"或"huan³"，分属两个韵部，不押韵，可知首曲为潮腔原创。①次曲按泉语韵书《汇音妙悟》，"全"，白读争声毛韵 6 调；"妆"争声毛韵 4 调；"巷"，喜声江韵 3 调；"像"，出声箱韵 6 调；"人"，柳声江韵 5 调；"翁"白读英声江韵 1 调；"双"白读时声江韵 1 调。泉语毛韵、江韵、江韵近韵，可通押，可知该曲为泉腔本原创曲文。

第二处标明"潮腔"的曲子在第十三出《李婆送聘》：

（小七扫厅）【风入松】（潮腔）安排桌，扫并厅。停待阮哑公出来行。（净介）欢喜阮哑娘收人聘定，对着林厝，又是富家人仔。是乜整齐。金钗成对，白银成锭。表里尽成双，都是亲戚来相庆。都值处鼓鸣，是搬戏，也是做功德？锣鼓声响，都亲像值处人吹乜非非年。哨角又鸣。障好姻缘，都是前世注定。

万历潮本《荔枝记》第九出与该出对应，先是益春上场唱【驻云飞】，小七扫厅的表演则安排在后半场，和益春一样唱的也是【驻云飞】："小七扫厅，今日林厝来送聘。大厅扫了扫外庭。嗦，扫到三山门楼子。"由此看出，万历本该出开头舞台设计与嘉靖本是有所不同的，嘉靖本是净扮小七上场诗白散白唱引子【风入松】，万历本益春上场直接唱过曲【驻云飞】。可知原潮本小七扫厅唱的是【驻云飞】，不是【风入松】。如果原本潮腔《荔枝记》有小七唱【风入松】，那么万历本《荔枝记》就有可能保留原曲。要是原本就有小七唱的这支【驻云飞】，那么也不可能先唱一支内容大致相同的【风入松】。嘉靖本让小七唱两支曲调欢快的潮腔【风入松】，大大活跃了舞台气氛。【风入松】是引子，引子一般都很短。沈璟《南词全谱》两个谱例都只是 6 句，而这里却长达 15 句，显然不止一支曲子，实际上也是两支，第二支首句为"金钗成对"。两支【风入松】句格字数分别是

---

① 周长楫等：《闽南方言大词典》，福建人民出版社 2006 年版。

3385446（7句），44574446（8句）。问题又来了，通常一个角色上场只唱1支引子，这里却唱两支，显然不合传奇惯例。很可能是因原本文字漫漶，编者没有细考曲文，误将两曲连书作一曲。小七净扮，益春占扮，在剧中都是次角，地位相当。净唱引子，贴也该唱引子，否则都不唱引子。嘉靖本贴上没有唱引子，而是直接唱过曲【驻云飞】，这就显得很突兀。从第二支曲子［去问］来看，也是女子口吻，很符合作为五娘贴身丫鬟的声口。贴唱罢该曲才和已在场上的净照面。下接"（净介）十种，许远处一阵人来，亲像人送丧年。（净介）"这才由贴唱【驻云飞】，自然而然，合情合理。否则矛盾重重。比如，净讥讽这门婚事，说是"亲像人送丧年"，与赞美"障好姻缘，都是前世注定"不合拍。如果换成贴唱就非常贴切了，可见原本次曲就是贴唱，不是原唱者糊涂，而是合刊者粗心。这两支曲子句格字数和嘉靖本其他各处泉腔【风入松】都有出入，如本出还有两支【风入松】，句格字数分别是777647（6句）、7774467（7句），第十八出【风入松】句格字数是787777（6句），第二十三出3支【风入松】，句格字数分别是777767（6句），8688845（7句），45877（5句）。出现这样大的差异是因为这两支曲子是潮腔，而嘉靖本其他【风入松】是泉腔。泉腔与潮腔本身不同，句格字数自然有出入。再说，曲文押的也是泉语韵。按《汇音妙悟》，该两支曲子用的是卿韵："厅"（地声卿韵3调）；"定"，文读地声卿韵3调；"锭"，地声卿韵3调；"行"，喜声卿韵3调；"庆"，文读气声卿韵3调；"鸣"，文声卿韵5调；只有"仔"失韵，为争母居韵2调。总而言之，该曲曲文是泉州艺人创作的，是原泉本所有。由此得知，泉腔和潮腔交流远远早于嘉靖本刊行年月。

第三处标明"潮腔"的曲子也在第十三出《李婆送聘》：

（贴上）【驻云飞】（潮腔）清晨早起，大人分付安排桌共椅。今旦子（好）日子，亦是好事志。嗟，阮娘仔领人茶，我心即欢喜。（净）恨我一身，在别人厝做奴婢。（贴）苦桃共涩李，终有好食时。

万历本第 9 出也有类似曲子：

（春上）【驻云飞】记得早起，大人分付安排床共椅。今旦好日子，亦是好大志。嗟，娘子领人茶，简心即欢喜。恨我一身，在人厝做奴婢。大（天）地生郝障般劳苦，不知后日夭会时运来时那袂？苦桃共涩李，终会好食时，终会好食时。

万历本为益春独唱，嘉靖本加入小七轮唱。两本曲文略有出入，但也来历分明。该曲当来自潮本《荔枝记》，首先，【驻云飞】是具有抒情性质的独唱曲，潮本为独唱曲，嘉靖本则是轮唱曲，非原创。其次，小七唱句"恨我一身，在别人厝做奴婢"仍为益春口吻。她羡慕小姐身份高，小七心性则不及益春高远。最后，潮本末句叠唱，显然是受到弋阳腔【驻云飞】影响。至于万历本和嘉靖本文字略有出入，则有两种可能：一是万历本对前潮本改动的结果，二是原潮腔本个别文字漫漶，编刊者据意补入。

第四处标明"潮腔"的曲子在第十七出《登楼抛荔》：

（生外净上，唱）（潮腔）今旦日，出游街，人物十分多。马来！好马又含衰，正是风流世界。高楼上，似观音人物，都在珠帘底。也有珠冠凤髻连金钗，年当正十七八。（旦、占）日照纱窗花影移，见一官人游过只楼边，身骑宝马穿罗衣。堂堂相貌，眉分八字，许人物生得甚伶俐。来来去去游赏街市。恁乜路即来对着伊。（生净外上）马来！只处正是后沟乡里，高楼起在路边。二个娘仔，闪在楼边。生得十分爽利，攒我心内暗欢喜。（净介）马来！马牵来去，人看都佃。许人生得甚伶俐。来来去去游赏花枝。且趁风流，莫负少年时。（生下，旦唱）幸逢六月时光，荔枝树尾正红，乜乜。可惜亲浅手内捧。愿你做月下人，莫负只姻缘。

这里曲文 36 句，分为若干曲，但都没有标明曲牌，只在一处标明
"潮腔"。那么问题就来了：这些曲子都是潮腔，还是部分是潮腔？如
果是潮腔，又是什么曲牌？且看万历本中第十五出有近似曲子：

　　（旦上唱）【霸陵桥】今日喜，彩楼上，打扮卜齐整。挂起珠
帘，四方人好瞵。深深拜，拜谢天，乞灵共乞圣，荔枝掷落甚分
明，好人来收领。哇哩啰，啰哩哇，哇哩哩哇啰啰，哩哇哇哩啰哇
（丑上唱）潮州满城好景致，花柳似锦罗衣。地方亲像杭州市，
母我心内暗欢喜。（生上唱）马骑转去，人看都佃。人物生得甚
伶俐，来来往往，同赏夏天。且趁郝后生人，莫负少年时，匕匕
匕。【仙花子】（春唱）日照纱窗花影员（圆），见一官人游过楼
边，身骑宝马穿绣罗衣。堂堂相貌，眉分八字，生是官员人子儿。
乜时节，乜时节即来对着伊。（丑唱）乜好高楼，起近大路边。
有二个小娘子，手上持荔枝，桃花面貌，密（蜜）榴口齿，恰亲
像许嫦娥，赛过西施。（白）三舍，揭目看许楼上，观音过海一
下。（唱）母我心内暗欢喜。（生唱）马骑来去，游赏街市，人物
生得甚伶俐，乜时节，乜时节，即会对着伊。（丑上白）三舍，
快来体人！（旦唱）【金钱花】幸逢六月时光，匕匕匕，荔枝树上
正红，匕匕匕。可惜亲醒手上捧。顾（愿）你做月下人，莫负阮
只姻缘，匕匕匕。

　　首先来看两本曲文极为相近的曲子。嘉靖本"日照纱窗花影移"
与万历本"日照纱窗花影员（圆）"曲文近似度极高，句格字数也大
致相当，分别是 79744888（8 句）和 78844738（8 句），可知嘉靖本曲
调也是潮腔【仙花子】。嘉靖本"只处正是后沟乡里"与万历本"乜
好高楼"曲文相差不大，句格字数则有出入，前者是 864467（6 句），
后者是 456544647（9 句）。问题可能出在"生得十分爽利"之后漏刻
或因原本漫漶而不刻"桃花面貌，密（蜜）榴口齿，恰亲像许嫦娥，
赛过西施"等描绘人物"爽利"的句子。即便是原来的泉腔本只有 6

句，句数也与下曲相等，所以照理说该曲也是潮腔【仙花子】。嘉靖本“马牵来去”与万历本“马骑来去”相对应，曲文相仿，句格字数也相近：447845（6句）和447335（6句），都是潮腔【仙花子】。两本“幸逢六月时光”，无论曲文还是句格字数都基本一致，都是潮腔【金钱花】。

嘉靖本首曲“今旦日”是潮腔，潮腔【仙花子】前的引子是【霸陵桥】，曲子来自潮腔本，两曲句格字数基本一致，嘉靖本是3355337596（10句），万历本首曲是3354533575（10句，“嗹哩啰”是帮唱，不计），因此嘉靖本该曲也会是【霸陵桥】。

整体来看，这数支曲子曲文来自潮腔本。一个很明显的证据是嘉靖本在【潮腔】之前有贴扮益春的三句唱“前头官人乜贵气，身骑宝马绿罗衣。少年郎君少年时”，万历本则没有。这三句已经把少女对俊男的好感表露无遗，而嘉靖本又让益春再抒发一次同样的心情：“见一官人游过楼边，身骑宝马穿绣罗衣。堂堂相貌，眉分八字，生是官员人子儿”，不合常理。明显可以看出，嘉靖本益春先唱的三句取自原泉本，益春后唱的内容相类的五句出自原潮本，显然这是编者将两个剧本择优合刊的结果。合刊本问世后，原泉本便淡出。顺治本《荔枝记》之《伯卿游街》传承的是嘉靖本，同样没有标明曲牌名，甚至连“潮腔”的标记也省去。

第五处标明“潮腔”的曲子在第二十一出《陈三扫厅》：

> 【驻云飞】（潮腔）绣厅清趣，四边粉白无尘埃。好画挂二畔，花香毛人爱。嗏，珠帘五色彩，锦屏在绣厅前，阮处门风更强似恁所在。我那不实说，娘仔总不知。【又唱】费尽心机，恨我一身做奴婢。受尽人轻弃，不得近伊边。嗏，看见娘仔在绣厅边，伊许处抹粉谈胭脂。不记得楼前时，今旦返（反）面力阮做障弃。【唱】伊今做呆，是乜心意许处傍妆台。我只处心闷如江海，未知娘仔你知不知？嗏，你今目高不秋采（瞅睬），误我做只事。我厝威仪，我兄做运使。今旦不说，娘仔总不知。

万历本第十八出也有【驻云飞】数曲：

　　（生白）呀，好一绣厅，【驻云飞】绣厅洒彩，四边粉白无尘埃。（白）夭有古写几幅松菊梅兰在许。（唱）好画挂二畔。（白）有许假山上，四季花木，争春吐蕊，含笑爽丽，真正得人惜。（唱）花馨母人爱。（白）夭有五彩云石在只。（唱）锦屏对厅前。（白）人说潮州税户，虽大家风，亦袂强阮做官人个。（唱）阮处门风更强恁厝个。我若不实说，娘子总不知。（春唱）颇耐障般三哥做人，在年不识进退。（生白）只一个简子，出来都无话，厶骂乜事？（春白）骂嘛，厝无心扫，腌臜满处。（生白）荔枝雇来扫，那是只处。（春唱）又牵连乜荔枝，说尽零落。（生白）阮兄在广南作运使，我都不去寻伊。（春唱）白贼说谎，兄有官做，磨镜工艺有乜向好？（生白）你歹卖相欺，恁兄就转去持一百八十来赔阿公有何难？（春唱）将身赔镜，有乜财宝？（生白）小妹恁兄只毛样，足你奸（好）那不？（春唱）益春见你毛样，晓得你家有无。（生）阮厝祖代有名声，都是官员有荫人子。那因荔枝，即打破你镜，全顾小妹成就人情。（春白）三兄，（唱）障般言语，在敢去旦伊听。（生白）恁阿娘向有定见？（阮）娘是月里桂花树，任恁狂风打伊袂斜。

　　3 支曲子都是潮腔，两本曲文，首曲基本一致，曲文当来自原潮本。后两曲全异，曲文来自泉腔本可能性很大。如果来自潮腔本，不可能文字变动如此大。按《汇音妙悟》，次曲用基韵："机"，求声基韵 1 调；"婢"，边声基韵 6 调；"弃"，气声基韵 7 调；"脂"，争声基韵 1 调；"时"，时声基韵 5 调。"边"，失韵，文读边声轩韵；末曲用开韵："呆"，语声开韵 1 调；"台"，他声开韵 5 调；"海"，喜声开韵 2 调；"知"，白读争声开韵 1 调；"采（睬）"，出声开韵 2 调；"事"，白读时声开韵 7 调；"使"，白读时声开韵 2 调。

　　顺治本《荔枝记·伯卿扫厝》生唱【北四朝元】而非【驻云飞】。

【北四朝元】即北边江西弋阳腔【四朝元】。首曲顺治本独有，次曲同嘉靖本首曲；第三支近似万历本【驻云飞】第三支和第四支曲子；第四支同万历本，嘉靖本无。顺治本是泉腔唱本，有些曲文取自万历本，却不唱潮腔【驻云飞】，歌词不改，只改调歌之。顺治本移植万历本成分大于继承嘉靖本，是因为万历本为舞台脚本，嘉靖本只是案头本，只录曲文，不录宾白，不利于舞台表演。

第六处标明"潮腔"的曲子在第二十二出《梳妆意懒》：

【黄莺儿】（潮腔）（贴唱）早起落床，尽日都在内头转，安排扫厝点茶汤。终日听候，不敢去远，听见叫简心都眠，忙捧检妆。安排待便，请阮娘仔梳妆。

万历本第十九出【黄莺儿】：

（春唱）早起正落床，尽日都在内头转，安排扫厝点茶汤。大人使唤，不敢去远。（内叫）益春——（春白）呵。（唱）听见人叫简心都眠，忙捧出检妆。请阮娘子梳妆。

两本文字较接近，万历本曲句少一句"安排待便"，异一句"终日听候"为"大人使唤"。嘉靖本该曲同样只录曲文不录白，且曲文与万历本近似程度高，又注明是唱潮腔，可知该曲来自原潮本。顺治本《代捧盆水》也有【黄莺儿】，但曲文不同。

第七处标明"潮腔"的曲子在第二十四出《园内花开》：

【梁州序】（潮腔）（旦）春天景早，花开成朵，园内富贵实是好。（贴）亚公创只的景是好。（旦）障般景致恶讨。益春，看许一枝花向好，折来与我看。（贴）亚娘，请坐，待简去折来。攀拆（折）一枝好花，乞阮娘呵恼。将花比娘面一般好。（旦）鬼仔，花佐乜通比人面？（贴）这一枝花障香，卜惔除可惜，待简共亚娘你插。插放觅只鬓边香如脑（瑙）。（旦）莺啼鸟叫，毛我心憔怍（悴）。（占）移步抽身懒且到。（占）亚娘，月上了。（旦）举目看，匕匕，不觉见月上如梭。

万历本与此相对应的第二十出无此曲曲文，但的确有【梁州序】曲子：

> （旦唱）一年四季。（春白）阿娘，一年四季，不知值季天强。（旦唱）春天富贵，万紫千红斗芳菲。（春唱）花红柳绿。（白）阿娘，体（睇）许一枝蔷薇，花开正爽丽。待益春去拗来乞阿娘插放头上。（旦白）一枝花向好，拗来插都不忒可惜年。（春白）阿娘，花今正开，不拗来插，放处乞黄蜂粉蝶采射（谢）年，夭可惜年。（旦白）向年，待去拗来。（春唱）扳拗一枝巧丽。（白）待益春共阿娘插放头上。（旦白）宽插，我体（睇）一下。（春白）体（睇）你娇艳嫩色。花，你岂耐百日红时那袂？（唱）问花花袂应，空八耻，只恨残花知己。（春白）花今共阿娘插放头上。（合前）

两曲句格字数分别是 44766589457337（14 句）和 44745536（8 句 + 合前）。万历本出现"合前"字样，表明底本该曲前面还有同牌名曲子，前面曲子末尾有合唱句子。从曲意看，两本内容相近，但曲文和宾白文字都不大一样，韵脚也不同，可知不是同一剧本的曲子。万历本底本前面肯定还有一支【梁州序】，要不此曲"合前"就没有着落。不过，那支【梁州序】也不会是嘉靖本【梁州序】，理由是两曲内容太接近了，不会唱了又唱。【梁州序】按《汇音妙悟》用的是刀韵："朵"，地声刀韵 5 调；"好"，白读喜声刀韵 2 调；"讨"，白读他声刀韵 2 声；"恼""脑（瑙）"同音，柳声刀韵 2 调；"梭"，白读时声刀韵 1 调。由此可见嘉靖本【梁州序】曲为潮腔，曲文取自原泉本。

第八处标明"潮腔"的曲子在第二十六出《五娘刺绣》：

（潮腔）【望吾乡】（旦）尽日无事整针线，逍遥闲闷心无挂。针穿五色绒共线，绣出鳞毛千万般。线共针穿，步步相毛，引动人心情，切我守孤单。

万历本第 24 出：

（旦唱）【望吾乡】日长无事理针线，遥遣问（闷）愁心无挂。针穿五色绒共线，卜绣龙毛千万般。针引线过，步步相母，引动人心情，切我受孤单，匕匕匕。

两曲曲文基本一致，从该曲在整出戏的地位看，它属于原潮本。万历本【望吾乡】连唱 3 支，此曲为首曲，次曲唱绣青梅、荔枝，末曲唱相思情，唱完整个刺绣过程。嘉靖本【望吾乡】（潮腔）之后是【内调】，唱"一更歌"，往下是【望吾乡】4 支。首曲唱绣孤鸾、鹦鹉，次曲唱绣绿竹、犀牛，第三曲唱绣明月，末曲唱相思情，所唱刺绣经过缺乏起始阶段。因而泉腔本的底本应该还有一支唱准备刺绣的【望吾乡】在此四曲之前。或许是原本曲文漫漶，编梓者便直录潮腔本。嘉靖本同一曲牌相连，既唱潮腔，又唱泉腔，恐非原泉本原貌。理由是嘉靖本潮腔【望吾乡】之后有【内调】，泉腔【望吾乡】首曲之后也有【内调】，万历本却没有【内调】。

第九处标明"潮腔"的曲子在第二十八出《再约佳期》：

【醉扶归】（潮腔）相思病怨切身命，只苦痛不敢做声。听见城楼上鼓角惨，三四更声。纱窗外，月光都成镜。卜因（困）又不成。强企起来闲（疑漏刻"行"），看见墙外花弄影，莫是乜人在只月下行？轻轻子（仔）细去听，望面见，心着惊，共是为人情。我共伊断约，更深受尽惊。惶恐畏人负心了不来，话唉无定。误我今冥，只处有意讨无情。（占）闲来闲去，为伊二人通消息。别人私情，累阮生受。管取今旦会成就，正是窈窕淑女，君子好述。（生）几番思量卜起，听见门鸣又畏不是。一冥听候不敢去困，又畏伊来相耽置。听见人叫门，我心带疑。门开见是你，偷心欢喜，即知小妹有阮心意。（占）言语寄探你，十分恶推时（持，实为"辞"）。碍恁人情，知你是假意来阮厝行。见你受苦，伊心头痛。爱来见你，又畏伊妈爹。使阮答你，不甘断情。伊偷心爱来共恁结佐夫妻，合欢是定。（生）感谢小妹相照顾，今旦无恩通相补。你莫嫌阮枕席粗，劳堪我小妹，好缘相斗凑。看许鸾求凤友，鸳鸯配偶。正是惜花人起早先沾雨露。（占）三哥莫起只心意。见读诗书，不识礼义。阮是哑娘身边简儿，况又未谙风流事志。愿恁双双二好，许时爱阮容易。益春虽是野花嫩草，再肯随风倒地。（生）几番累你成相谑，今旦相谑成相惜。三人二好，一人着谑。几番为阮，功劳不少。千金不足补报，那辨（办）真心共你相惜。（占）陈三色胆大如天，瓜田李下也畏人疑。值见隔墙花，强攀做连里（理）。那畏你命怯，福无双至。伊嫌你贪花乱酒，许时反悔不迟。阮娘仔伊是千金闺女，都不强过阮奴婢？

万历本第二十七出：

（生上唱）相思病怨切身命，只苦疼不敢做声。听见城楼鼓角三四声。纱窗外，月光都成镜。卜困不成。强咛起来，月下来行。看许墙头风摆花弄影，轻轻近前，仔细去听。共伊断约，更深受尽惊。菅恐畏伊人言语无定。误阮只处有意了无情。（春唱）（略，该曲曲文不同嘉靖本）（春唱）言语寄探你听，十分推辞恶奈恁人情。明知你假意即来阮厝行。见你辛苦，伊心都痛。要来见你，又畏妈爹。使简递书，暗约私情。约在今夜三更，合欢是定。（生唱）我要共你消遣（遣）霎时。（春唱）三歌（哥）莫起只心意。见读诗书，亦识道理。我是阿娘身边简儿，况又未谙风流事志。三兄愿恁双双二好，娘郎相守枕上恩义。那畏恁骗得花摘入手，许时弃树忘枝。（生唱）【醉扶归】惜花方知连枝惜。小妹，花不离枝，惜花岂不惜枝？看你头面如五娘，三人二好，一人着雪（谑）。不如一般夭故强，几番累你，功劳不少。千金不足赇补报，那图共你知心相惜（春唱）陈三色胆大如天，瓜园李下不畏人疑。值处隔墙花，强扳来做连理。那畏你命，怎福无双至。嫌你贪花恋酒，许时反悔又迟。娘是千金人闺女，都不强过阮随婢？

两本该出都是一曲通底，反复唱潮腔【醉扶归】。嘉靖本与万历本近似的曲子有 6 支，分别是旦唱曲"相思病怨切身命""轻轻子（仔）细去听"，贴唱"言语寄探你""三哥莫起只心意""陈三色胆大如天"，生唱曲"几番累你成相谑"。这些曲子是出自原潮腔本同名曲子。剩下的 3 支曲子，很有可能是泉腔本曲文。按《汇音妙悟》占唱曲"闲来闲去"转韵，用的是卿韵与秋韵："息"，时声卿韵 4 调；"受"，时声秋韵 6 调；"就"，争声秋韵 7 调；"述"，求声秋韵 5 调。生唱曲"几番思量卜起"用基韵："起"，气声基韵 2 调；"是"，时声基韵 6 调；"置"，地声基韵 7 调；"疑"，语声基韵 5 调；"喜"，喜声基韵 2 调；"意"，英声基韵 3 调。生唱曲"感谢小妹相照顾"用高韵和钩韵："顾"，求声高韵 7 调；"补"，边声高韵 2 调；"粗"，出声高韵 1 调；"凑"，争声钩韵，"偶"，语声钩韵 2 调；"露"，柳声高韵 7 调。不过，这些曲子唱的都是潮腔。

第十处标明"潮腔"的曲子在第四十九出《途遇佳音》：

【四朝元】（潮腔）脚酸袂行，首领莫做声。为着私情，拆散千里断形影。伊许处被云遮，我只处隔山岭，匕匕。树林乌暗毛人惊。猿啼共鸟叫，哀怨做野声。越添我心头痛。嗟，那为五娘仔乞人屈断，配送涯（崖）州城。腹饥饭又袂食，无处通可歇，怨切身命，匕匕。目滓流落，无时休歇。

万历本第 44 出：

　　（生差上唱）【四朝元】脚酸袂行，（差白）快行！（生唱）
收（首）领莫做声。阮为私情，拆散千里断形影。伊许处被云
遮，我只处隔山岭，匕匕匕。树林乌暗，母人心惊。猿啼共鸟叫，
哀怨做野声，越添人心痛。嗏，历尽好偏僻，受尽风霜，又兼脚
手痛。（差白）快行！过只前头，来去买饭食。（生唱）腹饥饭袂
食，无处通安歇，障般怯命，匕匕匕，目汁流落，无时休歇，匕
匕匕。

　　两本都是潮腔，曲文大同小异。万历本是舞台演出本，曲白齐全，
而且往下还有小七唱的同牌名曲子，嘉靖本只有 1 支【四朝元】，有
曲无白，连角色名都没有刻，直到下一曲【皂罗袍】才出现角色名
"生"，原泉腔本恐怕没有【四朝元】，显然【四朝元】录自原潮腔本。

　　综上所述，嘉靖本唱潮腔的有【一封书】2 支、【风入松】2 支、
【驻云飞】4 支、【阙牌名】5 支（即【霸陵桥】1 支、【仙花子】3
支、【金钱花】1 支）、【黄莺儿】1 支、【梁州序】1 支、【望吾乡】1
支、【醉扶归】9 支、【四朝元】1 支，一共有潮腔曲牌 11 个，曲子 26
支。这些曲子取自潮腔本的有【一封书】首曲、《李婆送聘》【驻云
飞】1 支、《登楼抛荔》5 支曲子（即【霸陵桥】1 支、【仙花子】3
支、【金钱花】1 支）、《陈三扫厅》【驻云飞】首支、【黄莺儿】1 支、
【望吾乡】1 支、【醉扶归】6 支和【四朝元】1 支，共 17 支，其余 9
支曲子取自泉腔本。

明嘉靖本《荔镜记》中方言词缀研究

王　曦*

福建闽南一带戏曲资源丰富，有"晋唐古韵、南戏遗响"的梨园戏，亦有"古代东方艺术瑰宝"提线木偶，还有反映宗教文化的打城戏、夸张的高甲戏，更有作为国家非物质文化遗产的南音，这些戏曲一方面承载了闽南文化的地域特征，另一方面也是闽南方言的载体，是对方言的记录和辑录，王建设（1995）认为"古老而丰富的地方戏曲与本地方言有着密切的联系，既深深地扎根于方言，又给闽南方言一定的影响"①。通过对戏曲剧本中闽南方言的研究，能够拓宽对近现代闽南语研究的视野，也能够展示其中的地域文化特征。

陈三五娘的故事在闽南地区脍炙人口，演绎其故事的剧目颇多，名称亦各不相同，有《荔枝记》《荔镜传》《荔镜记》《陈三》等，旧时戏本或戏文创作多为文人所不齿，故均未见其作者，有的版本也已亡佚。其中明嘉靖本《荔镜记》是现存最早的也是较为完整的明代戏文，全本戏文都是用闽南方言写成的，是反映闽南地域语言文化生活的重要文献资料，也是研究闽南方言非常重要的典籍。目前对明嘉靖本《荔镜记》的研究，主要集中在音乐和语音及校注上，台湾的施炳华、吴守礼、林艳枝等学者在这些方面的建树颇多。

《荔镜记》的版本目前能见到的只有两种：一种是伦敦牛津大学

---

　*　作者单位：泉州师范学院文学与传播学院。
　①　王建设：《泉州方言与地方戏曲》，《华侨大学学报》（哲学社会科学版）1995 年第 3 期。

摄影藏本，另一种是日本天理大学摄影藏本，共 105 页。据英国剑桥大学龙彼得教授考证，这两个本子属于同一版本，乃明代福建建阳余氏新安堂于 1566 年刊行的《荔镜记》（全名《重刊五色潮泉插科增入诗词北曲勾栏荔镜记戏文》），全书共 55 出，有出名，分上下两册。余氏在戏文的末尾特别说明《荔镜记》的由来："因前本荔枝记字多差讹，曲文减少，今将潮泉二部增入颜臣勾栏诗词北曲，校正重刊……名为荔镜记。"

由于历史和地域的原因，明嘉靖本《荔镜记》（下文中皆用《荔镜记》代之）的戏文文本流通面不广，非方言区的人难以读懂，因而少有人关注，研究《荔镜记》的自然就更少了，从目前已有的研究来看，《荔镜记》中的方言词头和词尾研究较为零散。

林连通先生主编的《泉州方言志》（1993）对泉州方言的词头和词尾现象进行了总结和分析，认为泉州方言用特有的词头和词尾构词，其中词头有阿、狗等两个，而词尾则有仔、侬、声、仙、鬼等 13 个，从其对方言词头和词尾的归纳来看，主要的标准是位置固定，而且有一定的构词能力，如："声"构成的新词有"斤声"（斤数）、"尺声"（尺数）、"斗声"（斗数）、"点声"等。[1] 现代汉语中将位置固定、意义弱化且具有一定构词能力的语素称为词缀，故本文将方言词头和词尾统称为方言词缀。《福建省志·方言志》中归纳闽南方言名词的词头有"阿、安、老、初"，词尾常见的有"仔、的、仙、神、鬼、精、路、头、声、水"等 10 个。[2] 王建设认为，在明刊闽南戏文中名词词尾有"仔、人、头、儿"，词头为"阿、哑、第、老"。[3] 本文通过归纳分析，考察明嘉靖本《荔镜记》中词头"阿、哑、老、第"，词尾"仔、子、儿、头、人"。

---

① 林连通主编：《泉州方言志》，社会科学文献出版社 1993 年版，第 249—254 页。
② 福建省地方志编纂委员会编：《福建省志·方言志》，方志出版社 1998 年版，第 148 页。
③ 王建设：《明刊闽南方言戏文中的语言研究》，博士学位论文，暨南大学，2002 年。

一　《荔镜记》中的词头

（一）“阿”和“哑”

“阿”在《荔镜记》中共出现了7次，“哑”在《荔镜记》中出现了309次，都是附着在亲属称谓前，或放在人名前表示亲昵，作词头。其出现的情况如下表所示。

明嘉靖本《荔镜记》中“阿”和“哑”出现情况比较

以“阿”为词头	阿公、阿兄、阿妹、阿娘
以“哑”为词头	哑婆、哑公、哑爹、哑妈、哑姊、哑娘、哑妷

不难看出“阿”和“哑”在《荔镜记》中作为词头出现，放在亲属称谓和人名前，表示昵称的这种用法，基本重合。但“哑”作为词头在现代相关的记录闽南方言的字典辞书中未见。

《荔镜记》中的“阿”和“哑”功能基本相同，可为什么会出现用两个完全不同的字来表示同一功能的词缀呢？

首先，从构词的角度来看，同一功能的词头在同一种方言内部不可能出现两个读音、字形都不同的字，即使有这种情况，语言也会在短时间内进行选择，淘汰其中一个，而在一本戏文中同一功能的词头出现两个不同字形，其背后一定有别的原因；其次，“阿”出现的频率太低，一般情况下，同等的语言环境中出现的都是“哑”，如果“阿”和“哑”都作为词头在那个时代通用的话，那么“阿”和“哑”在戏文中应该是混用的情况，也就是出现概率基本接近，那么为什么会出现“阿”和“哑”并存，而“阿”少“哑”多的现象呢？

现代《国语潮音大字典》中注明“阿”为名词词头，多用于姓名称谓之前①；《新潮汕字典》中，“阿”亦注明为词头，并说明有三种用法，一是加在排行、小名、姓氏前面，二是加在亲属称谓前，三是加在人名前②。《闽南方言大词典》中“阿”能附着在亲属称谓、单

---

① 张惠泽主编：《国语潮音大字典》，广东人民出版社2009年版，第1153页。
② 张晓山主编：《新潮汕字典》，广东人民出版社2010年版，第113页。

名、排行或姓氏前，并注明此种用法古汉语已有之①，《泉州方言志》在谈及构词法特点时，认为"阿"是放在称谓名词或人名前面②，林宝卿认为"阿"能加在亲属称谓前，称呼比自己辈分高的亲属，也可以用于称人和排行次序，表示亲昵，还能加在某些形容词前，成为指人的名词③，不难看出，在现代泉州方言和潮州方言中"阿"是作为名词词头出现的，它的用法与《荔镜记》中的用法基本一致。

　　"哑"在《新潮汕字典》中有两种读音，一类是指不能说话的疾病或人，另一类是拟声词④，没有注明方言中存在用作词头的现象。《国语潮音大字典》中的解释基本相同⑤。《闽南方言大词典》中"哑"有三个读音，读［ɔ41］表示不能说话，只能发音或是发音不清、含糊其辞；读［ɛ22］是在漳州话中表示支支吾吾；读［e44］主要是在厦门方言中指无言对答。⑥ 从其他的方言资料来看，也都没有"哑"作为闽南方言词头的说明，那么是不是可以说方言中的词头已经发生改变了呢？从明嘉靖到现在也有四五百年的历史，词汇上发生一点变化也是会有的，但是词头发生变化则不大可能，尤其是"哑"由一个有实际意义的词虚化为一个词头，现代汉语中的词缀的形成主要是词的复音化造成的，经历了一两千年才走到今天，而作为方言词头在不受到外来语强大势力影响的前提下，是不可能有如此之大的变化的。再者，《荔镜记》中"阿"和"哑"的用法基本重合，也不存在潮州人或泉州人在词头上的使用不同，从戏文的实例来看陈三和五娘都用到了"阿"和"哑"，而"阿"仅出现了7次，那么只有一种可能就是戏文的本子经过了改编，明嘉靖本全名中就说明是潮泉两个本子的重刊，重刊可以理解为一个本子作为主要的本子，而另一本子只是补充其中的遗漏，从方言词头的角度，我们很难断定潮本和泉本

---

① 周长楫主编：《闽南方言大词典》，福建人民出版社2003年版，第63页。
② 林连通主编：《泉州方言志》，社会科学文献出版社1993年版，第249页。
③ 林宝卿：《闽南方言里的词头"阿"》，《厦门日报》1983年6月25日。
④ 张晓山主编：《新潮汕字典》，广东人民出版社2010年版，第243页。
⑤ 张惠泽主编：《国语潮音大字典》，广东人民出版社2009年版，第260—261页。
⑥ 周长楫主编：《闽南方言大词典》，福建人民出版社2003年版，第119、182、545页。

哪个是蓝本，全面勘定哪个是蓝本，还需要寻找多方的语言文献资料；这个被主要蓝本使用的词头"哑"，在现代的潮州或泉州方言中都使用了"阿"作为表示同样功能的词头，因而，"阿"和"哑"不能看作两个词头，而是一个词头在《荔镜记》戏文中的两种不同写法，目前《荔镜记和荔枝记四种》中将其校勘为"亚"，也还是值得商榷的。

（二）"老"

"老"作为词头在《荔镜记》中出现了 58 次，主要是加在姓氏前，表示亲近的意思，如"老卓"（第五出"邀朋赏灯"）；用来表示自称，如老夫、老爹、老姊；表示某种特定的人物，如老婆、老虔、老禽兽、老莱子。除了作表人的词头外，还能用于特定事物，如老鼠。"老"作词头的用法至今沿用，基本与普通话相同。

除了"老"这个词头外，《荔镜记》还有一个与今天普通话用法相同的词头，那就是"第"，在戏文中也主要用在数词前，表述顺序和排行。

二　《荔镜记》中的词尾

（一）"仔"

《荔镜记》中"仔"出现的频率很高，使用情况较为复杂，全本戏文中的"仔"出现情况统计和分析如下表所示。

明嘉靖本《荔镜记》中"仔"出现情况归纳

功能	含义	剧本中例子
词根	特指儿子	仔、仔儿
	指儿子或女儿	仔婿、某仔
	指后代	生仔
词尾	搭配名词表某一类人	大厝人仔、富家人仔、不肖仔、官荫人仔、泉州仔
	搭配称谓词或单字名表某类人，表示亲昵	娘仔、婆仔、翁仔、丈夫仔、查某仔、后生仔、福仔、治仔

续表

功能	含义	剧本中例子
词尾	作为物品词的词尾，有表幼小之意	鸡仔、槌仔、椅仔、脚仔、鬼仔、燕仔
	附加在动词后的词尾，使其名词化	白贼仔、不肖仔
词嵌	夹在名词性词根中	耳仔钱、翁仔屑

　　戏文中"仔"作为词根的主要形式"仔儿"在文中共出现 30 多次，作为词嵌出现的次数极低，仅见两例，而作为词尾出现的次数高达 600 余次，其功能和作用较为复杂。无论表示儿子、孩子，还是用作词语的词嵌和词尾都使用同一个字形"仔"来记录，说明当时这个字作为词根或词尾读音接近或基本一致。

　　杨秀明认为："仔"作为词尾的功能是由"囝"虚化来的①。"囝"最早见于《集韵·狝韵》："囝，九件切，闽人呼儿曰囝。"唐顾况《囝》："囝生南方，闽吏得之…囝别郎罢，心催血下。"可见"囝"作为孩子、幼子之意古代闽方言中就存在，没有作为词尾的用法。郑张尚芳认为，"囝"于古无据，通过比对《广韵》和《集韵》，他认为"囝"很可能是"子儿"的合音②。

　　在明嘉靖年间的戏文中，表示"儿子"的词根和名词词尾都使用了"仔"，从词根的角度来说这里的"仔"就相当于"囝"，那么当时这两种语境下的"仔"的读音至少是相近或是相同的，也就是说，明嘉靖年间"仔"还只有一个读音，跟《集韵》记载的古音相近，这也符合语言发展变化的规律，词语的变化总是要先于语音的变化。在这之后，"仔"作为词根的读音没有发生变化，而作为词尾的读音发生了很大的变化，杨秀明主要通过查找闽南史籍韵书，发现从《汇音妙悟》《增注雅俗通十五音》到《一目了然初阶》大约两百年的时间里，"仔"经历了韵腹鼻化和介音脱落的过程，使之产生了"iã→ia→ãa→a"

① 杨秀明：《闽南方言"仔"缀语词近现代的语音演变》，《漳州师范学院学报》（哲学社会科学版）2009 年第 1 期。
② 郑张尚芳：《汉语方言表"孩子"义的七个词根的语源》，《语文研究》2008 年第 1 期。

的变化，这一变化也可以从共时的层面反映出来，现在永春、德化等地仍读作 kiā（giê），南安读作 kā，安溪读作 ā，泉州则读作 a。此外潮汕闽南语也表现出类似的情况，《国语潮音大字典》和《新潮汕字典》两部反映现代潮州方言的字典中"仔"却不尽相同，《国语潮音大字典》中认为"仔"读作"哥影切"是以讹传讹，表示儿子、孩子的本字应是"囝"，用作词尾表示细小物件或具有某种特征的年轻人，则是"仔"，读"之埃切"[①]；《新潮汕字典》中则认为无论表示儿子，还是事物小、数量小、名词形容词词尾本字应该是"仔"[②]，现在写作"囝"。可见在潮汕地区，"仔"也存在内部不同一的现象，这与泉州方言内部相似，正反映出语言的历时变化往往可以在共时的空间找到印证。

从潮泉二部重刊的角度来看，在当时的潮州和泉州方言中对"仔"的使用还是高度统一的，与今天的潮泉两地的方言情况不同。

（二）"子"

"子"作为词尾的使用情况，基本与现代闽南方言一致，也与标准普通话相同。主要作为名词词尾，有三类：第一类，"子"加在指人的名词后，如：小娘子、妻子、君子、汉子，这里的"汉子"指那个男人，略带贬义。

> 来也，汉子，你因乜力我镜打破除（第十九出　打破宝镜）
> 畜生莫茹呾（如店），来哑，汉子，你三年除食外，趁有若银？（第十九出　打破宝镜）

这种称法在今天的泉州方言中已不见，近年来却成为普通话的流行语，往往加上性别称呼人为"女汉子"，表示这个女性像男人一样。

---

① 张惠泽主编：《国语潮音大字典》，广东人民出版社 2009 年版，第 63、285—286 页。
② 张晓山主编：《新潮汕字典》，广东人民出版社 2010 年版，第 52、262 页。

第二类"子"附在时间名词后，如：日子；第三类"子"附在指物的名词后，用来表示特定的事物，如：棋子、果子、银子。这两类用法与现代闽南语无异，但比起普通话来，闽南语中的"子"都是重读音节读作 tsi55。

（三）"儿"

"儿"附加在指人的名词后，如：简儿、男儿。值得指出的是，"简儿"在《荔镜记》中指丫鬟，一般都用于丫鬟自称，如：

> 我是哑娘身边简儿，你是哑公粗使奴婢。（第二十二出　梳妆意懒）
> 阮是哑娘身边简儿。（第二十八出　再约佳期）
> 一路来受艰辛，遇着我简儿（第四十九出　途遇佳音）

他称则用"简仔"。

《荔镜记》本中表示一点、一些使用"些儿"，由代词"些"加"儿"，如：

> 待小妹讨些儿茶饭来乞你食。（第二十五出　陈三得病）
> 青春少女逢着风流子弟，且去人情做些儿。（第二十七出　益春退约）
> 那是赔你礼聘，不惊些儿，定卜赢你林大鼻。（第三十七出　登门逼婚）
> 二更鼓打月在天边，劝君食些儿。（第四十一出　旅馆叙情）

王建设指出"儿"是名词词尾，主要附着在名词、代词、区别词后，举例如：鼓儿、板儿、笛儿、男儿等。[①]"儿"作为词尾的用法在

_____

① 王建设：《明刊闽南方言戏文中的语言研究》，博士学位论文，暨南大学，2002 年。

现代闽南方言中已基本不见，"男儿"一词在一些闽南语歌曲存在，其他未见。而在普通话和北方官话区大量使用，甚而语音出现弱化，成为儿化韵。在明嘉靖年间的闽南方言戏文中有这类带"儿"的词存在，同时还存在着能够作为名词词尾的"仔"和"子"，这三类名词词尾有些用法重合，是否能说明当时的语言受到外来语的冲击？或者是"仔""子""儿"三类名词词尾原来在方言中都能使用或是某种情况下通用，由于语言发展中经济原则的作用，才发展成为今天闽南语中表示称呼或物品的名词词尾只用"仔"了？这个问题还有待于更多的早期闽南语文献的发现才能进一步研究。

（四）"头"

《荔镜记》中"头"作为词尾的用法也较为多样，与现代闽南语的用法基本相同，具体分析归纳如下表所示。

明嘉靖本《荔镜记》中"头"作词尾的出现情况

附加在指物名词后	斧头、枝头、梢头、砖头、柴头、牌头、篝头
附加在人身体的某一部位名称后	肩头、腰头、眉头、骨头、目头、心头
附加在表示地点或方位词后	外头、街头、前头、山头、路头、后头、内头、庄头
附加在时间词后	日头、初头、冥头、
其他	丫头、婚头、睛盲头

其中有一些词意义比较特殊，如：

只人也是有名的人，未知是值枝头？（第十一出　李婆求亲）

小人是本州堂上牌头。（第三十八出　词告知州）

陈叁昨暮日在庄头返来，说伊身得病。（第三十五出　闺房寻女）

莫说我田园广阔，钱银无赛，那是婚头迟。（第五出　邀朋赏灯）

睛盲头，人许处謷论。（第十三出　李婆送聘）

"枝头"指的是来头、来路；而"牌头"则指的是官府的衙役；"庄头"指的是庄上，自己的农庄；"婚头"指结婚；"睛盲头"一般指眼神不好的人，引申为没有眼力或不识相的人，这些词在现代闽南语中大多由于指称事物的消失而消失。

（五）"人"

"人"是闽南语中一个很特殊的词尾，王建设发现除了"官人、夫人、妇人"三个沿用至今，其余的已不用，而且如不加上"人"词尾，意义也不发生改变，也能使用，如：丈夫人、诸娘人、孜娘人、后生人、姿娘人、佃户人、民人、雇工人。

　　唐明皇是丈夫人？孜娘人？（第六出　五娘赏灯）
　　伊是后生人，只厅上不便，棒入后厅去食。（第十三出　李婆送聘）
　　你膝下有黄金，向跪阮姿娘人乜事？（第二十六出　五娘刺绣）
　　你去共众佃户人说。（第三十二出　赤水收租）
　　民人乐业，天下自然见太平。（第三十八出　词告知州）
　　陈叁是黄中志家雇工人。（第五十二出　问革知州）

其中，诸娘人、孜娘人、姿娘人应该是同义，表示女人；而丈夫人、后生人、佃户人、民人、雇工人已基本不用。

三　总结

通过对明嘉靖本《荔镜记》中的词头和词尾的分析研究，笔者发现：1. 明嘉靖年间对《荔镜记》潮泉二部重刊过程中，必定经过了慎重的选择，选定了某个本子作为蓝本，参照别的戏本进行重新勘定；2. 当时的潮泉两地的方言在个别字词，如"仔"的读音和使用上是一致的，而在一些字词如"阿"和"哑"的使用上则存在不同，对比现代方言不难看出其中已经发生了一些变化；3. 一些词头和词尾在组合成词上已有所变化，反映了闽南语词汇变化的痕迹。

从戏文的语言中寻找发掘语言发展的线索和痕迹是可行的也是很有意义的一件事，戏曲文本中往往保留着相当丰富和鲜活的口语，明嘉靖本《荔镜记》文本的发现不仅对汉语方言史而且对戏曲史的研究也有重要的价值，取其中的词头和词尾加以分析仅仅是一个小角，主要是由于词语是语言中最活跃的部分，它的变化往往带来语音、语法上的变化，通过词头和词尾的分析，不难发现明嘉靖本《荔镜记》和现代闽南方言确实存在着一些变化，这些变化让我们发现了语言变化的蛛丝马迹，为进一步研究近代闽南语的变化发展提供了新的线索，也能够全面拓宽戏曲语言的研究视野。

其他类

《荔镜记》戏文的历史民俗学解读

陈桂炳*

明嘉靖本《荔镜记》是泉州地区迄今发现的最早戏文，就目前所知，亦有可能是梨园戏《陈三五娘》的祖本。该戏文卷后的《增补北曲·重刊五色潮泉插科增入诗词北曲荔镜记戏文》曰："重刊荔镜记戏文，计有一百五叶。因前本荔枝记字多差讹，曲文减少。今将潮泉二部，增入颜臣勾栏诗词北曲，校正重刊，以便骚人墨客闲中一览，名曰荔镜记。买者须认本堂余氏新安云耳。嘉靖丙寅年。"可知该版本刊行的准确时间为"嘉靖丙寅年"，即 1566 年，而且是以原泉州、潮州二部《荔枝记》演出本加以"校正重刊"的版本。由于其是目前所看到的最早版本，因此其研究价值也相对较高；由于是整合泉、潮二腔版本的"合编本"，而泉、潮二地又是茶文化历史底蕴较为深厚的地区，同属于闽南文化圈，因此明嘉靖本《荔镜记》是我们今天研究闽南茶文化比较珍贵的第一手资料。从历史民俗学的角度对《荔镜记》文本进行解读，我们发现与茶有关的情景在戏文中共出现了 6 次，且对剧情的发展产生了不可忽略的影响。本文就此分别加以解读。

一 第十九出：打破宝镜

［贴走介唱］因乜有一位磨镜客，生得人物乜齐整。

……

---

* 作者单位：泉州师范学院闽南文化生态研究中心。

　　〔生白〕　小姐笑小人做乜？

　　〔贴〕　我见你亲像一人。

　　〔生〕　亲像乜人？

　　〔贴〕　不知便罢，向问乜事！

　　……

　　〔旦〕　早起日上花弄影，卜做针线无心情。听见乜人叫磨镜。

　　〔生〕　磨镜，磨镜。声声叫得是好听。

　　〔生见旦介〕　娘仔拜揖。

　　〔旦〕　好一风流人物，生得各样齐整。益春，恁前日楼前见许马上一位官人，好亲像这人。

　　〔贴〕　简也见面熟。

　　〔旦〕　疑是许马上官人，想伊不来磨镜。

　　〔贴〕　那卜是，通认伊。

　　〔旦〕　不是。人有相似，恐畏认错。

　　〔旦下〕　益春，只人生分，未知手段俩样，甲伊去，无乞伊磨。

　　……

　　〔贴〕　人客，恁那辛苦，歇困，慢慢磨。

　　〔贴下〕

　　〔生白〕　伯卿今旦落尽面皮，幸然得见娘仔。今只镜卜抱还伊去，想日后无路得入头。我今得当初卢少春打破玉盏，后来夫（去）妻成就。不免这镜来打破。

　　〔贴〕　人客，茶请你。

　　〔生〕　只茶是乜人使你捧来？

　　〔贴〕　一人客教好笑，恁见有茶罔食，向问乜事？

　　〔生〕　人情有所归。

　　〔贴〕　是我哑娘使阮讨来请你。

　　〔生〕　再三感谢。

　　〔贴〕　食哑，莫延场，人叫恁会唱歌，即（那）请恁，不恁爱食不？

［生］不疑（宜）来都无物通压锺。

［贴］恁泉州人那嘴咀便是。①

　　这是《荔镜记》戏文中第一次提到茶。

　　黄五娘差使其"简"（婢女）益春送茶水请一个并不熟悉的人食，又是在男女授受不亲的封建社会，可见这是个很不正常的举动，尤其是对一个登门磨镜的手工艺匠人，彼此社会地位悬殊，一般不可能有如此之礼遇。清顺治本《荔枝记》在同一场景中，多出了一段益春对陈三说："前日一个补雨伞的，许天井内立一半日，都无人理伊，共阮乞一碗水食亦无。"② 可证。

　　殷富人家小姐黄五娘差使其"简"（婢女）益春送茶水请一个并不熟悉的男性磨镜匠人喝，这并不符合当时的习俗。黄五娘之所以这样做，皆因元宵夜的一面之缘及后来的荔枝缘。

　　先说第一个见到陈三的益春。她一见到这位磨镜客，即有好感，觉得"生得人物乜齐整"。再一看，不觉一笑，"我见你亲像一人"。

　　再说戏中主角黄五娘，正好这天心情欠佳："早起日上花弄影，卜做针线无心情。听见乜人叫磨镜，声声叫得是好听。" 见过陈三后，黄五娘也与益春一样，觉得陈三是"好一风流人物，生得各样齐整"；"前日楼前见许马上一位官人，好亲像这人"。但同时又没把握，"疑是许马上官人，想伊不来磨镜"；"人有相似，恐畏认错"。而益春在招呼正在磨镜的陈三时，亦表现出格外的热情："人客，恁那辛苦，歇困，慢慢磨。"

　　由此可见，黄五娘差使益春请陈三食茶这个易为观众疏忽的细节，却向我们传递着许多耐人寻味的信息，可让不同审美情趣的观众从不同的角度加以品味。

　　陈三接过茶锺时，还有段与益春的对话："［生］不疑（宜）来都

---

① 泉州戏曲研究社编：《泉州传统戏曲丛书》第一卷，中国戏剧出版社1999年版，第40、42页。

② 同上书，第164页。

无物通压锤；［贴］恁泉州人那嘴咀便是。""压锤（茶锤，即茶杯）"的礼俗至今还出现在婚嫁新娘与夫家亲人首次见面仪式的庄重场合，被敬的夫家亲人接杯喝茶（甜茶）时要说一句吉祥话，喝完茶后要在新娘的茶盘上放一个红包（压在茶锤之下），寓意为新娘添财。但从益春的回应可以看出，陈三这话讲得过于客气，因为一般场合请茶并不需要"压锤"，今天也是这样。

此外，我们还看到古早与茶俗有关的一些叫法，如除了前面所提及的称茶杯为"茶锤"外，还有称喝茶为"食茶"，端茶为"捧茶"等，仍沿用至今。闽南方言称吃为"食"，包括喝、吸等，如："食饭""食茶""食烟"（普通话相应的说法为"吃饭""喝茶""吸烟"），并引申为依靠某种事物生活，如"吃头路"，即个人在社会中所从事某种职业以作为主要生活来源。《汉语大词典（普及本）》中收录的词目有"吃茶"条而无"食茶"条，其"吃茶"条曰："①喝茶。《水浒传》十五回：'星童请那先生到后堂吃茶已罢。'②旧指女子受聘。明郎瑛《七修类稿·事物》：'种茶下子，不可移植，移植则不复生也。故女子受聘，谓之"吃茶"。'"①"食茶"是古汉语的表达方式（类似的说法如《战国策·齐策四》："食无鱼。"）如今在福建方言中尚广泛存在。"捧茶"之"捧"指两手承托。用以表示敬意。"端茶"之"端"指双手平举捧物。两相比较，"捧""端"二字的语感还是有所不同，而这不同之处，正好凸显出闽南方言区茶文化的内涵。

二　第二十二出：梳妆意懒

　　［贴唱］早起落床，尽日那在内头转，安排扫厝点茶汤。终日听候不敢去远，听见叫简心都眠忙捧检妆。安排待便，请阮娘仔梳妆。

　　……

---

① 本书编委会：《汉语大词典（普及本）》，汉语大词典出版社 2000 年版，第 805 页。

〔旦〕　你只鬼仔，我甲你捧汤来度我洗面，你度陈三捧来乜事？

〔贴〕　哑娘使简去捧汤，遇着哑妈使简除。

〔旦〕　哑妈使你乜事？

〔贴〕　使简去看茶，简畏哑娘卜水紧，是简使陈三捧来。

〔旦〕　你只鬼仔卜死，紧将汤接过来还我洗面。①

这是《荔镜记》戏文中第二次提到茶。

益春在这出戏出场时唱词中的"点茶汤"，包括"茶"和"汤"两项，故她服侍的主人黄五娘才说"我甲你捧汤来度我洗面"；"紧将汤接过来还我洗面"，这里的"汤"即洗面的温水。在第五十出"小七递简"中，黄五娘对家里仆人小七说："去讨汤洗脚，讨饭食，伴伊得桃"②，这里的"汤"即洗脚的温水。这"汤"字对于今天的年轻人来说，不一定都清楚。

古人待客，亦有提到"茶"与"汤"，如宋无名氏《南窗纪谈》："客至则设茶，欲去则设汤。"但这里的汤是指食物加水煮出的汁液，与茶水不同，否则就没必要分开来讲。

上引这段唱词说明两个问题：其一，作为"简"（婢女），益春早晨起床后的工作主要是"安排扫厝点茶汤""捧检妆"等；其二，对家境殷实的人而言，早上的饮食，首先是饮茶，这习俗一直传承到当代，且闽广地区都存在（陈三五娘故事的发源地即闽南的泉州与粤东的潮州），故泉州传统的饮食习俗中曾有一句话叫"早茶晚酒"，直到20世纪八九十年代，到酒家饭店吃早餐，还叫"吃早茶"。进入21世纪后，由于生活节奏的加快，对于一般的上班族来说，很少有早晨起床后喝茶的习惯。

---

① 泉州戏曲研究社编：《泉州传统戏曲丛书》第一卷，中国戏剧出版社1999年版，第49、50页。

② 同上书，第115页。

三 第二十四出：园内花开

〔生〕譬如娘仔共人相爱，许人来时全不管睬，到伊去了（予），娘仔你即念伊。

〔旦〕陈三，阮咀花，你咀值去？

〔生〕小人见四边无人，共娘仔譬论。

〔旦〕譬你狗头论，走！

〔生下〕

〔旦〕益春，我一阵嘴干，你入去捧一锺茶来我食。

〔贴下〕

〔旦〕才自陈三慌忙走，失落一块纸。

〔介〕我看一看，元来是一封书。

……

〔贴〕一碗建溪花，解了娘仔闷。

〔旦〕贼婢，你茶都冷了，收入去，不食。

〔贴〕简茶捧来烧烧，那是只处听哑娘读书即冷除。

〔旦〕鬼仔，我读乜？

〔贴〕简捧茶来，听见乜阴司冤魂卜共谁相缠？

〔旦〕是都听见了，听你并不知？

〔贴〕简那是不知。

〔旦〕陈三慌忙走，失落一封书，乞我拾来。①

这是《荔镜记》戏文中第三次提到茶。

在《泉州传统戏曲丛书》的其他戏文中，也提到过一些产于外地的名茶，如梨园戏现存的南戏孤本《朱文走鬼》的"试茶续认真容"一出戏中，店家夫妇拿茶叶请客这个细节，借助方言谐音穿插科诨，

---

① 泉州戏曲研究社编：《泉州传统戏曲丛书》第一卷，中国戏剧出版社 1999 年版，第 49、50 页。

给观众留下较为深刻的印象，即以雀舌茶请上等人客、乳茶请中等人客、紫毫茶请下等人客等。《荔镜记》中益春捧来给五娘食的是"建茶花"，此乃古代名茶。宋代诗人林景熙有首《茶思》即提到该茶："滕公寄信札，赠我贡眉茶。未品闻鼻诱，因香透嘴巴。若得龙涎煮，不再碧螺夸。春在漳墩镇，育红建溪花。"建溪花应为福建的建茶，著名诗人陆游与建茶有着不解之缘，在《陆游全集》中涉及茶事诗词达320首之多，绝大部分与建茶有关，是历代写茶事诗词最多的诗人。陆游一生坎坷重重，雄图难展，54岁时带着壮志难酬的忧愤心情来建州任职，其诗吟道："北窗高卧鼾如雷，谁遣茶香挽梦回。绿地毫瓯雪花乳，不妨也道入闽来"；"小醉初消日未晡，幽窗催破紫云腴。玉川七碗何须尔，铜碾声中睡已无"。诗句中的"谁遣香茶挽梦回"和"铜碾声中睡已无"，把建茶破睡之功，说得活灵活现。建茶在古代远销海内外，作为陈三五娘故事诞生地的闽南与粤东为其长期畅销地之一。可见益春捧出"建溪花"来给五娘解闷（五娘说是口干要解渴），是选对了茶，知主莫如"简"（婢）也。

　　其实，五娘差使益春去端茶是个借口：其一，五娘因心闷带益春到后花园月下赏花，遇见陈三，使陈三有了当面倾诉衷肠的机会，而陈三也抓住了这个难得的机会，急于表白，故话讲得过于露骨，使五娘甚为难堪，尽管是时在场的只有五娘、陈三与益春三人，可以说是没有外人，但毕竟主人与"奴才"（陈三当时在黄家的身份是奴，尽管陈三已当面作了解释，但五娘仍是将信将疑）、"简"的身份有别，所以当陈三说要"共娘仔譬论"时，五娘怕他当着益春的面继续往下讲，遂马上翻脸，说："譬你狗头论，走！"把他赶走，并在益春捧茶来后又叫益春："你去共伊说，叫伊为奴才。日则侍奉箕帚，夜则安身寝席。奴不乱主，律有明条。阮暗静在只花园赏花，伊不合拔户跳墙，不安为奴本分。那卜共阮爹妈说，叫伊着死，叫我共伊无乜人情，甲伊转去。"① 其二，五娘差使益春去端茶的直接原因，是看到"陈三

---

① 　泉州戏曲研究社编：《泉州传统戏曲丛书》第一卷，中国戏剧出版社1999年版，第60页。

慌忙走，失落一块纸"，把益春支开后，"看一看，元来是一封书"（其实五娘当有预料到）。在当时的社会环境中，这种情书显然是不宜公开的，更何况五娘此前已由父亲包办与林大有了婚约，收了聘钱。因此，益春也据实向陈三说："阮娘仔书拾去，连阮都瞒除，不乞我知。"①

可见，在这出戏中，益春捧茶是个十分重要的细节。

四 第二十五出：陈三得病

[挂真儿][生]冥日思量上天台，得见神仙空返来。昨暮日去花园内，致惹一病有谁知。

[生]为伊割吊成相思，一病撅撅药难医。茶饭也袂食一嘴，风流债满等值时。昨冥去到花园内，着娘仔弃返来，惹得一病上身，做俪得好？

……

[生]今卜做俪思量？

[贴]尊兄你可会昼袂？

[生]琴棋书画我都会。

[贴]那会是年。

[贴]不如你亲手巧画，放觅伊花样册底。待伊刺绣，看见必有话。

……

[贴白]只莺柳画得是好，尊兄。那畏花采入手，不识花枝。

[生]我亦不是辜恩负义的人。小妹，我一阵嘴干，你入内去讨一锺茶我食。②

这是《荔镜记》戏文中第四次提到茶。

---

① 泉州戏曲研究社编：《泉州传统戏曲丛书》第一卷，中国戏剧出版社 1999 年版，第 60 页。
② 同上书，第 62、63 页。

陈三花园之会回来后，因"冥日思量上天台，得见神仙空返来"，次日即得了相思病，"茶饭也袂食一嘴"；当益春去探望他时，得知缘由后，给他出了个主意，可亲手画个绣花用的花样，让益春"放觅伊花样册底。待伊刺绣，看见必有话"。这个主意使一度希望落空的陈三，再次看到了希望，精神顿佳，竟主动要益春"入内去讨一锤茶我食"。从"茶饭袂食一嘴"到"去讨一锤茶我食"，陈三内心世界所发生的变化，让观众一目了然。

五　第三十五出：闺房寻女

[大迓鼓][丑]　日上东廊照西廊，不见五娘起梳妆。不见陈三起扫厝，不见益春点茶汤。早起树乌叫，让人心酸。

陈三昨暮日在庄头返来，说伊身得病。早起拙晏，困都不见起来，也不见五娘起梳妆，也不见益春煎茶汤。早起树乌头上吼，必定有跷蹊，厝内叫得小七出来。①

这是《荔镜记》戏文中第五次提到茶。

这段引文与前引第二十二出（"梳妆意懒"）的引文说明了同一个问题：作为"简"（婢女），益春早晨起床后的工作主要是"安排扫厝点茶汤"，因此，"日上东廊照西廊"，"不见益春点茶汤"，才会马上引起黄家其他奴仆的怀疑。

六　第四十五出：收监送饭

[旦]　三哥，你只处坐。……益春，讨茶洗嘴。

[贴]　茶在只。

[旦]　饭捧来。

---

① 泉州戏曲研究社编：《泉州传统戏曲丛书》第一卷，中国戏剧出版社 1999 年版，第 88 页。

　　〔贴〕饭在只。

　　〔香柳娘〕〔旦〕劝我君食嘴饭，匕匕。莫苦心酸。寒冷肠饥做俪当。

　　〔生〕娘仔，我不食。

　　〔旦〕我便朝送一碗饭乞你食，你卜不食，甲我卜做俪过心！①

　　这是《荔镜记》戏文中第六次提到茶。

　　此时的陈三已是监牢里的犯人，前去探监送饭的五娘，要益春讨锺茶给陈三洗嘴（可能与陈三入狱后心情差嘴里苦不想吃饭等有关），可见这锺茶应与我们今天漱口的水差不多，正常情况下是不当饮料喝的。因此，清顺治本《荔枝记》在同一场景中，才有这样的对话：

　　　　〔旦〕益春，共都牢乞一盆汤来共官人洗面。〔贴〕都牢，汤一盆乞阮洗面。〔净内〕粗水哑。……〔旦〕益春，共都牢讨一碗茶，度官人洗嘴。〔贴〕都牢，茶一碗乞阮洗嘴。〔净〕粗水哑。②

　　戏曲文化与民俗文化之间有着密切的联系，戏曲本身具有反映民俗、体现民俗的功能及适应民俗需求的能力。泉州戏曲研究社编的《泉州传统戏曲丛书》是研究泉州文化最宝贵的资料，正如我国著名学者李亦园先生所指出的："泉州的乡亲们现在正努力要建立一个'泉州学'的学术传统，而这批'瑰宝'正是'泉州学'最重要的研究资产。"③

　　拙文即是"利用这批'瑰宝'"，以泉州茶文化为例，做一个历史民俗学的解读，权充引玉之砖，希望能得到内行者的指正。

---

　　①　泉州戏曲研究社编：《泉州传统戏曲丛书》第一卷，中国戏剧出版社1999年版，第104页。

　　②　同上书，第234页。

　　③　李亦园：《泉州传统戏曲丛书·序》，泉州戏曲研究社编《泉州传统戏曲丛书》第一卷，中国戏剧出版社1999年版。

论英国汉学家龙彼得对闽南方言
文献的整理与研究贡献

陈彬强[*]

一 龙彼得学术生涯简述

龙彼得（Piet van der Loon，1920—2002），20 世纪欧洲著名汉学家。1920 年生于荷兰，1940—1946 年就读于荷兰莱顿大学中文系。二战后赴剑桥大学求学，师从著名汉学家哈澜（Gustav Haloun）教授，1948 年留校任助教，1949 年升任汉学讲师。1972 年转任牛津大学讲座教授。1982 年荣任欧洲汉学协会会长，1987 年退休，仍保留荷兰国籍，2002 年因病去世。龙彼得的学术兴趣十分广泛，对中国传统的戏曲、民俗、宗教、文学乃至闽南方言都保持着浓厚的兴趣，取得了令人瞩目的研究成果。同时，他还系统整理了欧洲图书馆的所有中文藏书。龙彼得的学术贡献是多方面的，他不仅是享誉欧洲的汉学家，也是剑桥大学图书馆名誉馆员（Honorary Keeper of the Chinese Books）、日本道教学会理事、法兰西亚洲学会名誉会员。

在其学术生涯早期，龙彼得曾担任剑桥大学图书馆馆员。剑桥大学图书馆是世界上最大的图书馆之一。建馆六百余年，藏书八百余万册，其中中文藏书 35 万种，很多系宋元明及清代各类版刻书籍、各种抄本、绘画、拓本以及其他文物，其中颇多珍品。1632 年，白金汉公爵赠送给该馆第一批中文书籍，而首批大量的中文书籍系威妥玛爵士

---

* 作者单位：泉州师范学院图书馆。

所赠，共4304册。第二次世界大战后，该馆的中文藏书数量迅速增加。其中有原属骆任廷爵士、阿拉巴德先生、慕阿德教授和哈澜教授等人的书籍。1949年，哈澜教授专程来中国，用英国政府特款购买中文书籍一万余册。此外，还通过李约瑟博士收集大量中国馈赠图书。该馆的中文藏书中，以有关中国传统文化、历史、文学、艺术方面的古籍数量最多、最具特色、最为精良。

中文图书特别是古籍的大量入馆，需要同时精通汉学和目录学的专家予以分类、辑目和整理，这是一项极其重要的基础性工作，也为龙彼得施展才华提供了绝佳的机会，龙彼得为此做出了不懈努力。在中文图书分类上，哈澜和龙彼得在原有"威妥玛分类法"的基础上进行创新和发展，使之更为系统、科学，该分类法至今仍为剑桥大学图书馆中文部所沿用。

龙彼得在搜集整理中文图书的过程中发现了不少古籍善本和孤本，这引起了他极大的兴趣和关注。这些明清时期由欧洲人带回的书籍，多数是普通甚至俗劣的版本，当时一般的中国学者都不太愿意收藏，但是西方的藏书家、国王和大学图书馆却将之奉为珍品。随着时间推移，中国境内这些版本的图书大多早已散佚，但在欧洲各图书馆却得以完好保存。然而由于欧洲汉学家极少愿意对古籍进行系统的整理，图书馆员又不识汉字，因此它们中多数都没有得到很好的编目，被堆在图书馆角落里，成为"被遗忘的文献"。龙彼得对这一工作的重大贡献在于他不仅系统梳理了剑桥大学图书馆所藏中文图书，而且对牛津大学包德利图书馆、梵蒂冈图书馆、德国萨克森州立图书馆等欧洲各馆收藏的中文图书也进行了系统的整理，并将其成果编纂为中国古代出版物的个人索引，这一成果堪称前无古人之作①。由于龙彼得的努力，这些古籍得以重新走进学者的研究视野，为欧洲汉学的进一步发展奠定了扎实的资料基础。

---

① ［英］杜德桥：《纪念龙彼得教授》，《海外中国学评论》第2辑，上海古籍出版社2007年版，第215—217页。（Glen Dudbridge，"Scholars in Memoriam：Piet van der Loon"，*China Studies Review International*，No. 2. Shianghai：Shanghai Ancient Books Press，2007，pp. 215 – 217）

二　龙彼得与《基督教义》研究

20 世纪中叶，龙彼得在牛津大学发现了现存最古老的闽南方言戏曲文本《荔镜记》，此后又陆续在欧洲各大图书馆搜寻、发现了数种由闽南方言书写而成的文献，由此深藏于欧洲各国的"被遗忘"的俗文献逐渐进入学者的研究视野。而龙彼得的主要研究兴趣也逐渐转向中国民间传统的戏曲、音乐、民俗以及方言文学上，尤其是对操闽南方言的福建南部、台湾以及潮汕地区流行的各种戏曲音乐，如南音、梨园戏、歌仔戏、潮剧、傀儡戏以及这些地方的方言文学都极感兴趣，潜心研究。他先后多次赴闽南、台湾及东南亚各国的华侨聚居地进行实地考察，写下数十册的笔记，出版了内容翔实、论证严密、结构严谨的权威性论著。

龙彼得为人称道的研究成果之一是他对闽南方言文献《基督教义》（*Doctrina Chirstinana en letra y lengua China*）的整理研究。16 世纪中叶，西班牙人占领菲律宾，并到福建沿海招募华人协助开发，旅菲华人由此剧增。华人自称唐人，西班牙人则称华人为 Sangley①，由于旅菲华人多为闽南人，为使针对华人的传教活动易于开展，具有深厚汉学功底的西班牙传教士高母羡（Juan Cobo）等人用闽南语方言形成传教文献并刻印，甚至编辑出版了一些闽南方言字典、词典，以便传教时查阅，由此在菲律宾留下丰富的闽南方言文献。

《基督教义》即为刊行于菲律宾的西班牙传教文献，原本藏于梵蒂冈图书馆，1924 年为法国汉学家伯希和（Paul Pelliot）所发现。这本书共 62 页，扉页印着六行西班牙文字，第一行是 Dotrina Christiana，第二行是 en letra y lengua China，// compuesta por los，第三行是 Padres ministros de los Sangleys，de la Orden，第四行是 de Santo Do-

---

①　Sangley 一词，当为闽南方言之音译，意指"商旅"或"生理"，也有指"常来"，至今犹有争议，有关 Sangley 一词的释义和诸家之言，详见洪惟仁《16、17 世纪之间吕宋的漳州方言》，《历史地理》2014 年第 2 期；江桦《"SANGLEY"的由来与还原》，维基百科：https://en. wikipedia. org/wiki/Sangley。

mingo. ，第五行是 Con licencia，por Keng Yong，China，最后一行是 en el Parian de Manila。这是一本用闽南语记载信经、天主经、圣母经、十诫及圣教会四规，以浓缩方式道出天主教基本教义的播道书，由中国印刷师龚容（Keng Yong）在马尼拉刻印发行①。该书的出版年代不详，学者考证出的时间集中在 1590—1607 年，这是迄今发现的最早使用闽南语方言书写的基督教传教文献，它的出现比嘉靖本《荔镜记》（1566）略晚，但两者选用的汉字相近，为研究闽南语的发展、演变保留了珍贵的文献资料。此书另有西班牙语和他加禄语（Tagalog）双语版本，先是发现于意大利，后辗转流入美国国会图书馆，为世界孤本，1947 年美国国会图书馆出版了其影印版，遂得以重见天日。

龙彼得对这本闽南方言文献的音韵系统和音韵特色做了详细梳理，把闽南语的声母发音方法分为清不送气音、清送气音、浊塞音、续音等 4 类，声调则有 7 个，并结合同一时期的相关文献进行细致考证，推论出《基督教义》所使用的闽南方言大多为漳州音，且偏向于海澄腔，由此推断 Sangley 的主要原乡在福建漳州，基本厘清了 17 世纪初通行的闽南方言以及其他语言学方面的一些重要问题，对闽南方言在菲律宾等东南亚国家一带的流播和演变也做了详细说明。为了便于研究，龙彼得将发现于大英博物馆的两个罗马字版《基督教义》（1605）和汉字本逐字对照，重新排版，对于原刻本模糊或错漏之处，也一一做了考订和说明。此外，龙彼得还从大英图书馆中搜检出一份西班牙手稿，从中辑录出两部闽南语词典手稿：*Bocabulario de lengua sangleya por las letraz de el A. B. C*（《菲律宾华语字汇》，约编于 1617 年）和 *Arte de lengua chio chiu*（《漳州话虚词典》），龙彼得将这两部词典中的闽南语虚词及其用法搜集、整理出来，为《基督教义》的考论提供了详细的佐证资料。1996 年，龙彼得将这些

---

① 江桦：《龚容在一五九三年刻印的三本书撮谈》，http：//blog. sina. com. cn/s/blog_4db6170b010089k8. html，2008 年。

整理、研究成果以《马尼拉古版本与早期研究闽南语之概述》（The Manila incunabula and early Hokkien studies）为题发表在《亚洲专刊》（*Asia Major*）上，受到西方汉学界和语言学界的广泛关注。

三　龙彼得的《荔镜》情缘

在龙彼得的诸多研究成果中，其对明清闽南戏曲版本的整理和研究尤为精深。凭借其出色的版本目录学才能，龙彼得广泛挖掘、整理了深藏在剑桥、牛津、德国、奥地利等地图书馆的各种明清戏曲弦管孤本，对这些戏曲版本进行了细致、严谨的考证、分析和比较。这些孤本的发现对于研究中国南戏的起源、传播和演变具有极其重要的意义。令人惊讶的是，这些明清剧本中竟有许多是用闽南方言唱念的。20 世纪 90 年代以来，泉州地方戏曲研究社先后搜集到的海内外明清戏曲弦管孤本计有十一种，分别是：明嘉靖丙寅（1566）《荔镜记》[含《彦（颜）臣全部》《新增勾》]；明万历辛巳（1581）《荔枝记》；明万历甲辰（1604）《满天春》《钰妍丽锦》《百花赛锦》（简称《明刊三种》）；清顺治辛卯（1651）《荔枝记》；清乾隆庚戌（1783）《同窗琴书记》（梁祝以"封官团圆"为结的另类版本）；清道光辛卯（1831）《荔枝记》；清光绪甲申（1884）《荔枝记》①。而这些孤本的发现多数与龙彼得有关。

其中，现存最早的闽南语文献嘉靖本《荔镜记》共有两本，一本藏于日本天理图书馆，另外一本藏于牛津包德利图书馆，为龙彼得所发现。嘉靖本《荔镜记》讲述的是陈三五娘的故事，为闽北建阳余氏新安堂 1566 年刊刻本，它的全称是《重刊五色潮泉插科增入诗词北曲勾栏荔镜记戏文全集》。据龙彼得考证，此剧具有潮州和泉州的色彩，以泉州腔为主，潮州腔只有九支曲牌；戏文的宾白风格简明，并经常采用方言俗字，说明该书并不是第一部使用闽南话的文学作品，而方言文学早在 1566 年之前就已出现。新安堂余氏在它的雕版末尾称《荔

---

① 郑国权：《从〈荔镜记〉等明刊本探寻泉腔南戏》，《福建艺术》2012 年第 4 期。

镜记》是"因前本荔枝记字多差讹,曲文减少"而校正重刊的,可见其渊源更早。龙彼得认为《荔镜记》可能产生于公元 1500 年左右,即嘉靖之前的弘治、正德间①。万历本《荔枝记》系龙彼得 1964 年在奥地利国家图书馆发现,它的全称是《新刻增补全像乡谈荔枝记》,书分四卷,这个新刻增补的潮剧本,不称《荔镜记》而称《荔枝记》,是与《荔镜记》同一故事内容的不同演出本。这个刻本是"新刻增补"本,说明在万历之前,已有原刻本存在了。万历本《荔枝记》曾由与耕堂和南阳堂两个书坊刊印过,究竟孰先孰后,不得而知。据龙彼得推测,该书可能原为南阳堂叶文桥所刊,版片后为与耕堂朱氏所有②。

《明刊三种》系龙彼得分别于剑桥大学图书馆和德国萨克森州立图书馆所发现,包含以下三本:第一本是《新刻增补戏队锦曲大全满天春二卷》(下称《满天春》),分为上下栏,下栏收有十八出戏文,上栏收录 146 首弦管锦曲(即南音曲),上下栏均没有工尺谱,但有曲牌名。据龙彼得考证,此书刊于 1604 年,自 1715 年起藏于英国剑桥大学图书馆。第二本是《精选时尚新锦曲摘队,别题精选新曲钰妍丽锦》(下称《丽锦》),没有工尺谱,但标有滚门和曲牌名。第三本是《新刊弦管时尚摘要集,别题新刊时尚雅调百花赛锦》(下称《赛锦》),没有工尺谱,但注有拍位,按照滚门将曲子分类,每一类的各曲并标明曲牌。这两本曲本扣除重复的曲子后共计有 113 首。根据龙彼得的比对,《明刊三种》中共有 103 首目前仍存于现今南音曲簿中,而且有不少是目前仍在传唱的名曲③。这两本曲本目前合为一册,据龙彼得考证可能是刊于 1613 年,自 1753 年至今一直藏于德国德勒斯登的萨克森州立图书馆。这三种明刊本的发现,对于南音的研究有极为重大的意义。《丽锦》和《赛锦》是目前所发现最早的南音曲簿,

---

① ［荷］龙彼得:《明刊戏曲弦管选集》,中国戏剧出版社 2003 年版,第 4 页。
② 同上书,第 5 页。
③ 王樱芬:《从明刊弦管选本看南管曲簿的持续与变迁》,《"行政院国家科学委员会"专题研究计画成果报告》,2003 年。

可证明南音至少在 1613 年之时已相当流行。

乾隆本《同窗琴书记》和光绪本《荔枝记》的整理出版也离不开龙彼得的大力支持。《同窗琴书记》原本镌于乾隆四十七年，会文斋藏板，一册不分卷，不题撰者名，序叶廿二，阙九、十两叶。标出名，未标序次，各出长短不齐，为南戏遗韵之一。该版本谱的是"梁山伯与祝英台"故事的戏文，用的是泉州方言，原本存于英国。1971 年龙彼得访台期间，将该书的缩微胶卷赠送给台湾大学的吴守礼教授，由吴守礼将其戏文整理出版。光绪本《荔枝记》（全名《陈伯卿新调绣像荔枝记真本》），光绪十年由"三益堂"刊行，1911 年"泉州绮文居"石印再版。此书原本藏于法国社会科学院施博尔（施舟人，Kristofer Schipper）处，龙彼得找施博尔商借拍照后寄给吴守礼，吴守礼 1978 年编写了"校理本"，注明"原本藏于法国施博尔博士家"①。

此外，龙彼得还从施博尔处借得一些用闽南方言写成的台湾皮影戏剧本，加以整理研究。这些剧本系 1968—1969 年，施博尔从台湾南部高雄县弥陀乡和阿莲乡两个皮（纸）影世家中搜集的，共有 198种。龙彼得从中选取了具有代表性的《朱文走鬼》之 50 页残本、56页残本、71 页残本和 19 页残本，以及美国洛杉矶加州大学文化历史博物馆所藏另一残本，详加校勘，整理为《朱文校本》②，并从版本、文体和俗语等诸多方面对《朱文》进行索隐发微、考据取证。1979年，龙彼得将《朱文校本》及其考证研究成果整理为《朱文：一个皮（纸）影戏本》（Chu Wen：A Play for the Shadow Theatre），发表在《欧洲汉学协会不定期刊》（*Occasional Papers of the European Association of Chinese Studies*）第 2 辑上，在欧洲汉学界引起了强烈反响。

正是由于龙彼得孜孜不倦的搜求和研究，才使得这些近于湮灭的古代闽南戏曲文献得以重见天日，使南音、梨园戏、傀儡戏等艺术品

①　郑国权：《一脉相承五百年——〈荔镜记荔枝记四种〉明清刊本汇编出版概述》，《福建艺术》2010 年第 4 期。

②　［荷］龙彼得：《朱文：一个皮（纸）影戏本》，《东南传播》2007 年第 3 期。

种的舞台演出有了取之不尽的资源，为中国传统艺术文化遗产典籍的抢救、搜集、整理和研究做出了不可磨灭的贡献。时任文化部副部长王文章先生高度评价了龙彼得的功绩，认为龙彼得发现、研究的这些海外孤本千金难求，“其内容对于研究中国戏曲的衍变发展，对于唤起传统精萃的表演记忆，尤有价值”①。

　　龙彼得教授为人和蔼可亲，乐于助人，生前曾多次来泉，对泉州的戏曲、南音一见钟情，与泉州结下了不解之缘。他一生勤奋好学，荣休后仍笔耕不辍，以至积劳成疾，于 2002 年因心脏病突发在家中猝然离世，实乃闽南文化学界、西方汉学界的一大损失，令人扼腕叹息。斯人已故，但龙彼得教授留下的遗产却能惠及后人，造福泉州。为纪念龙彼得，2003 年，泉州地方戏曲研究社将龙彼得辑录的这三种明刊本及其校订本和相关研究论文译文整理汇编为《明刊戏曲弦管选集》一书，交由中国戏剧出版社出版。《明刊三种》的发现与整理为南音研究提供了一份无价的材料，也为南音成功入选 2009 年人类非物质文化遗产代表作名录提供了一份非常重要的史料证据。②

---

① 〔荷〕龙彼得：《明刊戏曲弦管选集》，中国戏剧出版社 2003 年版，“序言”第 4 页。
② 中国艺术研究院：《中国非物质文化遗产普查手册》，文化艺术出版社 2007 年版，第 169 页。

试析陈三五娘传说的社会学价值

许淳熙　杨韵华[*]

陈三五娘传说是深受广大民众喜爱的民间文学创作，其在长期的演变过程中，演绎出引人入胜的内容情节与形式多样的传播方式，使得陈三五娘传说极富魅力，其入选国家级非物质文化遗产名录是众望所归。

非物质文化遗产是民族个性、民族审美习惯"活"的显现。2003年联合国教科文组织大会第 32 届会议在巴黎举行，会议通过了《保护非物质文化遗产公约》。① 根据公约，申报参选世界非物质文化遗产的主要条件之一为"深深扎根于文化传统或有关社区文化历史之中，属于在社会学方面有特殊价值的民间传统文化表达"。

陈三五娘传说千余年的孕育、创作、表演、流传的过程构成了一篇丰富多彩的文化史，具备广泛的社会学价值。社会学以人类的社会生活及其发展为研究对象，包括社会现象、社会行为、社会风俗、社会关系、社会思潮、社会交流、社会冲突等许多方面。

本文以探讨陈三五娘传说的社会学价值为主题，分别从社会创作、社会交流传播和社会风俗三个方面切入，分析其社会学价值。

---

* 作者单位：华中科技大学；武汉博物馆。

① 联合国教科文组织：《保护非物质文化遗产公约》，中国人民代表大会网，http://www.npc.gov.cn/wxzl/wxzl/2006 - 05/17/content_ 350157. htm。

一　源自民间传奇，表达社会大众愿望

流传于闽粤台及南洋侨界的陈三五娘传说，讲述的是泉州人氏陈三与潮州黄员外之女五娘之间的爱情故事，成功地塑造出一对勇于冲破封建礼教、大胆追求幸福生活的青年男女的形象。传说中的抛荔传情、磨镜卖身、益春牵合、设计私奔等浪漫情节，数百年来为广大民众津津乐道。

关于陈三五娘爱情故事的发生年代，目前有"五代说""宋末元初说""明代说"等多种观点。"五代说"源自清代笔记小说《绣巾缘》，该小说将陈三说成一代名臣陈洪进的第三子陈瑶。厦门大学龚书炜教授于 20 世纪 30 年代曾提出，陈三五娘故事发生在五代末年[①]："据小说《绣巾缘》描述，故事发生的背景是潮州，人物和情节暗合史书所载的陈洪进家族史。"蔡铁民等学者亦持相同的观点。[②] 半个世纪后，一块名为《美山尊王记录》的碑刻在南安被发现，从侧面印证了"五代说"。此碑为 1847 年所立，碑文称，陈洪进的三弟叫陈洪钻，字伯卿。这与陈三五娘故事中的陈三本名相符。

"宋末元初说"的理由为：在明嘉靖本《荔镜记》，1953 年由闽南戏实验剧团许书纪、林任生、张昌汉等加工整理的《陈三五娘》及泉州洛江出土的陈三碑记上都写着"宋末元初"字样。

"明代说"依据清代郑昌时的史籍《韩江闻见录》。潮州现存史迹也集中表明陈三五娘故事发生的时间在明代。新中国成立之初，黄五娘之父黄九公的坟墓在潮州出土，碑刻有"嘉靖三年（1524）子一甫，孙×××立"等字样。1958 年，人们在潮州城北竹竿山处，又发现黄九公父母迪吉和郑氏墓，墓上铭文为明正德十年湖广按察司副使饶平翁理所书。由此便可推知，陈三五娘故事发生于明代正德和嘉靖

---

① 龚书炜：《陈三五娘故事的演化》，原载《厦门大学学报》（1936 年 6 月），重刊于《泉州地方戏曲》1986 年第 1 期。

② 蔡铁民：《一部民间传说的历史演变》，《民间文学论坛》1999 年第 2 期。

年间。①

陈三五娘故事的情节多样性则更胜于其发生年代。除了流行的"陈三与五娘邂逅元宵夜，五娘绣楼掷荔，陈三磨镜委身，后花园私订终身，林大逼婚，私奔归故里"的情节外，还有《韩江闻见录》记载的"诡娶黄五娘"："三出游之蔚目，于绣楼间，见五娘姝丽。思聘之，而闻其许林家，欲计得之，谋诸郡幕。"幕僚设一计：先聘六娘，然后"扬声于外曰陈三聘五娘"。至迎亲日，六娘登舆后，密令人扬声称陈三已夺得黄五娘，再"阴令心腹人煽林来夺"。如此，林大终于中计上当，抢回六娘，被知府问罪，只得将错就错艰六娘，"而五娘果归于陈三"。②

除"诡娶黄五娘"的故事情节外，郑昌时还考证出："李笠翁有《王五娘传奇》，讹其姓，其事与此迥异。"即与其所述"诡娶黄五娘"完全不同。

其他如《新造荔枝记》，说陈三五娘在未出生之前，已被阴间指腹为婚。《新陈三歌》则说陈三全家后为林大勾结官府所害，陈三五娘投古井死，婢女益春女扮男装上京告御状，五娘于阴间诉之阎王，阎王令五娘之魂附于益春身上。后林大等恶人终得恶报，堕入地狱。

在 20 世纪 20 年代初，日本著名作家佐藤春夫以听说的陈三五娘故事为题材，创作了日文小说《星》。把陈三与五娘的结合归结于星宿。20 世纪 30 年代邵江海的《陈三五娘》改编本对情节结构进行了独特设计，删去了睇灯、投荔、磨镜、梳妆等情节，从赤水收租写起。此外，还有著名小说家张恨水演绎的《磨镜记》；台湾作家吕诉上创作的轻喜剧剧本《现代陈三五娘》；许希哲先后撰写的小说《陈三五娘别传》和《荔镜缘新传》③；等等。

广泛流传于闽粤民间的关于陈三五娘故事的"歌仔"，即民间歌

---

① 王鹏程：《陈三五娘故事的文化研究》，http://eblog.cersp.com/userlog/16153/archives/2013/1677953.shtml。

② （清）郑昌时：《韩江闻见录》，上海古籍出版社 1995 年版。

③ 朱双一：《台湾新文学中的"陈三五娘"》，《台湾研究集刊》2005 年第 3 期。

谣，则体现出在闽、潮两地对陈三五娘故事的铺陈，存在着不同的情节演化过程。既有喜剧结局，如说私奔成功终成眷属；也有悲剧结局，如说陈三被发配而五娘投井。这些使得陈三五娘的故事更加曲折生动，更加丰富感人。而随着闽、潮两地的文化交流，故事的基本框架构走向了一致，唱词也琴瑟和谐。如闽南歌仔唱道："六月荔枝叶尾红，陈三骑马过城关。五娘荔枝投落去，打破宝镜得团圆。"潮汕人则唱："六月热毒天，五娘楼上掷荔枝，陈三骑马楼下过，五娘伸手掷给伊。"①

以上种种反映出陈三五娘传说的创作者众多，来自不同的年代、不同的地区乃至不同的国家。这众多的作品共享着同样的题材来源，有着一致的框架，然而具体的情节却有多般变化。这种故事情节的多样性与发展演化，表明陈三五娘传说从整体上看，是闽、潮、台等地人民共同创造的，反映社会愿望的传奇作品。

二　活用传统传播方法　催生现代传播形式

陈三五娘传说的特点之一是通过多种多样的媒介在社会上传播，不仅各种传统的传播方式被广泛灵活运用，还催生出融汇中西的现代传播形式。

陈三五娘传说早在一千多年前的宋元时期就开始孕育，明永乐末年，陈三五娘传说被写成笔记小说《荔镜传》②。《荔镜传》的结构、体例近乎明弘治前文言笔记小说。《荔镜传》的作者是何许人，是陈三五娘文化史上的谜团之一，但有一点可以确定，因其对泉州乡土颇为熟识，故或为泉州人，或曾在泉州长期居住。

陈三五娘传说登上戏剧舞台的时间，根据《泉州晚报》2011年11月14日《搜珍数十年为陈三五娘建档》的报道，宋元时期已有关于陈三的折戏。在明代嘉靖丙寅年（1566）刊行的《荔镜记》的上栏

---

① 陈耕、骆婧：《从〈陈三五娘〉看闽南潮汕的文化关系》，《闽南文化与潮汕文化比较研讨会论文集》，2003年。

② 蔡铁民：《一部民间传说的历史演变》，《民间文学论坛》1999年第2期。

有个《新增勾栏》，该栏目中刊载了一出折戏，描写了陈三带着随从安童去惠州"唱家"找"二姐三姐"听歌的生动情节。"勾栏"在明代之前指的是市镇里的演出场所，宋元时期盛行，勾栏戏便是在这些场所上演的戏目。迄今有案可稽的关于陈三五娘故事的民国前的戏曲版本，包括宋元《新增勾栏》、明嘉靖前本《荔枝记》、嘉靖本《荔镜记》、万历本《荔枝记》、清顺治本《荔枝记》、道光本《荔枝记》、光绪本《荔枝记》，共七个刊本①。

除小说与戏剧外，陈三五娘传说还通过弦管、歌册、电影、连环画、年画等多种形式不断地创新与流布。据戏剧家刘管耀1995年发表的《荔镜春秋》②，从明代正德之前（1521年以前）至1995年四百多年间有关陈三五娘传说的传播状况为：编创剧作36部，出版小说17种，歌册22本，故事3篇，音像制品26种，评介、研究文章68篇，演出活动68处（含电影、电视6处）。2014年陈三五娘传说在申报第四批国家级非物质文化遗产项目时，大量搜集了陈三五娘在民间文学领域的相关资料，广泛征集歌册、书籍、剧本等，共搜集到了47种不同版本的资料。

陈三五娘文化还有一种重要的现象，即反映在泉州南音（以下简称"南音"）的传唱，比起戏剧、小说，唱本更为普遍。南音是一种典雅优美，为人们喜闻乐见的民间音乐，千百年来流传于闽南地区、港台、东南亚侨胞旅居地，素有音乐"活化石"之称。南音的乐谱以指套、大谱、散曲三大类组成。南音指套中，关于陈三五娘内容的有9套：即《锁寒窗》《所见浅》《我只处心》《金井梧桐》《惰梳妆》《共君断约》《听见杜鹃》《花园外边》《飒飒西风》。而在南音散曲中，有陈三五娘内容的多达200余首。

2010年古老的陈三五娘传说又迎来了一种全新的表演形式——交响南音，交响南音《陈三五娘》突破了传统戏曲的表达方式，大胆融

---

① 吴泽华：《搜珍数十年为陈三五娘建档案》，《泉州晚报》2011年11月14日第14版。
② 刘管耀：《荔镜春秋》，《潮州市文史资料》1995年第15辑。

合交响乐等现代元素，用交响乐为唱腔优美的南音伴奏，是一次中西交融的全新艺术尝试。[①] 该剧曾在国家大剧院以及新加坡、马来西亚等国家和地区演出，观众反响强烈。

三　体现民风民俗　成为民风民俗

由自然条件的不同而造成的行为差异被称为"风"，由社会文化的差异所造成的行为规则之不同被称为"俗"。民风民俗是一个地域人们日常生活、精神风貌的展现，是地域文化的灵魂。

陈三五娘传说在民间传承，数百年余音不绝，深深地扎根于地域与社区文化之中。它蕴含了有关闽、潮两地丰富的民俗文化信息。

（一）节日民俗

陈三五娘传说涉及不少传统节日，如元宵、六月六、七夕等。陈三五娘戏文中的"五娘观灯""灯下答歌"等场景、唱词浓墨重彩地描绘出潮州的元宵节日风俗。元宵节是我国三大传统节日之一，全国许多地方都有元宵赏灯的传统，然而潮州花灯独具特色。其制作纷繁、讲究，仅用材就有近千种。艺术表现更是细致入微，有"热灯""素灯""走马灯""纱灯""宫灯"等许多类别。元宵佳节闹花灯是潮州民众的赏心乐事，其高潮在正月廿四日前后，总共要闹近十个昼夜。鼎盛时期，全城共有两百多屏大花灯，连同龙凤灯、鱼灯、果子灯共达数百之多，分八社游行。数里长街，鼓乐喧天，火光烛天，到处人山人海，将整个古城变成了狂欢的海洋。

潮州花灯始于何时，已难考证。陈三五娘传说可作为潮州花灯历史的佐证。如果该故事发生于五代末年，则潮州花灯历史长达千年；如果该故事发生于明代中叶，则潮州花灯至少有将近五百年的历史。

随着陈三五娘传说的广泛传播，陈三和五娘也成了元宵灯展中的

---

① 李向群：《筑梦：游走中西、飞扬乐韵——大型交响南音〈陈三五娘〉随感》，《厦门文学》2012 年第 1 期。

人物。潮州《百屏花灯》歌谣中的第卅六屏即为"陈三共五娘"。

在《陈三五娘年画连环画》中，有"六月初六，潮州人循例'赏夏'，家家进食荔枝"的描述。六月近秋，琳琅满目的瓜果开始成熟，在岭南，令唐代嫔妃乐得合不拢嘴的荔枝是种翘楚，故六月又称荔月。六月六，也是一个时令节日，其内涵各地各不相同。在潮州也存在"食荔赏夏"以及"鬼担西瓜"等不同说法。

"七夕"亦出现于戏曲片《陈三五娘》的唱词中，如五娘唱："七月七夕月含笑，牛郎织女渡鹊桥。"益春答："益春扶娘来乞巧，望得佳音乐逍遥。"陈三和："七月七夕月弯弯，等到十五便团圆。"

（二）婚俗

婚俗是建立婚姻关系的一套礼仪，其内涵特别丰富多样，尽显地域、民族、时代特征。陈三五娘传说中描绘了历史上潮州一带的求亲习俗。如在明嘉靖《荔镜记》第九出"林郎托媒"，第十一出"李婆求亲"，第十三出"李婆送聘"的唱词中，将托媒，媒人求亲，乞生月，放生月，择吉日，男方送聘的整个过程娓娓道来。[①]

（三）服饰

服饰作为一种文化事象，深受时代、地域、文化、经济、宗教与科学技术的影响，是民风民俗的鲜明体现。明嘉靖《荔镜记》第六出"五娘赏灯"中有"穿木屐"的唱答，反映出当时潮州女子的穿木屐习俗。潮州地处亚热带，天气温润多雨，穿木屐可以避湿气，浴后赤脚着屐，又很舒适方便。深巷幽幽，木屐声声，别有一番风味。

（四）饮食

中国的饮食文化具有地域性，不同地区的饮食习惯和习俗各不相

①　参见洪晓银《"陈三五娘"故事明清时期戏文研究》，硕士学位论文，福建师范大学，2014年。

同。潮州富有特色的礼俗是捧食槟榔，明嘉靖《荔镜记》中有多达16处的"食槟榔"唱答，体现出潮州人生活中特有的槟榔情节——"款客无槟榔不为欢""非槟榔不为礼"。

（五）民间信仰

民间信仰亦属于反映社区文化、民风民俗的一个重要方面。陈三五娘传说中展示出不少其时的民间信仰，如拜月、祷告嫦娥、信天妃妈等。而随着陈三五娘传说的深入人心，故事中的主角对真爱的追求，对封建枷锁的冲击，影响了许许多多的闽粤民众，这些人物也逐渐在闽潮民间被神灵化了，也进入了民间信仰的行列。这在民居的嵌瓷上有精彩的反映。嵌瓷是一种用于庙宇、祠堂和乡村房屋建筑上的装饰，采用各种釉彩光泽的陶瓷片，经剪取、敲制、镶嵌、粘接、堆砌而构成图案，具有色彩浓艳，质感坚实，久经风雨，烈日曝晒而永不褪色的特点。潮汕民居的嵌瓷装饰十分讲究，既注重美感，又要表达民众所寄托的民间信仰。而陈三、五娘也成为信仰的对象，出现在民居嵌瓷上。[1]

四　结语

以上我们从社会学视角对陈三五娘传说的价值进行了初步分析。从社会学视角切入的意义在于能够将历史传说故事置于"人""群体""社会结构""文化精神""历史演化"等范畴中开展研究，发掘其间蕴涵的社会思想和人文精神理念。该方向近一二十年来日益受到学界以及联合国教科文组织的重视，极具发展潜力。而关于陈三五娘传说的社会学价值，还可从"社会整合""社会精神"等社会发展的永恒话题切入，进行更广泛深入的探讨。

---

[1]　张晓宾：《关于普宁嵌瓷中所蕴含的民间信仰的调查报告》，http：//blog.163.com/scnu_lssjb/blog/static/130707445200993052034707/。

后 记

　　"长歌一阕荔镜缘，高吟数曲海丝情"。2015 年 11 月，借泉州拉开"第十四届亚洲艺术节"的帷幕之机，由泉州师范学院与泉州市洛江区文体旅游新闻出版局联合举办的"陈三五娘学术研讨会"隆重召开。本次学术研讨会吸引了海内外文化界、学术界、传媒界的关注，来自祖国大陆各地以及宝岛台湾的专家学者 50 多位莅临会场，可谓群贤毕至，少长咸集，共同研讨"一脉相承五百年"的荔镜情缘。显然，这是泉州市文化界与学术界的大事，更是泉州师范学院的一件学术盛事。

　　泉州作为"陈三五娘"传说的发源地，曾是中世纪最重要的国际商埠，经贸兴隆，文化发达，弦歌不辍。明清以来，好事者就将"陈三五娘"的传说，搬上戏台，写成小说，谱为民间唱本和南管曲谱等等，成为在早期闽南地区流传最广的民间故事，晚清泉州名士龚显鹤有一句"沿村荔镜流传遍"，便是生动的例证。同时，它也伴随着闽南先民的脚步流播到海外，成为承载着闽南族群在地化、处身性的民间记忆，其作为闽南族群重要的精神家园与情感归宿，深切表征海内外闽南人共有的观念形态结构与审美体验方式，不仅成为闽南族群在全球本土化的时代语境中建构身份认同的路径之一，而且参与了"海上丝绸之路文化圈"的历史性建构。从这个意义说，"陈三五娘"传说是一座丰富的民间文化宝库，有待于我们不断地探索和发掘。

　　2014 年，这一民间传说被列入第四批国家级非物质文化遗产代表性项目名录，既为闽南文化增添了一抹亮丽的光彩，也赋予了我们这次研讨会新的主题和新的任务。在本次研讨会开幕式上，台盟中央两岸关系委员会主任、泉州市政协副主席骆沙鸣与泉州师范学院副校长林华东教授致欢迎词，对学术研讨会的召开表示热烈祝贺，并对"陈三五娘"的研究前景充满期待。大会先后有七位专家做了主题报告。贺学君（国家非物质文化遗产保护专家委员会委员、中国社会科学院文学研究所研究员）的《非物质文化遗产保护的本质与原则》，首先对非物质文化遗产的定义、范围、功能与意义做了介绍，同时对日本、韩国、法国、意大利等国家的文化遗产保护现状做了阐述，并在此基础上对我国非物质文化遗产保护情况及理论进行了探讨；林珀姬（台北艺术大学传统音乐系教授）的《'陈三五娘'故事开枝散叶在台湾——兼谈南管中的'陈三五娘'曲目》，详细介绍了台湾地区"陈三五娘"研究的相关概况，并且从文献史料角度探讨了台湾的南管音乐发展；邹元江（武汉大学哲学学院教授）的《清顺治优伶表演本〈荔枝记〉的价值》，通过详细对比嘉靖本《荔镜记》与光绪本《荔枝记》出目、道光本与光绪本《荔枝记》出目，并结合顺治本《荔枝记》的出目，提出一系列值得深入思考的问题；黄科安（泉州师范学院教务处处长、中国社科院文化研究中心闽南文化研究基地常务副主任）的《传承与嬗变：关于台湾"陈三五娘"俗曲唱本的"在地化"特征探讨》，从"不变"与"新变"两个方面阐述了清末至民国初年"陈三五娘"俗曲唱本在台湾地区的扩散流播，以及在台湾民间文化发展史上所起到的作用与价值。同时指出"陈三五娘"俗曲唱本在台湾的文化传承必然随着时代的变迁、大众趣味的位移而发生不可避免的"在地化"现象；王建设（华侨大学文学学院教授）的《明刊闽南方言戏文〈荔镜记〉词语考释》，对于出现年代较早、用字较为复杂的闽南方言戏文《荔镜记》中的部分方言词语进行了考释；郑国权（泉州地方戏曲研究社社长）的《〈绣巾缘〉〈青梅记〉与留公陂——从另一个角度探讨陈三五娘传说的来由》，通过文言小说《绣巾缘》、早佚的宋元南戏《青梅记》、"陈三坝"原名是否为"留公陂"等三个独特视角，重新追溯了"陈三五娘"传说的由来；吴榕青（韩山师范学院教授）的《明代"陈三五娘"戏文版本考述》认为，在所有关于"陈三五娘"的文艺作品中，目下能看到的最古老版本却属戏曲类型，即珍藏于海外的两个完整明代刊刻本，它们分别是嘉靖《荔镜记》（1566）与万历《荔枝记》（1581）。此外，海内外尚存不少选本、残本，另有各类文献记录了其更多的版本及名目。据此，可知明代"陈三五娘"戏文（传奇）的名称有"荔枝记""荔镜记""陈三磨镜记""陈三（五娘）"等诸多名色并多种版本。这些版本有刊刻本，也有手抄本；既有案头读本，更有演出脚本。两个完整明刻本的"偶然"保留与传播，既是中西文化交流的明证，更是"海上丝路"留下来的瑰宝。

　　会议共收到 40 多篇学术论文，论题主要围绕"陈三五娘"题材戏曲作品、"陈三五娘"故事传说、"陈三五娘"故事传播、"陈三五娘"题材古典戏曲的语言学研究、"陈三五娘"故事与潮汕、闽南文化等方面展开。其中，对"陈三五娘"题材戏曲作品的探讨又可分为现代各剧种作品及相关问题与古典戏曲作品两类，汇集了一批优秀论文。"陈三五娘"故事传说相关研究的论文也主要分为两类，一类是关于"陈三五娘"故事传说本身的研究，另一类是"陈三五娘"故事的传播及价值研究。"陈三五娘"故事传播研究方面的论文主要以俗曲唱本及南音研究为代表。"陈三五娘"题材古典戏曲作品的语言学研究则以词语考释、用韵考察两类论文为主。潮汕、闽南文化密不可分，部分论文通过对"陈三五娘"故事发生、传播、发展的探究，挖掘了该故事与两地文化及两地文化之间的关系。

　　岁月嬗替，光阴荏苒，屈指算来，学术盛会已是前年的尘影。经与洛江区文体旅游新闻出版局领导商议，我们决定还是为本次学术盛会留下一点东西，于是在诸位同仁的努力下，经过一番较为严格的学术审读，遴选 24 篇出版。在我即将离开工作了 25 年之久的泉州师范学院之际，我怀着难以言喻的复杂心情，感恩诸位同仁的协作与帮助，再也没有比这部论文集的筹划出版更有意义和价值了。最后，我们还要感谢中国社会科学出版社郭晓鸿女士的大力支持，使本论文集在国家一级出版社顺畅面世。

黄科安

2017 年 4 月 5 日于泉州金帝花园寓所